CAROLE MORTIMER

Un fascinant mystère

INTÉGRALE
ENTRE PASSION ET RAISON

Traduction française de
CÉLIA VAL

SAGAS

HARLEQUIN

Collection : SAGAS

Titre original :
PRINCE'S PASSION

Ce roman a déjà été publié en 2006

HARPERCOLLINS FRANCE
83-85, boulevard Vincent-Auriol, 75646 PARIS CEDEX 13
Service Lectrices — Tél. : 01 45 82 47 47

www.harlequin.fr

ISBN 978-2-2804-1690-0 — ISSN 2426-993X

Prologue

— Alors, notre auteur fantôme joue-t-il toujours à cache-cache ?

Nick salua par ces mots James Stephens, l'éditeur qui venait de l'accueillir dans son bureau. Il avait pris soin de teinter sa question d'une note de lassitude, pour dissimuler à quel point l'affaire l'intéressait. Comment aurait-il pu négliger une opportunité pareille ? Acquérir les droits du roman de J. I. Watson, paru six mois plus tôt, pour en tirer un film était un défi qui l'enthousiasmait.

James eut une moue gênée. Cet homme d'une cinquantaine d'années, qui dirigeait les éditions Stephens depuis que son père lui en avait confié les rênes, vingt ans plus tôt, avait connu bien des auteurs au cours de sa carrière, des plus accommodants aux plus exigeants. Il n'en était pas à ses premiers pas dans le métier.

Pourtant, il semblait à cet instant aussi perplexe que s'il avait débuté.

A sa décharge, il fallait dire que l'attitude de J. I. Watson avait de quoi déconcerter : l'écrivain n'aurait-il pas dû être ravi de voir son livre, véritable best-seller, adapté à l'écran ? Pourquoi refusait-il la proposition que lui, Nick Prince, un des réalisateurs les plus réputés du moment, récompensé par plusieurs oscars, lui faisait aujourd'hui ?

Les deux premières lettres que Nick avait envoyées à

l'auteur lui avaient été retournées, sans réponse. La troisième avait donné lieu à un refus, poli quoique sans détours. A présent, Nick attendait de connaître le sort de sa quatrième missive. Mais le visage fermé de James lui laissait deviner qu'il n'avait rien à espérer.

Ceci ajoutait à la frustration que ressentait Nick : depuis deux bons mois, il attendait en vain de pouvoir rencontrer J. I. Watson. Quelque temps auparavant, même si cela revenait à court-circuiter James, il était allé jusqu'à inviter Jane Morrow, responsable aux éditions Stephens de la collection qui publiait le mystérieux auteur. Car son exaspération devenait telle qu'il ne s'interrogeait plus sur les moyens d'atteindre son but. Au bout de quelques dîners en tête à tête, Jane Morrow s'était sentie assez en confiance pour lâcher la seule information qu'elle semblait détenir : le vrai nom de l'écrivain était Nixon. Mais elle ne connaissait pas son adresse, et correspondait avec lui par le biais de la poste restante…

Nick secoua la tête.

— Donc, c'est un nouveau refus ? demanda-t-il.

— Hélas…, confirma James, sans doute soulagé d'avoir été compris à demi-mot.

— Mais qu'est-ce que ce type a dans la tête ? s'exclama Nick en se levant de son siège. Que lui faut-il de plus ? Davantage d'argent ? Je suis prêt à mettre ce qu'il veut sur la table.

James soupira.

— Je vais vous montrer sa réponse, dit-il en lui tendant la lettre.

Une seule ligne ornait la page.

« C'est non, même si Nick Prince me le demandait en personne ! »

L'auteur n'y allait pas par quatre chemins. C'était ce qu'on appelait une fin de non-recevoir, sans la moindre ambiguïté !

Et pourtant, aussi irritante que fût cette réponse, ce n'était pas cela qui retenait l'attention de Nick, mais l'en-tête de la lettre… L'adresse de la boîte postale évoquée par Jane y figurait. Visiblement, James n'avait pas songé à ce détail en lui montrant le document.

Nick la lui rendit. Il connaissait le sens de l'honneur de l'éditeur. Si celui-ci comprenait qu'il avait involontairement trahi l'anonymat de son auteur, il l'appellerait sans doute aussitôt pour l'en prévenir et lui conseiller de changer de boîte postale.

— Vous n'avez jamais tenté de le joindre en personne ? s'enquit Nick.

— Je ne lui ai jamais parlé, soupira James.

— Pas même au téléphone ?

Nick n'avait pu dissimuler son étonnement. Cette histoire tournait à la farce. Pourquoi J. I. Watson voulait-il à ce point se protéger ?

— Nos seuls contacts se limitent au courrier, avoua l'éditeur. Je n'ai jamais pu obtenir autre chose.

Nick se rassit, perplexe.

— Moi qui croyais que cette histoire d'anonymat était une simple stratégie publicitaire, dit-il.

— J'aimerais bien que ce soit le cas ! grommela James. Nos éditions ont reçu le manuscrit il y a neuf mois. Un des membres de notre comité de lecture l'a lu, l'a transmis à Jane Morrow, qui me l'a ensuite montré… Tout cela sans que nous ayons le moindre contact avec J. I. Watson.

Nick était stupéfait d'apprendre qu'un auteur qui avait gagné et fait gagner des millions à sa maison d'édition puisse rester anonyme.

— Vous pensez bien que nous avons immédiatement cherché à joindre l'auteur, reprit James, mais toutes nos demandes se sont heurtées à un mur. Par conséquent, votre échec ne m'étonne pas vraiment.

Nick avait du mal à concevoir que le dégoût du monde puisse pousser un auteur à se cloîtrer ainsi. En tout état de cause, si cet homme refusait de parler à son propre éditeur, un réalisateur, même célèbre, n'avait aucune chance !

— Tout s'est passé par courrier, continua James. Contrat, propositions de réécriture — quoique le manuscrit n'en ait pas demandé beaucoup.

— Comment faites-vous avec le courrier des lecteurs ? demanda Nick. Je présume qu'un auteur comme J. I. Watson en reçoit des tonnes…

James hocha la tête et fit glisser vers lui un dossier débordant de lettres.

— Nous lui en transmettons une partie, mais nous sélectionnons ce que nous lui faisons parvenir. Les lettres les plus déplaisantes sont directement traitées par la maison.

— Déplaisantes ? Cela arrive ?

— Plus souvent qu'on ne le croit. Le succès suscite beaucoup de réactions négatives, parfois même des menaces de mort. Certaines personnes ne supportent pas de voir les autres réussir. Le contrat qui nous lie à cet auteur lui rapporte des sommes fabuleuses, propres à susciter bien des jalousies.

Nick le croyait sans peine. Lui aussi avait reçu des lettres dans ce genre.

— D'ailleurs, puisque tu parles de ce contrat…, commença-t-il.

— Toutes les clauses concernant les droits d'adaptation cinématographiques en ont été retirées, coupa James.

Un éclair amusé traversa son regard bleu.

— A la demande de l'auteur, bien sûr…, acheva-t-il.

— Bien sûr…, répéta Nick d'un air maussade.

Evidemment, James avait tout lieu de se réjouir, quelles que soient les restrictions apportées au contrat ! Les éditions Stephens n'avaient-elles pas vu leur chiffre d'affaires décuplé par les ventes du fameux livre ?

— Il faut nous comprendre, reprit James, en souriant franchement cette fois. Nous voulions l'exclusivité à n'importe quelle condition… L'auteur a donc modifié le contrat à sa guise.

Nick savait qu'un livre comme *Un garçon pas ordinaire* ne se présentait qu'une fois dans une vie d'éditeur. Il ne pouvait vraiment pas blâmer James d'en avoir profité. Pour autant, cela ne résolvait pas son problème : il voulait absolument adapter cette histoire à l'écran. Mais en l'absence d'autorisation, comment s'y prendre ?

— Si cela peut vous rassurer, Nick, vous n'êtes pas le seul à vous sentir frustré. Imaginez ce que l'auteur nous a fait perdre en publicité, en refusant les interviews, les séances de dédicace et toute apparition publique ! Ce sont des milliers de ventes qui nous ont échappé.

— Ne vous plaignez pas, rétorqua Nick. Vous avez déjà vendu des millions d'exemplaires. Et puis, vous pourriez rattraper ce que vous estimez avoir perdu si je pouvais vous acheter les droits d'adaptation…

— Sans doute. Le seul problème étant que vous ne les obtiendrez pas.

— Rien n'est encore joué, déclara Nick, en se levant de nouveau.

James le dévisagea avec curiosité.

— Qu'est-ce qui vous fait croire que vous pourriez réussir là où nous échouons depuis des mois ?

Nick eut un sourire conquérant.

— Vous et moi ne jouons pas selon les mêmes règles, James. Je ne m'arrête jamais à un refus.

J. I. Watson — ou plutôt Nixon — allait avoir l'occasion de le constater sous peu, pensa-t-il.

« C'est non, même si Nick Prince me le demandait en personne »…

Eh bien, il allait le prendre au mot.

1

— C'est si gentil à toi de m'avoir invitée, Susan !

Jinx souriait chaleureusement à la jeune femme venue l'accueillir. Par la porte grande ouverte, elle entendait un flot de conversations animées : la réception battait son plein.

Susan et elle avaient partagé les bancs de la même école. A présent, son amie était l'épouse comblée d'un charmant trentenaire, associé dans un cabinet d'expertise comptable. Ils avaient deux enfants, qui, en ce moment, dormaient tranquillement à l'étage. Une gouvernante veillait sur eux pendant que, au rez-de-chaussée, on fêtait le cinquième anniversaire de mariage de leurs parents.

Susan dévisagea son amie d'un air rieur.

— Bas les masques, Jinx ! Nous savons toutes deux que tu serais mille fois mieux chez toi avec un bon livre et que j'ai presque dû t'obliger à venir ce soir ! C'est donc à moi de te remercier… Franchement, la fête n'aurait pas été aussi belle sans la présence de notre demoiselle d'honneur !

Susan la serra dans ses bras avec affection. Puis, se reculant, elle considéra son amie d'un œil admiratif. Jinx était fine et gracieuse, et la robe noire qu'elle portait mettait merveilleusement en valeur la masse somptueuse de ses longs cheveux roux.

— Comment se fait-il, s'exclama Susan, que tu rajeunisses chaque année alors que je ne réussis qu'à m'empâter ?

— Flatteuse ! rétorqua Jinx en lui tendant le bouquet de roses couleur pêche qu'elle avait apporté.

La même nuance que celle du bouquet de mariage de Susan, cinq ans plus tôt…

— Oh, Jinx ! Elles sont ravissantes. Quelle délicate attention… Mais dis-moi, comment va ton père ?

Jinx continua de sourire. Pourtant, elle sentit son humeur s'assombrir aussitôt.

— Oh, c'est toujours un peu la même chose…, répondit-elle de façon évasive. Mais où se trouve l'homme que tu as réussi à épouser avant nous toutes ?

Elle ne tenait pas à épiloguer sur la santé de son père en ce jour de réjouissances.

— Toujours là quand on m'appelle !

Leo, qui s'était approché sans qu'elle le voie, la prit dans ses bras. Il la souleva comme une plume pour déposer un baiser sonore sur sa joue.

— Tu sais qu'il n'est pas trop tard pour que nous nous enfuyions tous les deux, ajouta-t-il avec un clin d'œil.

La déclaration, prononcée d'un ton faussement confidentiel, lui valut un coup de coude amusé de la part de Susan.

— D'accord, chérie, je n'ai pas choisi le meilleur jour pour filer en douce avec notre amie, admit Leo en riant.

— Ce serait dommage de gâcher une fête aussi réussie, renchérit Jinx, tournant la tête en direction du salon.

— Et nous avons une invitée surprise, dit Susan en glissant son bras sous celui de son amie. Tu te rappelles que nous avions fait appel à Stazy Hunter pour refaire le design de notre salon l'an dernier ?

Jinx hocha la tête. Comment aurait-elle pu l'ignorer ? Cela avait été le principal souci de Susan pendant six mois…

— Eh bien, nous sommes restées en contact et je l'ai conviée ce soir, ainsi que Jordan, son mari. Il y a une heure, Stazy m'a appelée pour me demander si son frère, arrivé à l'improviste, pouvait se joindre à nous. J'ai dit oui, bien sûr, et tu ne sais pas qui se trouve être le frère de Stazy ? Je te le donne en mille, il s'agit de…

— Respire, chérie, la coupa Leo, posant tendrement son bras autour des épaules de sa femme. Tu sais bien que Jinx méprise les célébrités. Ah, s'il s'agissait d'un savant professeur d'université ou d'un archéologue de renom, là, tu aurais une chance de retenir son attention. Mais il n'est question que d'un…

— Leo le dénigre parce qu'il est jaloux ! s'écria Susan en riant. Le frère de Stazy est tout simplement superbe. Un mètre quatre-vingt de pur magnétisme sexuel…

— Et moi, là-dedans, je deviens quoi ? répliqua Leo avec une mimique prétendument indignée.

— Toi aussi, tu es beau, mon amour, le rassura sa femme.

— Beau, d'accord mais on dirait que tout mon… magnétisme sexuel s'est soudain envolé ! Alors que celui de notre invité…

— Ce n'est pas pareil, chéri, nous sommes mariés…

— Je vois ! grommela Leo, jouant le dépit. Jinx, tu ne veux vraiment pas t'enfuir avec moi ce soir ?

Jinx éclata de rire.

— Leo, nous savons tous que tu aimes ta femme à la folie !

— Cela pourrait bien changer si elle décide de s'enticher de tous les réalisateurs qui passent à sa portée !

Jinx se raidit soudain. Qu'avait dit Léo ?

— Le frère de Stazy Hunter est réalisateur ? demanda-t-elle d'une voix tendue.

— Oui ! s'exclama Susan. Et très célèbre, qui plus est. Il a récemment tourné un…

La sonnerie de la porte d'entrée retentit à cet instant.

— Oh, je suis désolée, je dois aller ouvrir.

Susan entraîna son mari, abandonnant Jinx dans le hall. Celle-ci n'avait plus qu'à entrer dans le salon…

A peine pénétrait-elle dans la pièce qu'elle manqua buter contre un homme. Jinx cligna les yeux. Sans aucun doute le mètre quatre-vingt de pur magnétisme sexuel dont avait parlé Susan… Face à face ! Enfin, presque, étant donné que même avec ses talons hauts, elle arrivait à peine à l'épaule de l'homme qui la dévisageait d'un regard gris acier…

Et qu'elle n'eut aucun mal à reconnaître comme étant Nick Prince. Qui ne connaissait pas le célèbre réalisateur, dont le visage s'étalait si souvent à la une des magazines ?

Acteur à ses débuts, aîné des trois frères qui possédaient Prince Movies, il contribuait par ses films au succès de cette dynamique société de production.

Jinx fronça les sourcils et leva un menton décidé vers Nick Prince, qui continuait de l'observer avec assurance. Etrangement, sous ce regard viril, elle avait une intense conscience de son propre corps, de sa silhouette moulée par la petite robe noire, de la cascade de boucles rousses qui dansait sur ses épaules, de la soie transparente qui gainait ses jambes. L'espace d'un instant, rien qu'une brève seconde, elle eut l'impression d'être seule avec cet homme. Les conversations, les rires et la musique s'estompaient à l'arrière-plan pour ne laisser place qu'au choc de leurs deux regards qui se rencontraient.

Nick Prince la dominait de toute sa taille. Le magnétisme qui émanait de lui était presque sauvage, animal, en dépit de l'élégant costume noir qu'il portait. Soudain, Jinx sentit les pointes de ses seins se durcir sous la soie ajustée de sa robe…

Comme s'il devinait son trouble, il arrêta son intense regard gris au niveau de sa poitrine. C'était aussi excitant qu'une caresse… Jinx frissonna.

Mais l'amusement qu'elle lut dans les yeux de Nick Prince lui donna la force de rompre ce troublant contact visuel. Manifestement, il était conscient de ce qu'il provoquait en elle, et le sourire cynique qui se peignait sur ses lèvres fermes et sensuelles était tout simplement insupportable ! Bien sûr, il savait l'effet qu'il produisait sur les femmes. Comment en serait-il allé autrement ? Il avait bientôt quarante ans et ses nombreuses aventures, très médiatisées, n'avaient pu que lui confirmer son extraordinaire potentiel de séduction…

— Oui ? fit-elle, affichant à son tour un sourire moqueur.

Il fronça les sourcils sous l'effet de l'étonnement.

— Oui quoi ?

Il avait répondu d'une voix basse et voilée à laquelle son accent traînant d'Américain donnait une tonalité sexy. Peu importaient les mots, c'était comme s'il avait clairement dit : « J'ai envie de vous. »

Le regard de Jinx ne vacilla pas une seconde.

— Appréciez-vous ce que vous êtes en train d'étudier avec si peu de discrétion ? demanda-t-elle.

Il souriait maintenant largement, et son sourire était irrésistible…

— Quel homme n'apprécierait pas ? rétorqua-t-il avec un brin de provocation.

— Je ne pose pas la question à toute l'assemblée, je vous la pose à vous, répliqua Jinx du tac au tac.

Nick Prince s'approcha, au point qu'elle perçut la chaleur que dégageait son corps et la senteur citronnée et poivrée de son après-rasage.

— Oui, dit-il d'un ton rauque, j'aime beaucoup. Mais vous le savez aussi bien que moi. Tenez-vous vraiment à rester à cette soirée ? J'ai soudain très envie de dire au revoir à nos hôtes et de vous emmener dans un lieu plus tranquille…

Jinx cilla… Nick Prince allait droit au but. Aucun homme n'aurait osé se comporter ainsi. Mais visiblement, il n'avait rien d'un homme ordinaire… Cependant s'il la croyait femme à se jeter dans les bras du premier venu, il allait déchanter très vite.

— Ne serait-ce pas impoli envers Leo et Susan ? fit-elle d'un ton coupant.

— Je présume que vous mentionnez le couple qui nous reçoit, hasarda Nick avec un regard indifférent en direction de leurs hôtes, qui se tenaient dans le hall. Je ne les connais pas plus qu'ils ne me connaissent. Pourquoi devraient-ils se formaliser de mon départ ?

Pourquoi, en effet ? D'après ce qu'elle savait, Nick Prince ne suivait que ses propres codes. Qui était-il vraiment ?

Réalisateur exigeant, inflexible chef de famille pour ses frères et sa sœur, amant volage pour les superbes actrices qui avaient croisé son chemin…

A vrai dire, il n'était pas du tout son type d'homme. En admettant qu'elle en ait encore un, se dit Jinx avec une ironie un peu désabusée. Il y avait si longtemps qu'un homme ne l'avait pas intéressée…

Elle haussa les épaules.

— N'oubliez pas qu'ils vous ont accueilli au pied levé.

— Je vous le concède.

Dans les yeux gris de Nick Prince brillait maintenant une lueur chaleureuse inattendue. Un vrai sourire illuminait son visage.

Jinx sentit soudain ses jambes trembler. Pourtant, ce n'était pas le moment de faiblir !

— J'en prends acte, fit-elle d'une voix plus tranchante qu'elle ne l'aurait voulu, reculant instinctivement. Si vous voulez bien m'excuser, à présent, monsieur Prince…

Elle s'était déjà détournée lorsqu'une main se referma sur son bras.

— Vous connaissez mon nom alors que je n'ai aucune idée du vôtre, murmura-t-il.

Un courant presque électrique parcourait le bras de Jinx. Sa respiration se fit plus rapide. Comment cet homme parvenait-il à la bouleverser ainsi ?

Il pencha légèrement la tête de côté et plissa les yeux.

— Voyons… Vous ne m'avez pas l'air d'une Joan ni d'une Cynthia… Pas plus que d'une…

— Ce stratagème à deux sous marche encore de nos jours ? coupa Jinx.

Son ironie ne sembla pas rebuter Nick Prince. Au contraire, il se rapprocha de nouveau. Une expression rieuse dansait dans ses yeux gris.

— Vous n'allez sans doute pas me croire, mais en règle générale je n'ai besoin d'aucun stratagème pour séduire…

Elle n'en doutait pas, se dit Jinx. Il devait lui suffire d'apparaître pour que les femmes se bousculent autour de lui…

— Tant mieux pour vous, rétorqua-t-elle d'un ton cinglant. Car visiblement, vous n'êtes pas très doué.

— Désolé de vous décevoir, fit-il avec un sourire ironique. Je manque de pratique ces derniers temps.

— Pouvez-vous lâcher mon bras ? demanda-t-elle après quelques essais infructueux pour se libérer.

— Je n'y tiens pas spécialement…

Non seulement il ne la lâchait pas mais son pouce caressait le creux de son poignet !

— Moi, si, répliqua Jinx. Je dois aller saluer les parents de Susan.

Nick desserra son étreinte, mais seulement pour poser sa main au creux des reins de la jeune femme.

— Pourquoi ne me présenteriez-vous pas à eux, dans ce cas ? Et j'en profiterai pour apprendre votre prénom…

Jinx leva sur lui un regard froid.

— Je m'appelle Juliet.

— Voilà un pas de fait dans la bonne direction, déclara-il. Je sais maintenant comment vous appeler.

— Il n'y a pas de bonne direction en ce qui nous concerne, monsieur Prince. Et le fait que je me nomme Juliet ne vous autorise pas à vous prendre pour mon Roméo.

— Dommage, fit-il avec un demi-sourire. Au fait, mon prénom est Nick.

— Enchantée, fit-elle d'un ton bref.

— A présent, Juliet, dites-moi donc ce que vous faites dans la vie.

— Ce que je fais ?

— Oui. A moins que ce ne soit un secret d'Etat…

L'amusement perceptible dans sa voix eut le don d'agacer prodigieusement Jinx.

— Je suis professeur d'histoire à l'université de Cambridge, répondit-elle.

Elle avait eu du mal à dissimuler la fierté qu'elle ressentait toujours quand elle prononçait ces mots. Mais elle devina, au pli légèrement moqueur que prenait la bouche de Nick, qu'il l'avait très bien perçue.

— Et cela fait de vous un docteur ès quelque chose… ? demanda-t-il.

— Exactement. Même si j'ai pris une année de congé sabbatique.

Elle inspira profondément.

— Je suis arrivée seule ce soir, commença-t-elle, mais je ne voudrais pas que vous en tiriez de fausses conclusions. Je ne suis pas forcément disponible…

— En tout cas, vous ne l'êtes plus, puisque je suis là.

Jinx lui lança un regard exaspéré.

— Ce n'était pas ce que je voulais dire !

— Vraiment ?

Elle haussa les épaules.

— Admettons, reprit-il. Dans ce cas, lequel des vingt hommes présents ce soir va venir me mettre son poing dans la figure pour revendiquer son titre de propriété sur vous ?

Jinx sentit une violente chaleur envahir ses joues.

— Sachez que je n'appartiens à personne, monsieur Prince.

Elle se raidit et se dégagea brusquement.

— De toute façon, reprit-elle, rien de ceci ne vous regarde.

Sans se retourner, elle s'éloigna vers le salon. Même en lui tournant le dos, elle pouvait sentir le regard de Nick Prince posé sur elle…

Bon sang… Il n'avait réussi qu'à la braquer contre lui ! Car Juliet Nixon, dite « Jinx », était tout sauf séduite… Qu'allait-il faire maintenant ?

Pourtant, l'affaire avait été soigneusement planifiée… Il avait commencé par envoyer un détective privé surveiller la boîte postale. Quand il avait appris qu'une jeune fille s'y rendait chaque jour à heure fixe, Nick avait pris la relève. Il avait rapidement constaté que la fille en question était en réalité une jeune femme dont la tenue — jean, T-shirt et casquette — servait manifestement à déguiser l'âge réel. Etait-ce une tactique délibérée ? Nick l'avait immédiatement pensé.

Il l'avait discrètement prise en filature, jusqu'à un parking voisin. Là, il l'avait vue ouvrir la porte d'une Golf Volkswagen, jeter son courrier sur le siège passager et ôter sa casquette, libérant une magnifique chevelure rousse. Puis, elle avait sorti du coffre une veste de tailleur impeccablement coupée, qu'elle avait enfilée sur son T-shirt. La transformation de l'adolescente en jeune femme élégante n'avait pris qu'une minute... L'application d'une touche de gloss couleur pêche y avait mis la dernière touche. Ensuite, elle avait refermé à clé la porte de sa voiture.

Nick avait continué de la suivre. Elle avait descendu la rue pour s'engouffrer dans un bistro italien, où une jolie blonde l'attendait. Il avait interrogé une serveuse pour savoir qui étaient les deux femmes. Cette fois, heureusement, son charme avait donné les résultats escomptés, et il avait appris que la blonde se nommait Susan Fellows...

Nick s'était donc mis à suivre cette piste.

Une simple conversation avec sa sœur Stazy, qui connaissait le tout-Londres, avait suffi à le renseigner. Non seulement sur Susan Fellows, mais aussi sur la jeune femme rousse qui l'intéressait tout particulièrement. Il s'agissait de Juliet « Jinx » Nixon, dont le père n'était autre que Jackson Ivor Nixon, distingué professeur d'université, spécialisé dans l'étude des révoltes anglaises du XVIe siècle. Ses ouvrages sur le sujet faisaient référence. De là à penser que Jackson Ivor Nixon pouvait être J. I. Watson, l'auteur du fameux best-seller, il n'y avait qu'un pas que Nick avait vite franchi.

Il n'était pas difficile d'imaginer pourquoi J. I. Nixon avait préféré l'anonymat. *Un garçon pas ordinaire*, livre à l'origine écrit pour les enfants mais qui avait séduit les adultes, s'était vendu à des millions d'exemplaires. Cela aurait pu nuire à la position universitaire du professeur. L'histoire de ce garçon en fauteuil roulant qui se découvrait soudain des pouvoirs paranormaux était fort différente des sommes historiques que Jackson I. Nixon publiait habituellement !

Nick n'était pas particulièrement fier de la façon dont il s'était procuré ces renseignements. Mais il considérait que la fin justifiait les moyens.

L'étape suivante devait être de mettre la fille du professeur en confiance : profitant des relations amicales de Stazy avec Susan Fellows, Nick s'était donc fait inviter à l'anniversaire de mariage de cette dernière. A vrai dire, séduire Juliet Nixon — « Jinx », puisque tout le monde l'appelait ainsi — lui avait semblé une mission bien agréable… Malheureusement, la jeune femme ne s'était pas laissé faire.

Nick réprima une grimace : ce n'était que la première approche, il avait encore le temps de la convaincre. Réputé pour son manque de patience avec les acteurs capricieux, il pouvait néanmoins déployer des trésors de persévérance quand il s'agissait d'obtenir ce qu'il voulait vraiment. Et l'adaptation du best-seller de J. I. Watson était l'objectif qu'il s'était fixé.

Il fut soudain tiré de ses pensées par l'arrivée de sa sœur.

— Quels plans diaboliques es-tu encore en train d'échafauder ? demanda malicieusement Stazy, en glissant son bras sous celui de son frère. Et ne me réponds pas évasivement, je sais ce que veut dire ce regard-là… Sans compter que je t'ai vu foncer droit sur cette belle rousse dès qu'elle a franchi le seuil de la porte !

Nick n'avait jamais été capable de résister au charme de Stazy. De dix-sept ans sa cadette, elle était toujours restée sa *petite* sœur. Son mariage avec Jordan Hunter, l'an passé, et la naissance de leur fils Sam avaient donné à la jeune femme une assurance qui émerveillait son aîné.

— Alors, que se passe-t-il ? reprit-elle.

— Rien d'important.

— Comment me contenter de cette réponse alors que je suis dévorée par la curiosité ? répliqua Stazy en riant.

Nick soupira. Depuis qu'elle avait découvert les joies du foyer, sa sœur ne cessait d'œuvrer pour trouver une femme à ses trois frères…

— Fais un effort et pense à autre chose, fit-il en regardant sa sœur avec une tendre fermeté.

La dernière chose que souhaitait Nick, c'était de voir Stazy épier ses manœuvres : il avait suffisamment à faire du côté de Jinx sans se préoccuper de tenir sa sœur à distance !

— Comme tu voudras, soupira Stazy. Mais si cette jeune femme n'a pas d'importance, viens donc saluer les autres.

Nick ne se leurrait pas. Sa sœur ne pouvait avoir capitulé aussi facilement. Tout en se mêlant aux autres convives, il continua d'observer discrètement Jinx. Avec satisfaction, il remarqua qu'elle ne passait jamais plus de quelques minutes en compagnie du même homme… Plus ennuyeux, elle prenait soin de ne jamais croiser son chemin à lui !

Au bout d'une heure, Nick la vit sortir du salon. Aussitôt, il eut peur qu'elle ne cherche à s'éclipser sans éveiller l'attention.

Il la rejoignit en quelques enjambées.

— Puis-je vous raccompagner ? lui demanda-t-il avec aplomb.

Sourcils froncés, Jinx leva sur lui un regard méfiant.

— Je vous demande pardon ?

— Je me proposais de vous raccompagner, répéta-t-il.

Jinx secoua la tête. Des reflets d'or dansèrent dans ses boucles rousses.

— J'ai ma propre voiture, merci, répondit-elle.

— Très bien. Mais vous n'allez pas la conduire.

— Ah non ?

Le regard de la jeune femme s'était agrandi, un regard bleu sombre qui prenait parfois des teintes violettes. A la base de sa gorge battait une petite veine que Nick eut soudain une irrésistible envie d'embrasser.

— Non, confirma-t-il. Vous avez bu deux verres de vin, c'est plus que la limite autorisée.

— Vous m'avez observée ? s'insurgea-t-elle.

Une bouffée de colère colora ses joues.

— Pas spécialement, mentit Nick en haussant les épaules. Je ne peux m'empêcher de noter tout ce que je vois. J'ai cette forme d'esprit... Je collecte quantité d'informations. Par exemple, je peux vous dire que l'homme qui se tient près de la cheminée s'est permis de boire une bouteille entière de champagne, parce que c'est sa femme qui conduit. Elle, en revanche, n'a pris que du jus d'orange.

— Je vois, déclara Jinx d'un ton pincé. Mais ce n'est pas une raison.

— Une raison pour quoi ?

— Pour m'observer à la loupe ! répondit-elle d'un air fâché.

— Avec un visage et un corps pareils, comment voulez-vous que je ne vous observe pas ? dit Nick en souriant.

Jinx leva sur lui un regard perplexe. Visiblement, elle ne savait pas si elle devait se sentir flattée ou choquée.

— Je n'ai pas besoin de vos services, répliqua-t-elle.

Face à l'hostilité de la jeune femme, Nick ressentait un curieux dépit. Son ego n'avait pas de quoi être flatté... De toute la soirée, elle ne lui avait pas accordé la moindre attention ! Sa seule consolation ? Elle s'était conduite de la même façon avec les autres hommes présents.

A l'exception de Leo Fellows, peut-être, se dit-il soudain. Ils avaient pratiquement flirté quand elle était arrivée. Jinx était-elle venue seule parce qu'elle avait une relation avec le mari de son amie ? C'était assez fréquent dans certains milieux...

Nick trouva l'idée foncièrement déplaisante. Jinx pouvait-elle se montrer aussi déloyale ? Si c'était le cas, cela pouvait contrarier son plan.

Un plan simple, pourtant : se rapprocher d'elle, se rendre agréable, et faire en sorte qu'elle le présente à son père. Une fois qu'il aurait l'homme en face, il se faisait fort de lui faire signer le contrat qui lui accorderait les droits d'adaptation du livre.

Nick soupira. Si Jinx avait été un peu moins belle, un peu moins sexy, les choses auraient sans doute tourné à son avantage... Dire qu'il avait pensé lui faire un petit numéro de charme ! Mais il n'avait pas prévu sa propre réaction devant la lumineuse beauté de Jinx. Le parfum qu'elle portait, son regard, sa silhouette, tout en elle l'excitait d'une manière totalement inattendue.

Et cela aussi risquait de compromettre son plan...

2

— Pourquoi refusez-vous mon offre ? insista Nick avec un agacement perceptible.

Jinx sourit avec assurance.

— Les parents de Susan habitent près de chez moi et ils ont proposé de me raccompagner, déclara-t-elle, soulagée d'avoir ce prétexte à lui opposer.

Elle avait hâte de rentrer. Toute la soirée, elle avait senti peser sur elle le regard troublant de Nick Prince.

Jamais elle n'avait été ainsi troublée par la présence d'un homme. En premier lieu parce que cet homme-là lui avait envoyé plusieurs lettres par l'intermédiaire des éditions Stephens... Mais surtout, parce qu'elle ressentait une puissante attirance physique pour lui, bien qu'elle essayât désespérément de la combattre.

— Et où se trouve ce « chez vous » où l'on vous raccompagne ? demanda-t-il.

Jinx lui jeta un regard circonspect.

— A Londres.

— Quelle partie de Londres ? insista-t-il.

— Le sud-ouest, lâcha Jinx à contrecœur.

Pourquoi Nick Prince se trouvait-il ici ce soir ? se demandait-elle. Devait-elle croire à une coïncidence ? Après tout, il ne connaissait pas les Fellows...

Depuis longtemps, Jinx avait cessé de croire au hasard.

Non, si Nick Prince était là ce soir, c'était pour *Un garçon pas ordinaire*, elle en était certaine. Mais que savait-il exactement ? Sûrement pas tout, mais assez pour se trouver devant elle ce soir…

Il eut un petit sourire contrit.

— Autrement dit, vous ne tenez pas à me révéler votre adresse…

— Vous avez compris.

C'était bien la dernière chose qu'elle avait l'intention de faire !

— Donc, j'ai intérêt à profiter du temps que je peux passer avec vous ce soir.

Jinx lui adressa un regard méfiant.

— Ce qui veut dire ?

Il haussa légèrement ses larges épaules.

— Pour commencer, nous pourrions danser… L'orchestre s'est mis à jouer.

Pour commencer ? Jinx avait-elle vraiment envie de se retrouver contre lui, de sentir la chaleur de son corps contre le sien, son souffle sur sa joue ?

— Vous avez peur ? demanda-t-il.

Jinx se raidit immédiatement. Elle pressentait que Nick la provoquait pour parvenir à ses fins, mais elle ne voulait pas paraître timorée à un homme aussi arrogant.

— Moi ? Quelle drôle d'idée ! Plus simplement, il se trouve que je n'ai pas dansé depuis bien longtemps et je crains d'avoir oublié.

— Danser, c'est comme faire l'amour, chuchota-t-il d'une voix de velours. On n'oublie jamais la manière de s'y prendre…

Cet homme était diabolique ! Comment faisait-il pour donner à la conversation un tour aussi intime ?

— Dans ce cas, rétorqua-t-elle avec assurance, je ne devrais éprouver aucune difficulté.

D'un pas déterminé, Jinx se dirigea vers le salon où un quartet venait de s'installer et jouait de la musique douce.

Elle ne tarda pas à constater qu'elle avait eu raison de

craindre la proximité de cet homme... Dès qu'ils commencèrent à danser, Nick Prince la plaqua contre lui d'une main ferme, ne laissant pas un pouce d'espace entre leurs deux corps, qui se touchaient jusqu'aux cuisses.

Le souffle court, Jinx tenta de rétablir entre eux une légère distance... Peine perdue. Nick contraria ses efforts en la ramenant contre lui. Elle eut soudain l'impression que le reste du monde s'était effacé...

— Vos cheveux sentent délicieusement bon, murmura-t-il contre sa tempe.

— C'est mon shampooing, répondit-elle mécaniquement, luttant contre le charme presque hypnotique qu'il exerçait sur elle.

Nick eut un rire léger.

— Votre shampooing ? Quel romantisme ! Vous êtes toujours comme ça ?

— Et vous ?

— Personne ne m'avait jamais pris en flagrant délit de romantisme, auparavant... Mais cela pourrait changer.

Le timbre chaud de la voix de Nick opérait sur Jinx un effet magique, qui s'ajoutait au trouble qu'elle ressentait au contact de ses cuisses musclées contre les siennes. La proximité entre eux était telle qu'elle ne pouvait ignorer le désir qui montait en lui... Son cœur battait à tout rompre, elle fondait entre ses bras... Il fallait que cela cesse !

— J'ai envie de vous, murmura Nick au creux de son oreille.

Jinx frissonna des pieds à la tête. Si elle ne trouvait pas le moyen de faire marche arrière, elle n'aurait bientôt plus aucun contrôle sur les événements.

— Je vois une jeune femme qui ne nous quitte pas des yeux, fit-elle comme si elle n'avait pas entendu. Une amie à vous ?

— Ma sœur Stazy.

Il avait répondu sans même lever la tête. Jinx crut défaillir quand il se mit à lui mordiller le lobe de l'oreille.

— Vous n'avez même pas regardé, protesta-t-elle alors que

la langue de Nick s'aventurait au creux de son cou, déclenchant une nouvelle vague de frissons.

Si elle n'avait pas lutté de toutes ses forces, son corps se serait de lui-même lové contre celui de Nick !

— Je n'en ai pas besoin, répondit-il enfin. Ma sœur est si heureuse en couple qu'elle veut nous marier, mes frères et moi. Elle doit être en train d'évaluer si vous avez l'étoffe d'une bonne épouse...

Jinx sursauta et se dégagea légèrement pour le regarder droit dans les yeux, ce qu'elle regretta aussitôt. Le regard gris de Nick était d'argent liquide à présent, brillant d'une émotion intense faite d'excitation et de désir. Pour elle. Jamais elle n'avait rencontré un homme aussi attirant. Elle inspira profondément.

— Dans ce cas, mieux vaut ne pas donner de fausses idées à votre sœur. Je propose que nous arrêtions là.

Elle s'écarta. Au bout de quelques instants, Nick finit par la lâcher. Son regard était empli de regret.

— Pourquoi ne pas partir discrètement... ? demanda-t-il d'une voix sourde.

— Chez moi, par exemple ? lança Jinx avec provocation.

— Pourquoi pas, en effet ?

— Parce que je n'ai pas la moindre intention de faire une chose pareille, rétorqua-t-elle d'un ton sarcastique.

Exaspérée, elle secoua la tête.

— Vous m'avez mal comprise, je crois, ajouta-t-elle, quand je proposais d'arrêter là : il s'agissait de mettre fin à cette mascarade.

Soudain, les yeux de Nick devinrent sombres, comme si une lumière intérieure s'était éteinte. Son visage affichait maintenant une expression que Jinx était incapable de déchiffrer.

— Quelle mascarade ? Je ne comprends pas.

Jinx eut un sourire sans joie.

— Ecoutez, je sais qui vous êtes, vous savez qui je suis. De quelle façon êtes-vous au courant, je ne sais pas encore.

En tout cas, je trouve ridicule de continuer à faire semblant de croire que nous nous rencontrons par hasard.

Le regard de Nick se fit plus acéré et des émotions rapides se succédèrent sur son visage sculpté, trop fugaces pour que Jinx puisse les analyser.

— Je ne vois donc pas la nécessité de poursuivre votre entreprise de séduction, reprit-elle froidement.

— Entreprise ? Vous croyez que je feins mon attirance pour vous ?

Une sourde fureur imprégnait la voix de Nick, mais Jinx ne se laissa pas impressionner. Elle avait bien compris ce qu'il en était. Hélas, l'attirance que, elle, ressentait pour lui, n'avait rien de contrefait.

— Monsieur Prince, je vous crois capable de tout.

Elle releva fièrement le menton.

— Et maintenant, je vous laisse, conclut-elle. Les parents de Susan sont sur le point de partir. Quant à mon dernier courrier... Eh bien, c'est fait : je vous ai rencontré personnellement et ma réponse est toujours non ! Est-ce clair ? Il n'y aura pas de film.

Nick pinça les lèvres.

— N'est-ce pas plutôt à votre père d'en décider ?

Jinx le fixa quelques longues secondes avant de répondre, en choisissant soigneusement ses mots.

— Non, au vu des circonstances, je ne le pense pas.

— Soyez plus explicite, dit Nick.

— Mon père n'est pas en bonne santé, répliqua-t-elle en affrontant calmement son regard.

— Tout ce que je veux de lui est une signature.

Elle afficha un sourire cynique.

— Qui vous donnerait bien sûr un accès exclusif aux droits d'adaptation d'*Un garçon pas ordinaire*...

— Exactement, lâcha Nick d'une voix presque tranchante.

Au moins, il avait la sincérité de ne plus chercher à cacher son véritable objectif ! Elle avait donc vu juste quant au vrai motif de ses avances…

— Eh bien, monsieur Prince, vous pouvez renoncer à…

— Pourquoi ne m'appelez-vous pas Nick ? coupa-t-il âprement. Entre nous, ce formalisme est ridicule !

Jinx n'avait pas besoin de demander une quelconque explication sur ce que signifiait ce « entre nous »…

— Nick ou monsieur Prince, c'est pareil pour moi, cela ne changera rien à ma décision. Le « non » reste le même.

— J'ai déjà eu l'occasion de le dire à James Stephens, et je vous le répète, répliqua Nick, « non » n'est pas une réponse dont je me contente.

Jinx marqua un temps d'arrêt, incapable de déguiser sa surprise en entendant mentionner le nom de son éditeur. Etait-ce ainsi que Nick Prince s'était procuré son nom ?

— James Stephens vous a révélé qui j'étais ?

— James est un grand professionnel, jamais il ne commettrait pareille erreur.

Tant mieux, pensa Jinx. Dans le cas contraire, le second manuscrit de J. I. Watson, actuellement au stade de la relecture, n'aurait jamais atteint son bureau, elle y aurait veillé !

Mais alors, d'où Nick Prince tenait-il ses renseignements ?

— Expliquez-moi donc, dit-elle, ce qu'il y a de si difficile à accepter dans un simple refus de ma part ?

— D'aussi loin que je me souvienne, intervint une voix féminine aux inflexions chantantes, ce mot n'a jamais fait partie du vocabulaire de mon frère aîné…

Jinx se retourna. La sœur de Nick, Stazy, les avait rejoints.

— Disons que je suis résolument optimiste, corrigea Nick. Le côté négatif des choses ne m'a jamais intéressé.

Pourtant, se dit Jinx, il allait bien être obligé de se satisfaire de sa réponse : elle était bien décidée à camper sur ses positions.

— Si vous voulez bien m'excuser…

Jinx accompagna sa déclaration d'un sourire à Stazy et d'une œillade glaciale à Nick, pour le dissuader de la retenir.

Il fallait qu'elle s'éloigne de cet homme. Il l'avait approchée avec une audace incroyable… Et elle était encore bouleversée de la réaction qu'il avait suscitée en elle.

Nick fronça les sourcils et la regarda rejoindre le couple âgé qui s'apprêtait à partir. Il plissa les yeux. Il lui restait deux options : soit laisser Jinx sortir de sa vie en emportant son secret, soit la rattraper et partir avec elle !

— S'il te plaît, donne-moi un coup de main, dit-il alors à sa sœur.

Stazy eut l'air surpris.

— Bien sûr… De quoi s'agit-il ?

— De persuader ton charmant mari qu'il est temps de partir.

Sa sœur écarquilla les yeux.

— Ne crois-tu pas qu'il est un peu tôt ? Quelle excuse vais-je trouver pour expliquer cela à Susan ?

— Celle que tu veux ! rétorqua Nick, en proie à une soudaine panique en voyant Jinx et les parents de Susan se rapprocher de la porte. Dis-lui… Je ne sais pas, moi, qu'il y a le feu chez vous, que tu veux rester seule avec ton mari…

— Susan risque de ne pas me croire. Je te rappelle que ma lune de miel est passée depuis un petit moment et que Jordan et moi avons un enfant…

— Je sais, grommela Nick.

C'était encore si étrange pour lui de voir sa petite sœur mariée, et de plus avec un homme aussi expérimenté que Jordan Hunter.

— Trouve quelque chose, reprit-il, et s'il te plaît, fais vite !

— Heureusement que j'ai de l'imagination, le rassura Stazy. Si je comprends bien, tu ne rentreras pas avec nous ?

— Tu as saisi. Dépêche-toi !

— J'y cours…

A la vitesse que mirent les Hunter à dire au revoir et à quitter les lieux, Nick comprit que, lune de miel derrière eux ou pas, Jordan et sa sœur s'entendaient toujours aussi bien. Il soupira… Bien sûr, il approuvait pleinement le choix de sa sœur. C'était son problème s'il n'arrivait pas à accepter pleinement l'idée qu'il existait dans la vie de Stazy un homme qui comptait désormais plus que lui…

Il se hâta vers la sortie.

— Je suis désolé, annonça-t-il en rejoignant rapidement Jinx et les parents de Susan, mais auriez-vous la gentillesse de me raccompagner également ? Je comptais sur ma sœur mais elle et son mari ont eu un imprévu. Il leur a fallu partir en catastrophe.

Les parents de Susan s'interrogèrent du regard. Si Jinx ouvrait la bouche pour protester, se dit Nick, il en serait pour ses frais.

Il la regarda d'un air pénétrant. Extérieurement, il était très calme, mais sa main s'était resserrée sur le bras de la jeune femme. Celle-ci lui retourna un regard où brillaient des éclairs de colère.

« S'il te plaît, Jinx, l'encouragea-t-il mentalement, donne-moi au moins une chance… »

S'il la perdait ce soir, il lui faudrait repartir de zéro demain. Et cela lui ferait perdre beaucoup de temps. Si seulement elle pouvait se montrer coopérative…

— Eh bien…, intervint Jinx en souriant aux parents de Susan. Finalement, je crois que Nick et moi allons marcher. Ce n'est pas si loin, après tout.

— Vous êtes sûre, Jinx ? demanda la vieille dame. Il y a quand même trois kilomètres…

— Mais la soirée est tellement douce ! Ce sera un plaisir, n'est-ce pas, mon cher ? continua Jinx, en passant familièrement son bras sous celui de Nick.

Le doux sourire qu'elle affichait n'avait rien d'un bon présage, Nick le sentait, mais il était prêt à tout accepter pour ne pas la voir partir sans lui.

— Un vrai bonheur, renchérit-il.

Un bonheur dont il se serait bien dispensé, pourtant… Trois kilomètres à pied n'étaient pas son idéal de promenade, mais si cela pouvait le conduire chez Jinx, il était prêt à traverser tout Londres !

Cependant, comptait-elle réellement le conduire chez elle ? Après ce qu'elle avait dit plus tôt, il en doutait…

Après avoir salué les parents de Susan, ils marchèrent quelques minutes en silence. L'air était empli de mille parfums délicieux.

— Dites-moi, demanda enfin Nick, est-ce que cette délicieuse balade nous mène vraiment quelque part ?

— Je vous assure que oui, répliqua sèchement Jinx.

Du ton dont elle avait répondu, il imagina sans peine qu'elle l'aurait volontiers conduit en enfer !

— Espérez-vous vous débarrasser de moi sur le chemin ?

— Je ne suis pas du genre à ma débarrasser de ce qui me dérange, répondit-elle, le visage fermé.

— Donc, je vous dérange…

— Parce que vous empiétez sur ma vie privée.

— Vous êtes excessivement réservée.

— J'aime la discrétion.

— J'ai entendu plusieurs personnes vous appeler Jinx, ce soir, fit-il remarquer, dans l'espoir de l'amener sur un terrain plus léger.

— Mes bons amis, uniquement, confirma-t-elle avec raideur.

Dont il ne faisait pas partie, visiblement… Nick ne se formalisa pas pour si peu : il en aurait fallu davantage pour le décourager !

— D'où vous vient un surnom aussi peu habituel ?

— N'essaieriez-vous pas de changer de sujet ? l'interrogea-t-elle d'un ton moqueur.

— J'y ai plutôt intérêt, non ? répondit-il en riant.

Jinx haussa les épaules.

— A l'école, mes camarades de classe avaient l'habitude de prononcer rapidement l'initiale de mon prénom suivie de mon nom… J. Nixon, vous voyez ce que ça donne. Et pour revenir à la conversation précédente, ajouta-t-elle froidement, cette balade vous mène bien quelque part, mais pas chez moi. Elle vous conduit à la première station de métro.

— Vous avez mentionné la santé de votre père, avança-t-il doucement, après un silence.

— J'en ai parlé, oui, concéda-t-elle avec une évidente réticence.

— Rien de sérieux, j'espère ?

— Cela dépend de ce qu'on appelle sérieux.

Le front de la jeune femme était barré par une ride soucieuse.

— En général, ce qui menace gravement la…

— Monsieur Prince, l'interrompit-elle d'une voix blanche, j'aimerais que vous cessiez de vous intéresser à mon père.

— Mais j'avais seulement l'intention…

— Je sais parfaitement quelles sont vos intentions !

Ses yeux lançaient des éclairs. Elle était d'une beauté stupéfiante, constata Nick. Et elle était courageuse, aussi : elle n'hésitait pas à l'affronter.

— Vous voulez obtenir les droits du livre, reprit-elle, en serrant les poings. Et décrocher un oscar pour son adaptation, afin de l'ajouter aux cinq qui ornent déjà votre bibliothèque !

Etait-elle aussi belle quand elle succombait au désir que quand elle cédait à la colère ? Nick brûlait soudain de le découvrir.

— Un oscar serait certes très agréable, murmura-t-il d'une voix rauque. Mais en cet instant, je l'échangerais sans regret contre une nuit avec vous.

Le visage de la jeune femme s'empourpra. Il voyait sa poitrine se soulever au rythme rapide de sa respiration.

— Je ne me souviens pas vous avoir dit que j'en avais envie, rétorqua-t-elle.

La petite veine qui battait au creux de son cou démentait cette affirmation. Nick était assez expérimenté pour savoir que, en dépit de sa colère, elle mentait.

Il se rapprocha d'elle.

— Vous n'en avez pas parlé, c'est vrai, admit-il, pas avec des mots…

Il la touchait presque, au point de sentir la chaleur qui émanait de son corps mince et gracieux.

Il l'arrêta en posant une main sur son bras. Et, du bout des doigts, il se mit à effleurer ses lèvres pleines et sensuelles. Aussitôt, il la sentit frissonner.

— Vous avez envie de moi, Jinx…, murmura-t-il d'une voix sourde.

La bouche de la jeune femme trembla. Nick vit les pointes de ses seins se dessiner sous le tissu léger de sa robe. S'il avait pu la toucher au cœur même de sa féminité, il l'aurait trouvée brûlante, il en était sûr… Prête à faire l'amour autant que lui l'était.

Et dire qu'ils ne s'étaient même pas encore embrassés !

Incapable de résister davantage, Nick la prit dans ses bras et se pencha vers elle pour prendre sa bouche.

A l'instant où leurs lèvres se rencontrèrent, il crut que son monde vacillait… Ce monde si bien structuré, celui qu'il s'était construit à force de volonté, venait de trembler sur ses bases…

Il avait l'impression de basculer.

Toutes les femmes qu'il avait connues auparavant s'effacèrent dans un irréversible oubli. A présent, seule Jinx existait, sa chaleur, son parfum, le goût enivrant de sa bouche.

3

Que se passait-il ?

Pour la première fois de sa vie, Jinx sentait qu'elle perdait pied. Ce qui lui arrivait était incroyable !

Nick l'embrassait comme s'il voulait s'imprégner de son souffle même, l'absorber, fusionner avec elle. Il bougeait contre elle, l'excitant au point de lui faire perdre toute raison. Si elle l'avait pu, elle aurait déchiré leurs vêtements pour se donner à lui au beau milieu de la rue !

Nick parvint à s'arracher à ses lèvres en gémissant de désir. Il prit le visage de Jinx entre ses deux mains, la dévorant de son regard argenté.

— Filons à l'hôtel, gronda-t-il. Je ne sais pas quel est votre secret, Jinx, mais si je ne vous fais pas l'amour très vite, je vais me consumer sur place.

Elle n'avait aucun mal à le croire. Le désir de Nick était le même que le sien. Un désir qui la poussait vers lui avec une force insoupçonnée, qui la rendait moite et brûlante…

— Tu sens comme j'ai envie de toi ? chuchota Nick.

Il se serra contre elle. Mon Dieu, s'il la touchait encore, si elle continuait à sentir son désir, elle allait perdre tout contrôle…

Mais elle ne pouvait finir la nuit à l'hôtel, surtout pas en compagnie d'un homme tel que lui ! Même si son corps lui criait tout le contraire, Jinx savait qu'il serait déraisonnable de lui faire confiance.

Elle se recula imperceptiblement.

— Non ! protesta Nick, en la plaquant contre lui. Jinx, je sais que tu as envie de moi…

Il ne savait pas à quel point c'était vrai se dit-elle. Mais elle ne devait pas céder, elle avait trop à y perdre.

Elle se raidit et chercha à reculer.

— Vous obtenez toujours ce que vous voulez, n'est-ce pas, Nick ? demanda-t-elle d'un ton mordant.

— Presque toujours, confirma-t-il d'un voix rauque, respectant pourtant la distance qu'elle avait mise entre eux.

— Dans ce cas, une petite contrariété ne peut pas vous faire grand mal.

— Il me semble que je ne serai pas le seul à être contrarié, corrigea-t-il. Quant à moi… Je connais plus d'un homme qui deviendrait fou de se voir repoussé après ce qui vient de se produire. Vous m'avez amené si loin…

Les yeux de Nick brillaient d'une émotion intense.

— Cela n'arrive pas qu'aux hommes, figurez-vous, rétorqua-t-elle sèchement.

— Alors, pourquoi ne pas poursuivre ?

— Parce que ce serait une erreur ! s'écria-t-elle. Ne pouvez-vous comprendre ? Vous êtes le dernier homme sur terre avec qui je puisse avoir une relation !

Nick se figea.

— Parce que je veux faire un film d'*Un garçon pas ordinaire* ?

— Oui !

— Ouvrez les yeux, Jinx ! Bon sang, je…

— Votre agressivité ne vous fera pas progresser d'un pouce, Nick.

— Sans doute pas, admit-il. Mais cela soulage !

Elle lui adressa un sourire triste.

— Tant mieux pour vous. Et il faudra vous contenter de ça car je n'ai nullement l'intention de vous suivre à l'hôtel. Ni de vous conduire chez moi.

— Vous êtes vraiment la femme la plus têtue…

— Et si vous tentez de me suivre, le coupa-t-elle, imperturbable, je préviendrai la police. Vous finirez au poste.

— Prévenir la police ? se moqua Nick. Cela ne contredit-il pas votre phobie de toute publicité ? Si vous faites arrêter un homme aussi connu que moi, les journaux à scandale s'empareront de l'affaire et la tranquillité de votre père s'en trouvera compromise.

— C'est vous qui auriez alors un problème à régler, pas moi, affirma-t-elle avec beaucoup plus de confiance qu'elle n'en ressentait. Ce ne sera pas la photo de mon père que l'on verra partout. Je ne ferais rien qui puisse l'exposer publiquement. C'est pour cela que nous avons choisi un pseudonyme.

Nick fronça les sourcils.

— Pourquoi votre père se cache-t-il, Jinx ?

La jeune femme se détourna.

— Laissez-nous tranquilles, murmura-t-elle.

— Et si je ne le peux plus ? rétorqua-t-il, une lueur de défi dans le regard. Bon sang, quand ce satané bouquin a été écrit, vous deviez bien envisager la possibilité du succès !

— Bien sûr que non ! protesta Jinx avec véhémence. Ecrire est un processus très personnel. Qui pouvait imaginer qu'une histoire pour enfants deviendrait un succès planétaire ?

— Dont les ventes continuent d'exploser…

— Je sais, soupira-t-elle.

— N'êtes-vous pas en train de vous montrer égoïste ? Tant que je n'aurai pas rencontré votre père, je ne saurai pas s'il partage votre refus…

Jinx leva vers lui un regard plein de larmes. Elle les écrasa d'un geste rageur.

— Je voudrais que rien de tout ceci ne soit jamais arrivé ! s'exclama-t-elle.

— Allons, Jinx ! protesta Nick avec cynisme. L'argent a ses bons côtés, je suis certain que vous en profitez. Par exemple, ces diamants à vos oreilles…

— Ça suffit ! l'interrompit-elle avec colère. J'ai gagné de quoi me les offrir, à la sueur de mon front !

— Si vous le dites…

Jinx le dévisagea, surprise de le voir céder si facilement. Un homme comme lui ne reculait pas simplement parce qu'on le lui demandait, elle avait payé assez cher pour le savoir !

— Vous avez bien compris que je vous ferai arrêter si j'ai l'impression que vous cherchez à me suivre, insista-t-elle.

— Message reçu. Mais ne vous inquiétez pas, je suis rarement à court d'idées, répliqua Nick sans hésitation.

C'était bien ce que redoutait Jinx. Il l'avait déjà trouvée. De lui, elle pouvait s'attendre au pire.

— Maintenant, laissez-moi partir, fit-elle d'une voix qu'elle espérait ferme.

— Vous en avez le droit.

Jinx le regarda avec étonnement. A la dureté de ses traits, elle comprit que ce qui avait pu naître entre eux était pour lui terminé. Définitivement. C'était bien ce qu'elle avait souhaité, non ?

Bien entendu. Une relation avec Nick Prince était ce qu'elle pouvait imaginer de plus dangereux, pour sa tranquillité d'esprit comme pour celle de son père.

Elle tourna les talons. Cette fois, elle ne ressentit aucun picotement le long de sa colonne vertébrale… Elle en conclut que Nick ne la regardait pas s'en aller. Et pourquoi l'aurait-il fait ? Il avait échoué dans son entreprise, elle ne lui était donc plus d'aucune utilité.

Que dirait-il, songea-t-elle, s'il devait un jour apprendre la vérité ?

Il n'y avait pas de quoi être fier, admit Nick en son for intérieur, tout en s'asseyant face à Jane Morrow. La jolie blonde d'une trentaine d'années cachait mal son plaisir de le revoir, et posait fréquemment la main sur son bras.

La dernière semaine, passée à chercher en vain l'adresse de Jinx, avait été plus qu'éprouvante.

Il ne manquait pas de J. Nixon dans l'annuaire, mais aucun numéro ne correspondait à celui qu'il cherchait. Les précédents éditeurs de Jackson Nixon, ceux qui avaient publié ses ouvrages historiques, avaient informé Nick que l'auteur avait déménagé récemment et qu'ils n'avaient pas sa nouvelle adresse.

Tournant ses recherches du côté de Jinx, Nick n'avait pas remporté plus de succès. L'université où elle enseignait s'était refusée à donner la moindre information, tout en proposant de faire suivre le courrier. Mais, étant donné l'échec de ses précédentes missives, cela ne l'avançait guère !

Une visite impromptue à Susan Fellows s'était révélée aussi peu concluante. La jeune femme s'était contentée de confirmer que oui, Jinx avait déménagé et que, effectivement, son père était malade. En dehors de cela, Nick n'avait rien pu lui arracher.

Par ailleurs, aucun des amis de Stazy ne semblait connaître Jinx personnellement… Découragé, Nick s'était de nouveau tourné vers Jane Morrow, la responsable de collection aux éditions Stephens.

Bizarrement, alors qu'un mois plus tôt il n'éprouvait aucun scrupule à l'idée de séduire la jeune femme pour parvenir à ses fins, il ressentait ce soir une véritable contrariété, comme un dégoût. Non pas que Jane manquât de charme ; mais les raisons qu'il avait de l'inviter à dîner lui apparaissaient cette fois sous leur vrai jour, assez peu honorables.

Honorable, l'était-il seulement ? C'était une question que Nick ne s'était jamais posée. Son attitude de ces dernières semaines prêtait sans doute à la critique. Obsédé par cette histoire de droits — à moins que ce ne fût par Jinx elle-même ! —, était-il en train de passer les bornes ?

Nick devait reconnaître qu'il avait constamment pensé à Jinx ces derniers jours. Sa silhouette menue, la fougue de son baiser, tout cela revenait plus souvent à son esprit que cette histoire de droits ! Où était donc passée son ambition ?

— … d'excellentes nouvelles à vous communiquer !

Le ton excité de Jane sortit Nick de ses pensées.

— Dites-moi tout, l'encouragea-t-il d'un sourire.

— Eh bien, J. I. Watson nous a envoyé un autre manuscrit, révéla-t-elle, rougissant de plaisir à l'idée de surprendre son interlocuteur. Il est sur le bureau de James mais j'ai pu le parcourir. Et d'après ce que j'en ai lu, on doit s'attendre à un nouveau best-seller ! Ce qui n'est pas toujours le cas avec les deuxièmes romans…

— C'est une suite du *Garçon pas ordinaire* ?

— Oui, confirma Jane. L'histoire continue…

Avec enthousiasme, elle se mit à lui raconter ce qu'elle savait de l'intrigue, mais Nick ne l'écoutait déjà plus.

Jinx savait-elle que son père écrivait une suite à son livre ? A en juger par son attitude crispée, il aurait juré qu'elle aurait préféré qu'il abandonne la fiction… Cependant, la sortie imminente d'un deuxième volet rendait encore plus urgente la rencontre de Nick avec l'auteur. L'annonce coordonnée d'un film et du deuxième livre n'ouvrait-elle pas de fabuleuses perspectives publicitaires ?

Si seulement il pouvait joindre l'auteur sans passer par Jinx !

— Je suppose que J. I. Watson a exigé les mêmes conditions qu'auparavant ? demanda-t-il d'un ton léger.

Jane fit une grimace amusée.

— Vous voulez dire qu'il refuse toute interview, toute séance de dédicace et toute publicité ? Oui, confirma-t-elle en hochant la tête. Comme d'habitude… Avec en plus un intéressant post-scriptum au contrat.

Elle s'interrompit un instant pour laisser monter le suspense.

— Que dit ce post-scriptum ?

— Vous y êtes cité nommément !

Nick se raidit.

— Moi ? Pourquoi donc ?

— Parce que J. I. Watson ne veut plus aucune correspondance avec vous, c'est clairement précisé. Vous avez vraiment dû l'inquiéter avec vos propositions…

Comment aurait-il pu inquiéter quelqu'un qu'il n'avait jamais rencontré ? Non, c'était sa fille, Jinx, qui voulait le tenir à distance. Et elle avait des raisons autres que professionnelles pour exiger cela, il ne le savait que trop…

Tout cela rendait Nick encore plus impatient d'en finir. Au fond, il en était persuadé, plus vite il mettrait Jinx dans son lit, plus vite cette affaire de droits d'adaptation serait réglée. Bon sang, la simple idée de la tenir nue dans ses bras suffisait à l'exciter !

Il avait l'esprit si occupé par Jinx qu'il refusa l'invitation de Jane lorsqu'il la raccompagna, après le dîner. Tout son désir était concentré sur une belle jeune femme rousse au corps de rêve et au regard violet…

Il secoua la tête avec une expression de regret.

— Navré, Jane, j'ai un rendez-vous tôt demain matin…

Le prétexte était convenu mais il espéra que cela suffirait pour ne pas vexer Jane. Mais celle-ci ne s'avoua pas battue et, se rapprochant de lui, elle posa une main légère sur son torse, humidifiant ses lèvres de façon suggestive.

— Je peux mettre mon réveil à sonner…

— Vraiment, ce n'est pas possible, fit-il en souriant pour adoucir son refus. Je dois être en pleine forme demain.

Une vive déception se peignit sur le visage de la jeune femme. Elle fronça les sourcils.

— A présent que vous avez obtenu vos renseignements sur J. I. Watson, dit-elle avec amertume, peut-être n'avez-vous plus besoin de moi ?

Nick se sentait mal à l'aise. Il regrettait d'avoir agi ainsi avec Jane, mais il n'aimait pas non plus l'attitude possessive qu'elle avait eue avec lui tout au long de la soirée. Un simple dîner en tête à tête n'était tout de même pas un engagement solennel !

— Je suis sincèrement désolé, ajouta-t-il.

— Pas autant que moi ! répliqua Jane avec colère.

Les inflexions menaçantes de sa voix déplurent profondément à Nick. Oui, il était temps de cesser toute relation avec elle. Mais plus profondément, il devait avouer que le caractère de Jane n'était pas seul en cause. Il y avait aussi le regard profond de Jinx, qui hantait sa mémoire, ses lèvres qui appelaient les baisers, son corps mince, presque fragile, et que le désir tendait comme un arc…

Bien entendu, il lui fallait taire tout cela. Jane lui en voulait suffisamment comme ça… De quoi ne serait-elle pas capable, d'ailleurs, si elle apprenait la vérité ? songea Nick en observant son visage. Celui-ci avait maintenant perdu toute douceur.

— J'aurais dû comprendre que le célèbre Nick Prince ne s'intéressait pas au menu fretin sans un bon motif !

Elle secoua la tête, visiblement dégoûtée, et se mit à fouiller dans son sac. Elle en sortit ses clés, qu'elle glissa dans la serrure de la porte de son immeuble.

— Vous pourrez courtiser directement J. I. Watson, quand vous aurez découvert sa cachette ! Quelque chose me dit que son refus de publicité est motivé par des tendances… comment dire ? Efféminées ?

Nick était sur le point de renouveler ses excuses mais cette dernière pique le figea sur place.

— D'où sortez-vous un telle information ?

Jane haussa les épaules en ouvrant sa porte.

— Soit il fait écrire ses lettres par une femme, soit il porte un parfum très fleuri.

Une fragrance de muguet, comme celle qu'il avait identifiée sur Jinx, lors de la soirée chez Susan Fellows ?

— Vous avez reconnu la marque du parfum ? demanda-t-il.

— Non ! cria Jane, tournant vers lui un regard furieux. Vous êtes décidément aussi odieux que la presse le dit ! Mais vous n'obtiendrez plus rien de moi !

Arrogant, clamaient les journaux. Calculateur. Froid. Déterminé, têtu, brillant, doué. Il avait perdu le compte des qualificatifs qu'on lui avait accolés au cours des années. D'ailleurs,

Nick ne lisait plus ce qui le concernait. Mais il savait que les journalistes préféraient s'intéresser à ses conquêtes plutôt qu'au talent qui lui avait valu cinq oscars, ces récompenses évoquées avec un tel dédain par Jinx.

Jinx, encore présente dans son esprit, Jinx à laquelle il revenait toujours…

Cela tournait à l'obsession. En tout cas, la piste du parfum était à suivre. Si la santé de son père s'altérait, peut-être que la jeune femme avait joué un rôle plus important qu'on ne le pensait dans la rédaction du tome deux…

Peut-être même…

Nick tressaillit. C'était… stupéfiant. Impossible. Non, ils n'avaient pas tous pu se tromper à ce point !

Et pourtant…

4

— Juliet India Nixon…

Ces mots, prononcés d'une voix douce mais ferme, résonnèrent dans le silence feutré du grand salon de l'hôtel londonien, tandis que Jinx s'installait en face de Nick.

Elle eut l'impression que les paroles qu'il venait de proférer restaient suspendues au-dessus d'eux comme une menaçante épée de Damoclès. Mais en réalité, il n'y avait qu'elle à se sentir en danger. Nick, lui, n'avait rien à craindre de leur rencontre, bien au contraire.

Une satisfaction évidente se lisait sur ses traits alors qu'il se penchait au-dessus de la table basse où un serveur avait déposé leurs cafés. Son regard gris ne quittait pas Jinx.

— C'est bien vous, n'est-ce pas ? répéta-t-il avec insistance.

Jinx s'obligea à éviter ces yeux inquisiteurs et se détourna. Elle aperçut alors une jeune femme brune qui dévorait Nick du regard. Encore une victime de son « pur magnétisme sexuel », comme aurait dit Susan !

Ajouter un peu de sucre à son café donna à Jinx quelques secondes supplémentaires de réflexion. Comme si cela allait l'aider… Elle avait reçu deux jours plus tôt la lettre qui sonnait le glas de sa tranquillité…

« Juliet India Nixon ou J. I. Watson ? Il me semble que

nous devrions en discuter, non ? Rendez-vous au Waldorf, mercredi à 10 h 30. »

Depuis, elle vivait une vraie torture, désespérant de trouver une solution pour sortir de ce piège. Mais elle n'avait rien trouvé. Comment traiter avec un adversaire aussi puissamment déterminé que Nick Prince ?

Bluffer était une option, mais il l'aurait vite démasquée. Avouer la vérité en comptant sur sa compréhension ? Ridicule. Nick n'était guère réputé pour sa philanthropie. La presse ne l'avait jamais crédité de cette qualité et si Jinx en jugeait par son obstination à la retrouver, le pire était à redouter.

Elle releva le menton d'un air de défi.

— Que voulez-vous de moi ?

Les yeux gris scintillèrent.

— La vérité, bien sûr.

— Parce que vous espérez qu'elle arrangera vos affaires, rétorqua Jinx avec dédain. Sinon, vous vous en dispenseriez.

Nick leva sur elle un regard aux reflets soudain métalliques.

— Votre mépris m'est-il adressé personnellement ou s'exerce-t-il à l'encontre de tous les réalisateurs ?

— Dites-moi plutôt comment vous en êtes venu à penser que j'étais J. I. Watson. On pense généralement à mon père.

Il paraissait si sûr de lui, tranquillement assis en face d'elle, le regard plein d'arrogance ! Cet homme se souciait peu des moyens pourvu qu'il arrive à ses fins. Et ce qu'il avait voulu, c'était rencontrer J. I. Watson. Il croyait sans doute y être parvenu, et elle se garderait bien de le détromper.

— Tout simplement parce que…, commença-t-il.

Il s'arrêta, balayant l'explication d'un haussement d'épaules, ou répugnant peut-être à la donner.

— Jinx, reprit-il, qu'avez-vous contre l'idée d'un film ?

— Avec vous comme réalisateur ?

— Avec un réalisateur, quel qu'il soit.

Nick était assez fin pour avoir compris que les réticences de Jinx ne le concernaient pas en particulier. Elle aurait refusé n'importe quelle proposition. Mais bien sûr, depuis qu'elle connaissait Nick, elle avait des raisons supplémentaires de se cabrer…

Mon Dieu, elle n'avait jamais ressenti une telle attirance pour un homme… Le raz-de-marée émotionnel déclenché par la simple vue de Nick l'affolait. De plus, il n'était pas du genre à se satisfaire d'un refus. Et elle voyait très bien où tout cela les mènerait si elle n'y mettait bon ordre. Pour cette raison au moins, elle était décidée à garder ses distances.

— Avez-vous lu *Un garçon pas ordinaire*, Nick ?

— Bien sûr ! lança-t-il, presque indigné d'une telle question. Le monde entier l'a lu, bon sang !

— Vous exagérez.

— A peine. Dois-je vous rappeler les vingt-cinq traductions et la diffusion internationale ?

— Ce n'est pas nécessaire, coupa Jinx, j'ai touché les royalties, merci. Et je reçois le courrier des lecteurs.

— La plupart imaginent que l'auteur est un homme.

— Vous aussi, fit-elle remarquer.

— Exact, et ce n'est pas étonnant : l'histoire d'un jeune handicapé qui se découvre des pouvoirs paranormaux…

— Je connais l'intrigue, l'interrompit-elle ironiquement. Croyez-vous qu'une femme soit capable de se glisser dans la peau d'un jeune garçon de douze ans ?

Le regard de Nick s'attarda sur Jinx avec une lenteur délibérée. Une fois de plus, ce fut comme s'il la touchait… Elle croyait sentir sur elle ses mains fermes et chaudes, enflammant sa peau de leurs caresses.

— Une autre femme, je n'en sais rien, conclut-il d'une voix un peu rauque. Mais il est difficile de *vous* imaginer dans la peau d'un garçon, quel que soit son âge…

Sous la chaleur de son regard, elle se sentit vaciller. Son corps la trahissait.

— Une réponse aussi sexiste ne me surprend pas de votre part, monsieur Prince.

Il haussa les épaules.

— Vous vous trompez, Jinx, dit-il, en insistant sur le surnom que seuls ses amis lui donnaient. Aucun sexisme de ma part : je tire mes conclusions de ce que je vois.

— Il faut croire que vous n'ouvrez pas bien les yeux...

— Croyez-vous ? rétorqua-t-il en la couvant d'un regard brûlant.

Elle s'était avancée trop loin, regretta aussitôt Jinx. Et maintenant, elle se trouvait à découvert. Si elle voulait chasser Nick de sa vie, ce n'était pas en l'encourageant à la regarder de plus près qu'elle y parviendrait !

— En tout cas, je ne pense pas que le livre soit adaptable pour l'écran, trancha-t-elle sèchement.

Nick leva un sourcil amusé.

— Vous vous croyez qualifiée pour en décider ?

Elle se sentit rougir de colère. Si Nick prenait sa remarque pour une critique de son talent, il se trompait ! Elle ne doutait pas que ses oscars soient mérités, mais elle avait une connaissance trop intime du livre pour permettre qu'il soit désossé en fonction des impératifs de l'écran. *Un garçon pas ordinaire* serait dénaturé si elle le laissait faire.

— Pourquoi ne serais-je pas à même d'avoir un avis ?

— Parce que vous n'êtes pas réalisatrice, Jinx ! Ne pourriez-vous faire confiance à quelqu'un dont c'est le métier d'adapter des livres pour le cinéma ?

Lui faire confiance, à lui ?

— Ma réponse est non, monsieur Prince, déclara Jinx en reprenant son sac, un non ferme et définitif !

Elle allait partir ! réalisa Nick.

C'était bien la première fois qu'on lui jouait un tour pareil.

Lui qui pensait l'avoir déstabilisée en la démasquant, il en était pour ses frais. Jinx n'était pas plus disposée qu'avant à lui céder les droits du livre, même en le sachant détenteur de son secret... Pareille obstination le laissait pantois.

— Quel est votre problème, Jinx ? demanda-t-il alors qu'elle se levait. L'éminent docteur Nixon, enseignante à Cambridge, craindrait-elle pour sa réputation si on l'associait à une activité aussi vulgaire que le cinéma ?

Les yeux de Jinx lançaient des éclairs à présent. Elle repoussa d'une main fébrile la masse de ses cheveux et le toisa d'un air furieux.

Cette femme était si belle quand la colère s'emparait d'elle ! Nick ne put s'empêcher de l'imaginer dans ses bras, passionnée, emplie de désir… Il se raidit sur son siège, se sentant en proie à une émotion qu'il ne contrôlait pas. C'était incroyable : il n'avait pas réagi ainsi depuis l'adolescence ! Dix petites minutes en compagnie de Jinx lui suffisaient pour être complètement excité… Mais au train où allaient les choses, il avait autant de chances d'apaiser son désir que de se retrouver en partance pour la lune !

— Je vous présente mes excuses pour cette remarque malvenue, reprit-il avec une grimace. C'est que… voyez-vous, j'ai du mal à vous cerner.

Encore un sentiment qu'il n'avait pas ressenti depuis longtemps. La plupart du temps, il jaugeait les gens au premier coup d'œil. Peut-être sa sensibilité s'était-elle émoussée au fil des ans, pour avoir connu trop de femmes vénales ou intéressées ? Elles attendaient toutes quelque chose de lui. Jinx, elle, refusait tout ce qui venait de lui… C'était si frustrant ! Comment s'y prenait-elle pour le mettre dans un tel état ?

La jeune femme baissa enfin les yeux. Elle aussi avait l'air troublé. Sûrement parce que les dernières paroles de Nick donnaient à cette conversation un tour nettement plus personnel…

Il pouvait deviner qu'elle n'avait qu'une envie : sortir d'ici au plus vite. En même temps, il lisait une hésitation sur son visage, comme si un dernier scrupule la retenait.

Qu'est-ce qui l'empêchait de partir ?

Lui ?

Seigneur, n'était-il pas en train d'afficher cette arrogance dont on l'avait si souvent taxé ? Jinx n'avait-elle pas le droit de le planter là ? Il avait cherché à pénétrer son secret, et elle voulait se dérober à lui, quoi de plus normal ? D'ailleurs, elle était si réservée qu'elle se cachait de tous, pas seulement de lui... Elle était le genre de femme auprès de laquelle on pouvait passer une vie entière, sans être sûr de la connaître vraiment.

Grands dieux... Nick crispa les mâchoires. N'était-ce pas dangereux d'associer Jinx à l'idée d'une vie entière à ses côtés ? Non pas qu'il soit opposé aux engagements. Ses parents avaient vécu heureux jusqu'au décès de son père. Et sa sœur avait l'air épanouie depuis son mariage... C'était juste une possibilité que Nick n'avait jamais envisagée pour lui.

Alors, pourquoi y penser soudain ?

Il n'y pensait pas. Pas sérieusement. Comment aurait-ce été possible ? Il connaissait à peine Jinx Nixon ! Et le peu qu'il savait d'elle n'avait rien de rassurant : elle était entêtée en diable et cherchait à fuir dès qu'elle se sentait menacée. Le tout entrait en conflit avec la séduction naturelle qu'elle possédait. Une séduction à laquelle il ferait mieux de ne pas succomber, puisque de son côté, Jinx n'était pas attirée par lui.

— S'il vous plaît, rasseyez-vous, insista Nick en profitant de l'évidente indécision de la jeune femme.

Elle finit par se rasseoir et posa ses poings serrés sur la table. Elle était très pâle.

Pourquoi était-elle si rebelle ? Nick devinait que quelque chose lui échappait, un élément sans lequel il ne pourrait la comprendre. S'il arrivait à trouver la pièce manquante du puzzle, il sentait que cette belle rousse serait comme de l'argile entre ses mains. Il la modèlerait à sa guise.

— Jinx, accepteriez-vous de dîner avec moi ce soir ?

Lui-même était surpris d'avoir posé une telle question. Que lui arrivait-il ? S'il avait pris deux secondes pour réfléchir avant de lancer cette invitation, il aurait compris à quel point l'idée était mauvaise. Que cherchait-il, en fin de compte ? Un tête-à-tête avec Jinx ou une signature au bas d'un contrat ?

La contrariété fit place à un sourire moqueur sur le beau visage de Jinx. Elle inclina légèrement la tête.

— Vous êtes bien ennuyé, maintenant, dit-elle.

— C'est vrai, reconnut Nick à contrecœur. Mais maintenant que c'est dit…

Elle eut un petit rire de gorge.

— Je ne crois pas que ce soit une bonne idée, Nick.

Entendre son prénom sur les lèvres de Jinx suffit à le faire frissonner.

— Sans doute. Néanmoins, je maintiens l'invitation.

Ses frères se seraient bien amusés en le voyant aussi embarrassé, pensa Nick. Lui, le tout-puissant magnat des studios, l'homme aux mille conquêtes, devait déployer tout son pouvoir de persuasion pour convaincre une femme de dîner avec lui ! Zack et Rick n'en auraient pas cru leurs yeux…

Et il y avait de quoi… Car Nick nageait en pleine contradiction. Son instinct l'avertissait qu'il flirtait avec le danger en cherchant à se rapprocher de Jinx. Et en l'invitant, il agissait contre ses intérêts. Que voulait-il ? Passer une nuit entière avec elle ? Cela lui suffirait-il ?

— Votre père ne verra sûrement aucun inconvénient à ce que vous sortiez pour une soirée, avança-t-il.

Nick nota qu'elle s'était raidie à la mention de son père. Visiblement, il avait touché un point sensible.

— Est-il si malade que cela ? demanda-t-il.

Le sourire ironique de Jinx avait maintenant disparu derrière un masque de froideur.

— Je ne tiens pas à discuter de mon père avec vous. Ni maintenant, ni plus tard.

Elle refusait son invitation… « Au temps pour moi », conclut Nick avec dépit, se maudissant pour sa précipitation.

— J'ai entendu parler de dépression à son sujet, poursuivit-il néanmoins.

Quand Jinx leva sur lui des yeux bleus emplis de chagrin et

d'incrédulité, Nick ressentit un profond dégoût pour ce qu'il était en train de faire.

— Où avez-vous entendu cette rumeur ? parvint-elle à articuler.

Elle se tenait très droite, faisant inconsciemment ressortir ses seins. Nick aurait préféré regarder ailleurs mais comment ignorer les pointes provocantes qui se dessinaient sous le tissu du chemisier, et dont il pouvait presque distinguer la teinte rosée ?

— C'est un de ses collègues à l'université qui…

— Vous n'avez aucun droit de vous renseigner auprès de ses collègues ! le coupa Jinx. C'est exactement ce que je voulais lui éviter !

Elle respirait de façon saccadée.

— Ne vous approchez pas de mon père, Nick ! reprit-elle d'une voix blanche. Eloignez-vous de ceux qui le connaissent et surtout…

Elle se leva, comme pour donner plus de force à son propos.

— Surtout, éloignez-vous de moi !

Comment Nick aurait-il pu obéir alors que rester en sa compagnie était en cet instant ce qu'il désirait le plus au monde ?

— Jinx, je vous en prie, restez…

— Vous vous moquez de moi ?

Elle secoua la tête.

— Après ce que vous avez fait, Nick, croyez-vous que je veuille passer une seconde de plus avec vous ?

— J'avais besoin de renseignements, expliqua Nick en se levant à son tour. Et vous ne vous montriez pas très coopérative…

Jinx lui jeta un regard de mépris mêlé d'incrédulité.

— Pour vous, cela justifie l'intrusion dans ma vie privée et dans celle de mon père ? J'ai l'impression d'avoir affaire à un de ces affreux paparazzi qui…

Une vois féminine l'interrompit soudain.

— Excusez-moi, monsieur Prince… C'est bien vous, n'est-ce pas ?

Nick se retourna vivement. Furieux, il détailla la jeune femme brune au sourire éclatant qui lui faisait face.

— Vous êtes bien le grand réalisateur ? insista-t-elle.

Nick savait que seule une journaliste était capable de s'imposer de façon aussi impolie. Quand il vit l'intruse faire discrètement signe à un homme qui venait d'entrer dans la pièce, appareil photo autour du cou, il sut qu'il avait vu juste.

Seigneur, Jinx était trop à vif pour affronter la presse !

5

— De quel droit vous permettez-vous ? s'indigna Jinx, alors que Nick, d'une poigne de fer, l'entraînait vers la sortie.

— Filons ! ordonna-t-il.

Jinx résistait, tentant vainement d'échapper à son étreinte.

— Pourquoi ? protesta-t-elle. Que veut cette femme ?

Elle fut soudain aveuglée par un flash. Que se passait-il ?

— C'est une journaliste, expliqua enfin Nick en la poussant dans l'ascenseur.

Un deuxième flash éblouit Jinx. Au moment où les portes de l'ascenseur achevaient de se refermer, Nick parvint de justesse à arracher l'appareil photo des mains de l'homme qui cherchait à faire un autre cliché. Ils l'entendirent jurer de dépit.

— Et cet homme est un photographe professionnel, continua Nick, tout en ouvrant l'appareil pour en arracher la pellicule qu'il glissa dans sa poche. Bon sang, ils ont bien failli réussir leur coup…

Un photographe ? Plutôt un paparazzi, s'indigna intérieurement Jinx. Un de ces tristes individus qui ne s'intéressaient qu'au sensationnel et au scandale. Elle serra les poings. Comme elle s'était méprise sur l'attitude de cette femme, la croyant sous le charme de Nick ! Alors qu'elle ne cherchait qu'à faire un article croustillant. Et si ensuite on était remonté jusqu'à son père…

Elle se mit à trembler en comprenant à quel danger elle

venait d'échapper. Si Nick n'avait pas agi, s'il n'avait pu s'emparer de l'appareil…

— Tout va bien, Jinx, murmura-t-il d'une voix apaisante. C'est terminé à présent.

Terminé ? Elle secoua la tête tandis qu'il écartait doucement quelques mèches de son visage. Comment pouvait-il se montrer aussi optimiste ? Avec ou sans photos, les journalistes avaient maintenant flairé une piste et ils ne la lâcheraient pas de sitôt. Elle se voyait déjà à la une d'un de ces magazines people : « Nick Prince et sa mystérieuse inconnue »…

— Suivez-moi, reprit Nick quand l'ascenseur s'arrêta.

Nick interpella une femme de chambre.

— S'il vous plaît ? Pourriez-vous ramener ceci à la réception ? demanda-t-il en lui tendant l'appareil photo. Vous ne devriez pas avoir trop de mal à identifier son propriétaire : cherchez celui qui semble avoir raté le gros lot.

Il se tourna vers Jinx, qui lut sur son visage l'expression d'une sombre satisfaction. Le soulagement d'avoir échappé au pire, sans doute… Pour sa part, elle ne partageait pas ce sentiment. Décidément, cet homme ne lui valait que des ennuis !

— Nick, comment pouvez-vous…, commença-t-elle.

— Je n'y suis pour rien, dit-il d'une voix sourde, sans la laisser terminer.

— Pourtant, je vous assure que, d'ordinaire, je ne suis jamais poursuivie par les photographes ! répliqua-t-elle avec indignation.

— Croyez-moi, il en irait différemment s'ils savaient que vous êtes J. I. Watson ! jeta Nick d'un ton cinglant en l'entraînant dans le couloir.

Quand il ouvrit la porte de sa chambre, Jinx recula instinctivement. Nick dut percevoir sa résistance, car il ajouta d'un ton sec :

— Je vous conseille de ne pas redescendre, à moins que vous ne souhaitiez voir votre visage à la une de la presse à scandale… Pour éviter cela, je vais devoir créer une diversion.

— Une diversion ? fit-elle en le suivant machinalement dans ce qui s'avéra être un salon.

Evidemment, un homme tel que Nick Prince réservait des suites, pas de simples chambres d'hôtel !

— Ne vous inquiétez de rien, Jinx, je vais résoudre le problème.

— Vous m'en voyez ravie ! lança-t-elle d'un ton rageur.

Elle jeta son sac sur l'un des sofas.

— Au fait, vous ne seriez pas le responsable du problème ? continua-t-elle d'un ton accusateur. N'auriez-vous pas organisé cette petite mise en scène pour m'impressionner ? Pour obtenir plus facilement les droits que je vous refuse ?

— Comment pouvez-vous imaginer ça ? gronda Nick.

— Très facilement, au vu de ce que vous avez déjà fait !

Elle éclata soudain en sanglots et couvrit son visage de ses mains. Si seulement elle pouvait faire disparaître Nick de sa vie !

— Jinx, c'était moi que cette femme voulait photographier, pas vous, lui rappela-t-il.

— En êtes-vous certain ? murmura-t-elle.

Nick s'approcha d'elle. Il murmura son prénom avec tendresse et la prit dans ses bras. D'instinct, elle s'abandonna à son étreinte, s'accrochant à lui comme une noyée à un rocher. Il avait éloigné la tempête… En même temps, celle qui faisait rage dans son cœur gagnait en force à chaque seconde.

— Jinx…

De l'index, Nick lui souleva le menton, l'obligeant à plonger son regard dans le sien, tandis qu'il penchait la tête vers elle.

Elle n'éprouva que la plus brève des hésitations avant de s'offrir à son baiser. Aussitôt, un tourbillon d'émotions s'empara d'elle, libérant tout ce qu'elle avait réprimé jusque-là. Elle entrouvrit les lèvres, s'ouvrant à l'exploration infiniment sensuelle de la langue de Nick.

Elle posa les deux mains sur sa nuque. Dans le mouvement qu'elle fit pour se hausser vers lui, son chemisier se libéra de sa ceinture. Nick n'eut qu'à glisser ses mains sous le tissu pour toucher sa peau nue. Il caressa son dos avant de cueillir ses seins au creux de ses paumes.

Jinx se cambra lorsqu'il déposa une pluie de baisers passionnés le long de son cou. Puis il se mit à lui mordiller délicieusement le lobe de l'oreille.

Elle fut parcourue d'un long frisson. A son tour, elle avait envie d'explorer le corps de Nick. Sous sa chemise, elle caressa son torse large et musclé, recouvert d'une fine toison. La respiration de Nick se fit soudain plus rapide.

D'une main avide, il dégrafa le chemisier de soie de Jinx. Il contempla ses seins avant d'y porter sa bouche, cherchant les pointes tendues sous la fine dentelle de son soutien-gorge. Il referma ses lèvres…

Jinx se sentit s'embraser. Il lui semblait qu'elle se liquéfiait. Elle se serra contre le corps puissant de Nick. Il avait créé un besoin en elle, et lui seul était capable de le satisfaire.

Voilé par le désir, le regard de Nick chercha le sien.

— Est-ce bien ce que tu veux, Jinx ? demanda-t-il d'une voix rauque. Car pour moi, tout est très clair…

Oui, Jinx en était sûre, elle désirait la même chose que lui. Nick la maintenait captive sous son regard brûlant et impatient.

Mais…

Il aurait été si simple d'écarter ce « mais », de l'oublier, au moins pour un instant…

Elle s'apprêtait à commettre une grave erreur, réalisa-t-elle soudain. Se rapprocher d'un homme comme Nick Prince, c'était sa perte assurée. A grand-peine, elle détourna les yeux et s'écarta. Chaque centimètre de son corps criait sa frustration alors qu'elle reboutonnait son chemisier d'une main tremblante.

Quand elle eut fini, elle osa à peine regarder Nick. Elle savait qu'il n'avait pas bougé, et qu'il ne l'avait pas quittée des yeux. Se sentant trop faible pour l'affronter, elle préféra se rapprocher de la fenêtre. Pour se donner une contenance, elle écarta le rideau et fit mine de s'absorber dans le spectacle de la rue.

Quand elle sentit Nick approcher, elle se raidit.

Mais ce n'était pas vers elle qu'il venait. Du coin de l'œil, elle le vit décrocher le téléphone et composer un numéro avec une rage contenue.

Rage qu'elle avait déclenchée, songea Jinx, le cœur serré. Quelle opinion allait-il désormais avoir d'elle ? Qu'allait-il penser d'une femme de vingt-huit ans qui se refusait à faire l'amour alors qu'elle éprouvait un désir aussi intense ?

— Zack ? dit Nick dans le combiné.

Zack ? Elle réprima un sursaut. Appelait-il son frère, le play-boy des écrans dont toutes les femmes étaient folles ? Pourquoi maintenant ?

— Vous avez composé un mauvais numéro, répondit la voix à l'autre bout du fil.

— Très drôle, rétorqua Nick avec impatience, sans quitter Jinx des yeux.

La jeune femme continuait de fixer la circulation d'un regard absent. Le soleil allumait mille reflets dans sa magnifique chevelure.

— Nous plaisanterons une autre fois, Zack. Tu es bien à l'hôtel, en ce moment ?

Passer sa colère sur son frère ne l'avancerait pas à grand-chose mais Nick était trop furieux contre lui-même et contre Jinx pour s'exprimer calmement.

— Eh bien ! s'exclama Zack. Puis-je te demander ce qui t'a mis d'une telle humeur ? Ou peut-être… qui ?

— Nous en parlerons plus tard. Pour l'instant, j'ai besoin que tu mettes la main sur une jolie femme.

— C'est déjà fait, répliqua Zack en riant. Pour quelle raison crois-tu que je me trouve dans ma chambre à cette heure-ci ?

Nick leva les yeux au ciel. A trente-six ans, son frère enchaînait les aventures.

— Je vais peut-être tout gâcher, rétorqua Nick, mais il faudrait que tu descendes à la réception avec ton amie. Débrouillez-vous pour attirer l'attention des deux journalistes qui doivent encore s'y trouver. Cela me permettra de filer en douce.

— Mmm… Et peut-on savoir avec qui tu veux t'enfuir ?

— Tu n'as pas besoin de le savoir, déclara Nick d'un ton peu amène.

— Je constate que les choses sont plutôt ratées pour toi, dit son frère d'une voix amusée.

— Zack !

— D'accord. Donne-moi dix minutes pour me rendre présentable. Je te passe un coup de fil juste avant de descendre. Je laisserai sonner trois fois avant de raccrocher.

Des minutes qui allaient lui paraître interminables, songea Nick en raccrochant. Jinx regardait toujours par la fenêtre, lointaine, absente. Et lui avait toujours autant envie d'elle… Il se serait damné pour la prendre dans ses bras, la déposer sur son lit et l'y garder pour au moins une semaine…

Elle se retourna enfin. L'expression douloureuse qui altérait son visage bouleversa Nick.

— Merci d'avoir inventé ce stratagème, fit-elle d'une voix blanche.

— J'ai l'habitude, hélas.

— Néanmoins, je vous remercie… Excusez-moi pour… pour tout à l'heure.

— Une femme a toujours le droit de changer d'avis, parvint-il à articuler.

— Je faisais allusion à mes accusations, pas à…

Elle s'interrompit en rougissant.

— N'en parlons plus, soupira-t-elle.

Qu'aurait-il pu dire, de toute façon ? songea Nick avec amertume. Qu'à chaque fois qu'il la rencontrait, il en sortait un peu plus malheureux et rongé par une frustration grandissante ? Qu'elle l'obsédait ?

— Combien de temps faut-il attendre ? demanda Jinx, visiblement impatiente.

— Quelques minutes, fit-il en regardant sa montre. Sept si Zack est fidèle à sa parole. Voulez-vous prendre un verre en attendant ?

Nick eut conscience de l'absurdité de sa proposition. Jamais il ne s'était senti aussi mal à son aise.

Quand Jinx humidifia ses lèvres du bout de la langue, il sentit les battements de son cœur s'accélérer dans sa poitrine. Bien sûr, elle ne se doutait pas à quel point elle pouvait être sexy…

— Non merci, répondit-elle d'une petite voix. Est-ce que cela vous arrive souvent ? Je veux dire, les paparazzi…

— Tout le temps, mais nous y sommes habitués, mes frères et moi, expliqua-t-il avec un haussement d'épaules. Le plus pourchassé est Zack, dont la simple photo fait doubler les tirages… C'est pour cela que je lui ai demandé son aide.

La sonnerie du téléphone l'interrompit.

— Quand on parle du loup…

Zack lui confirma qu'il était prêt et qu'il descendait.

— Ne perdons pas de temps ! dit Nick après avoir raccroché.

Il se dirigea vers la porte. Mais Jinx n'avait pas bougé. Elle semblait figée sur place.

— Qu'avez-vous ? demanda-t-il.

— Etes-vous sûr que le stratagème va fonctionner ?

— J'en suis certain, déclara-t-il avec une assurance feinte. Une fois en bas, vous traverserez le hall de la réception en marchant droit devant vous, sans regarder ni à gauche ni à droite. Dès que nous serons dehors, nous sauterons dans un taxi et…

— Ce n'est pas la première fois que vous faites ceci, n'est-ce pas ? l'interrompit Jinx d'une voix empreinte de mépris.

— Hélas non. Pour éviter les reporters, il le faut bien.

— Je ne parlais pas de cela…

Soudain, il ne semblait y avoir en Jinx plus rien de fragile ou de lointain.

— Ce coup de fil à votre frère, la facilité avec laquelle il a accepté de vous dépanner… Un plan bien rodé, on dirait. Combien de fois avez-vous dû quitter ainsi votre chambre d'hôtel avec une femme ?

Nick savait à présent ce que ressentait Jinx. Elle était écœurée, tout simplement.

A cause de lui… ou de ce qu'elle ressentait pour lui ?

6

Quelle idiote ! Comment avait-elle pu oublier qui était Nick Prince ? Dans ses bras, sous ses baisers, elle avait perdu la tête. Mais grâce au ciel, l'aisance avec laquelle il avait organisé leur fuite lui avait de nouveau ouvert les yeux.

— Jinx…, murmura-t-il.

— Vous n'êtes jamais à court d'imagination quand il s'agit de parvenir à vos fins, lui lança-t-elle avec mépris, ignorant son interruption. Et dites-moi, quel stratagème avez-vous élaboré pour me piéger chez Susan et Léo, l'autre soir ?

A l'expression ennuyée de Nick, Jinx comprit qu'il se serait volontiers dispensé de ce contretemps.

— Vous nous faites perdre des minutes précieuses, Jinx…

— Je m'en moque. Je ne bougerai pas avant d'avoir obtenu satisfaction. Moi aussi je peux me montrer obstinée.

— Est-il indispensable que je vous dise ça *maintenant* ?

— Oui.

Nick soupira.

— La réponse ne va pas vous plaire, dit-il.

— Je m'en doute, répliqua-t-elle d'un ton cinglant. J'ai compris que vous aviez déniché l'adresse de ma boîte postale, mais je ne sais toujours pas qui vous a mis sur la voie. Ni comment vous avez pu savoir que je serais chez Susan et Leo… A moins que… Je sais ! Vous m'avez suivie et vous m'avez vue déjeuner avec Susan !

Plus elle y voyait clair, plus elle se sentait écœurée.

— Ce qui veut dire, continua-t-elle, que vous avez pris des renseignements sur Susan… Vous avez appris pour son anniversaire de mariage…

De nouveau, Nick tenta de l'arrêter.

— Jinx…

— Ne niez pas. Et cessez de m'appeler Jinx. Pour vous mon prénom est Juliet. Ou mieux, mademoiselle Nixon.

Elle se pencha pour ramasser son sac et se dirigea vers la porte. Avant de sortir, elle s'arrêta pour toiser Nick avec mépris.

— Si jamais vous tentez encore de m'approcher, je vous traîne en justice pour harcèlement.

Une telle rage la submergeait qu'elle aurait pu frapper cet homme. Cela l'aurait soulagée. Mais comment se consoler d'avoir cédé à ses caresses ?

— Vous n'êtes pas rationnelle, dit Nick en secouant la tête.

— Moi, pas rationnelle ? siffla Jinx. Alors que tout votre comportement relève de l'obsession ?

Pour une fois, se félicita intérieurement Jinx, c'était elle qui distribuait les coups. Il était temps que Nick Prince en reçoive quelques-uns ! Que disait donc la vieille maxime ? « L'attaque est la meilleure des défenses »… En tout cas, c'était la seule option qui lui restait.

— Vous semblez ne pas comprendre, rétorqua Nick. M'attaquer pour harcèlement ne ferait que vous placer sous les feux de la rampe. Pour quelqu'un qui veut éviter toute publicité…

— Vous cherchez à me dissuader d'agir ? s'insurgea-t-elle.

— Vous pouvez le croire si cela vous fait plaisir… Tout ce que je cherche à dire, c'est que ces journalistes n'ont aucune idée de votre identité… pour l'instant. Mais comme je n'ai pas caché mes démarches actuelles auprès de J. I. Watson, quelqu'un pourrait bien faire le rapprochement. Si j'ai pu vous trouver, d'autres le peuvent aussi.

Jinx soupira. Il avait raison sur ce point, hélas.

— Il sera toujours temps d'y faire face, affirma-t-elle. Vous êtes actuellement le seul à l'avoir fait. Mais si vous m'obligez à entreprendre une action en justice contre vous, je vous jure que non seulement vous n'aurez jamais les droits d'*Un garçon pas ordinaire*, mais que je me précipiterai chez un autre réalisateur pour les lui offrir !

Le regard de Nick se fit perçant.

— Vous en seriez bien capable…, murmura-t-il.

Bien sûr qu'elle en était capable ! se dit-elle. Du moins, c'était ce qu'elle ressentait en ce moment. Une fois sa colère calmée, il en irait sans doute différemment, mais ce n'était pas la peine de laisser l'arrogant Nick Prince le deviner.

Elle hocha la tête.

— Si j'y suis acculée, oui.

Nick prit une profonde inspiration.

— Parfait, déclara-t-il enfin. J'en prends note. En attendant, il nous faut sortir d'ici avant qu'il ne soit trop tard.

— Je peux très bien sortir toute seule. C'est à vous qu'ils en veulent, non ?

Uns situation qui risquait d'évoluer très vite, se dit Jinx. Seigneur, que pouvait-elle bien faire contre ça ?

— D'ici peu, vous serez aussi pourchassée que moi, rétorqua Nick. Le battage autour du deuxième tome sera tel que les journalistes, cette fois, ne lâcheront pas l'affaire avant de savoir qui se cache derrière J. I. Watson.

— Pourquoi parlez-vous d'un deuxième tome ? demanda Jinx d'une voix tendue.

Nick détourna le regard avec un mouvement d'impatience.

— Tout le monde se doute qu'il y aura une suite.

— Cela n'a rien d'évident ! protesta Jinx, plus convaincue que jamais d'une fuite provenant de chez son éditeur.

— Oh, je vous en prie ! s'exclama Nick avec exaspération. Tout le monde l'espère !

A cet instant, le téléphone sonna de nouveau.

Nick se figea. Trois sonneries, puis plus rien.

— Votre frère semble soucieux de votre retard. Allez-y, dit Jinx d'une voix moqueuse. Pour le rassurer…

— Et vous ?

— Cela ne vous regarde en aucune manière.

Sur ces dernières paroles, elle sortit de la pièce et se dirigea tout droit vers l'ascenseur.

Son chemin ne croiserait plus celui de Nick, jamais. Mais elle l'avait échappé belle… Il s'en était fallu de peu pour qu'elle cède au désir, quitte à remettre en cause tout ce pour quoi elle s'était battue. Comme Nick aurait triomphé, alors ! Non seulement il aurait pu se vanter d'avoir retrouvé J. I. Watson, mais aussi de l'avoir entraînée dans son lit…

Jinx ferma les yeux à cette pensée. Alors, insidieusement, les sensations qu'elle avait éprouvées dans les bras de Nick lui revinrent à la mémoire. La chaleur qui l'avait envahie, le besoin de se serrer contre lui, l'envie d'être aimée, possédée…

Elle vacilla. Etait-ce la solitude de ces derniers mois, la distance qu'elle maintenait entre elle et le monde qui avait déclenché une réaction si violente de sa part face à Nick ? Elle l'espérait de tout son cœur. Car sinon…

Tomber amoureuse d'un homme comme Nick Prince relevait de la pure folie. Elle pourrait dire adieu à l'anonymat qu'elle chérissait tant !

Les portes de l'ascenseur s'ouvrirent devant elle. La foule en délire qu'elle découvrit dans le hall de la réception, entourant Zack et la superbe créature pendue à son bras, lui fournit une raison supplémentaire de fuir. Il lui fallait mettre toute la distance possible entre elle et Nick…

Elle traversa discrètement le hall. Dehors, une file de taxis attendaient, et le portier lui ouvrit la porte de la première voiture.

Ce ne fut qu'une fois à l'intérieur qu'elle respira librement.

— Où allons-nous ? lui lança jovialement le chauffeur.

— A Fold Street, s'il vous plaît, aux éditions Stephens.

Un échec complet, ironisa intérieurement Nick. A présent, Jinx — ou J. I. Watson — était fermement décidée à ne plus jamais le revoir. Du moins le croyait-elle… Car lui était bien décidé à ne pas lâcher prise. N'était-elle pas la détentrice des droits d'adaptation qu'il convoitait plus que tout au monde ?

Mais au fond de lui, une petite voix lui soufflait que s'il était si déterminé, c'était pour une autre raison : avoir Jinx dans son lit, jusqu'au moment où il serait rassasié d'elle. Peut-être alors l'image de cette femme s'effacerait-elle de son esprit ? Il pourrait chasser les rêves qui le hantaient, ceux où elle s'offrait à lui, vibrante et passionnée, et où il lui faisait l'amour de mille façons différentes…

Il devait se reprendre. Jamais il n'avait laissé une femme s'interposer ainsi entre lui et son travail. Jinx Nixon ne ferait pas exception à la règle.

— Bon sang, qu'est-ce que tu fabriquais ? s'écria Zack quelques minutes plus tard, alors que Nick lui ouvrait la porte de sa suite. J'ai retenu les journalistes aussi longtemps que j'ai pu, au grand ravissement de ma compagne, je dois le dire…

Il eut un large sourire avant de se jeter dans un des confortables fauteuils en cuir du salon.

Nick regarda son frère avec une réprobation indulgente. Zack était rarement rasé, toujours vêtu de jeans. Pourtant, son visage et son charme attiraient irrésistiblement les femmes.

— Et maintenant, dis-moi où tu la caches ! ajouta Zack en jetant un regard curieux autour de lui. Dans ton lit ?

Nick eut une grimace agacée.

— Elle ne s'y est jamais trouvée, rétorqua-t-il sèchement.

— Quoi ? Mais alors, que faisait-elle dans ta chambre ?

— Je te suggère de ne pas t'en soucier.

Cette réponse peu aimable ne dissuada nullement Zack.

— Et où est-elle à présent ? demanda-t-il.

— Aucune idée, répondit Nick d'un air sombre. Elle est sortie il y a cinq minutes. Tu l'as peut-être aperçue dans le hall.

Zack se concentra un bref instant.

— Cheveux roux, regard bleu profond, une bouche qui attire les…

— Ça va comme ça, grommela Nick.

— Je vois que j'ai vu juste… Et tu n'as pas réussi à lui indiquer le chemin de la chambre ? Voilà qui explique ton humeur de chien.

Malgré son irritation, Nick devait reconnaître que l'analyse était juste. Mais ce qui le préoccupait davantage, c'était de savoir ce que Jinx allait faire, à présent. Car elle allait agir, il n'en doutait pas.

— Tu veux bien m'excuser, Zack ? lança-t-il d'un air distrait, attrapant au vol sa veste en cuir brun. Je dois sortir.

— Pour rattraper… Quel est son nom, au fait ?

— Juliet. Et ne t'en approche pas. Je ne plaisante pas.

Zack lui adressa un sourire réjoui.

— C'est du sérieux, on dirait… Dis-moi, je peux utiliser ton téléphone ? Il faut absolument que je joigne Rick chez Stazy.

— Pour lui dire quoi ? s'enquit Nick d'un air soupçonneux.

— Que notre frère aîné a été mis K.-O. par une ravissante jeune femme rousse, dotée d'un corps merveilleux, il faut bien l'avouer.

Zack se leva et se dirigea vers le bar, où il prit une bouteille de soda.

— Fais comme chez toi, maugréa Nick avec impatience. Et je t'en prie, abstiens-toi d'en parler à Rick. Les choses ne sont pas toujours aussi simples qu'elles le paraissent.

Son frère fronça les sourcils.

— Cette fois, tu as réussi à éveiller ma curiosité, dit-il.

Bien malgré lui, se dit Nick.

— Tu ne veux vraiment pas me dire où tu te rends ? insista Zack.

— Sûrement pas.

Nick sortit. Où avait-elle bien pu aller après l'avoir quitté ? Chez elle ? Non, elle était trop en colère, il lui fallait agir… S'il avait été à sa place, qu'aurait-il fait ?

— A Fold Street, annonça-t-il au chauffeur de taxi, en s'installant à l'arrière du véhicule. Aux éditions Stephens.

Pourquoi fallait-il qu'il y ait autant d'embouteillages sur la route ? Le trajet paraissait insupportablement long à Nick, qui se sentait bouillir d'impatience.

Jinx était assez furieuse pour rompre avec les éditions Stephens. Car elle avait dû comprendre que les fuites provenaient de là. Or, James ne pouvait se douter de la tempête qu'il allait devoir affronter… Avec un peu de chance, peut-être ne serait-il pas à son bureau ?

Le taxi s'arrêta enfin devant le siège des éditions Stephens. Une fois à l'intérieur, en entendant la réceptionniste lui confirmer que James se trouvait bien là, Nick fut forcé de constater que la chance n'était pas vraiment au rendez-vous.

A l'étage, une assistante l'invita à entrer dans le bureau de l'éditeur. Quand il aperçut Nick, celui-ci se leva pour l'accueillir avec chaleur.

— Entrez donc ! Vous tombez à pic, cher ami ! Je vais enfin pouvoir vous présenter notre mystérieux auteur !

James s'écarta, révélant alors le fauteuil où Jinx était assise. La jeune femme posa sur Nick un regard froid et moqueur.

Il serra les dents. Au moins, il avait deviné où elle était allée…

7

— Monsieur Prince…

Jinx le salua avec tout le sang-froid dont elle se sentait capable. En réalité, elle aurait voulu partir en courant : la simple présence de Nick lui mettait les nerfs à vif. Que faisait-il ici ? L'avait-il suivie ? Comptait-il dire à James qu'ils se connaissaient déjà ?

Elle était arrivée avec la ferme intention de dire ses quatre vérités à l'éditeur, et de lui reprendre son second manuscrit pour le présenter ailleurs. Mais James Stephens s'était montré si enthousiaste au sujet du livre, et si heureux de la rencontrer, qu'elle n'avait pas eu le cœur de le faire. On ne pouvait rester longtemps fâchée avec quelqu'un d'aussi foncièrement gentil que l'était James.

— J'arrive tout juste à me convaincre que notre J. I. Watson est une femme ! s'exclama James. Auriez-vous deviné une chose pareille ?

— A vrai dire, j'ai déjà rencontré Mlle Nixon, annonça Nick.

L'éditeur ouvrit des yeux ronds tandis que son regard passait alternativement de Nick à la jeune femme.

— Oui, nous nous sommes vus, confirma cette dernière. Pour mettre les choses au point : M. Prince n'aura pas les droits d'adaptation du livre.

— Vraiment ?

La déception le disputait à l'incrédulité sur le visage de James et Jinx n'eut aucun mal à interpréter son expression.

— Monsieur Stephens, dit-elle, dois-je en conclure que vous souhaiteriez plaider la cause de M. Prince ?

James, visiblement mal à l'aise, s'agita sur le siège qu'il avait regagné derrière son bureau.

— Si un film devait voir le jour, avança-t-il prudemment, je ne pourrais imaginer meilleur réalisateur que Nick.

Jinx sourit intérieurement devant le tact déployé par James.

— Mais le film ne se fera pas, déclara-t-elle d'un ton ferme. Par conséquent, que M. Prince soit qualifié ou non importe peu.

Avec une intense satisfaction, Jinx vit la mâchoire de Nick se contracter. Il avait l'air furieux. Elle savait bien qu'il était brillant, le monde entier le savait. Pour autant, elle ne tenait pas à devenir une de ses fans !

— Sans doute, reprit James, embarrassé. Mais en ce qui me concerne… Oh, excusez-moi un instant, voulez-vous ?

Le téléphone venait de retentir, lui donnant quelques moments de répit. Il devait sentir, pensa Jinx, la tension entre elle et Nick.

Pendant que James parlait au téléphone, Nick se pencha vers elle.

— Que fabriquez-vous ici ? murmura-t-il entre ses dents.

— N'ai-je pas le droit de rendre visite à mon éditeur ? ironisa Jinx à mi-voix.

— Celui que vous évitiez si soigneusement jusqu'à aujourd'hui ?

— Et que je ne reverrai plus à dater de ce jour.

Jinx se leva et traversa la pièce d'un pas nerveux. Nick la rejoignit devant la fenêtre.

— Et vous, reprit-elle, vous êtes là par hasard, peut-être ?

— Vous ne me croirez pas mais je venais pour vous éviter une bêtise.

Elle leva vers lui un regard incrédule.

— Pardon ?

— Vous étiez de si mauvaise humeur en partant, expliqua Nick, j'ai craint…

— La faute à qui ? le coupa-t-elle, au comble de l'irritation.

— Jinx…

Il esquissa un geste de la main vers elle, mais elle se recula instinctivement, comme devant une menace.

— Je ne voulais pas que vous passiez sur James une colère qui m'était destinée, voilà tout, acheva-t-il.

Il avait raison sur ce point, dut reconnaître Jinx à contrecœur. Son intention première avait bien été d'accuser James d'indiscrétion avant de lui retirer le second volet du livre.

Tout cela parce qu'elle était folle de rage. Contre Nick. Contre elle-même.

Mais elle réfléchirait à tout cela plus tard, quand Nick serait loin et que sa présence physique aurait cessé de la troubler.

— Je ne suis pas fâchée contre vous, dit-elle, je ne vous connais pas assez bien pour cela.

Le visage de Nick s'assombrit. Encore une fois, sa pique avait porté, se dit Jinx.

— C'est faux, rétorqua Nick, et vous le savez très bien…

Heureusement, James raccrocha à cet instant.

— Désolé de cette interruption, dit ce dernier. Il s'agissait de la personne qui pilote la collection dans laquelle votre livre a été publié, mademoiselle Nixon. Je lui ai demandé de nous rejoindre.

James avait encore une fois l'air si content, que Jinx ne voulut pas le décevoir. Pourtant, elle n'avait pas prévu, en venant ici, de dévoiler son identité au monde entier. Mais à vrai dire, elle ne savait plus trop ce qu'elle voulait…

— Je ne peux rester que quelques minutes, j'ai rendez-vous pour déjeuner, prétendit-elle.

— Quel dommage ! Moi qui comptais vous inviter ! Je vous connais depuis si peu de temps que je n'ai pas envie de vous perdre déjà, ajouta James avec un sourire charmeur.

— Une autre fois, peut-être, répondit Jinx de façon évasive.

Elle n'aurait jamais dû venir ici, elle s'en rendait compte à présent. Et c'était la faute de Nick si elle avait fait cette erreur…

— Ah ! Voilà Jane Morrow, annonça James alors qu'une grande jeune femme blonde entrait après avoir toqué à la porte. Jane, venez donc que je vous présente notre auteur vedette, J. I. Watson en personne !

Jane salua Jinx avec chaleur, avant de se tourner vers Nick et de lui adresser un sourire de façade.

— Quel plaisir de vous rencontrer enfin ! dit-elle.

Le ton était un peu trop forcé pour être sincère. Mais ce qui intrigua le plus Jinx fut la réaction de Nick : il regardait Jane d'un air méfiant et tendu. Il fit un effort manifeste pour lui sourire aimablement.

Jinx détailla plus attentivement la nouvelle venue, sa silhouette mince, sa beauté classique, l'élégance de son tailleur noir qui mettait en valeur de longues jambes… Elle était assez jolie pour que Nick ait pu s'intéresser à elle. Mais il y avait chez Jane une sécheresse qui, elle en était certaine, aurait pourtant dû lui déplaire… Pourquoi s'était-il crispé à ce point quand elle était entrée ? Jinx comprit soudain : il avait cherché à séduire la jeune femme pour obtenir des renseignements sur J. I. Watson !

Elle avait du mal à y croire tant cela lui semblait odieux. Jane Morrow aurait permis à Nick de découvrir son identité ? C'était insensé… Mais y avait-il quoi que ce soit de rationnel dans ce qui lui arrivait ces derniers temps ?

— Ravie d'avoir fait votre connaissance, dit-elle enfin à l'adresse de Jane. Malheureusement, j'étais sur le point de partir.

— Déjà ? s'écria l'élégante jeune femme blonde. J'ai tant de questions à vous poser au sujet du deuxième livre ! Aussi réussi que l'autre, si je peux me permettre, et je dois dire…

— C'est très gentil à vous, la coupa Jinx, peu disposée à écouter ses flatteries. Il faut vraiment que je parte.

— Vous allez revenir, n'est-ce pas ? demanda Jane.

Elle semblait si désappointée que Jinx pensa qu'elle avait

peut-être eu tort de croire que Jane l'avait trahie pour les beaux yeux de Nick. Mais quoi qu'il en soit, elle n'avait aucune intention de devenir un de ces auteurs à la mode qu'on se disputait dans les cocktails mondains.

Elle se mordit la lèvre.

— A vrai dire…, commença-t-elle, mal à l'aise.

— Je crois que Mlle Nixon est un peu dépassée par tous ces événements, s'interposa alors Nick d'un ton ferme, prenant par la même occasion le bras de Jinx. James, peut-être pourriez-vous convenir ensemble d'un prochain rendez-vous ?

Jinx leva vers lui un regard furieux. Bien sûr, il lui sauvait la mise, mais avait-il besoin de la faire passer pour une idiote ?

— Monsieur Prince, dit-elle d'une voix cinglante, je vous assure que je n'ai pas besoin de vous. Je suis assez grande pour prendre mes décisions toute seule.

Nick haussa les épaules et la lâcha.

— Comme vous voulez.

Jinx se tourna vers James.

— Je vous appellerai.

— Bien, dit l'éditeur, visiblement à regret. Et je n'oublie pas ce dont nous avons parlé avant l'arrivée de Nick. Je vous ferai savoir les résultats de mon enquête.

— Merci, répondit-elle.

— Quelle enquête ? demanda Nick.

— Rien qui vous concerne, l'assura-t-elle avec froideur.

James prit la main de la jeune femme dans les siennes.

— Mlle Nixon, vous êtes ici chez vous, passez quand vous voudrez. Et j'espère bien pouvoir vous inviter à déjeuner la prochaine fois.

— Ce sera avec plaisir, répondit Jinx sans vouloir s'engager davantage. Heureuse de vous avoir rencontrée, mademoiselle Morrow.

Puis, elle quitta la pièce sans même regarder Nick. Elle ne se détendit qu'une fois hors d'atteinte, dans l'espace clos et rassurant du taxi dans lequel elle s'était engouffrée. Jamais plus, se dit-elle. Jamais plus elle ne laisserait ses émotions la gouverner ainsi. Elle connaissait pourtant le danger auquel elle s'exposait, si son identité était dévoilée. Et cela avait bien failli arriver…

A cause de Nick Prince.

A cause de la colère qu'il suscitait en elle. Et parce que, contre toute raison, elle était en train de tomber amoureuse de lui…

— Eh bien, dit Jane Morrow dès que Nick et elle eurent quitté le bureau de James, qui aurait pu croire que notre auteur soit une femme ?

— Personne, maugréa-t-il.

Nick n'avait qu'une hâte : se débarrasser de Jane. En se hâtant, il pouvait peut-être retrouver la trace de Jinx. Car c'était sûrement sa dernière chance : après ce qui venait de se passer, il était certain qu'elle allait se terrer. Les éditions Stephens n'étaient pas près de la revoir !

— Le fait qu'elle soit une femme doit considérablement vous faciliter la tâche, insinua Jane d'une voix complice.

— Pardon ?

Nick l'avait à peine écoutée et il ne voyait pas où Jane voulait en venir. D'ailleurs, il s'en moquait éperdument.

— Allons, reprit celle-ci, vous êtes bien conscient de votre pouvoir sur les femmes…

Il serra les dents.

— Ce n'est pas à moi d'en juger. Désolé de vous quitter si vite, Jane, mais j'ai un rendez-vous urgent.

Cela sonnait faux mais il ne pensait qu'aux précieuses secondes qui s'écoulaient, et pendant lesquelles il pouvait encore retrouver la trace de Jinx.

— Décidément, tout le monde semble avoir rendez-vous. Je vous trouve en panne d'imagination, Nick.

Sans répondre, il s'engouffra dans l'ascenseur, ravi d'échapper aux sarcasmes qui avaient succédé à la fausse complicité de Jane. Elle avait raison de lui en vouloir, bien sûr, mais il préférait ne plus jamais croiser son chemin. Quand elle s'était approchée de lui en sortant du bureau de James, il avait eu une désagréable impression.

Pourquoi ? Parce qu'il avait peur qu'elle ne cherche à nuire à Jinx ? Et qu'éprouvait-il pour cette dernière ? Non, bien sûr que non, il n'allait pas tomber amoureux ! Jinx lui semblait vulnérable et seule, et cela déclenchait en lui un réflexe de protection. Mais rien d'autre, absolument rien d'autre.

Pourtant, comment expliquer autrement sa hâte à retrouver Jinx ? Car mieux valait voir les choses en face : son film passait désormais au second plan. Il n'était prêt à l'avouer à personne, mais c'était pour Jinx et elle seule qu'il se précipitait à présent hors du bâtiment, pour sa peau satinée dont il rêvait nuit et jour, pour ses jambes fines qu'il imaginait nouées à ses hanches pendant qu'il l'emmènerait au septième ciel…

Quand il arriva dehors, Nick était tellement absorbé par ses pensées qu'il faillit ne pas voir démarrer le taxi de Jinx.

Il se rua sur le taxi suivant en intimant au chauffeur l'ordre de suivre la voiture. Il avait l'impression d'être le piètre acteur d'un mauvais film.

— La dame a oublié son sac, grommela-t-il en guise d'explication.

Nick se concentra sur le trajet. A l'arrière du taxi qu'ils suivaient, il distinguait la flamboyante chevelure de Jinx. Elle n'allait pas apprécier cette filature si elle s'en rendait compte…

— Monsieur, j'ai l'impression qu'on joue à l'arroseur arrosé, annonça soudain le chauffeur en jetant un coup d'œil dans son rétroviseur. Le taxi derrière nous semble nous suivre… Vous aussi, vous avez peut-être oublié votre sac quelque part ?

Nick se retourna vivement. Impertinent ou pas, le chauffeur avait raison. Au fond du véhicule qui les suivait, il distingua deux silhouettes. Des reporters ? Les mêmes que ce matin, peut-être ?

— Vous pouvez les semer ? demanda-t-il.

— On peut toujours essayer, mais je risque de perdre le taxi que vous voulez suivre.

Que faire ? Jinx ne lui pardonnerait pas de conduire deux reporters jusqu'à sa porte. D'un autre côté, s'il perdait sa trace, il était certain de ne plus la retrouver. Ce qui lui était insupportable…

— O.K., soupira-t-il. Tournez dans la prochaine artère et semons ces casse-pieds.

Le taxi obliqua à gauche.

— Oh…, murmura alors le chauffeur, après quelques secondes.

— Que se passe-t-il encore ? s'enquit Nick avec nervosité.

— Je crois que ce n'est pas nous qu'ils suivaient, répondit l'homme.

— Comment ça ?

— Regardez derrière vous.

Nick se retourna. Plus de voiture…

— Où sont-ils passés ?

Son sang se glaça dans ses veines. Avait-il perdu la trace de Jinx pour rien ?

— Ils ont continué tout droit, reprit le chauffeur. Ils devaient suivre le même taxi que nous.

Nick fronça les sourcils.

— Vous en êtes certain ?

— Je connais mon métier…

— Alors rejoignez la rue principale et retrouvons-les, ordonna Nick sans plus hésiter.

Le matin même, il avait pensé que les journalistes de l'hôtel le pourchassaient, lui. Et s'il s'était trompé ? Si c'était Jinx qu'ils traquaient ?

Il fallait agir, et sans tarder !

8

Jinx poussa un soupir de soulagement lorsque le taxi s'arrêta enfin devant chez elle.

Mais avant qu'elle ait pu poser la main sur la portière, celle-ci s'ouvrit à la volée et le visage de Nick apparut.

— Sortez de là et foncez chez vous, vite ! cria-t-il.

Elle le regarda avec effarement. Par quel tour de magie se trouvait-il ici ? S'il l'avait encore suivie…

— Je n'ai pas le temps de vous expliquer, Jinx, ajouta-t-il avec impatience en la tirant hors du véhicule. Rentrez chez vous et enfermez-vous à double tour !

En un clin d'œil, elle se retrouva sur le trottoir.

— Enfin, Nick, qu'est-ce…

— Plus tard !

Soudain, Jinx aperçut au coin de la rue la journaliste brune de l'hôtel, flanquée du même photographe. Il ne lui en fallut pas davantage pour comprendre ce qui se passait, et elle se rua vers la porte. Elle tremblait tant qu'elle faillit laisser tomber sa clé, mais elle parvint enfin à entrer, après un dernier regard affolé en direction de Nick, qui retenait les journalistes.

Elle claqua la porte derrière elle avant de s'y adosser, la respiration coupée, les jambes en coton.

Ses pires craintes se matérialisaient, et bien plus vite qu'elle ne l'avait prévu ! Après avoir vécu les événements de la matinée comme un véritable cauchemar, elle se rendait compte qu'il y avait pire encore : l'endroit où elle habitait était découvert, son intimité était violée par des journalistes !

Et son père était en danger… Il leur faudrait déménager encore, fuir le plus loin possible.

Un coup sur la porte la fit sursauter.

— Ouvrez cette fichue porte, Jinx !

Comment Nick osait-il lui donner des ordres ? Il n'était pas question qu'elle lui obéisse.

Un deuxième coup fut frappé.

— Jinx, je vous en prie…

Elle s'obligea à rester insensible à l'émotion qu'elle percevait dans la voix de Nick. Lui, chez elle ? C'était impossible. Elle s'y refusait de toutes ses forces. Comment lutter ensuite contre ses sentiments si le souvenir de cet homme imprégnait jusqu'aux murs de son refuge ?

— Je sais que vous m'entendez, Jinx. Laissez-moi entrer, nous devons discuter de tout cela. Pour votre bien… A moins que vous ne préfériez me laisser seul face à ces journalistes ?

Jinx se sentit faiblir et déverrouilla maladroitement la porte. A peine avait-elle ouvert qu'elle se trouva projetée en arrière. Nick s'engouffra à l'intérieur et referma violemment derrière lui.

Elle lui lança un regard accusateur.

— Quoi que vous en pensiez, je ne suis pas responsable de tout cela ! s'écria-t-il.

Il fit un pas en avant mais Jinx lui bloqua le passage. Elle n'avait pas prémédité de faire ce geste, mais il lui fallait protéger ce lieu, pour son père autant que pour elle…

— Quand je pense que vous…, commença-t-elle.

Un coup de sonnette l'interrompit.

— C'est pour vous, on dirait, reprit-elle d'un ton cinglant.

— Je vous en prie, ne rendez pas les choses plus difficiles.

— Parce que, d'après vous, elles pourraient être pires ? explosa Jinx. Je ne vois pas comment ! Grâce à vous, les journalistes sont à ma porte !

— Je ne les y ai pas menés, se défendit Nick.

— Vous m'avez suivie, non ? Et dans quel but ?

— Vous le savez bien, dit-il d'une voix rauque.

Jinx n'avait aucun mal à le deviner, en effet. En la voyant sortir du bureau de James, il avait dû comprendre qu'elle tirait un trait sur toute cette histoire. Sur lui, tout particulièrement…

Elle secoua la tête.

— Vous avez tout gâché… Vont-ils partir, à la fin ? ajouta-t-elle alors que la sonnette retentissait encore.

— Pas dans l'immédiat, répondit Nick d'un air désolé. Espérons que la photo leur suffira pour ce matin…

Jinx tressaillit. L'affolement la gagnait.

— Ils ont eu le temps d'en prendre une ? Mon Dieu ! Je ne sais plus quoi faire…

Une porte s'ouvrit soudain au fond du couloir, et Jinx se tut aussitôt.

— C'est toi, ma chérie ?

Son père s'avançait. Bien qu'amaigri par la maladie, il avait toujours beaucoup d'élégance. Ses cheveux gris étaient soigneusement peignés en arrière, et il portait un costume de tweed.

— Oui, c'est moi, papa. Où est Mme Holt ?

Une expression de confusion se lut sur le visage émacié du vieil homme.

— Dans la cuisine, je crois… Elle doit préparer le déjeuner. Je… On dirait qu'il y a quelqu'un dehors, non ?

La sonnette avait de nouveau retenti.

Il remarqua alors la présence de Nick, qui se tenait toujours près de la porte, et il s'avança à sa rencontre pour lui tendre la main et le saluer.

— Vous êtes entré bien vite, monsieur, reprit-il en souriant. Ravi de vous rencontrer. Je suis Jackson Nixon.

Navrée, Jinx se dit qu'il ne faudrait pas longtemps à Nick pour deviner de quoi souffrait son père…

— Je m'appelle Nick Prince. Enchanté, monsieur. J'espère que je ne vous dérange pas.

— Pas du tout, l'assura le vieil homme avec cordialité. Je reçois si peu de visites ces derniers temps…

Une ombre passa sur ses traits, mais il poursuivit :

— Auriez-vous plaisir à partager notre repas ? Il me semble que Mme Holt a prévu de la salade de poulet. Personnellement, j'en raffole. Aimez-vous la salade de poulet, monsieur Prince ?

Jinx sentit son cœur se serrer : la simple perspective de manger un plat qu'il aimait suffisait à éclairer le visage de son père…

— M. Prince ne reste pas à déjeuner, papa, intervint-elle à la hâte. Je crois d'ailleurs qu'il était sur le point de partir…

Elle décocha un regard éloquent à Nick, que celui-ci ignora superbement.

— Je ne suis pas pressé, à vrai dire, répondit-il, à la grande contrariété de la jeune femme.

— Tant mieux ! C'est une affaire réglée, alors, décréta son père. Je vais dire à Mme Holt d'ajouter un couvert.

Il leur adressa un grand sourire, puis il repartit de son pas traînant.

Un lourd silence s'installa après son départ.

Jinx craignait de lire les questions muettes sur le visage de Nick. Qu'aurait-elle pu avancer comme explication ? « Excusez mon père, il n'est plus tout à fait lui-même » ? C'était peu dire… L'un des plus brillants historiens du pays, celui que les spécialistes du monde entier consultaient, avait aujourd'hui du mal à se rappeler le jour de la semaine…

Mais comment évoquer son état sans que l'on s'apitoie sur lui ? Elle ne voulait pas de compassion pour un homme qui avait été respecté de tous et révéré par ses pairs.

— Jinx ?

Elle le regarda avec méfiance.

Il devait peser ses mots, comprit Nick. Au moindre faux pas, elle le chasserait de sa vie. Et comment le supporter ? En cet instant, il ne pensait même plus au film qui lui tenait tant à cœur, peu de temps auparavant. Seule Jinx comptait, à présent.

De l'autre côté de la porte, il devinait que les journalistes n'avaient pas encore levé le camp. C'était à lui de jouer, à présent. Avec doigté.

— Qu'est-il arrivé ? demanda-t-il doucement.

Jinx leva vers lui un regard brillant. La tristesse y avait remplacé la colère.

— A-t-il eu une attaque ? insista-t-il.

Nick avait préféré aller droit au but. Il sentait que Jinx ne supporterait pas le moindre apitoiement de sa part.

— Quelque chose comme ça, admit-elle à contrecœur.

Elle détourna les yeux.

— Qu'allez-vous faire de ces journalistes ?

Nick réprima un soupir de déception. Elle préférait changer de sujet. Soit. Il attendrait un meilleur moment pour en apprendre plus sur ce qui s'était passé.

— Pour l'instant, rien, répondit-il. Nous allons simplement attendre qu'ils partent. Et pendant ce temps, nous allons déjeuner avec votre père.

Il avait conscience de s'imposer, mais il brûlait d'en savoir plus sur Jinx et sa famille. Le simple fait d'avoir vu son père lui faisait comprendre beaucoup de choses. Vu son état, Jackson Nixon n'aurait pas supporté le matraquage publicitaire autour d'*Un garçon pas ordinaire*. Les journalistes n'avaient aucun scrupule, aucune limite.

Jinx devait en être parfaitement consciente, d'où son désir de protéger son père…

— J'ai une meilleure idée, rétorqua la jeune femme d'un ton mordant. Vous partez sans attendre avec les journalistes, et je déjeune tranquillement avec mon père.

Nick fit une grimace. Cela aurait pu marcher, à condition que ce soit bien lui qu'ils pourchassent… Mais hélas, il pressentait autre chose. Et pour que les journalistes aient réagi si vite, il fallait qu'il y ait eu fuite. L'indiscrétion ne venant pas de lui, la seule autre source possible était la maison d'édition. Et pourtant, personne n'y avait intérêt à s'aliéner une romancière dont les livres se vendaient comme des petits pains.

Nick décida de ne rien dire dans l'immédiat. Jinx était trop à cran pour réagir sereinement.

— Vous me laisseriez affronter les journalistes tout seul ? lança-t-il sur le ton de la plaisanterie. Franchement, j'aime mieux mon plan.

Les joues de Jinx se colorèrent. Elle allait répliquer quand le père de Jinx revint leur annoncer avec joie :

— Le repas est servi ! Salade de poulet…

Le regard de Nick se posa sur le vieil homme. Jinx n'avait pas clairement répondu à sa question, mais il était évident que quelque chose de grave s'était produit. Quelque chose, qui avait peut-être affecté Jinx tout autant que son père, bien que différemment ?

Nick finirait par savoir ce qu'il en était.

Sa propre détermination l'étonnait. Dans le cadre professionnel, la plupart des gens le trouvaient arrogant. Lui préférait penser en terme de cible à atteindre. Il se concentrait sur son but, aveugle à tout le reste. Cela s'appelait peut-être de l'arrogance, mais c'était ainsi qu'il travaillait. En compartimentant. Une chose à la fois.

Une méthode que Jinx avait totalement remise en question. A présent, tout ce qui comptait dans sa vie se mêlait : le film, les droits, l'intérêt qu'il portait à Jackson Nixon et… Jinx.

La jeune femme était devenue sa principale préoccupation.

— Vous avez entendu votre père, dit-il enfin. Le repas est servi.

Elle lui lança un regard exaspéré.

— Parfait. Vous gagnez cette manche.

— Vous m'en voyez ravi, répondit-il en souriant.

*
* *

Ils déjeunèrent sur la terrasse à l'arrière de la maison, protégés du soleil par un grand parasol. Le jardin était méticuleusement entretenu, à l'abri de hauts murs qui le gardaient de toute indiscrétion. Et c'était très bien ainsi, songea Nick. Car une fois qu'ils avaient flairé une piste, les journalistes étaient capables de tout.

Il s'autorisa donc à profiter de l'instant. Malgré les réticences de Jinx et la conversation limitée de son père, le déjeuner se déroula très agréablement.

Jinx était capable d'une infinie douceur quand elle s'adressait au vieil homme et Nick avait plaisir à la découvrir sous ce jour nouveau. Dès qu'elle abandonnait ses défenses, elle se révélait charmante. Sa gentillesse doublée d'une patience infinie opérait comme un charme sur son père.

Sur lui aussi, d'ailleurs… Chaque seconde, il sentait son attirance augmenter. Ce qui le surprenait. D'habitude, il se lassait d'une femme à mesure qu'il en connaissait davantage sur elle. Il perçait vite leurs mystères. Mais Jinx appartenait à une autre catégorie de femmes.

Il aimait l'élégance de ses gestes, la façon qu'elle avait de repousser la masse de ses cheveux roux, les courbes ondoyantes de son corps… Une adorable fossette se formait sur sa joue quand elle souriait. A son père, bien sûr, car lui n'avait eu droit qu'à une mine boudeuse tout au long du repas.

Heureusement, le vieil homme ne remarquait rien. Il avait l'air simplement heureux de partager ce moment avec eux.

— C'est l'heure de ta sieste, papa, dit enfin Jinx, alors que Mme Holt débarrassait la table.

Jackson Nixon se mit lentement debout.

— Ne vieillissez pas, déclara-t-il avec un sourire amer. L'homme redevient un enfant…

Perdu dans ses pensées, Nick le suivit des yeux alors que la gouvernante le ramenait dans sa chambre.

— Il a des éclairs de lucidité, expliqua Jinx, une fois qu'ils furent seuls. Malheureusement, cela ne dure jamais.

Une extrême tristesse se lisait sur son visage et Nick en eut le cœur serré. Elle ne méritait pas un tel malheur. Ne pouvait-on la soulager ? Guérir son père ?

— A-t-il consulté des spécialistes ?

Il regretta aussitôt son indiscrétion en voyant Jinx se raidir. Mais la jeune femme finit par répondre :

— Il a passé plusieurs mois dans une clinique médicalisée, après le choc… Mais cela n'a rien amélioré. Il est mieux à la maison, au bout du compte.

— Mme Holt s'occupe de lui quand vous êtes absente ?

— Oui.

Elle soupira.

— Je pense que vous devriez partir à présent, Nick. Les journalistes sont sûrement partis, maintenant.

— Rien n'est moins sûr, rétorqua-t-il. Et quel est ce choc dont vous parliez, Jinx ?

En voyant Jinx pâlir, Nick sut qu'il avait touché un point sensible. Mais s'il voulait l'aider, il lui fallait comprendre ce qui s'était passé, ce qui était arrivé à son père.

Et savoir si cela avait contribué à faire d'elle la personne réservée, toujours sur le qui-vive, qu'elle était aujourd'hui…

9

Jinx le dévisageait, sans savoir quelle réponse lui donner. Certes, moins il en saurait sur sa famille, mieux elle se porterait. Mais si elle voulait qu'il sorte de sa vie — et pour commencer, de chez elle —, elle devait lâcher un peu de lest : une fois sa curiosité satisfaite, il n'aurait plus de raison de rester.

— Suivez-moi dans le bureau de mon père, proposa-t-elle à contrecœur.

Six mois plus tôt, quand ils avaient emménagé ici, elle avait installé toutes les affaires de son père dans une pièce agréable de la maison. Au cas où… Depuis un an et demi, elle espérait un miracle. Peut-être qu'un jour il achèverait son livre sur les soulèvements écossais au XVIIIe siècle…

Elle fit entrer Nick dans une pièce tapissée de livres. Ceux-ci débordaient de l'imposante bibliothèque pour envahir le sol en piles inégales. Le bureau, lui, était couvert de manuscrits et de photographies encadrées.

Jinx tendit l'une d'entre elles à Nick, sans oser le regarder dans les yeux. Elle savait ce qu'il allait découvrir : une famille heureuse, souriant à la caméra, pique-niquant au bord de l'eau… Une photo de famille comme il en existait tant.

— Où se trouvent votre mère et votre frère ? interrogea Nick, exactement comme elle l'avait prévu.

— Ils sont morts il y a dix-huit mois, répondit-elle d'une voix neutre.

Avant d'ajouter presque sèchement :

— Si cela vous intéresse, le nom de jeune fille de ma mère était Watson.

Immobile, Nick ne la quittait pas des yeux. Il s'attendait peut-être à ce qu'elle en dise plus… Mais sa mère et Jamie n'étaient plus de ce monde. Il n'y avait rien d'autre à dire.

— Mon père n'a pas supporté, reprit-elle. Depuis, il est… dans l'état où vous l'avez vu.

Nick jeta un regard pénétrant à la photo avant de la poser sur le bureau.

— Il a réagi comme si lui seul avait perdu des êtres chers, dit-il d'une voix douce. Mais vous ? Vous avez perdu votre mère, votre frère et en plus, il vous faut…

— Vous ne comprenez pas ! s'insurgea Jinx, incapable de supporter la moindre critique sur son père. Vous ne savez rien de la situation et vous vous permettez de juger !

— Calmez-vous, je voulais seulement…

— Je sais ce que vous voulez ! s'écria-t-elle. A présent, partez !

Comment avait-elle été naïve au point d'espérer qu'il comprendrait, alors qu'il ne s'intéressait qu'aux droits d'adaptation d'*Un garçon pas ordinaire* ? Elle ferait mieux de ne pas l'oublier, au lieu de se laisser dominer par la folle attirance qu'elle ressentait pour cet homme. Pas un instant elle n'avait pu s'en défaire, ni à table, ni quand il lui parlait dans le couloir…

— Je veux que vous partiez, Nick, répéta-t-elle.

— Vraiment ?

Comment avait-il pu se rapprocher sans qu'elle s'en aperçoive ? Il n'était qu'à quelques centimètres d'elle. Le pouls de Jinx s'affola. Une vague de désir parcourut son corps tout entier.

Elle humecta ses lèvres.

— Oui…

— Je ne le crois pas, Jinx, murmura-t-il d'une voix rauque.

Jinx sentait les battements de son cœur s'accélérer dans sa poitrine. Une langue de feu courait dans ses veines. Le souffle court, elle leva les yeux vers lui. Sans pouvoir s'en empêcher, son regard se posa sur les lèvres fermes et sensuelles.

— Nick, non…

Mais il prenait déjà ses lèvres.

Et son corps s'embrasa. Oh oui ! Qu'il était bon de se presser contre lui, d'éprouver sa force, de sentir les muscles puissants de ses cuisses… Ce fut elle qui, oubliant tout, approfondit leur baiser.

De nouveau, la force de leur désir les emportait. Jinx caressait avec fièvre le dos de Nick alors que celui-ci resserrait ses bras autour d'elle. Leurs langues se mêlaient avec passion…

Mais soudain, Nick interrompit leur étreinte.

— Bien qu'il me soit affreusement difficile d'arrêter de vous embrasser, je suis obligé de vous rappeler que nous avons un problème à régler…

— Un problème ?

— Les journalistes…, lui rappela Nick avec une petite grimace.

Recouvrant ses esprits, Jinx s'écarta. Embarrassée, elle chercha maladroitement à recoiffer ses cheveux.

Pourquoi était-elle incapable de lui résister dès qu'il s'approchait d'elle ? Bien sûr, il l'attirait. Elle éprouvait un incroyable désir pour lui. Mais il était le dernier homme avec lequel elle pouvait se permettre une relation !

— Et ils ne sont pas prêts de lever le siège, reprit-il. Cela signifie que votre père et vous allez devoir partir. Même si ce n'est que temporaire.

Jinx écarquilla les yeux sous l'effet de la surprise.

— Partir ? Mais c'est ridicule ! C'est vous qu'ils traquent !

Six mois plus tôt, ils avaient déjà déménagé : les souvenirs liés à leur ancienne demeure minaient la santé de son père. Et il aurait fallu recommencer ? Même pour un temps limité, elle le refusait totalement.

— J'aimerais en être aussi sûr que vous, répliqua Nick. Mais peu importe, l'ennui est qu'ils vont rester là.

Elle se sentait perdue. Que faire ? Dans son état, son père ne pourrait supporter le cadre impersonnel d'un hôtel, ce serait trop déroutant pour lui.

— Je suis sûre que les journalistes vous suivront si vous partez, s'obstina-t-elle.

Nick haussa les sourcils d'un air sceptique.

— Et moi, je suis prêt à parier le contraire. Voulez-vous essayer ?

Il semblait si sûr de lui… Jinx le regarda avec méfiance. Elle ne pouvait intéresser ces journalistes, à moins qu'ils ne l'aient identifiée comme étant J. I. Watson. Et c'était impossible. Sauf si… Le matin même, elle avait rencontré Nick dans un lieu public. Or, il ne faisait pas mystère de ses projets quant à une adaptation du livre… Plus tard, elle s'était fait conduire aux éditions Stephens…

Jinx sentit ses jambes se dérober sous elle : ne serait-ce pas le comble de l'ironie si elle s'était trahie elle-même ? Mais c'était tout de même la faute de Nick si ces journalistes l'avaient démasquée : n'était-ce pas lui qui, le premier, avait fait le lien entre elle et J. I. Watson, qui l'avait suivie comme on piste une proie ?

— Epargnez-vous cette peine, dit-elle enfin, en lui décochant un regard noir. Si nous partions, mon père et moi, où nous réfugier ?

— Eh bien, j'ai pensé que…

— Evidemment ! s'emporta-t-elle. Ne pensez-vous pas à tout ?

Une lueur de colère brilla dans les yeux gris de Nick.

— Inutile de vous monter contre moi.

— Et contre qui, alors ? rétorqua-t-elle. Tout allait bien avant que vous ne fassiez irruption dans ma vie !

— Justement non ! Tout n'allait pas bien, lui jeta Nick d'une voix que la colère rendait plus rauque. Vous êtes malheureuse, votre père décline, et cela ne s'arrangera pas s'il ne reçoit très vite un traitement adapté.

— Pardon ?

Jinx s'était raidie sous le choc.

— Ouvrez les yeux, Jinx ! Vous ne pouvez travailler car vous devez jouer les gardes-malade. Votre livre est un best-seller, mais vous ne pouvez prétendre à aucune reconnaissance publique pour préserver la santé de votre père. Et je ne parle même pas de votre vie privée, ajouta-t-il avec un mouvement d'impatience.

— Je ne vous conseille pas de vous aventurer sur ce terrain, répliqua-t-elle froidement.

— Trop tard ! J'y suis déjà !

— Alors, sortez-en !

Elle avait pratiquement hurlé.

— Gardez pour vous votre psychanalyse à deux sous. J'estime savoir ce dont mon père a besoin, et je n'ai aucun besoin de vous dans ma vie.

Nick exhala un soupir furieux.

— Ce n'est pas l'impression que vous donniez il y a deux minutes !

— Vous voulez jouer cette carte ? lui retourna Jinx avec mépris. Très bien. C'est vrai, vous m'attirez. Et après ? Les hommes croient-ils être les seuls à pouvoir séparer l'amour physique des sentiments ? Les femmes en sont tout autant capables…

Jinx eut un rire sans joie.

— En tout cas, moi, je le peux ! conclut-elle avec un regard de défi.

Nick serra les poings. Aucune femme ne lui avait jamais parlé ainsi. Que Jinx soit la seule à prétendre ne rien éprouver pour lui le rendait fou. Pourtant, il était assez lucide pour percevoir l'ironie de la situation : n'était-il pas le premier, d'ordinaire, à céder au désir tout en fuyant l'amour ?

— Je m'étonne de voir une jeune femme aussi distinguée que vous s'exprimer de la sorte.

La couleur qui monta aux joues de Jinx lui confirma

qu'il avait visé juste. Mais il regretta ses paroles dès qu'il vit l'embarras de la jeune femme se muer en dédain.

— Je ne voudrais pas vous choquer plus longtemps, déclara-t-elle, glaciale. Vous savez où est la sortie.

— Vous ne m'avez pas dit ce que vous alliez faire pour éloigner la presse.

— Cela ne vous concerne pas.

Si seulement il avait pu attraper Jinx et la jeter par-dessus son épaule pour l'emmener chez lui ! Elle suscitait en lui des réactions si intenses qu'il avait parfois l'impression de régresser au stade de l'homme des cavernes ! Et il y avait peu de chances que cela la séduise…

— Avez-vous entendu parler de Ben Travis ? demanda-t-il soudain.

— Aurais-je dû ?

— C'est l'époux de Marilyn Palmer.

— L'actrice ? La coqueluche d'Hollywood ?

Nick hocha la tête.

— C'est un ami, disons qu'il est presque de la famille. La fille de Marilyn est mariée au beau-frère de ma sœur Stazy… Bref, pour en revenir à Ben, il est psychiatre.

Jinx leva les yeux au ciel. Allait-il recommencer ? Ne pouvait-il la laisser en paix ? Elle ne voulait ni de son aide… ni de lui.

— Mon père n'a besoin que d'amour et de tranquillité.

Il passa une main nerveuse dans ses épais cheveux noirs.

— Puis-je vous appeler plus tard ?

— Pourquoi ? demanda-t-elle d'un ton soupçonneux.

— Pour vérifier que tout va bien ! répondit-il avec un geste d'impatience.

— Tout ira bien.

— Jinx, voulez-vous réfléchir une seconde ? explosa Nick. Si je pars et que ces journalistes continuent à vous harceler, il vaut mieux que je le sache !

— Pourquoi donc ?

Nick serra les dents. Comment était-il possible de désirer une femme aussi fort et d'être autant irrité par elle la minute d'après ?

— Très bien. Je vous appellerai, quoi qu'il arrive.

Elle haussa les sourcils d'un air intrigué.

— Et comment ? Mon numéro est sur liste rouge.

— Je sais encore me servir de mes yeux, déclara Nick en se félicitant intérieurement pour sa présence d'esprit. Il est noté sur votre combiné.

— Vous… vous…, bredouilla Jinx, vous n'êtes qu'un minable, une espèce de…

— Quand allez-vous comprendre, Jinx ? Je ne cherche qu'à vous aider !

— Et vous, quand allez-vous comprendre que je ne veux pas de votre aide !

Nick soupira.

— Je ne vous demande pas votre avis. Je vous appellerai.

Il reprit le couloir en direction de la sortie.

— Ne comptez pas sur moi pour vous répondre ! lança Jinx dans son dos.

Il dut se maîtriser pour ne pas répliquer. Jinx Nixon était vraiment une femme impossible.

10

— Allô… ?

Aussitôt, Jinx s'en voulut de ne pas avoir pris un ton plus assuré. La moindre hésitation, la moindre faiblesse encouragerait Nick à s'imposer dans sa vie. Même si elle était bien décidée à ne pas le laisser faire.

En ce qui concernait les journalistes, il avait malheureusement vu juste. Le photographe n'avait quitté les lieux que pour revenir une demi-heure plus tard, et cette fois en voiture. Assis à l'intérieur, lui et sa collègue mangeaient à présent des sandwichs, et ils paraissaient prêts à tenir un siège. En tout cas, ils tiendraient jusqu'à ce que Jinx sorte. Ce qui finirait par arriver, ne serait-ce que pour faire des courses…

— Juliet ? lui répondit une voix féminine dans le combiné. Juliet Nixon ?

Ce n'était pas Nick…

— Oui, répondit Jinx, troublée.

— Je suis Stazy Hunter. Nous nous sommes croisées chez Susan et Leo l'autre jour.

Jinx n'avait pas besoin qu'elle lui rappelle qui elle était. Comment aurait-elle pu oublier la sœur de Nick ? Elle se raidit, immédiatement sur la défensive. Nick lui avait-il donné ses coordonnées ?

— Que puis-je pour vous, madame Hunter ?

— Appelez-moi Stazy. Je crois d'ailleurs que vos amis vous appellent Jinx…

Jinx réprima un soupir d'agacement.

— Je ne voudrais pas vous paraître brutale, mais quel est le but de votre appel, madame Hun… Stazy ?

Un petit rire lui répondit.

— Ne vous inquiétez pas, Nick n'est pas en train d'écouter notre conversation.

C'était déjà une bonne nouvelle…

— Peut-être, mais il vous a demandé de m'appeler.

— C'est vrai. Il… il se fait du souci pour vous, avoua Stazy après une légère hésitation.

— J'aimerais bien savoir à quel titre ! protesta Jinx. Je ne l'ai jamais autorisé à se préoccuper de moi !

— Je m'en doute, répliqua Stazy en riant. Mais il n'est pas du genre à attendre d'être autorisé à faire quelque chose avant d'agir, comme vous vous en êtes sûrement aperçue.

Qu'est-ce que Nick avait raconté à sa sœur ? L'idée qu'il ait pu lui parler d'elle la hérissait.

— Si je peux me permettre…, poursuivit Stazy, je voulais vous dire combien j'ai aimé votre livre. Il m'a fait rire et pleurer à la fois.

Elle semblait sincère. A sa grande surprise, Jinx ressentit une bouffée de joie et de gratitude devant ce compliment. Il était vrai qu'*Un garçon pas ordinaire* ainsi que les quatre tomes suivants avaient été écrits avec le cœur.

— Merci, fit-elle d'une voix plus émue qu'elle ne l'aurait voulu.

— Les journalistes sont toujours là ? s'enquit Stazy.

— Oui, mais ce n'est pas un problème.

Du moins pas encore… Car si ces deux-là s'incrustaient, le problème allait devenir bien réel.

— Je sais combien la presse peut se montrer envahissante, insista Stazy.

Elle avait effectivement toutes les raisons de le savoir, songea

Jinx. Son père n'était-il pas le légendaire acteur hollywoodien, Damien Prince, disparu quelques années auparavant ?

— Tout va bien, la rassura Jinx. Mais c'est très aimable à vous d'avoir appelé, et je vous…

Stazy dut sentir qu'elle s'apprêtait à mettre un terme à cette conversation, car elle l'interrompit à la hâte.

— Je tenais à vous proposer un arrangement. Nick est d'accord. Vous pourriez venir habiter chez moi quelques jours, avec votre père, bien sûr…

Jinx en resta sans voix. De quel droit Nick s'était-il permis de souffler à sa sœur une idée pareille ?

— Je ne pourrais jamais m'imposer ainsi, parvint-elle à dire, sous le choc.

— Oh, vous ne me dérangeriez pas du tout, l'assura chaleureusement Stazy. Jordan, mon mari, est parti en voyage d'affaires. Je serais ravie d'avoir un peu de compagnie.

— C'est que… Je ne veux pas vous sembler ingrate, Stazy, mais je sais de qui vient l'idée. Vous pouvez dire à Nick que ce n'est pas nécessaire. Je suis parfaitement capable de prendre soin de moi-même.

La réponse était un peu abrupte et Jinx espéra que Stazy ne s'en formaliserait pas. Mais elle voulait que Nick reçoive le message qu'elle lui destinait : « Laissez-moi en paix ! »

— Très bien, accepta Stazy sans paraître s'offusquer. Je vous laisse quand même mon numéro de téléphone, au cas où.

Jinx était certaine de ne pas l'utiliser, mais elle le nota néanmoins avant de raccrocher. Puis, elle réfléchit quelques instants. Ainsi, Nick ne pouvait s'empêcher de vouloir intervenir dans sa vie… Elle espérait que, à présent, il allait comprendre qu'elle ne voulait pas de son aide. Mais il était si entêté !

Et d'ailleurs, voulait-elle vraiment qu'il disparaisse de sa vie ? Pour une fois, ne pouvait-elle se montrer honnête ?

Rien qu'à l'idée de ne plus le revoir, elle se sentait oppressée. Etait-il possible… qu'elle soit en train de tomber amoureuse ? Et ne l'était-elle pas déjà ?

Jinx poussa un lourd soupir. Pourquoi se dissimuler la vérité ? Il fallait qu'elle l'admette, elle aimait Nick Prince. Mais, même en oubliant le problème que posait *Un garçon pas ordinaire*, elle n'imaginait pas d'avenir possible avec lui. Nick n'était pas homme à s'engager pour toute une vie et elle… Eh bien, elle n'accepterait rien d'autre.

C'était sans issue. Elle parviendrait peut-être à l'oublier, avec le temps. Et avec beaucoup de chance…

Lorsque Jinx jeta un coup d'œil par la fenêtre, le lendemain matin, ce fut pour constater avec effarement que non seulement les deux journalistes étaient toujours là, mais qu'une dizaine de leurs collègues s'étaient joints à eux… Mon Dieu, comment allait-elle se sortir de cette situation ?

Soudain, elle vit les journalistes se détourner et braquer leurs appareils photo sur une Jaguar vert sombre, qui se garait devant la maison. Elle sentit son cœur s'affoler en voyant Nick en sortir.

D'un pas décidé, le visage sombre, il se dirigea vers sa porte, ignorant superbement la haie de journalistes qui se pressaient pour lui poser des questions. Des flashes crépitèrent…

Sauf à l'abandonner à la meute, Jinx ne pouvait que lui ouvrir. Avec prudence, elle entrebâilla la porte et Nick se glissa à l'intérieur. Il était plus beau que jamais dans cette chemise et ce jean noirs ; il venait sans doute de se doucher car ses cheveux brillaient encore d'humidité.

Jinx se mordit la lèvre. Sortant à peine du lit, elle était nettement moins présentable dans sa chemise de nuit de soie pêche sur laquelle elle avait hâtivement passé un déshabillé de même couleur. Sans compter qu'elle ne portait pas une once de maquillage…

— Que se passe-t-il ? demanda-t-elle, le souffle court. D'où sortent tous ces gens ?

— Avez-vous lu les journaux du matin ? dit Nick.

— Pas encore. C'est Mme Holt qui nous les apporte et elle n'est pas encore arrivée.

Ce qui n'avait rien d'étonnant : 8 heures venaient à peine de sonner.

— Dites-lui de ne pas venir, fit Nick d'une voix brève. Combien de temps vous faut-il pour faire votre valise et celle de votre père ? N'emportez que le nécessaire pour deux jours.

— Cinq minutes, répondit-elle, effarée par la tournure que prenaient les choses. Nick, qu'y a-t-il dans les journaux ?

— Pour l'instant, un seul article est paru dans un quotidien, sans doute celui qui emploie les deux journalistes d'hier. Mais cela ne fait que commencer. Vous pouvez dire adieu à votre anonymat. La journaliste se demande si vous êtes J. I. Watson et il y a une photo de vous à la une…

Du menton, il désigna la foule des photographes qui se pressaient au-dehors.

— Il faut leur échapper avant qu'ils ne prennent d'autres clichés.

— C'est affreux, gémit Jinx, se couvrant le visage de ses mains.

— Oui, renchérit Nick, sans tenter d'adoucir les choses. Vous auriez dû partir hier, quand Stazy vous a appelée.

Elle releva la tête, le défiant du regard.

— C'était *votre* idée !

— Peu importe ! s'écria Nick. Vous auriez mieux fait de saisir cette occasion. Aujourd'hui, votre maison est en état de siège !

Hélas, il avait raison. Jinx fronça les sourcils. Comment son père allait-il réagir ? Car c'était à lui qu'elle pensait en premier lieu. Il fallait à tout prix lui éviter un nouveau traumatisme, et l'arracher aux griffes des journalistes.

— Que suggérez-vous ? demanda-t-elle d'une voix résolue.

Nick eut l'air surpris. Il ne s'attendait sans doute pas à un revirement aussi rapide.

— Vous acceptez ma proposition ?

Jinx rougit.

— Je n'imaginais pas l'ampleur que prendraient les événements..., se défendit-elle.

— Non, sans doute pas. Vous êtes trop naïve pour cela.

Elle sentit la colère l'envahir.

— Tout le monde n'est pas aussi cynique que vous ! rétorqua-t-elle.

Nick se raidit.

— C'est ainsi que vous me voyez ? Comme quelqu'un de cynique ?

— N'est-ce pas l'impression que vous donnez ?

Elle se mordit la lèvre. Ne se montrait-elle pas ingrate envers lui, alors qu'il venait la sortir d'un mauvais pas ? Au fond, elle lui en était profondément reconnaissante : jamais elle n'aurait pu gérer cette situation toute seule. Hélas, elle ne pouvait lui montrer sa gratitude. Pas plus que son amour...

Nick fronça les sourcils.

Cynique ? Oui, bien des gens le définissaient ainsi. Pourtant, il aurait voulu convaincre Jinx du contraire. Car seule son opinion comptait désormais à ses yeux. Quand il la regardait, si ravissante sans maquillage, les cheveux encore tout ébouriffés, les autres n'existaient plus. Elle, elle seule...

— Jinx...

Son prénom, murmuré d'une voix rauque, lui avait échappé... Ils n'avaient pas le temps, songea-t-il. Pas pour cela... Pourtant, il sentait que s'il ne la prenait pas, même brièvement, dans ses bras, il allait devenir fou.

Les lèvres pleines de Jinx étaient aussi délicieuses que dans son souvenir. Elle posa les mains sur sa nuque et il sentit un désir fou monter en lui comme une vague. Seigneur, dire qu'elle était nue sous sa chemise de nuit...

Oui, il désirait cette femme plus que tout au monde. Il pouvait tenter de nier ce qu'il ressentait, prétendre qu'il ne s'intéressait à elle que pour son livre, son corps lui disait le contraire. Quant à son cœur...

Nick s'écarta brusquement, bouleversé. Il contempla le visage de Jinx rosi par le désir. Son cœur ? Il n'en avait pas ! Les femmes le lui avaient assez répété par le passé. Ce qu'il éprouvait pour Jinx n'était que du désir. Etait-il besoin de tout compliquer avec l'amour ?

— Vous devriez aller vous habiller, maugréa-t-il.

Il fit deux pas en arrière, glissa les mains dans les poches de son jean, pour lutter contre la tentation de la toucher encore.

Jinx avait pâli. Elle resserra autour d'elle son déshabillé.

— Vous avez raison, acquiesça-t-elle d'une voix neutre. Comment… allons-nous sortir sans nous heurter à ces journalistes ?

— Laissez-moi faire. Pendant que vous vous habillez, je vais leur faire une annonce : ils auront droit à une déclaration d'ici un quart d'heure.

— Quoi ! s'écria Jinx. Pas question que je…

— Ne vous inquiétez pas. Je ferai patienter les journalistes, ce qui vous laissera le temps de vous préparer. Et pendant que vous filerez avec votre père par la porte de derrière, c'est moi qui me chargerai de la déclaration.

— Filer ? Mais comment ?

Le regard de Jinx était si éperdu que Nick dut se retenir pour ne pas la serrer dans ses bras.

— Mon frère vous attend à l'arrière du jardin.

— Zack ?

— Non, mon plus jeune frère, Rick. Le scénariste.

— Toute votre famille va défiler ici ? s'insurgea Jinx.

Il haussa les épaules.

— Rick a la presse en horreur. Il ne vient pas par plaisir.

— Pourquoi, dans ce cas ?

— Parce que je le lui ai demandé, coupa Nick d'une voix brève.

Dans leur famille, ce qui touchait l'un affectait les autres. Rick n'avait pas hésité une seconde à lui prêter main-forte.

— Le temps presse, lui rappela-t-il.

— C'est vrai…

Jinx hocha la tête, soudain ramenée à la réalité. N'était-elle pas, encore une fois, en train de faire un faux procès à Nick ? Presque gênée, elle leva les yeux vers lui.

— Je voulais vous dire, dit-elle. C'est très gentil de m'aider.

Nick se sentit chaviré par l'intonation profonde et sensuelle avec laquelle elle avait prononcé ces paroles.

— C'est un peu de ma faute, avoua-t-il, si le photographe a pris ce cliché de vous. Je vous devais ce coup de main.

Elle eut un sourire incertain.

— Bien… Je crois que je ferais mieux d'aller m'habiller.

— A votre place, oui, c'est ce que je ferais, déclara Nick sur un ton gentiment moqueur. A moins que vous ne vouliez faire sensation…

11

Jinx jeta un coup d'œil avant de sortir : une Mercedes gris métallisé les attendait dans la rue à l'arrière de la maison. L'homme assis au volant ressemblait bien plus à Nick que Zack. Rick était aussi brun que son aîné, mais, à la différence de ce dernier, il avait les yeux bleus.

Il sortit pour aider Jinx à ranger sa valise dans le coffre et veilla à ce que Jackson Nixon — visiblement heureux de déroger à ses habitudes — soit confortablement installé. Puis, il ouvrit la portière à Jinx et retourna s'installer au volant, le tout sans avoir ouvert la bouche une seule fois.

Jinx toussota nerveusement.

— Vous devez vous demander à quoi rime tout ceci…

Rick haussa les épaules tout en démarrant.

— Si Nick estime nécessaire de me l'expliquer, il le fera…

Elle lui jeta un regard surpris.

— Ça marche toujours comme ça ?

— Qu'entendez-vous par là, mademoiselle Nixon ?

Jinx croyait entendre parler Nick ! Les deux frères ne se ressemblaient pas que physiquement. Pourtant, se dit-elle avec ironie, il existait une différence entre eux : Rick souriait encore moins que son frère aîné…

— Cette façon de filer en douce, reprit-elle. Vous en avez l'habitude ?

— Pour moi, c'est une première, répondit Rick avec une pointe d'humour. Je suppose qu'il en est de même pour Nick.

Jinx ouvrit des yeux ronds. La réponse la surprenait.

— Pourtant, vous êtes tous si célèbres, dans votre famille. La presse doit vous harceler en permanence.

Cette fois, un sourire effleura les lèvres de Rick.

— Je ne pensais pas à la presse, dit-il.

Alors, à quoi songeait-il ? se demanda Jinx. Si elle voulait garder ses distances avec Nick, mieux valait éviter de poser la question, décida-t-elle avec prudence. Elle éprouvait des sentiments pour lui, certes, mais cela ne signifiait pas qu'il les partageait.

— Puis-je vous demander où nous allons ? s'enquit-elle pour changer de sujet.

— D'abord chez ma sœur Stazy. Si vous désirez vous rendre autre part, Nick vous y conduira par la suite.

Il avait réponse à tout, exactement comme son frère. A cet instant, Jinx comprit qu'elle n'avait plus la maîtrise de la situation. La famille Prince refermait sur elle son cocon protecteur. Mais le jour où elle n'intéresserait plus Nick, hésiterait-elle un seul instant à l'en chasser ?

— Bien, répondit-elle presque sèchement.

— Ne vous faites aucun souci, ajouta Rick d'une voix douce. Et ne décidez rien avant d'en avoir parlé avec Nick.

Jinx lui adressa un sourire ironique.

— Avons-nous réellement le choix, mon père et moi ?

Rick haussa les sourcils.

— Cela vous pose un problème ?

— L'arrogance de votre frère me pose un problème, oui !

Il grimaça.

— N'êtes-vous pas un peu ingrate ?

Jinx rougit. Il avait sans doute raison, reconnut-elle en silence. Mais quand il s'agissait de Nick… Eh bien quoi ? Cela ne pouvait l'excuser d'en vouloir à l'homme qui faisait tout, en ce moment même, pour la tirer d'embarras. Sans lui, elle serait encore enfermée à double tour chez elle.

— Je suis désolée, soupira-t-elle. Mais votre frère est très autoritaire… C'est parfois pénible.

Rick sourit, chaleureusement cette fois.

— Je ne veux pas le défendre, mais il agit en général avec de bonnes intentions. Bien sûr, il pourrait demander leur avis aux personnes concernées…

Jinx lui retourna son sourire. Elle commençait à apprécier Rick. Sa calme détermination, son sérieux et son discret sens de l'humour le lui rendaient très sympathique.

— Vous êtes très psychologue, dit-elle.

— J'écris des scénarios, lui rappela-t-il. A propos, je serais très heureux de travailler sur *Un garçon pas ordinaire*…

Jinx se raidit. Mon Dieu, est-ce que son père suivait leur conversation ?

— Ecoutez, Rick, je…

— Vous préférez ne pas en parler, la coupa Rick avec un sourire compréhensif. Je comprends.

Elle lui jeta un regard stupéfait.

— Vous me comprenez ?

— Bien sûr. Par ailleurs, je crois que mon frère n'a pas tout saisi…

— Saisi quoi ? demanda Jinx avec une anxiété qu'elle ne put dissimuler.

— Ce matin, Nick nous a parlé du drame qui a frappé votre famille.

Elle sentit se tendre tous les muscles de son corps.

— Et… ?

— Je suis écrivain, murmura Rick. Je peux deviner ce qui se passe dans le cœur des hommes… Mais nous finirons cette conversation plus tard, quand votre père se reposera.

Elle tourna la tête et fit mine de contempler le paysage. Plus tard, il faudrait que Rick poursuive son explication. Car il laissait entendre qu'il avait deviné la vérité, celle qu'aucun autre n'avait jamais soupçonnée !

— D'ailleurs, nous arrivons, reprit Rick, en franchissant le portail d'une imposante propriété.

Une allée de graviers les mena à une belle demeure victorienne.

— Ma sœur a besoin de place pour les six ou sept enfants qu'elle compte avoir, expliqua Rick avec un petit sourire en coin.

L'accueil chaleureux de Stazy, venue les saluer au bas du perron, obligea Jinx à dissimuler l'inquiétude qu'avaient suscitée les mystérieuses paroles de Rick.

Soudain, une Jaguar vert sombre s'engagea dans l'allée. Nick était déjà là !

Elle fronça les sourcils.

— Ne vous faites aucun souci, lui souffla Rick à mi-voix. Ce dont nous avons parlé reste entre nous, bien sûr.

Peut-être, se dit la jeune femme, mais pour combien de temps ?

Elle vit Nick descendre de voiture et se diriger tout droit vers elle.

— Tout va bien, Jinx ? lui demanda-t-il avec une sollicitude inquiète.

— Oui, répondit-elle. Et vous ?

Nick eut un sourire malicieux.

— Les journalistes ont failli m'assassiner quand ils ont compris que je faisais diversion. Mais à part ça, tout va bien.

Jinx se mordit la lèvre en réalisant soudain combien Nick s'était exposé pour elle.

— Je ne suis pas certaine de vous avoir remercié pour tout ce que vous avez fait ce matin…

Il haussa les sourcils avec ironie.

— Mais si ! Vous m'avez dit que j'étais « très gentil » ou quelque chose de ce genre…

Jinx eut une brève hésitation avant de sourire à son tour.

— Si je peux me permettre, intervint Stazy, votre père aimerait peut-être entrer et prendre une tasse de thé ?

Jinx sursauta : pendant ces quelques secondes de conversation avec Nick, elle avait oublié tous ceux qui les entouraient, y compris son père ! Elle chercha le vieil homme du regard. Il s'était avancé jusqu'au vaste bassin qui ornait la pelouse et observait les poissons.

— Bien sûr, je…, bredouilla-t-elle. Désolée…

— Il n'y a pas de quoi, lui répondit Stazy avec un grand sourire. Nick fait toujours cet effet aux gens.

— Très drôle, répliqua son frère sur un ton railleur.

Il passa son bras sous celui de Jinx.

— Au fait, Stazy, personne n'a eu le temps de déjeuner ce matin. Si tu pouvais ajouter quelque chose à la tasse de thé…

— Message reçu ! s'exclama Stazy en riant, avant de s'éclipser en direction de la cuisine.

Décidément, elle dérangeait toute la famille, réalisa Jinx avec gêne. Le moins qu'elle pouvait faire était de se montrer aimable… Et dès qu'elle en aurait l'occasion, parler avec Rick !

En voyant diverses émotions se succéder sur le visage si expressif de Jinx, Nick comprit qu'elle avait encore du mal à accepter son aide.

Mais comment aurait-il pu la laisser tomber alors que le premier journal qu'il avait ouvert ce matin montrait la photo de la jeune femme à la une, avec pour gros titre : « S'agirait-il de J. I. Watson ?»

Alors, que cela lui plaise ou non, il allait l'aider.

— Venez déjeuner, dit-il. Ma mère avait pour habitude de dire qu'un bon repas mettait tous les ennuis en sourdine.

Jinx lui adressa un coup d'œil sceptique, mais elle acquiesça. Dans la vaste salle à manger, la table était déjà dressée pour un copieux petit déjeuner.

— Café ? proposa Nick. Que prendra votre père ?

Ce dernier ne semblait pas troublé par le changement de décor. Il souriait, et son visage était détendu.

— Je m'occupe de lui, déclara Jinx.

Il la regarda faire : elle prenait soin du vieil homme avec autant de précaution que s'il avait été un enfant. Jackson Nixon, brillant intellectuel, se trouvait réduit à une déprimante passivité. Nick était peut-être d'un optimisme obstiné, mais il refusait de croire que son état était irrémédiable.

— Tu ne devrais peut-être pas te mêler de tout ça, murmura soudain son frère Rick, qui s'était assis à côté de lui.

— Il faut bien tenter quelque chose, non ?

— Pas nécessairement. A moins que…

— Comment ? Qu'est-ce que tu veux dire ?

— Du calme ! J'essayais seulement de te suggérer que ce ne sont pas nos affaires. Sauf si…

Nick serra les dents. D'ordinaire, son jeune frère n'était pas très disert, et quand il s'exprimait, il y avait toujours une raison. Or, il venait de le faire à mots couverts… La santé de Jackson Nixon ne le regardait pas ? Sans doute pas directement. Mais tant qu'il serait dans cet état, Jinx devrait se consacrer à lui. Quitte à refuser toute vie personnelle, toute relation… Alors, oui, cela le concernait.

— Tu n'aurais pas eu une petite conversation avec Zack ? demanda-t-il, soupçonneux.

— J'aurais dû ? demanda Rick d'un ton faussement innocent.

Nick haussa les épaules.

— Quand allez-vous enfin grandir, tous les deux ?

— Le jour où nous verrons notre frère aîné faire preuve d'une faiblesse humaine. En tombant amoureux, par exemple…, répondit Rick en souriant.

— Vous pouvez toujours attendre !

— Crois-tu vraiment ?

Rick se tourna vers Jinx et sourit à la jeune femme. Immédiatement, celle-ci lui rendit son sourire.

Nick fronça les sourcils. Elle, si réservée d'habitude…

Pourquoi semblait-elle détendue avec Rick ? Bon sang, il n'avait jamais rencontré de femme qui soit une telle énigme pour lui. Elle ne ressemblait vraiment à personne. Etait-ce pour cela qu'elle l'attirait autant ? En tout cas, elle suscitait chez lui un trouble qu'il n'avait connu avec aucune autre.

Le simple fait d'être assis à quelques mètres d'elle le bouleversait d'une façon incroyable. Il était hypnotisé par la grâce de ses gestes, par l'impression d'élégance qu'elle dégageait en portant la tasse de café à ses lèvres… Seigneur ! Etait-il normal d'être jaloux d'un morceau de porcelaine ?

Lui l'était. Il brûlait de retrouver la chaude caresse des lèvres de Jinx sur les siennes, et ce corps qui se lovait si passionnément contre le sien.

Non, rien de tout cela n'était normal, conclut Nick, tandis qu'une rage soudaine l'étreignait. Il trouvait insupportable qu'elle manifeste de la sympathie à son frère…

— Est-ce que Jinx va rester quelque temps ? lui demanda Stazy à mi-voix, en se penchant vers lui.

— Tu devrais lui poser la question toi-même, répondit Nick avec humeur. Je suis la dernière personne à qui elle se confie.

Sa sœur lui adressa un regard amusé.

— Tiens, tiens… Aurais-tu trouvé aussi entêtée que toi ?

— Elle me dépasse de loin, maugréa-t-il.

— Tu te sous-estimes ! répliqua Stazy en riant.

— Rien de tel que la famille pour vous soutenir…

Nick s'interrompit en surprenant un autre échange de regards entre son frère et Jinx. Elle avait l'air de se décontracter quand il lui souriait, comme si elle se sentait rassurée. Que s'était-il passé pendant leur trajet en voiture ? Jamais il n'avait vu Jinx si détendue, ni son frère si attentif !

Cela le rendait terriblement jaloux, constata Nick avec un mélange de dépit et de surprise. Car autant Zack était un coureur de jupons, autant Rick n'avait jamais paru s'intéresser sérieusement à une femme. Son tempérament ne le poussait pas aux flirts passagers. Et c'était bien ce qui alarmait Nick…

Non ! Pas Jinx ! Elle était à lui, bon sang !

A lui ? Nick se contracta. Elle n'était à lui d'aucune manière… Mais l'imaginer avec un autre, fût-ce son propre frère, l'emplissait de fureur.

Il entendit Stazy demander à Jinx si elle et son père voulaient rester quelque temps chez elle.

— Vous êtes sûre que cela ne vous dérangera pas ? demanda Jinx.

— Pas du tout. Comme je vous l'ai dit au téléphone, un peu de compagnie me distraira en l'absence de Jordan.

— Et moi, alors, je ne compte pas ? intervint Rick, tout sourire.

— Je voulais parler de compagnie féminine, rectifia Stazy sur un ton amusé. Mais tu peux rester ici autant que tu voudras, Rick !

Nick vit le soulagement se peindre sur les traits de Jinx. Parce qu'elle venait d'apprendre que Rick logeait ici ?

Jamais la colère ne l'avait submergé avec une telle force…

12

Jinx ne se sentit vraiment rassurée qu'une fois seule dans la chambre qu'elle allait occuper pour un séjour qu'elle espérait bref…

La dernière demi-heure avait été pour elle un calvaire : Stazy n'en finissait pas de boire son café tout en bavardant, pendant que Nick semblait remâcher sa mauvaise humeur en silence.

Regrettait-il à présent de l'avoir aidée ? Elle ne comprenait plus. Craignait-il qu'elle se méprenne sur les sentiments qu'il lui portait, qu'elle se fasse des idées ? Dans ce cas, il pouvait oublier ses soucis. Elle n'était pas assez sotte pour croire qu'une simple attirance allait se transformer en belle histoire d'amour, avec mariage à la clé.

La porte s'ouvrit soudain, faisant sursauter Jinx : la haute silhouette de Nick s'encadrait dans l'embrasure.

— Personne ne vous a appris à frapper ? dit-elle d'un ton sec.

— Désolé, jeta Nick, refermant la porte derrière lui.

Jinx se raidit.

— Que voulez-vous ? demanda-t-elle.

— Moi ?

Sa voix était pleine d'une froide ironie.

— Je voudrais vous effacer de ma mémoire… J'aimerais ne jamais vous avoir rencontrée, j'aimerais…

— Ce n'est pas la peine de poursuivre, murmura Jinx d'une voix blanche. J'ai compris.

Elle l'aimait passionnément, et lui souhaitait ne jamais l'avoir connue…

— Ça m'étonnerait, affirma Nick d'une voix sourde, tout en arpentant la pièce avec nervosité. Qu'est-ce que vous mijotez avec mon frère ?

— Zack ? demanda-t-elle en fronçant les sourcils.

— Vous savez très bien de qui je veux parler, alors ne jouez pas à ce petit jeu-là ! Vous avez échangé des regards complices avec Rick pendant tout le déjeuner ! A mon avis…

— C'est ridicule, l'interrompit Jinx. Vous délirez.

Une complicité entre elle et Rick ? Alors qu'il lui avait laissé entendre qu'il avait tout compris de sa situation ? C'était insensé.

— Je n'en suis pas certain, répliqua Nick, le visage dur.

Nick s'était approché, bien trop près pour qu'elle puisse conserver toute sa lucidité. Elle prit une profonde inspiration avant d'oser lever les yeux sur lui.

— C'est stupide, vous le savez. Je connais à peine votre frère.

Le dépit crispa les traits de Nick.

— Je vous connais à peine et j'ai du mal à ne pas vous toucher.

Comme pour le lui prouver, il l'attira contre lui. Jinx, le souffle court, se serra contre son corps puissant.

— Je vous assure que Rick ne s'intéresse pas plus à moi que moi à lui, dit-elle dans un souffle. Ce qui m'a intriguée chez votre frère…

Les yeux de Nick s'assombrirent dangereusement et elle se hâta d'ajouter :

— C'est qu'il vous ressemble étrangement.

Nick se figea et son regard étincelant la pénétra jusqu'au fond de l'âme.

— Curieuse déclaration. Que suis-je censé en conclure ?

Jinx haussa les épaules.

— Ce que vous voudrez. C'est vous qui avez toujours réponse à tout.

Jinx pria de tout cœur pour qu'il ne trouve pas cette réponselà. C'était déjà assez humiliant d'avoir compris qu'elle aimait cet homme d'un amour sans espoir, pour qu'il le devine à son tour…

Pendant une minute interminable, Nick sembla vouloir lire dans ses yeux.

— Vous avez une bouche faite pour les baisers, murmura-t-il enfin d'une voix un peu rauque.

Jinx crut que ses jambes allaient se dérober.

— Tout comme la vôtre…

Elle ne parvenait à détacher ses yeux de ses lèvres pleines et sensuelles…

Les yeux de Nick s'agrandirent.

— Vous le pensez vraiment ?

Oh oui… Elle aurait voulu la goûter du bout de la langue, cette bouche dont la plénitude était si tentante… Elle se retint à grand-peine.

Nick prit une courte inspiration.

— Jinx, le jour où tout ceci sera fini…

Elle détourna le regard.

— Je ne crois pas que ce jour arrive, coupa-t-elle avec amertume.

Le merveilleux moment d'intimité qu'ils avaient partagé s'était déjà envolé…

— J'espère bien que si, répliqua Nick en la relâchant.

Il soupira.

— Ecoutez, je dois filer, une ou deux choses à régler… Tout ira bien pendant mon absence ?

Jinx eut un rire sans joie.

— Ne vous inquiétez pas, je ne vais pas m'enfuir.

— Je voudrais vous demander d'attendre mon retour avant toute initiative.

Nick Prince *demandait* au lieu de décider ? Ce devait être la première fois de sa vie !

Jinx inclina brièvement la tête.

— C'est d'accord.

D'un hochement de tête, Nick exprima sa satisfaction. En deux enjambées, il atteignit la porte. Il s'arrêta sur le seuil.

— Tâchez de vous tenir à l'écart des ennuis pendant les deux prochaines heures.

— Comme si je leur courais après ! explosa Jinx, indignée.

— On dirait que vous les attirez, observa Nick.

Jinx lui lança un regard noir.

— Uniquement depuis que je vous connais.

— Je suis content d'apprendre que j'ai une influence sur votre vie, rétorqua-t-il avec ironie.

L'instant d'après, la porte de la chambre se refermait derrière lui.

Jinx se retrouva seule. Cet homme avait un culot incroyable. Avant de le connaître, elle menait une vie si tranquille ! Trop, peut-être ? Une fois que Nick aurait disparu de son existence, celle-ci allait lui paraître bien terne…

Il était arrogant et dominateur, certes. Mais n'allait-il pas lui manquer terriblement ?

Quand Nick revint trois heures plus tard, il eut la désagréable surprise de découvrir Jinx seule avec Rick dans la cuisine. Manifestement, ils étaient en train de préparer le repas.

— Quel spectacle charmant, maugréa-t-il, indifférent à la délicieuse odeur de curry qui flottait dans la pièce.

— Oh, salut, Nick !

Rick s'était retourné pour l'accueillir chaleureusement.

— Stazy est en haut, reprit-il, elle donne son bain à Sam.

Nick se sentait furieux. Jinx, malgré ses avertissements, se trouvait en tête à tête avec son frère. Et dire qu'il avait travaillé pour elle toute la matinée, à essayer de découvrir les sources de l'indiscrète journaliste qui les avait piégés !

— Bonjour, Nick, murmura-t-elle d'une voix qui lui parut chargée d'inquiétude.

— Bonjour, répondit-il sèchement, la regardant droit dans les yeux.

— Ta matinée s'est bien passée ? intervint Rick.

Nick lui lança un regard glacial.

— Justement non. Il faudra que je vous en parle plus tard, ajouta-t-il en se tournant vers la jeune femme.

— Bien…

Jinx fronça les sourcils. En quoi était-elle concernée par ses activités de la matinée ?

— Où se trouve votre père ? s'enquit Nick.

Ne pouvait-il s'exprimer de façon moins hostile ? A l'entendre, on aurait cru qu'il reprochait à Jinx de le délaisser. Elle répondit avec humeur :

— Devant l'entrée, à observer les poissons du bassin.

Nick sortit mais revint quelques secondes plus tard, pour l'avertir que son père n'était plus dans le jardin. Lâchant ses ustensiles de cuisine, Jinx se précipita dehors.

Aussitôt, Rick voulut la suivre, mais Nick l'arrêta.

— Il faudra que nous parlions tous les deux.

— Quand tu veux. Mais ne crois-tu pas que nous devrions prêter main-forte à Jinx, pour le moment ?

Nick prit une profonde inspiration.

— Bien sûr. Allons-y.

Ils trouvèrent la jeune femme sur le perron. Elle avait fait le tour du jardin, en vain. Très agitée, elle paraissait au bord des larmes.

— Il n'est plus là ! J'ai regardé partout et…

Elle s'interrompit en voyant deux silhouettes tourner au coin de la maison. Il s'agissait de son père et d'un autre homme.

— Oh, merci mon Dieu, soupira-t-elle en se précipitant dans les bras de Nick.

Le cœur de celui-ci se mit à battre plus vite. Au moins, c'était vers lui qu'elle se tournait…

— Te voilà donc, papa !

Jinx se détacha de Nick pour aller à la rencontre du vieil homme, dissimulant son angoisse derrière un joyeux sourire.

— Jackson et moi étions allés faire un petit tour par-derrière, expliqua l'homme qui accompagnait son père.

— Très bien, acquiesça-t-elle machinalement, toute à son soulagement.

Nick ne put réprimer une vague d'inquiétude. Quand Jinx saurait qui était le nouvel arrivant... Il aurait beau protester de son innocence, rien n'y ferait. Elle semblait toujours le croire capable du pire.

— Vous restez déjeuner, Ben ? s'enquit Rick.

— Pas aujourd'hui, répondit l'homme en souriant. Je passais juste dire un petit bonjour à Stazy et à Sam avant de retrouver Marilyn pour le déjeuner.

Nick demeura seul avec Jinx. Celle-ci avait sûrement compris que Ben n'était autre que Ben Travis, l'époux de Marilyn et psychiatre de renom...

Ce n'était pas lui qui l'avait fait venir ici. Mais à en juger par le regard furieux que Jinx lui adressait en ce moment, elle était persuadée du contraire...

13

— Comment avez-vous osé ? Comment ?

La colère qu'éprouvait Jinx était si intense qu'elle en tremblait. Elle savait bien pourquoi Ben Travis était là ce matin ! Le psychiatre avait étudié son père !

Au déjeuner, elle s'était contentée de grignoter, ne pensant qu'à une chose, dire son fait à Nick. L'occasion s'était enfin présentée : ils se trouvaient seuls dans le salon.

— Je vous avais dit que je ne voulais pas de votre psychiatre, s'écria-t-elle, furieuse. Mais vous n'en faites qu'à votre tête. Vous avez piégé mon père !

— Je n'y suis pour rien, répliqua Nick, confortablement installé dans un profond divan.

— Vous espérez sans doute que je vais vous croire ! Quelle étrange coïncidence : deux heures seulement après notre arrivée, Ben Travis passe dire bonjour !

— Il se trouve que Ben Travis passe très souvent, pour des raisons que je ne tiens pas à vous expliquer maintenant.

Les yeux gris de Nick avaient pris un éclat métallique.

— Et je n'apprécie pas qu'on me traite de menteur, poursuivit-il. Si j'avais fait venir Ben, je vous le dirais.

Jinx se sentit soudain envahie par le doute. Lui disait-il la vérité ? Mais elle n'allait pas se laisser faire aussi facilement.

— Ben m'a parlé avant de partir, rétorqua-t-elle. Il m'a dit que si je le souhaitais, il pouvait recevoir mon père.

Offre qu'elle avait refusée poliment et fermement, cela allait sans dire…

Nick soupira avec impatience.

— Qu'est-ce qui vous déplaît tant dans l'idée d'une consultation ?

— Je… C'est que… Vous…

C'était une bonne question, s'avoua-t-elle en son for intérieur. Etait-ce parce que Nick l'avait suggéré ? Ou bien croyait-elle que ce serait une perte de temps pour son père ?

— Il se trouve que Ben m'en a touché un mot, à moi aussi, poursuivit Nick.

— Ben vous a parlé de mon père ? fit-elle remarquer d'un ton railleur. Encore une coïncidence…

— Ironisez si ça vous chante. Cependant, votre attitude m'étonne. Je vous imaginais plus battante, farouchement déterminée à améliorer l'état de votre père…

— Mais je le suis ! protesta Jinx.

— Alors, votre refus est dû à une autre raison… Serait-ce parce que la proposition vient de moi ?

Il parlait de proposition ? Jinx avait un autre mot pour qualifier son acte : « machination ».

— Je ne veux pas aggraver l'état de mon père. Arrêtez de tout ramener à vous, rétorqua-t-elle en balayant son argument d'un geste méprisant.

Un muscle tressaillit au coin de la mâchoire crispée de Nick.

— Parler à un psychiatre risque d'aggraver son état ? demanda-t-il.

— Comment pourrai-je le savoir ? cria Jinx, à bout de nerfs.

Depuis dix-huit mois, elle était seule pour gérer le problème, seule à lutter pour maintenir son père, physiquement et psychologiquement. Pour autant, elle n'était pas prête à compromettre ce qui restait au vieil homme de tranquillité, dût-elle y laisser sa santé.

Nick plongea son regard dans le sien.

— Que perdriez-vous à essayer ? Vous êtes la première à

souhaiter qu'il se rétablisse... Je dois vous mettre en garde contre l'inaction, ajouta-t-il gravement. Ben m'a prévenu que l'état de votre père risquait de s'aggraver. Le traumatisme l'a plongé dans cette dépression, et un nouveau choc pourrait l'y enfoncer davantage... Ou l'en sortir.

Ne le savait-elle pas ? Leur médecin l'en avait déjà avertie. C'était pour cela qu'elle prenait un soin extrême à éviter tout tracas à son père, qu'elle avait choisi de déménager et de communiquer avec la maison d'édition par le biais d'une boîte postale.

— Il n'a pas besoin de psychiatre, s'entêta-t-elle. Et vous n'aviez aucun droit d'intervenir, je vous l'avais défendu !

— Jinx, je ne m'en suis pas mêlé ! Nom de...

Il se leva brusquement.

— Vous cherchez la bagarre, n'est-ce pas ? L'opposition systématique vous arrange. Tant que vous êtes furieuse contre moi, vous pouvez écarter ce qui nous pousse l'un vers l'autre...

Elle pâlit sous la justesse de l'accusation. Nick avait raison, il était plus facile de lui en vouloir que d'accepter les sentiments qu'elle lui portait.

— Vous détournez la conversation, murmura-t-elle.

— Croyez-vous ?

Il s'était approché, si près qu'elle sentait son souffle sur sa joue.

— Pourquoi éprouvez-vous le besoin de me repousser ?

— Vous dites n'importe quoi !

— Je sais que non. Pourquoi, Jinx ?

Plutôt mourir que d'avouer... Comment parler d'amour à un homme tel que Nick Prince, qui se distrayait avec de brèves aventures ? Alors qu'elle ne rêvait que d'un engagement éternel. Elle en aurait ri si cela ne lui faisait pas si mal...

— Nous sommes si différents, Nick...

— Vous êtes une femme, moi, un homme. C'est une combinaison qui a fait ses preuves.

— Moquez-vous si vous voulez, Nick, mais...

— Je ne vois rien qui prête à moquerie, déclara-t-il avec gravité. Par le passé, j'ai rencontré bien des femmes. Après avoir assouvi un désir mutuel, chacun repartait de son côté. Avec vous, tout est si compliqué…

— Je suis désolée, fit-elle d'une voix étranglée, se mordant les lèvres pour combattre les larmes. Ne pourrait-on passer directement à la dernière étape, celle de la séparation ?

Nick la saisit par le bras.

— Croyez-vous que ce soit encore possible ?

Comme le papillon fasciné par la flamme, elle se perdit dans l'intensité de son regard. Y avait-il quoi que ce soit au monde qu'elle désirât plus que ses baisers ?

— Jinx…, murmura Nick en la plaquant contre lui.

Lutter était impossible… Lorsque Nick prit sa bouche, elle entrouvrit les lèvres pour accueillir sa langue. C'était si bon de céder ! Elle enfonça les mains dans ses cheveux épais, et se mit à onduler contre lui, cherchant à prolonger l'intimité de leur baiser. Ses tétons se durcirent…

En colère contre lui ? Elle n'y songeait même plus…

Chaque atome de son être était en parfaite harmonie avec cet homme, chaque centimètre de sa peau attendait ses caresses. Les mains de Nick s'arrondirent autour de ses seins, ses pouces en taquinèrent les pointes.

Elle haletait tandis que la chaleur au creux de ses cuisses devenait un feu dévorant. Contre son ventre, elle sentait se durcir le sexe de Nick.

Près de défaillir, elle se cambra en gémissant. Nick couvrit sa gorge de baisers, avant de s'aventurer plus bas encore. Il lui arracha son chemisier et écarta son soutien-gorge. Puis, il saisit la pointe d'un de ses seins entre ses lèvres, et la lécha. Aussitôt, Jinx sentit une moiteur brûlante l'envahir. Et elle perdit toute raison.

Frénétiquement, elle s'attaqua à la chemise de Nick, arrachant deux boutons dans sa hâte. Enfin elle put toucher sa peau bronzée, recouverte d'une fine toison brune. Elle y porta la bouche, chavirée par le grondement de plaisir qui montait de la gorge de Nick.

Elle laissa sa main glisser le long du torse puissant, de son ventre. Elle était mue par le besoin urgent de caresser Nick, de le découvrir, de le sentir, dur, sous ses doigts…

Soudain, Nick lui prit le visage entre les mains. Jinx leva les yeux.

— Sois certaine de ce que tu fais, souffla-t-il. J'atteins le point de non-retour…

Elle-même l'avait dépassé depuis longtemps… Nick était l'homme de sa vie, celui qu'elle était destinée à aimer depuis toujours. Elle le désirait avec une frénésie qui bouleversait l'ordre bien établi de son univers.

Elle soutint son regard pendant qu'elle continuait de faire descendre sa main. Enfin, elle caressa le cœur de son désir.

— Montons dans ta chambre, veux-tu ? dit Nick d'une voix rauque. J'ai besoin d'intimité pour te faire l'amour. Ce sera notre première fois…

Il prit sa main dans la sienne. Jinx frissonna. « Notre première fois », avait-il dit. Cela impliquait qu'il y en aurait d'autres. D'ailleurs, peu lui importait en cet instant. Elle savait qu'elle devait se donner à Nick par amour, quelles que puissent être les conséquences…

Soudain, ils entendirent la voix inquiète de Stazy, dans le hall d'entrée.

— C'est sûrement un petit rhume.

Nick avait déjà la main sur la porte. Il s'immobilisa et posa sur Jinx un regard voilé par le désir.

— Je présume que cela ne sert à rien si je te propose de poursuivre dans ma chambre d'hôtel ? murmura-t-il.

Jinx le fixa avec tristesse. Elle acheva de reboutonner son chemisier et caressa la joue de Nick.

— Est-ce vraiment une bonne idée ? demanda-t-elle.

— J'ai encore des choses à te dire…

Elle eut un petit rire plein de mélancolie.

— Certaines rencontres ne sont pas destinées à aboutir, dit-elle à regret.

L'expression de Nick se durcit immédiatement.

— Tu dis n'importe quoi !

A la seconde précédente, elle était prête à tout, y compris à accepter le peu que Nick voudrait bien lui offrir. Mais le destin en avait décidé autrement.

— C'est à nous de forcer la chance, reprit-il avec fièvre, en serrant son bras avec force. Rejoins-moi à l'hôtel.

Jinx lut sur son visage la sombre détermination qui animait Nick. Elle fut presque tentée de céder. Elle avait tant envie de lui…

— Je ne peux pas, Nick, répondit-elle. Mon devoir est de rester auprès de mon père.

Il la lâcha, le visage plus sombre encore.

— Nous n'en avons pas fini, déclara-t-il alors que les voix se faisaient entendre, plus proches.

Elle s'écarta de lui, le cœur serré. Si seulement elle pouvait revivre ces quelques minutes où, conscients seulement l'un de l'autre, ils n'avaient pensé qu'à se donner du plaisir…

Elle le regarda droit dans les yeux.

— C'est fini, Nick.

Elle sut, en voyant sa bouche se durcir, que le désir de Nick s'était mué en colère. Parfois, il lui semblait que la seule manière de s'en sortir avec cet homme était de le rendre furieux contre elle !

Nick la fixait avec intensité, cherchant à comprendre pourquoi elle paraissait si lointaine à présent. Il aurait voulu la secouer et l'étreindre tout à la fois.

Mais le temps manquait… Suivie de Rick, sa sœur ouvrit la porte et entra dans le salon. Son fils Sam se tortillait en pleurnichant dans ses bras.

— Qu'est-ce qu'il a ? s'inquiéta Nick, prenant le bébé contre lui.

L'enfant se calma immédiatement.

— Un simple rhume. Mais j'ai préféré abréger les courses. Le frigidaire restera vide !

— J'essayais justement de persuader Jinx de dîner avec moi à l'extérieur, lança Nick.

Stazy comprit le sous-entendu et afficha un sourire ravi.

— Quelle bonne idée ! Jinx, je vous promets que nous prendrons soin de votre père.

Nick sourit. Il n'avait jamais sous-estimé l'intelligence de sa sœur, mais son sens de l'à-propos confinait au génie !

— Je serai ravi de t'aider Stazy, enchaîna Rick avant de se tourner vers son frère, une lueur amusée dans les yeux. Qu'est-ce qui arrive à ta chemise, Nick ? Une bagarre ? A moins qu'il ne s'agisse d'un autre type de lutte…

Nick n'eut pas besoin de regarder Jinx pour savoir qu'elle rougissait violemment. Mais ce n'était pas terminé : Rick, du bout du pied, désignait les deux boutons tombés à terre…

— Ma chemise s'est prise dans la poignée de la porte, mentit Nick.

— Tu m'en diras tant ! ironisa son frère avec une feinte innocence.

— Je ne t'en dirai pas plus, en tout cas, répliqua Nick. Stazy, ton fils a déjà l'air d'aller mieux. Ce devait être la compagnie de Rick qui le contrariait !

Il rendit l'enfant à sa mère, pendant que Rick affichait un sourire gentiment moqueur. Un sourire auquel Nick finit par répondre, incapable d'en vouloir plus longtemps à son frère.

Il se tourna vers Jinx.

— Je passe vous prendre vers 19 h 30, d'accord ?

Elle eut un regard contrarié.

— Après ce qui s'est passé avec les journalistes, est-ce une bonne idée ?

— Ne vous inquiétez pas, ils ont perdu notre piste.

— Je n'arrive pas à comprendre pourquoi tu tiens à prendre une chambre d'hôtel, intervint Stazy, souriant aussi largement que Rick.

— Réfléchis bien, ajouta celui-ci d'un ton taquin.

— Laissons les choses en l'état pour le moment, Stazy, affirma Nick pour couper court. Tu as déjà assez à faire… Jinx, me raccompagnerez-vous ?

Elle acquiesça, visiblement heureuse d'échapper aux regards amusés de Rick et de Stazy.

— Ils s'en sont rendu compte, n'est-ce pas ? chuchota-t-elle quand ils furent arrivés au bout du couloir.

— Du fait que tu étais en train de m'arracher mes vêtements ? Oui, je crois qu'ils s'en doutent…

— Je n'avais pas l'intention de…

Machinalement, Jinx avait commencé à protester mais le sourire de Nick l'arrêta net.

— Bon, je l'admets. Je te dois une chemise, ajouta-t-elle avec une mine contrite. Celle-là est définitivement hors d'usage…

Nick l'arrêta de la main. Il lui releva le menton et contempla les traits délicats de son visage.

— Tu peux m'arracher autant de chemises que tu voudras, l'assura-t-il d'une voix rauque.

— Ne parle pas ainsi, murmura Jinx.

Il déposa un baiser tendre et léger sur ses lèvres.

— Pourquoi pas ? J'ai adoré cela…

Elle détourna le regard.

— J'ai peur de ne pas être aussi… expérimentée que celles que tu fréquentes d'habitude…

Nick l'interrompit en posant doucement un doigt sur sa bouche. Il regarda Jinx avec attention, observant la légère rougeur qui colorait ses joues, le trouble de son regard…

— Tu veux dire… que tu n'as pas d'expérience du tout, comprit-il, étonné d'en éprouver un tel ravissement.

Il n'avait jusque-là recherché que des femmes d'expérience, délibérément, afin d'éviter toute complication et tout ennui… Curieusement, l'idée d'être le premier amant de Jinx — le seul qu'elle aurait jamais ? — le remplissait d'une allégresse inattendue.

Elle baissa les yeux.

— Ce n'était jamais le bon moment, j'avais tant à faire. Le lycée, l'université, l'enseignement… Du coup, je n'ai pas…

Elle haussa les épaules, gênée.

— Ne t'excuse pas, Jinx.

— Je ne m'excuse pas ! rétorqua-t-elle d'un ton indigné. Et je n'ai pas dit que je n'avais aucune expérience, simplement moins que celles qui…

— Chut… Je ne tiens pas aux détails, l'arrêta Nick.

Quelle magie se cachait dans cette femme ? Comment pouvait-il éprouver une jalousie aussi brûlante à l'égard d'inconnus qui l'avaient simplement embrassée ?

— Tu as raison, concéda-t-elle. Nul besoin d'échanger des confidences sur nos expériences… Cela pourrait durer des heures en ce qui te concerne. Et puisque nous devons dîner ensemble, j'aimerais bien avoir le temps de manger.

Nick se crispa. Voulait-elle de nouveau le tenir à distance ? Ou cherchait-elle à se protéger ? Mais au moins, elle avait accepté de dîner avec lui. C'était un pas dans la bonne direction.

Quelle direction, Nick n'était pas certain de le savoir. Mais n'importe quel chemin valait mieux que celui qui conduirait Jinx hors de sa vie.

14

Jinx se regarda dans le grand miroir de sa chambre. La robe que lui avait prêtée Stazy était d'une simplicité extrêmement raffinée. La soie noire du tissu moulait ses courbes comme une seconde peau. Elle n'avait pu qu'accepter ce prêt : quand son père et elle étaient partis précipitamment, le matin même, elle avait songé à tout sauf à emporter une tenue de soirée.

Même si Nick l'avait invitée à dîner, se dit Jinx en descendant les escaliers, elle ne devait pas oublier que cela n'avait rien d'un tête-à-tête amoureux…

Il l'attendait dans le hall. Dès qu'il la vit, son regard s'emplit d'admiration.

— Tu es ravissante, la complimenta Nick d'une voix rauque, alors qu'elle le rejoignait.

— Ta sœur m'a prêté la robe…, balbutia-t-elle, troublée par la force des sentiments que lui inspirait cet homme avec lequel elle n'était pas sortie une seule fois !

Jinx se mordit la lèvre. En costume noir et chemise blanche, Nick était irrésistible…

Une fois dehors, il la guida jusqu'à la voiture et lui en ouvrit la porte.

— J'ai réservé dans un restaurant très romantique, annonça-t-il en s'installant au volant.

— Je croyais que tu voulais me parler…

Nick fronça les sourcils.

— Tu es vraiment têtue, Jinx, je dois l'admettre… Oui, nous devons parler. Mais cela peut attendre la fin du repas. Décrétons une trêve le temps de dîner, proposa-t-il.

Jinx n'avait aucune raison de refuser. Mais Nick était si imposant, si beau, qu'elle craignait de ne plus avoir toute sa raison à la fin du repas…

En entrant dans le restaurant, elle put se rendre compte qu'elle n'était pas la seule à succomber à son charme dévastateur. Pas une femme qui ne détournât la tête à leur passage !

Nick la prit par la main. A ce contact, comment ne pas se rappeler ses caresses sur sa peau nue ? Jinx se mordit la lèvre.

Ils s'assirent à une table en retrait, éclairée aux chandelles.

— Commandons, veux-tu ? proposa Nick.

C'était tellement romantique ! se dit Jinx. Au point de sembler irréel… Elle allait ouvrir les yeux, comprendre que tout cela n'avait été qu'un beau rêve… Comme elle aurait voulu ne jamais se réveiller d'un songe aussi merveilleux !

— Tu es bien calme, fit remarquer Nick après avoir passé commande au serveur.

— Je croyais que tu préférais attendre la fin du dîner pour parler.

— Parce que je ne sais pas si tu es prête à entendre ce que j'ai à te dire.

Elle prit une courte inspiration.

— Nick, peut-être devrions-nous partir…

— Non, je ne vais pas te laisser m'échapper encore une fois, fit-il d'une voix rauque, en posant une main sur la sienne. Laisse-moi une chance de te prouver que je ne suis pas si désagréable.

Pourquoi se dépréciait-il ainsi ? Ne comprenait-il pas qu'il l'avait séduite, autant physiquement que moralement ? Comment aurait-elle pu le trouver désagréable, alors qu'il s'était porté à son secours, qu'il se montrait d'une gentillesse touchante envers son père, et que les relations affectueuses qu'il entretenait avec ses frères et sa sœur la touchaient profondément ?

Jinx lui sourit.

— Nick, tu as mal interprété mes paroles. Ce que je voulais dire, c'était que… enfin…

Seigneur, il devait bien exister une façon d'annoncer à un homme qu'on avait envie de se retrouver avec lui à l'abri des regards…

— Jinx, si tu crois que tu vas… Ah, bon sang !

Irrité, Nick s'interrompit pour répondre au portable qui vibrait dans sa poche. Son correspondant devait se mordre les doigts d'avoir appelé, songea Jinx alors que Nick répondait par monosyllabes. Quand il aurait raccroché, que ferait-elle ?

— Jinx…

Elle releva les yeux en entendant Nick prononcer son prénom. Le mélange de douceur et de compassion qu'elle lut sur son visage suffit à la projeter de nouveau dans la réalité.

— Que se passe-t-il ? demanda-t-elle avec une soudaine anxiété.

— Ton père, répondit-il brièvement, en signalant d'un geste leur départ au serveur. Rien de grave, ne t'inquiète pas. Mais Stazy préfère que nous rentrions.

Jinx ne put s'empêcher de paniquer. Dans sa hâte, elle fit tomber son sac en se levant. Nick dut le ramasser alors qu'elle se précipitait déjà vers la sortie.

Son père ? Qu'avait-il pu lui arriver ?

— Stazy t'a donné des précisions ? demanda-t-elle d'une voix fébrile, en s'asseyant dans la voiture.

— Cela concerne Sam. Et ton père.

— Quel rapport entre lui et mon père ?

— Je ne sais pas. Stazy était assez agitée. J'ai cru comprendre que ton père pleurait…

— Il pleurait ? s'étrangla Jinx.

Elle ne pouvait le croire. Lui qui n'avait montré aucune émotion depuis des mois, hors un sourire absent !

Nick hocha la tête.

— Stazy a aussi parlé d'un Jamie. Je ne connais aucun Jamie… Jinx ?

Elle avait l'impression que son cœur s'était arrêté de battre.

— Tu sais qui est Jamie ? demanda Nick avec inquiétude.

Comment ne l'aurait-elle pas su ? Elle pensait simplement que son père, lui, ne se le rappellerait plus jamais…

En arrêtant la voiture devant la maison, Nick avait les nerfs à vif. Jinx refusait obstinément de révéler quoi que ce soit sur Jamie.

La jeune femme attendit à peine qu'il eût serré le frein à main pour sauter hors du véhicule. Il se précipita à sa suite.

Rick leur ouvrit la porte.

— Ils sont en haut, dans la nurserie, annonça-t-il avant de leur emboîter le pas.

Ils grimpèrent l'escalier quatre à quatre.

— Sam s'est réveillé en pleurant, expliqua Rick en s'adressant à Jinx. Votre père l'a entendu et il est entré dans la chambre pour voir ce qui se passait… Mais tout va bien.

Nick réprima l'amertume qu'il ressentait en voyant son frère réconforter Jinx. Par quel miracle semblait-il connaître la raison profonde de sa détresse ? Et quel élément lui manquait-il, à lui, pour assembler le puzzle ? Ce mystérieux Jamie était-il la clé de l'énigme ?

Il resta sur le seuil de la nurserie, tandis que Jinx se précipitait près de son père. Celui-ci, assis dans un rocking-chair, berçait le bébé. Stazy se tenait près d'eux.

Jackson Nixon leva les yeux vers sa fille. Son regard avait perdu toute son opacité. On y lisait à présent une douleur insondable.

— Il ressemble beaucoup à Jamie au même âge, n'est-ce pas, Juliet ? Si petit, sans défense…

Il secoua la tête.

— Ne bouge pas, murmura Rick à son frère. Tu vas comprendre…

— C'est vrai…, dit Jinx d'une voix tremblante. Je ne l'avais pas remarqué.

D'un geste tendre, elle caressa la joue du bébé et s'agenouilla au pied du fauteuil.

Son père ferma brièvement les yeux. Il semblait lutter contre les larmes.

— Nous vous aimions tant, ton frère et toi…

— Nous l'avons toujours su, papa…

Un sourire fugace éclaira le visage de Jackson.

— Nos deux enfants chéris, tellement désirés…

Jinx posa tendrement la main sur celle de son père.

— Cela a été si terrible pour nous quand Jamie a été paralysé après cet accident ! reprit son père. Il n'avait que douze ans… Ta mère et moi nous sentions si coupables, comme si nous l'avions abandonné. Et quand il est mort de pneumonie, nous avons eu l'impression qu'une partie de nous périssait avec lui. C'est pour cela que ta mère est morte, si peu de temps après. Ils ont parlé de crise cardiaque… Moi, j'ai compris qu'après toutes ces années à se soucier de Jamie, à lui rendre la vie aussi normale que possible, ta mère a eu le cœur brisé de le voir partir.

Pour Nick, tout s'éclairait. Jamie était le petit frère de Jinx. Cloué dans un fauteuil roulant, comme le héros d'*Un garçon pas ordinaire*…

— Tu vas *tout* comprendre…, murmura doucement Rick, comme s'il suivait le cours de ses pensées.

Soudain, Nick comprit ce que son frère avait deviné bien avant lui : Jamie Nixon n'avait pas seulement inspiré le héros d'*Un garçon pas ordinaire* ! Il l'avait créé… C'était lui, l'auteur du livre, le mystérieux J. I. Watson !

15

Assise dans l'élégant salon des Hunter, Jinx regardait Nick avec méfiance.

Ils étaient seuls.

Pendant dix-huit mois, Jinx avait prié pour que son père guérisse, pour que se déchire le voile derrière lequel il s'était réfugié pour fuir la douleur causée par le décès de sa femme et de son fils. Déni de réalité, avait diagnostiqué le premier médecin. Diagnostic confirmé par Ben Travis.

Il dormait à présent. Ben Travis était parti en promettant de revenir le lendemain, et il avait assuré à Jinx que le pire était maintenant derrière eux. Son père allait sans aucun doute recouvrer toutes ses facultés mentales.

Nick faisait les cent pas dans la pièce.

Jinx savait qu'elle lui devait une explication. Obnubilée qu'elle était par l'état de son père, elle n'avait pas eu le temps de s'en soucier. Mais par où commencer ?

— Jamie a-t-il écrit autre chose ? demanda soudain Nick.

Jinx écarquilla les yeux.

— Tu savais ? Est-ce que Rick… ?

— Mon frère a gardé ton secret, la coupa Nick avec un déplaisir visible. Pourquoi lui en as-tu parlé plutôt qu'à moi ?

— Je n'ai pas eu besoin de le lui dire. Il est écrivain, il a deviné… Tout d'abord que le livre n'était pas l'œuvre d'une femme. Tu lui avais parlé de ma famille, de mon frère. Son imagination a fait le reste.

Elle se leva, à son tour gagnée par la nervosité.

— Il y a cinq tomes en tout. Je ne savais pas que Jamie écrivait. Je ne l'ai appris que lorsqu'il me les a légués… Il voulait que j'essaie de les faire publier. Son souhait était d'aider ceux qui partageaient la même détresse que lui. En touchant un large public, Jamie espérait faire comprendre que, même paralysé, on reste vivant.

Pendant des jours, Jinx s'était demandé ce qu'elle devait faire. Devait-elle, pour honorer la mémoire de son frère, prendre le risque de déstabiliser la fragile santé de son père ? Alors, elle avait inventé un stratagème pour contacter un éditeur sans se démasquer.

James Stephens avait donc reçu le livre. Jamais elle n'aurait pensé qu'il rencontrerait un tel succès…

— Tous les droits d'auteur vont à des œuvres caritatives, précisa Jinx.

— Pourquoi ne m'as-tu pas dit la vérité ? demanda Nick d'une voix radoucie.

Jinx le regarda à la dérobée.

— Tu n'étais intéressé que par les droits du livre…

— En ai-je seulement parlé une fois ces derniers jours ? demanda-t-il calmement. Si tu avais parlé, j'aurais pu t'aider.

— J'admets que tu ne m'as plus parlé du film. Cela veut-il dire que tu as abandonné l'idée ?

Nick vint s'agenouiller près d'elle, et prit ses mains entre les siennes.

— Oublie le livre. Oublie le film. Oublie tout. Il n'y a que toi qui m'intéresses. Toi seule, répéta Nick d'une voix profonde, empreinte de gravité.

Jinx consentit enfin à le regarder dans les yeux. Elle n'y trouva que douceur, compréhension, tendresse… Plus autre chose, une chose qu'elle avait peur de nommer…

— Je t'aime, Jinx. Je t'aime et je veux t'épouser. Si tu

m'as trouvé têtu au sujet des droits du livre, tu vas découvrir que cela n'est rien à côté de ce que je suis prêt à faire pour emporter ton cœur !

Il eut un sourire d'autodérision.

— Je vais assiéger ta maison, et me rendre tellement odieux que tu vas craquer et choisir de m'aimer pour que cela cesse !

Jinx était sous le choc. Mais cette dernière phrase lui arracha un sourire.

— Plus odieux que tu as pu l'être ? s'enquit-elle d'une voix émue.

— Bien plus, assura Nick, très sérieusement.

Jinx sourit à travers les larmes qui s'étaient mises à couler le long de ses joues.

— Eh bien, heureusement que je suis déjà amoureuse de toi ! avoua-t-elle en soupirant.

— Tu es déjà… ? Que dis-tu ?

Pour la première fois depuis leur rencontre, Nick eut l'air réellement déconcerté. Au fur et à mesure qu'il réalisait la signification de ses paroles, une lumière intense s'allumait dans son regard.

Jinx hocha la tête timidement.

— Pourquoi croyais-tu qu'au restaurant, tout à l'heure, je voulais te proposer d'aller dans ta chambre d'hôtel ?

Les yeux de Nick s'agrandirent sous l'effet de la surprise.

— C'était cela que tu voulais me dire ?

— Oui, souffla-t-elle en se laissant aller dans ses bras, retrouvant avec bonheur la chaleur de son corps. Je t'aime de toute mon âme, Nick, et rien ne me rendrait plus heureuse que de devenir ta femme.

Elle leva le visage vers lui et il n'eut qu'à se pencher pour lui donner un baiser si plein d'amour que Jinx crut que son cœur allait exploser de bonheur.

Cet homme était sa terre promise. Celui qu'elle cherchait depuis toujours.

Nick la serra plus fort contre lui. Comme il aimait cette

femme ! Elle était son âme sœur, l'amour de sa vie. C'était tout cela qu'il avait compris quand, enfin, il avait pris le temps de s'interroger sur la nature de ses sentiments : il ne pourrait jamais trouver le bonheur sans elle.

Jinx était sa femme, l'autre moitié de lui-même.

— Nick, murmura tendrement la jeune femme, quand il s'arracha enfin à la douceur enivrante de ses lèvres. Crois-tu que Stazy et Rick vont remarquer que je passe la nuit à ton hôtel ?

Elle lui sourit avec une tendre malice.

— Eux non. Mais moi si. Je n'ai pas l'intention de te demander de partager mon lit avant que nous ne soyons mari et femme…

Nick voulait que tout soit parfait pour Jinx : qu'elle puisse revêtir une robe immaculée le jour de leur mariage et que leur nuit de noces soit vraiment la première qu'ils passeraient ensemble.

Seigneur, depuis qu'il l'avait rencontrée, il se découvrait une fibre romantique !

Elle se mit à rire.

— Tu as du mal à y croire toi-même, le taquina-t-elle.

— C'est vrai, répondit-il en souriant. Mais je suis sincère. En revanche, ce sera le mariage le plus rapidement organisé du siècle !

Jinx se lova contre lui.

— Et tu ne m'en dissuaderas pas, reprit-il en riant de plus belle.

Si elle continuait à le serrer ainsi, cependant, il risquait de perdre le contrôle ! Il s'écarta, mais garda la main de la jeune femme dans la sienne. Jinx posa doucement la tête sur son épaule.

Nick parvenait à peine à en croire sa chance. Lui qui avait cru que Jinx le détestait ! Il s'était résigné à l'idée de devoir conquérir son amour de haute lutte, à devoir la convaincre qu'il n'était pas celui que les médias décrivaient…

Et voilà qu'elle venait de lui déclarer son amour ! Il en

était bouleversé… Et il lui en serait reconnaissant jusqu'à son dernier souffle.

— Tu devais me parler de quelque chose tout à l'heure, murmura Jinx à son oreille.

Mon Dieu ! Il avait complètement oublié. Ce n'était pas très étonnant alors qu'il tenait contre lui le corps de Jinx ! Mais il lui devait cette dernière explication.

Il eut une grimace d'appréhension que Jinx décoda immédiatement.

— Que voulais-tu me dire de si ennuyeux ? insista-t-elle d'un ton un peu inquiet.

Il lui prit le visage entre ses mains.

— Jinx, je me suis toujours montré honnête dans mes relations avec les femmes…

— Je croyais qu'on était d'accord pour renoncer aux confessions amoureuses, fit-elle d'un ton taquin.

— Il ne s'agit pas exactement de cela. Je voulais te confesser que je ne m'étais pas conduit en gentleman… en ce qui concerne Jane Morrow.

Un pli soucieux apparut sur le front pur de Jinx.

— La responsable de collection ? Tu parles bien de cette Jane ?

— Oui, confirma Nick avec embarras. Cela n'a pas été bien loin. Une ou deux invitations à dîner, quelques baisers. Mais mes motivations n'étaient pas très honorables.

Même au risque de peiner celle qu'il aimait plus que tout au monde, et quel que soit le dégoût qu'il éprouvait pour lui-même, Nick savait qu'il devait aller jusqu'au bout. Jinx l'avait transformé, son exigence d'honnêteté était à présent sans limite… Il regarda la jeune femme avec anxiété. Elle semblait absente, absorbée par ses pensées. Il eut soudain l'atroce peur qu'elle le quitte.

Enfin, Jinx leva les yeux vers lui.

— C'est Jane Morrow qui a livré mon nom à la presse, n'est-ce pas ? dit-elle. C'est pour cela que les journalistes te filaient, en espérant que tu les mènerais jusqu'à moi... Et c'est pour cela qu'ils m'attendaient à la sortie des éditions Stephens hier. Elle les a appelés pour leur dire que J. I. Watson était dans la maison... Mais pourquoi ? Qu'ai-je pu faire à cette femme ?

— Toi, rien. C'est moi qui l'ai utilisée pour parvenir jusqu'à toi. Et une fois que j'ai obtenu d'elle les renseignements nécessaires, eh bien... Disons qu'elle avait des raisons légitimes de m'en vouloir.

— Elle cherchait à se venger, n'est-ce pas ? Elle a dû penser qu'en attirant sur moi la publicité que je fuyais tant, le blâme en retomberait sur toi et que tu n'obtiendrais jamais les droits du livre.

Il acquiesça.

— J'ai téléphoné à la journaliste, ce matin, et j'ai tenté de la faire parler. Elle m'a involontairement confirmé que la fuite venait de la maison d'édition. Il ne m'a pas fallu longtemps pour en être sûr. Pour en avoir la certitude, j'ai quand même dû offrir quelque chose en échange...

— Une somme d'argent ?

— Mieux que cela ! Une interview en tête à tête avec Zack ! Je ne sais pas trop comment il va prendre la chose, il n'est pas encore au courant...

Mais après tout, cette journaliste était une très jolie femme : Zack apprécierait sûrement...

— Jane a commis une faute professionnelle grave, reprit-il plus sérieusement, mais c'est quand même moi le responsable des ennuis que tu as eus avec la presse.

Jinx réfuta son argument.

— Tu ne me connaissais pas encore quand tu as pris contact avec Jane.

— Il n'empêche, je l'ai poussée à la faute.

— Nick, il ne s'agit pas d'une enfant ! Jane a trente ans, elle est responsable de ses actes. Ton attitude peut être critiquable mais elle a trahi la confiance que je plaçais en elle ! Elle, directrice de collection !

— Ex-directrice, précisa-t-il. Lorsqu'il a su ce qu'il en était, James Stephens lui a signifié son congé.

— Je n'aurais jamais pu travailler de nouveau avec elle, admit Jinx.

— Mais peux-tu encore envisager de vivre avec moi ?

Le millième de seconde que mit Jinx pour répondre parut durer une éternité à Nick.

— Oh, mon amour… Bien entendu !

Elle l'embrassa tendrement.

— Mais je ferai en sorte qu'aucune Jane ne croise plus jamais ton chemin, ajouta-t-elle malicieusement.

Nick l'enlaça d'un bras possessif.

— Tu n'en auras pas besoin, l'assura-t-il avec force. Je t'aime, Jinx Nixon, et je ne veux que toi. A jamais.

— J'adore le son de ta voix quand tu parles ainsi…, murmura-t-elle en souriant, tout contre sa bouche.

Le baiser que Nick lui donna chassa toute incertitude. Entre eux, c'était vraiment pour la vie.

Épilogue

— Chérie, quand pourrons-nous partir ?

Jinx accueillit la demande de son mari avec un sourire plein de tendresse. Nick n'était son époux que depuis six heures…

Quand la coiffeuse s'était occupée d'elle, ce matin, elle n'avait cessé de se répéter ces mots : « Nick Prince, mon époux »… Ses cheveux avaient été relevés en un chignon piqué de roses en boutons, blanches comme la soie du fourreau qu'elle avait choisi de porter, sans voile. « Nick Prince, mon époux »… N'était-ce pas magique ? D'ailleurs, ces dernières semaines s'étaient déroulées comme dans un rêve.

Tout d'abord, il y avait eu l'annonce de leur mariage à leur famille, puis les divers préparatifs en vue de la grande journée, dont Nick s'était chargé avec une aisance déconcertante. Ensuite, ils avaient fait une déclaration à la presse pour révéler la véritable identité de J. I. Watson. Cette incroyable annonce avait été accueillie avec chaleur et compréhension par le public. Les ventes du premier livre s'en étaient trouvées relancées ! Et tout le monde réclamait la suite.

Le père de Jinx avait encore un peu de mal à supporter la publicité autour de sa famille, mais avec l'aide amicale de Ben Travis, sa santé se consolidait chaque jour. La fierté qu'il ressentait pour l'œuvre de son fils le soutenait dans ses progrès.

Jinx se lova contre son tout nouvel époux.

— La journée a été merveilleuse… Et rassure-toi, nous allons partir très bientôt, murmura-t-elle.

Elle aussi n'avait qu'une envie : se retrouver seule avec Nick, loin de la foule des invités.

— Pourquoi Zack semble-t-il contrarié ? demanda-t-elle, remarquant soudain que l'attitude de son beau-frère tranchait avec la bonne humeur ambiante.

En guise de réponse, Nick s'autorisa un sourire satisfait.

La jeune femme écarquilla les yeux.

— Tu n'as tout de même pas attendu ce jour pour lui parler de l'interview que tu as promise à cette journaliste ?

Le sourire de Nick s'élargit.

— Il valait mieux lui en parler aujourd'hui… Il n'aurait tout de même pas osé me frapper le jour de mon mariage ! Mais sa contrariété va vite se dissiper quand il saura que c'est lui qui va tenir le rôle du père dans l'adaptation *d'Un garçon pas ordinaire…*

Jinx eut un rire tendre et doux. Cela aussi ressemblait à un rêve : son mari allait réaliser l'adaptation du livre de Jamie, avec son aide…

Ses mains remontèrent le long du torse de Nick pour se nouer autour de son cou.

— Je suis prête à partir, à présent, déclara Jinx d'une voix vibrante d'émotion. Si tu es prêt toi aussi…

— Plus que prêt, murmura-t-il. Si je ne te fais pas l'amour très vite, je risque de devenir fou !

Jinx lui caressa la joue.

— Et ce serait dommage, n'est-ce pas ?

— Je suis déjà fou d'amour pour les cinquante ans à venir !

CAROLE MORTIMER

Un désir plus fort que tout

INTÉGRALE

ENTRE PASSION ET RAISON

Traduction française de
MARIANNE IUBIRE

• SAGAS •

HARLEQUIN

Titre original :
PRINCE'S PLEASURE

Ce roman a déjà été publié en 2006

1

— Pourquoi est-ce que je m'attendais à ce que vous soyez un homme ? demanda Zack d'un air peu amène en détaillant la jeune femme qui se tenait sur le seuil de sa chambre d'hôtel.

Celle-ci haussa les sourcils, révélant des yeux d'un brun si profond qu'on eût dit du chocolat fondu.

— Je n'en ai vraiment aucune idée, ajouta-t-il d'une voix plus pensive.

Son frère Nick l'avait juste prévenu qu'il avait autorisé Tyler Wood à passer une semaine avec lui pour une interview exclusive. Nick, avec son arrogance habituelle, avait juste oublié de mentionner que cette personne était en fait une très jolie jeune femme !

— Est-ce que j'ai l'air d'être un homme ? demanda celle-ci.

— Pas le moins du monde, concéda sèchement Zack, n'arrivant pas à décider à qui il en voulait le plus, à son frère ou à cette jeune femme. Nick a également oublié de mentionner que vous étiez américaine.

Il estimait qu'il lui serait en effet bien plus difficile de tenir à distance une compatriote que le petit journaliste anglais auquel il s'attendait.

— Eh bien, votre frère semble peu bavard, remarqua Tyler en haussant les épaules.

Ça, elle pouvait le dire !

Zack détestait se faire piéger de la sorte. Malgré son pantalon de treillis kaki, son T-shirt noir et sa coupe de cheveux à la garçonne, cette Tyler Wood ne pouvait en aucun cas être prise pour un homme. Outre ses grands yeux sombres fascinants, elle avait un visage très jeune, un petit nez retroussé, des lèvres charnues, et une silhouette menue — elle devait mesurer à peine un mètre soixante. Son pantalon taille basse mettait joliment en valeur la courbe de ses hanches et son T-shirt moulait une poitrine ronde, pleine… Visiblement, elle ne portait pas de soutien-gorge !

— Pourquoi une Américaine comme vous travaille pour un journal anglais ? demanda Zack, qui pensait qu'il existait suffisamment de revues et de journaux aux Etats-Unis pour qu'une journaliste puisse y trouver du travail, sans avoir besoin pour cela de traverser l'Atlantique.

Elle le regarda fixement un instant avant de répondre d'une voix détachée :

— Pour la même raison qu'un acteur américain vit en Angleterre, je suppose : le travail. Je peux entrer ?

Zack fronça les sourcils. Il savait qu'il ne pouvait pas la laisser plantée dans le couloir de l'hôtel toute la matinée, mais il ne s'était pas encore fait à l'idée que le reporter qui allait le suivre partout pendant une semaine était une ravissante Américaine.

Il n'avait pas vraiment sauté de joie en apprenant que Nick avait donné son accord pour l'interview, mais il en avait compris l'enjeu quand son frère lui avait expliqué que c'était pour protéger sa jeune épouse Jinx du battage médiatique qu'elle était sur le point de subir, parce qu'elle ne s'était pas suffisamment méfiée de son entourage.

Tyler Wood, après plusieurs discussions avec Nick, avait accepté de laisser Jinx tranquille en échange d'un reportage d'une semaine avec Zack, l'acteur qui faisait de toute façon régulièrement la une des journaux.

Mais Zack s'attendait à recevoir un homme, un homme qu'il avait pensé emmener faire la fête avec lui tous les soirs de la semaine. Le reporter aurait pu écrire son papier et tout le monde aurait été content. Le fait que Tyler Wood soit une femme changeait tout.

— Je suppose que vous feriez mieux d'entrer, oui, dit-il d'un ton impatient en ouvrant plus grand la porte.

Elle lui arrivait à peine au menton, observa-t-il quand elle passa devant lui en laissant derrière elle une odeur presque insaisissable de fleurs fraîches.

Elle se retourna pour lui adresser un sourire ravageur, le regardant derrière ses cils immensément longs.

Zack réalisa qu'il était agacé. Agacé, parce que bien qu'il eût toujours eu une relation saine avec les médias, c'était toujours lui qui en avait défini les règles. Et surtout, il n'avait jamais trouvé aucune journaliste attirante. Comment diable allait-il passer une semaine en compagnie de cette femme tout en gardant ses distances avec elle ?

La jeune femme pencha la tête de côté.

— J'avoue que je vous croyais plus... charmeur et décontracté que ça...

C'était en effet l'image que Zack donnait délibérément aux médias. Image qu'il allait avoir du mal à conserver devant Tyler Wood s'il passait trop de temps en sa compagnie. Ce qu'il allait bel et bien devoir faire...

— Il est 9 heures du matin. Je me suis couché à 4 heures. Vous voulez du charme et de la décontraction ?

Cette confession la fit rire.

— Je suis désolée, monsieur Prince. Je ne voulais pas dire que vous manquiez de courtoisie.

Il posa sur elle un regard soupçonneux. Il savait qu'en plus de ne pas être aimable ce matin, il n'était pas non plus à son avantage physiquement. Il avait passé une folle soirée et avait à coup sûr bu trop de champagne. Il était littéralement tombé du lit cinq minutes avant qu'elle ne frappe à la porte de sa suite.

Il avait donc enfilé à la hâte le pantalon noir et la chemise de soie blanche qu'il portait la veille, et passé la main dans ses cheveux blonds pour y mettre un peu d'ordre. Il n'avait pas eu le temps de se raser. Sans être obsédé par ses tenues vestimentaires, Zack savait qu'il y avait une différence entre la décontraction étudiée et l'air négligé qu'il arborait en ce moment !

— Si, excusez-moi, j'ai manqué de courtoisie. C'est peut-être l'âge ? Avant, je pouvais faire la fête toute la nuit et être sur le plateau de tournage à 6 heures le lendemain matin. Ceci ne compte pas pour l'interview, ajouta-t-il précipitamment en la voyant fouiller dans une des grandes poches de son pantalon pour en sortir un carnet et un crayon.

— Oh…

Ses grands yeux bruns s'assombrirent sous l'effet de la déception.

— Quel âge avez-vous exactement ? demanda-t-elle.

— Trente-six ans. Et vous ?

— Vingt-six, répondit-elle sans hésitation.

— Pouvez-vous encore faire la fête toute la nuit et aller travailler le lendemain matin ?

— Je n'ai jamais pu ! avoua-t-elle avec un petit rire.

— Alors il y a peut-être encore de l'espoir pour moi, dit-il en haussant les épaules.

— Oui, peut-être. Monsieur Prince…

— Zack, corrigea-t-il. « Monsieur Prince », c'est plutôt pour mon frère Nick.

Nick : arrogant, énergique, déterminé, un homme plein d'assurance, conscient de sa propre valeur. Et à présent, c'était également un homme marié et heureux, songea Zack avec affection.

— Je me demandais juste, monsieur… Zack, corrigea-t-elle aussitôt, si vous n'avez pas l'impression d'avoir été contraint à m'accorder cette interview ?

— L'impression ? Il ne s'agit pas d'une impression, mademoiselle…

— Tyler, suggéra-t-elle d'une voix douce et légèrement moqueuse.

— Tyler. J'ai en effet été contraint à donner cette interview. Par Nick et par vous-même. A quoi va-t-elle servir au juste ? Ça m'étonnerait que le journal qui vous a payée pour votre dernier article sur Nick et Jinx soit intéressé par ce genre d'interview exclusive.

Zack nota que la jeune femme évitait son regard. Rien d'étonnant à ça. Elle devait être embarrassée de travailler pour le torchon qui avait étalé en une le scoop de la relation de Nick avec Jinx.

Puis, Tyler lui adressa un sourire éblouissant.

— Vous avez raison, monsieur Pr… Zack. Mais le *Daily Informer* paraît aussi le dimanche, avec un supplément magazine.

— Et vous comptez publier cette interview dans ce supplément ?

Elle se retourna pour regarder par la fenêtre.

— Quelle vue magnifique sur Londres !

— En effet… Tyler, j'ai la nette impression que vous…

Il fut interrompu par des coups frappés à la porte.

— Ce doit être mon photographe, dit-elle en se retournant pour le rassurer.

— Non, dit Zack fermement.

— Oh, si, je crois bien, confirma-t-elle après avoir jeté un coup d'œil à sa montre. J'ai demandé à Perry de nous rejoindre ici 9 h 15…

— Je m'en moque. Je vous rappelle que votre accord avec mon frère ne stipulait pas qu'un photographe me suivrait partout pendant une semaine pour braquer son objectif sur moi à chaque instant.

Les yeux bruns de Tyler s'agrandirent encore.

— Mais je vais avoir besoin de photos pour accompagner l'article, protesta-t-elle.

— Et vous en aurez. A la fin de la semaine, quand cela me conviendra.

Tyler sembla sur le point d'argumenter, mais elle dut comprendre qu'elle perdait son temps.

— Très bien. Je vais prévenir Perry et nous pourrons continuer…

— En fait, je vais retourner me coucher, Tyler, l'interrompit-il. Mais si vous voulez vous joindre à moi pour « continuer », je n'y vois aucun inconvénient…

Il la défia du regard. Si ce n'était par respect pour son frère et par estime pour Jinx, cela ferait déjà un moment qu'il aurait mis cette Tyler à la porte !

— J'ai l'impression que vous jouez avec moi, Zack.

— En d'autres circonstances, je suis sûr que j'adorerais ça, railla-t-il, pas mécontent de la voir rougir. Mais aujourd'hui, là, maintenant, avec un photographe derrière la porte ? Très peu pour moi. Tout ce dont j'ai envie pour l'instant, c'est de retourner au lit. *Seul.*

— Bien sûr, répondit-elle d'un ton détaché en traversant la pièce à longues enjambées jusqu'à la porte. Peut-être pouvons-nous nous voir dans l'après-midi, sans photographe ?

— Peut-être, oui. Mais téléphonez quand même avant. Je ne voudrais pas choquer votre délicate sensibilité. Si vous deviez me trouver en charmante compagnie, par exemple…

Tyler Wood s'arrêta, la main sur la poignée de la porte.

— Ma sensibilité n'est pas si délicate, Zack. En réalité, j'ai été agréablement surprise de vous trouver seul ce matin.

— Touché ! admit Zack, tout en admirant le sens de la repartie de la jeune femme.

— Dites-moi, quand vous avez travaillé avec John Devaro l'année dernière…

— Encore une fan de John Devaro ! grommela-t-il. Oui, il est vraiment aussi beau en vrai qu'à l'écran. Oui, il a vraiment beaucoup d'humour. Oui…

— En fait, j'allais juste vous demander si vous vous sentiez menacé par le fait que son nom apparaisse au-dessus du vôtre sur l'affiche.

Zack fut déconcerté par cette attaque inattendue.

— Nous en avons parlé tous les deux et avons décidé de suivre l'ordre alphabétique.

— Oh, je vois. A tout à l'heure, alors ! lança-t-elle avec un léger sourire au moment où elle sortait de la suite.

Zack soupira. Au fond, Tyler Wood avait peut-être d'autres ressources que ses grands yeux bruns et son sourire ravageur. Il avait sans doute sous-estimé le fait qu'elle était une femme, américaine de surcroît, essayant de percer dans un pays qui n'était pas le sien, dans une profession souvent dominée par les hommes.

Il avait donc deux options : soit il continuait à se montrer odieux et peu coopératif, soit il cédait à l'attirance indéniable qu'il ressentait pour elle et essayait de la séduire.

Dans les deux cas, il savait qu'il commettait une erreur.

2

— Quel salaud ! grommela Perry tandis qu'ils traversaient le hall de l'hôtel vers la grande porte à tambour.

Tyler ne pouvait pas lui en vouloir d'être contrarié par la décision de Zack. Perry et elle travaillaient ensemble depuis six mois et ce genre de situation ne leur était encore jamais arrivé.

— Ne t'en fais pas, le rassura-t-elle quand ils arrivèrent dans la rue baignée de soleil. Je suis certaine que tu arriveras à le photographier, avec ou sans sa coopération ; tu as toujours réussi jusqu'à présent.

— Oui, je suis sûr que j'y arriverai cette fois-ci encore, dit Perry d'un air satisfait. Mais il est vrai que j'aurais préféré passer ce temps avec vous deux plutôt que de rester tapi dans l'ombre.

Depuis qu'ils avaient commencé à travailler ensemble, Perry essayait de donner une tonalité plus intime à leur relation, en dépit des résistances de Tyler.

Pourtant, celle-ci appréciait beaucoup Perry. C'était un bel homme, brun aux yeux bleus, objectivement séduisant, mais elle ne ressentait aucune attirance pour lui et le considérait plutôt comme un frère . Ce qui ne le satisfaisait guère.

Par honnêteté, Tyler ne voulait pas d'une relation amoureuse, en particulier avec un ami comme Perry. Personne ne devait savoir qui elle était. En Angleterre, elle était Tyler

Wood, une journaliste débutante, et il fallait que les choses demeurent ainsi.

— Enfin, si j'étais toi, je ferais attention à Zack Prince pendant cette semaine, ajouta Perry pour la taquiner. D'après ce que j'ai entendu, ce type ne peut pas rester seul cinq minutes avec une femme sans essayer de la mettre dans son lit !

Tyler fit une grimace.

— A en juger par son humeur de ce matin, il ne doit pas souvent parvenir à ses fins !

Elle savait que ce n'était pas vrai… Des trois frères Prince, Zack était le plus charmeur. L'aîné, Nick, avait mené une vie austère jusqu'à son récent mariage. Le plus jeune, Rick, était le plus réservé des trois.

Manifestement, le lundi matin n'était pas le meilleur moment pour que s'exerce le charme de Zack Prince…

Nick avait-il fait exprès de fixer leur premier rendez-vous à cette heure matinale ? Cela n'aurait pas été très gentil, ni pour elle ni pour Zack. Mais la gentillesse n'était pas le premier mot qui venait à l'esprit quand on pensait à Nick Prince !

Il l'avait fait délibérément, réalisa Tyler, consternée. Et ce n'était pas de bon augure pour cette semaine qu'elle allait passer avec Zack Prince.

A 16 heures, quand Tyler lui avait téléphoné, Zack dormait encore. Mais elle réussit à le rencontrer en fin d'après-midi dans le salon de l'hôtel.

— Dites-moi… Je sais que votre frère est furieux contre moi et qu'il m'a dit de passer tôt ce matin pour être sûr que cela vous dérange. Mais vous, que lui avez-vous fait ?

— Vous êtes très perspicace, Tyler, dit Zack en souriant.

Visiblement plus détendu à présent, il était affalé dans un grand fauteuil, et portait un jean déchiré et un T-shirt noir.

— On ne peut jamais savoir avec Nick, reprit-il. Mais je pense qu'il a dû trouver l'idée très drôle.

— Quel humour ! fit Tyler avec une grimace.

Zack lui sourit de nouveau.

Tyler comprenait comment cet homme avait pu gagner trois oscars. Son sourire était charismatique, presque ensorcelant. Sans parler de ses cheveux mi-longs couleur du blé mûr, ses yeux d'un bleu océan, ses traits virils, comme taillés dans la pierre…

Tyler se reprit. Elle était là pour trouver un bon angle d'approche pour son article, pas pour tomber sous le charme de son sujet…

Elle était en effet convaincue que Zack Prince ne se résumait pas à ce portrait de charmeur que l'on faisait habituellement de lui. Bien sûr, il y avait des rumeurs d'aventures avec des femmes mariées, et on disait même que le succès des frères Prince était dû à des liens avec des gens malhonnêtes — ce qui était absurde. Il courait toujours ce genre de rumeurs saugrenues à propos des gens célèbres. Tyler, elle, voulait découvrir la vérité.

— Bref, dit-elle en se redressant brusquement. Je vous présente mes excuses pour le malentendu de ce matin et je propose que nous passions à autre chose.

— A quoi pensez-vous, exactement ? demanda-t-il d'un ton taquin.

Tyler fronça les sourcils, regrettant de ne pas avoir été plus prudente dans le choix de ses mots.

— Ce soir, j'aimerais parler avec vous de votre naissance, de votre famille. De ce que vous faites en ce moment, des choses comme ça.

— Ecoutez, Tyler, je ne vais pas vous apprendre à faire votre travail…

— Mais vous allez quand même le faire ?

Il haussa ses larges épaules, visiblement indifférent à ce qu'il provoquait chez elle. D'ailleurs, toutes les femmes qui se trouvaient dans le salon de l'hôtel le dévoraient des yeux.

Tout juste si elles n'avaient pas la bouche ouverte et la langue pendante, songea Tyler avec un léger mépris.

— La plupart des gens connaissent déjà tout ça, dit-il, s'interrompant pour sourire à la serveuse qui apportait leurs deux eaux minérales.

Il avait raison. Les trois frères Prince et leur sœur cadette étaient les enfants du légendaire Damien Prince, un acteur qui avait fasciné le public pendant plus de trente ans, jusqu'à sa mort prématurée, une vingtaine d'années plus tôt.

Zack avait toujours été le « mauvais garçon » de la famille, avec un parcours agité. Il avait abandonné l'école pour devenir acteur comme son père et avait fini par percer dans le métier. Il était à présent un rebelle charmeur, connu dans le monde entier.

Au sein de la compagnie Prince Movies, chacun des frères Prince avait réussi dans son domaine, Nick comme réalisateur, Rick comme scénariste, Zack comme acteur.

— Vous avez raison, admit Tyler. Je pourrai sans doute trouver ça dans les archives. Alors, quel est votre programme pour la semaine ?

— Mon programme ?

Elle avait lu des interviews de Zack, visionné des émissions auxquelles il avait participé, et elle savait qu'il n'était pas aussi difficile d'approche d'habitude, qu'il répondait facilement aux questions qu'on lui posait, faisant preuve de son charme légendaire.

Mais pas ce soir.

Se doutait-il de quelque chose ? Savait-il que cette interview n'était pas aussi innocente qu'elle en avait l'air ?

— Pourquoi êtes-vous en Angleterre ? insista-t-elle en souriant. Vous vivez normalement aux Etats-Unis, alors…

— Mon frère aîné s'est marié ce week-end, Tyler, n'est-ce pas une raison suffisante ?

Elle se sentit rougir.

— Bien sûr, mais je me demandais pourquoi vous étiez *encore* là.

— Vraiment ? murmura-t-il, incrédule.

— Je doute que cette interview soit une raison suffisante pour vous garder ici !

— C'est exact. La première de *Gunslinger* aura lieu samedi. Je crois que ma présence sera requise.

Et encore une maladresse ! Elle savait pourtant bien que le dernier film de Zack serait présenté samedi. Elle le savait, mais elle l'avait oublié.

Peut-être parce qu'elle était trop préoccupée par sa recherche d'un scoop ? Probablement. En tout cas, elle ne ferait pas deux fois la même erreur. Elle avait besoin d'une exclusivité, de quelque chose d'inédit, d'une histoire que personne n'avait jamais écrite. Et elle était persuadée que cette interview avec Zack pourrait la lui procurer.

— Je suis désolée, Zack. Je…

— Tyler, l'interrompit-il avec une expression quelque peu peinée, puis-je vous suggérer, afin de ne pas me faire perdre plus de temps, d'effectuer des recherches avant que nous poursuivions ?

Certes, elle méritait ce reproche, mais il n'était pas obligé de le lui faire. Dire qu'on l'appelait le « Prince charmant » ! pensa-t-elle avec dépit.

— Ce ne sera pas nécessaire, monsieur Prince. Je suis au courant pour la première de ce week-end. Je vous demandais seulement si vous aviez un autre projet en Angleterre, répliqua-t-elle en soutenant sans ciller son regard moqueur.

Zack retint un sourire. Elle avait du cran, il fallait le reconnaître. Et elle semblait légèrement en colère, à en juger par l'éclat de ses yeux chocolat.

Il est vrai qu'il ne lui facilitait pas vraiment les choses ce soir. Mais il ne considérait pas que faciliter la vie des reporters faisait partie de ses attributions. En général, il se montrait coopératif. Mais avait-il à l'être avec Tyler Wood ?

Il n'aurait su dire en quoi elle était différente de ses confrères, mais quelque chose en elle le faisait sortir de ses gonds. Et lui qui était d'ordinaire si détendu avec les médias avait du mal à dissimuler son animosité.

— Je dois déjeuner demain avec un metteur en scène pour discuter du début d'un tournage la semaine prochaine. Non, vous ne pourrez pas y assister, ajouta-t-il en voyant la lueur d'espoir dans les yeux de Tyler.

La lueur disparut aussitôt pour faire de nouveau place à la colère.

— L'accord avec votre frère stipulait que j'aurais accès à vous sans restriction pendant une semaine…

Elle s'arrêta net en le voyant hausser un sourcil ironique.

— En général, c'est moi qui décide de ce genre d'accès, railla-t-il. Vous avez passé cet accord avec mon frère, pas avec moi. Vous n'assisterez donc pas à ce déjeuner de travail.

Elle ouvrit la bouche pour protester, mais il ne lui en laissa pas le temps.

— Dites-moi encore pour quel magazine vous faites cette interview, mademoiselle Wood ?

— Un supplément du dimanche comme les autres.

Etait-ce un effet de son imagination, ou ses yeux bruns étaient de nouveau sur la défensive ?

— Comme les autres…, répéta-t-il, convaincu qu'elle lui cachait quelque chose.

— Je croyais que c'était moi qui conduisais cet entretien, Zack, dit-elle en relevant fièrement le menton. Pas le contraire !

— Je veux juste en savoir un peu plus sur la femme que je dois emmener partout avec moi cette semaine. Après tout, les gens vont croire que vous êtes ma dernière conquête.

— La dernière d'une très longue… Pardon, je n'aurais pas dû dire ça. C'est juste que…

— Que c'est la vérité ? ironisa-t-il.

— Non ! Enfin, je veux dire que… oui, c'est la vérité. Mais je n'aurais pas dû le dire.

— Non, vous n'auriez pas dû, confirma-t-il sèchement. Mais c'est probablement ce que vous avez dit de plus honnête de la soirée.

— Je vous demande pardon ?

— Accordé.

— J'ignore de quoi vous voulez parler, monsieur Prince. Sous-entendez-vous que j'ai été malhonnête avec vous ?

Ses mains tremblaient-elles ? se demanda Zack. Il n'aurait su le dire avec certitude, car elle les croisa rapidement.

— Vous n'êtes pas la seule à avoir des relations, Tyler. Cet après-midi, j'ai passé quelques coups de fil pour me renseigner sur vous.

— Ah oui ? Et qu'avez-vous appris ?

Zack l'observa, les yeux plissés, plus convaincu que jamais qu'elle avait quelque chose à cacher.

— Pas grand-chose, à vrai dire. La presse, semble-t-il, sait tenir sa langue quand il s'agit de l'un des siens. Mais j'ai appris que vous étiez considérée comme une bonne journaliste, malgré une tendance à trop vous impliquer émotionnellement.

Il marqua une pause avant de continuer.

— J'ai aussi appris que vous aviez eu une dispute orageuse avec votre rédacteur en chef il y a quelques semaines, et qu'à la fin il a menacé de vous renvoyer…

— Eh bien, il ne semble pas avoir mis ses menaces à exécution, puisque je travaille toujours pour lui.

— Apparemment, en effet. Par simple curiosité, quel était l'objet de votre dispute ?

— Je ne pense pas que cela vous regarde.

— Je me demandais juste si cela avait quelque chose à voir avec l'accord que vous avez passé avec mon frère ?

— Bien sûr que non. Maintenant, si nous pouvions cesser de parler de moi et nous concentrer sur vous… ?

— Je continuerai à vous poser la question tant que je ne saurai pas la vérité.

Tyler referma son carnet dans un claquement et le fourra dans une des poches de son pantalon de treillis.

— Jusqu'à aujourd'hui, je croyais vraiment à tout ce qu'on raconte sur vous dans les médias : que vous êtes charmant, facile à vivre, aimable en toute circonstance… En réalité, vous êtes d'une impolitesse incroyable, extrêmement difficile à vivre, et pas du tout aimable !

Zack tendit la main par-dessus la table et saisit le bras de la jeune femme pour l'empêcher de se lever.

— C'est ce que vous avez l'intention d'écrire dans votre article ? demanda-t-il.

Il avait beau s'être montré aussi odieux que possible, il n'était pas habitué à ce que les gens ne l'apprécient pas, et il découvrait que l'expérience n'était pas très agréable.

Il découvrait également qu'il aimait sentir la peau de Tyler sous ses doigts. Elle était si douce et veloutée, qu'il se demanda si le reste de son corps était aussi chaud et sensuel.

— Détendez-vous, Tyler, dit-il doucement. Nous n'avons pas encore fini de discuter.

— Vous voulez que je reste pour que vous puissiez encore m'insulter ? demanda-t-elle froidement.

— Je suis à cours d'insultes pour l'instant, répondit-il en souriant. Mais si vous me donnez quelques minutes… Et puis, vous êtes en train d'attirer l'attention sur nous.

Il parcourut le salon du regard. Plusieurs personnes, y compris des hommes, les observaient.

— C'est vous qui attirez l'attention sur nous, corrigea-t-elle en se rasseyant, libérant son bras de son étreinte.

Zack la regarda passer la main là où il l'avait tenue. Elle avait des mains fines et longues, sans bague, nota-t-il.

Il se surprit à se demander quel effet produiraient ces doigts sur son torse, et sur le reste de son corps…

— Nous étions en train de parler de votre dispute avec votre rédacteur en chef, rappela-t-il, furieux de se laisser aller à ce genre de pensées.

Tyler était une journaliste, bon sang !

La jeune femme secoua la tête et des reflets auburn s'allumèrent dans ses cheveux.

— *Vous* en parliez. Pas moi.

— De quoi devrions-nous parler, alors ? Du fait que le beau photographe Perry Morgan et vous êtes inséparables ? Ou devrions-nous… Tyler, où allez-vous ? demanda-t-il en la voyant reposer son verre d'eau sur la table avec violence avant de faire le geste de se lever.

Mais elle ne le fit pas. Soudain, son visage perdit toutes ses couleurs et elle se laissa retomber sur son siège. Les yeux fermés, elle respirait faiblement.

Zack se leva aussitôt pour s'accroupir près de son siège.

— Tyler ! fit-il en la secouant doucement par l'épaule. Tyler, parlez-moi, bon sang !

— Allez-vous-en, murmura-t-elle.

Zack se redressa et se pencha sur elle pour la soulever dans ses bras.

Elle ne pesait presque rien, se dit-il en traversant le salon, totalement indifférent aux regards des curieux.

— Mais qu'est-ce que vous fabriquez ? lâcha Tyler qui avait rouvert les yeux et se débattait à présent dans ses bras.

— Il me semble que c'est évident, répondit-il sans lui accorder un regard.

Ils se trouvaient maintenant dans l'ascenseur.

— Mais… où m'emmenez-vous ? demanda-t-elle en se débattant de plus belle.

— Dans ma suite. Et arrêtez de vous débattre comme ça, vous allez finir par vous faire mal, dit-il en la maintenant plus fermement.

Il ignorait quel était son problème mais il ne la laisserait pas partir tant qu'il ne le saurait pas.

— Vous vous donnez en spectacle, protesta-t-elle.

— Est-ce que j'ai l'air de m'en préoccuper ? demanda-t-il en glissant sa carte magnétique dans la fente pour ouvrir la porte.

Il entra dans la suite, claqua la porte d'un coup de pied et alla jusqu'au canapé pour y installer la jeune femme.

— Ne bougez pas, ordonna-t-il en se dirigeant vers le minibar, fourrageant parmi les mignonnettes d'alcool tout en gardant un œil sur elle.

Elle ne semblait pas encore capable de se lever. Ses yeux étaient mi-clos et ses joues toujours très pâles. Soit elle se sentait vraiment mal, soit il s'agissait d'un habile stratagème de sa part pour corser l'interview.

Ce ne serait pas la première fois qu'une femme tentait une ruse de ce genre pour entrer dans sa chambre d'hôtel, et pas seulement pour lui demander une interview !

Mais s'il s'avérait que c'était ce que Tyler Wood était en train de faire, elle allait voir à quel point il pouvait être désagréable !

3

— Mais qu'est-ce que vous faites ? souffla Tyler, les yeux écarquillés tandis que Zack lui soulevait la tête et versait un liquide dans sa bouche.

Un liquide qui lui brûla la gorge.

— Non ! protesta-t-elle, en essayant désespérément de repousser sa main.

Il l'obligea à avaler encore une gorgée.

— Qu'est-ce que c'est ? gémit-elle dès qu'il l'eut relâchée.

— Du cognac. Rien de tel pour vous…

— Pour me faire vomir ! D'autant plus que j'ai le ventre vide. Le ventre complètement vide. C'était d'ailleurs parce qu'elle n'avait rien mangé d'autre qu'une tranche de pain ce matin qu'elle s'était presque évanouie tout à l'heure.

En arrivant à Londres, elle avait été consternée par le coût de la vie, d'autant plus qu'elle ne gagnait pas des fortunes avec son travail de journaliste. Pour vivre de son maigre salaire, comme elle se l'était promis quand elle avait claqué la porte de sa luxueuse demeure à New York, elle devait faire des économies sur tout, y compris sur la nourriture.

Elle se nourrissait donc exclusivement de pain, de lait et de céréales, qui étaient peu coûteux tout en étant nourrissants, et d'un hamburger de temps en temps, les jours fastes.

— Comment se fait-il que vous ayez le ventre vide ? Il est 21 heures, pourquoi n'avez-vous pas encore dîné ?

Parce que dîner était un luxe qu'elle ne pouvait pas se permettre. Pas plus que déjeuner, d'ailleurs. Mais la nourriture n'aurait pas atténué l'effet que le cognac allait avoir dans quelques secondes…

— J'ai une allergie, dit-elle en ignorant sa question. Et si vous ne m'emmenez pas à la salle de bains tout de suite, je vais vomir sur cette jolie moquette !

Elle avait découvert au lycée, lors de ses premières fêtes, que l'alcool sous toutes ses formes provoquait cette violente réaction chez elle.

— Une allergie ? répéta-t-il. Quel genre d'allergie ?

Il la regardait avec un étonnement croissant.

— Bon sang, Tyler ! s'exclama-t-il en la voyant courir vers la salle de bains.

Il la rejoignit quelques minutes plus tard.

— Une allergie à l'alcool, répondit-elle enfin d'une voix faible.

— Bon sang, vous n'en avez pourtant bu que quelques gorgées ! s'exclama-t-il en l'aidant à se passer de l'eau sur le visage.

Puis il la raccompagna dans le salon.

— La quantité importe peu, expliqua-t-elle une fois revenue sur le canapé.

Elle commençait déjà à ressentir un violent mal de tête, comme chaque fois. Enfin, cela ne lui arrivait pas si souvent, car elle ne buvait *jamais* d'alcool… Sauf quand on lui en faisait avaler de force !

Le mieux pour elle était de dormir à présent, mais il fallait pour cela qu'elle rentre à son appartement…

Il faisait noir quand elle se réveilla. Très noir. Tout était silencieux, à part le bruit d'une respiration régulière.

Tyler retint son souffle.

Elle entendait toujours la respiration.

Où était-elle ?

Et surtout, qui respirait près d'elle ?

Elle se redressa dans un sursaut et gémit en sentant la douleur qui martelait ses tempes.

— Ça va ?

Il y eut un mouvement à côté d'elle et Tyler ferma les yeux quand une lampe s'alluma. La lumière ne faisait qu'accroître sa douleur. Tout comme le son de cette voix !

— Tyler, ça va ? répéta Zack d'un ton préoccupé.

Que faisait-elle allongée dans un lit avec Zack Prince ?

La dernière chose dont elle se souvenait était qu'elle avait été très malade, qu'elle avait eu envie de dormir et puis… plus rien.

— Tyler, ouvrez les yeux et parlez-moi, insista Zack en lui prenant le bras pour la secouer un peu.

— Si vous n'arrêtez pas ça tout de suite, ma tête va se décrocher !

Elle se rallongea lentement sur l'oreiller.

— Je crois bien que vous avez la gueule de bois, dit-il d'une voix amusée. Vous êtes sûre que vous n'avez pas bu avant de venir me voir ?

Oubliant sa douleur un instant, Tyler ouvrit les yeux et le toisa d'un regard furieux.

— Je vous ai dit que j'étais allergique à l'alcool ! Une seule gorgée me rend malade.

— Ça, j'ai pu le voir ! dit-il en souriant, appuyé sur un coude pour la regarder. Je n'ai jamais vu quelqu'un d'aussi malade que vous hier soir. Enfin, avant que vous ne vous évanouissiez.

— Je me suis endormie, protesta-t-elle d'une voix enrouée.

Tout à coup, elle réalisa où ils se trouvaient et combien Zack était proche d'elle.

— Quelle heure est-il ? demanda-t-elle, incapable de lire les chiffres lumineux du radio-réveil sur la table de chevet.

La table de chevet ! Elle était bel et bien au lit avec Zack

Prince… Ils étaient tous les deux habillés, à son grand soulagement, mais ils se trouvaient tout de même dans un lit !

— Il est un peu plus de 11 heures.

— Oh… Je n'ai dormi qu'une heure ou deux…

— Un peu plus de 11 heures *du matin*, précisa-t-il en souriant.

— Ce n'est pas possible ! Mais si c'est le matin, pourquoi fait-il si noir ?

— Je réserve toujours cette suite quand je séjourne à Londres, car quand je travaille, je ne sais jamais à quelle heure je vais me coucher, et les rideaux ici sont si épais qu'ils ne laissent pas passer la lumière du jour.

Tyler le regardait fixement, bouche bée, les yeux écarquillés. 11 heures du matin !

— Habituellement, ce n'est pas ainsi que réagit une femme après avoir passé la nuit avec moi !

Tyler se sentit pâlir.

— Nous… nous n'avons pas passé la nuit ensemble, bredouilla-t-elle.

— Ah non ?

Impossible de nier qu'ils étaient dans une chambre, dans le même lit, mais ils n'avaient tout de même pas…

Elle chercha sur le visage de Zack un signe de ce qui s'était passé pendant la nuit, mais son expression restait indéchiffrable.

— Vous savez, Tyler, dit-il en écartant doucement une mèche brune qui jouait sur sa joue, je trouve très insultant que vous puissiez imaginer que j'aie abusé d'une femme malade.

Ses yeux bleus étaient aussi durs et brillants que des saphirs. Il avait le droit de se sentir insulté, en effet. Mais, étant donné sa réputation avec les femmes… Non, elle ferait mieux de ne pas l'évoquer. Surtout vu la lueur dangereuse qui brillait dans ses yeux !

— Mais douze heures plus tard, il y a prescription, murmura-t-il juste avant de pencher la tête.

Ses lèvres s'emparèrent des siennes.

Et Tyler se sentit fondre. Fondre littéralement. Ses lèvres

répondirent aussitôt à ce baiser. Elle leva la main pour passer ses doigts dans les cheveux blonds de Zack.

Sa bouche se fit plus tendre. Il goûtait et mordillait délicatement ses lèvres, déclenchant une multitude de sensations dans tout son corps.

Tyler eut l'impression qu'un brasier s'allumait en elle quand il approfondit son baiser. Elle s'ouvrit alors pour recevoir la caresse brûlante et passionnée de sa langue.

Ses seins, dont les pointes s'étaient faites dures et provocantes, se pressaient contre son torse musclé, qu'elle eut soudain besoin de toucher. Ses mains passèrent sous son T-shirt pour caresser et effleurer sa peau…

— Je viens faire la chambre ! cria une voix derrière la porte.

Zack, qui avait commencé à caresser les seins de Tyler sous son T-shirt, s'écarta brusquement d'elle.

— Bon sang ! J'ai oublié de mettre le panneau « Ne pas déranger » sur la porte hier soir.

Son visage s'était assombri. Il se leva et alla jusqu'à la porte.

Tyler resta sur le lit, sous le choc. Zack Prince, le play-boy du grand écran, venait de l'embrasser. Et ce n'était pas juste un petit baiser en passant : elle en avait encore les jambes tremblantes !

Ce qu'il venait de faire n'était pas la meilleure idée qu'il ait eue de sa vie, se dit Zack en allant demander à la femme de ménage de repasser plus tard. Tyler était avant tout journaliste, et les journalistes, il en avait fait l'expérience, ne rêvaient que d'une chose : un scoop. Scoop qu'il venait de lui livrer sur un plateau !

Il ne savait pas encore comment, mais il allait devoir faire marche arrière. Il retint un gémissement en songeant à la douceur des seins de Tyler, libres sous son T-shirt. Sa peau était du velours sous ses mains, ses lèvres si douces et si sensuelles…

Pas étonnant qu'elle se soit laissé faire, se dit-il avec une moue de dégoût pour lui-même. Annoncer qu'il l'avait séduite pendant cette semaine d'interview serait la cerise sur le gâteau pour elle !

— Si vous espérez que nous allons renouveler l'exploit, je crains que vous ne soyez déçue ! dit-il entre ses dents après avoir refermé la porte. J'ai rendez-vous tout à l'heure…

Il jeta un coup d'œil à sa montre.

— … dans une heure exactement, annonça-t-il. Mais nous pourrons peut-être reprendre cela plus tard ?

Tyler s'assit au bord du lit, lui tournant le dos.

— Où sont mes chaussures ? demanda-t-elle d'un air égaré.

— Elles sont dans l'autre pièce.

Zack se souvenait encore de sa surprise, la veille, quand il avait voulu la déchausser pour la mettre au lit et qu'il avait découvert qu'elle portait une paire de rangers.

— Dites-moi, Tyler, vous portez des vêtements militaires pour compenser votre petite taille ? demanda-t-il soudain.

Elle se leva d'un coup et lui fit face.

— Et vous, vous avez pris des leçons de grossièreté en même temps que vos cours d'art dramatique, ou bien ça vous vient naturellement ?

— Je n'y ai jamais vraiment réfléchi.

La grossièreté ne le caractérisait pas d'ordinaire, seule Tyler Wood, semblait-il, éveillait cela en lui.

— Hum… Je crois que vous devriez prendre une douche avant de partir, conseilla-t-il alors qu'elle se dirigeait d'un pas déterminé vers le salon attenant.

— Non merci, répondit-elle sèchement.

Tyler s'assit sur le canapé pour enfiler une de ses lourdes chaussures.

— Vous savez…, commença-t-elle, furieuse, si vous aviez un tant soit peu de bonnes manières, vous n'auriez pas dormi dans le même lit que moi cette nuit !

— Il n'y a qu'un lit, protesta-t-il, appuyé au chambranle de la porte qui séparait les deux pièces.

— Alors vous auriez pu dormir sur le canapé ! lâcha-t-elle en tirant très fort sur les lacets de sa deuxième chaussure.

— Il se trouve que c'est *mon* lit.

— Oui, mais… J'aurais préféré que vous me laissiez sur le canapé, rétorqua-t-elle en se levant.

— Oh, je n'aurais pas pu faire ça. Et si vous aviez été de nouveau malade ?

— C'est bon, n'en parlons plus ! cria-t-elle.

— Je pense vraiment que vous devriez passer dans la salle de bains avant de partir, Tyler.

— Je n'ai pas… Oh non ! s'exclama-t-elle en apercevant son reflet dans un miroir.

Ses cheveux étaient si ébouriffés qu'elle ressemblait à un porc-épic.

— Vous auriez pu me le dire, grommela-t-elle en se dirigeant vers la salle de bains.

— J'ai essayé ! cria Zack derrière la porte tandis qu'elle faisait couler de l'eau dans le lavabo pour mouiller ses cheveux.

— Il n'y a pas vraiment d'amélioration, la taquina-t-il en la voyant ressortir.

— Espèce de…

Tyler s'interrompit et inspira profondément avant de reprendre :

— Je n'ai pas eu l'impression que mon apparence vous repoussait, il y a quelques minutes !

— Non, en effet. Mais il n'y avait personne d'autre dans mon lit.

— Je ne vous aurais pas cru si désespéré !

Le sourire de Zack s'élargit. Il devinait facilement la cause de son agressivité : l'embarras. Mais il n'avait aucunement l'intention de l'aider. Le fait de ne pas se sentir à son avantage la découragerait peut-être de raconter cet épisode ?

— Vous serez sans doute soulagée d'apprendre que je ne suis pas le moins du monde désespéré. Maintenant, si vous voulez bien m'excuser, je dois prendre une douche et me changer avant mon rendez-vous.

— Je… Oui, bien sûr. Pouvons-nous nous revoir dans la journée ?

— D'accord, répondit-il d'une voix neutre.

Il ne put s'empêcher de se demander ce qu'elle allait faire entre-temps. Qui allait-elle voir ? Ses parents étaient-ils encore en vie ? Avait-elle des frères et sœurs ? Y avait-il un homme dans sa vie ? Mais pourquoi au juste se posait-il toutes ces questions ?

Il avait été forcé de laisser Tyler Wood entrer dans sa vie pour une semaine, mais quand cette semaine serait terminée, il n'avait aucune intention de la revoir.

— Je suis invité à une soirée, reprit-il. Vous pourriez peut-être m'y accompagner.

— Si vous êtes sûr que je ne m'imposerai pas…

— Il me semble que c'est déjà fait, rétorqua-t-il avec une franchise brutale.

Elle tressaillit sous l'attaque.

— Je pense juste qu'il y a déjà quelqu'un dans votre vie en ce moment…

— Si c'est le cas, je peux vous assurer que vous ne la rencontrerez pas ! s'exclama-t-il.

— Mais si vous me détestez autant, pourquoi avez-vous accepté cette interview ?

Elle fit une petite grimace.

— Vous n'avez pas accepté, c'est ça ? demanda-t-elle avec gêne.

— Vous le savez très bien.

— Je croyais que… que votre manque de coopération, au départ, était dû au fait que je n'étais pas un homme. Mais je me rends compte que c'est plus profond que ça.

— En effet. Mais cela ne change rien au fait que l'accord a été passé, avec ou sans mon consentement. A présent, je suggère que vous reveniez à l'hôtel vers 20 heures. Ainsi, je serai sûr que vous aurez dîné avant que nous sortions. Dieu sait ce que les gens iraient imaginer si vous vous évanouissiez encore ce soir !

— Je suis parfaitement capable de me nourrir toute seule, merci, riposta-t-elle, les joues en feu.

— Vraiment ?

— Je vous ai dit que c'était le cognac qui m'avait rendue malade. Le fait que je n'ai pas dîné hier n'a rien à voir avec ça !

Zack l'observa avec attention. Ses joues un peu trop creuses, son corps mince, ses poignets si fins qu'ils semblaient sur le point de se briser…

— Tyler, je vous ai donné du cognac parce que vous vous êtes évanouie, probablement à cause d'une hypoglycémie. Ce qui ne me dit toujours pas pourquoi vous n'avez pas dîné hier soir.

— Je n'en ai pas eu le temps, répondit-elle, en évitant son regard.

Zack ne crut pas à cette explication. Elle avait eu largement le temps de manger entre le moment où ils s'étaient quittés le matin et leur rendez-vous du soir. Avait-elle pensé qu'il l'inviterait à dîner ? Cela expliquerait son malaise à ce sujet…

— Bien, soyez de retour ici à 20 heures, habillée pour sortir. Si vous n'êtes pas à l'heure, je partirai sans vous, dit-il avant qu'elle eût pu protester.

Elle se mordit la lèvre inférieure, comme sur le point de l'envoyer au diable, lui et son invitation, mais elle sembla se raviser, sans doute pour ne pas perdre son interview.

Il avait peut-être tort de profiter ainsi de la situation, mais pour l'instant, agacé et intrigué par le comportement de la jeune femme et — il devait l'avouer — frustré par leur baiser passionné interrompu, il n'était pas d'humeur à composer.

Pire encore, il avait la nette impression que cette frustration ne faisait que commencer avec Tyler Wood…

4

— Où étais-tu cette nuit ? Ai-je vraiment besoin de le demander ?

Assis sur une marche, Perry s'était levé à l'arrivée de Tyler. Celle-ci était un peu essoufflée après avoir monté l'escalier qui menait à son appartement au deuxième étage. Elle ne se sentait toujours pas remise. Le trajet dans le métro londonien surchauffé n'avait rien arrangé. La dernière chose dont elle avait besoin à présent était qu'on l'interroge sur sa nuit !

— Bonjour, Perry, dit-elle en enfonçant sa clé dans la serrure.

Tout de suite, elle se sentit apaisée par le désordre confortable de son petit salon, avec ses vieux meubles, son canapé légèrement affaissé, et ses livres qui occupaient tous les espaces vides. C'était son petit monde à elle.

Un monde dans lequel elle aurait préféré se trouver seule, après sa prise de bec avec Zack ce matin, pour panser ses blessures. Hélas, Perry l'avait suivie à l'intérieur. Sans y avoir été invité.

— Tyler, je t'ai posé une quest…

— Perry, l'interrompit-elle avec un regard assez déterminé pour le faire taire, comme tu peux le voir, je viens juste de rentrer chez moi. Crois-tu que cette conversation puisse attendre que j'aie pris une douche et enfilé des vêtements propres ?

Elle ne devait aucune explication à Perry : même s'il espérait le contraire, leur relation était toujours restée professionnelle.

Mais c'était précisément parce qu'ils travaillaient ensemble et qu'il était lui aussi menacé de renvoi s'ils ne revenaient pas avec quelque chose de sensationnel sur Zack, qu'elle se sentait obligée de le ménager.

— Bien, fit-il d'un ton sec. Je t'attends ici. Tyler, tu sais que Zack Prince est…

— Pas maintenant, Perry.

Elle était vraiment à bout de nerfs.

— Fais-toi un café, si tu veux, proposa-t-elle avant de se diriger vers sa chambre. Je vais essayer de ne pas être trop longue.

— Je ne bouge pas d'ici.

Tyler poussa un soupir de soulagement quand elle se retrouva enfin dans sa chambre. C'était la première fois qu'elle pouvait souffler depuis qu'elle s'était réveillée dans le lit de Zack.

Le simple souvenir de ce qui s'était passé la fit s'écrouler sur lit. Ce n'était pas seulement le fait de s'être réveillée à son côté, mais surtout ce qui s'était passé ensuite qui la troublait le plus : Zack Prince l'avait embrassée !

Et elle avait répondu à son baiser… Si la femme de ménage ne les avait pas interrompus, alors…

Alors… quoi ? Que croyait-elle ? Qu'ils auraient continué et fait l'amour ?

Elle avait vraiment été stupide de laisser cela se produire. Zack avait été très clair sur ce qu'il pensait d'elle en tant que journaliste. Maintenant qu'elle était tombée dans ses bras aussi facilement, il ne devait plus avoir aucune considération pour elle en tant que femme.

— Tyler ? demanda Perry en frappant à la porte. Est-ce que tout va bien ? Je n'entends pas la douche couler.

— Ça va, répondit-elle avec agacement. Mais je vais en avoir pour un certain temps, alors pourquoi tu ne… ?

— Je ne bouge pas d'ici, Tyler.

Irritée par l'insistance de Perry, elle se leva péniblement

et prit des vêtements propres avant de se rendre dans la salle d'eau attenante.

Une demi-heure plus tard, douchée et vêtue d'un T-shirt blanc et d'un jean délavé, elle ne se sentait pas vraiment mieux.

Perry, d'une humeur massacrante, était toujours là.

— Veux-tu un café ? proposa-t-elle en constatant qu'il n'en avait pas fait.

— Non merci, répondit-il en se levant du canapé. Je n'exagérais pas, n'est-ce pas, quand je disais que Zack Prince ne pouvait pas rester seul cinq minutes avec une femme sans essayer de la mettre dans son lit ? Sauf que dans ton cas, ça ne lui a même pas pris cinq minutes !

Il avait lâché ces derniers mots d'un ton méprisant.

— Perry, tu n'as absolument aucun droit de…

— Aucun droit ? s'exclama-t-il avec dégoût. Tyler, je suis resté devant l'hôtel pendant cinq heures, à attendre que l'un de vous deux en sorte. Quand je suis rentré chez moi, j'ai essayé de te téléphoner. A 2 heures du matin. Puis à 6 heures. Et le fait que tu sois arrivée ici habillée comme hier en dit long, tu ne trouves pas ?

Tyler prit une profonde inspiration. Heureusement que Perry ne se trouvait pas à l'intérieur de l'hôtel quand Zack l'avait soulevée dans ses bras pour l'emmener dans sa suite !

— Perry, je crois que tu ferais mieux de t'en aller avant de dire des choses que tu pourrais regretter.

— C'est tout ce que tu as à me dire ? Tyler, je croyais que nous comptions l'un pour l'autre. Au moins en tant qu'amis.

— Oh, Perry, bien sûr que nous sommes amis. Mais il ne s'est rien passé entre Zack Prince et moi cette nuit, affirma-t-elle, tout en sachant qu'elle ne disait pas la vérité.

Mais elle n'avait aucune intention de partager cette humiliation avec quiconque, encore moins Perry.

— J'espère pour toi que c'est vrai, rétorqua Perry. Nous

sommes supposés dénicher des scandales au sujet de Zack Prince : je n'aimerais pas que tu en fasses partie !

Elle soupira. Quand le scoop sur Jinx Nixon était tombé à l'eau par sa faute, le rédacteur en chef lui avait donné le choix : soit elle rapportait quelque chose de sensationnel sur Zack Prince, soit elle pouvait se chercher un nouveau travail. Or, partie de chez elle six mois plus tôt en déclarant avec fierté qu'elle était capable de se débrouiller toute seule, elle n'avait pas l'intention de se faire renvoyer de son premier poste… Cependant, cela ne l'empêchait pas d'avoir honte de savoir que son travail était destiné à se transformer en un article indiscret, et non en un beau reportage, comme elle l'avait dit à Zack. Ce genre de journalisme n'était pas exactement ce qu'elle avait à l'esprit quand elle avait annoncé ses grands projets à sa famille !

— J'ai été malade cette nuit, et Zack Prince a eu la gentillesse…

— Tu as été malade ? demanda Perry, soudain inquiet. Que s'est-il passé ? Veux-tu que j'appelle un médecin ?

Un psychiatre, oui, peut-être, songea-t-elle, puisqu'elle avait été assez folle pour ne pas repousser Zack quand il l'avait embrassée !

— Non. Je n'ai pas besoin de voir un médecin. J'ai bu du cognac par accident…

— Oh non ! fit Perry avec compassion, connaissant son problème d'allergie. Mais pourquoi diable… ?

— C'était un accident, d'accord ? le coupa-t-elle. J'en ai bu. J'ai été malade. Zack a pris soin de moi. Fin de l'histoire.

— Ma pauvre, dit Perry. Et tout ce que je trouve à faire quand tu rentres enfin chez toi, c'est de te couvrir de reproches… Je te prépare un café pour me faire pardonner ma grossièreté ?

— D'accord, accepta-t-elle en se laissant tomber dans un fauteuil.

Mieux valait oublier cette dispute avec Perry. Elle s'était fait peu d'amis depuis qu'elle habitait à Londres, et elle ne voulait pas perdre cette amitié. Elle n'avait plus envie de se battre. Elle commençait même à se sentir un peu mieux.

Pourtant, elle devait l'admettre, la pensée de revoir Zack Prince ce soir suffisait à la rendre malade de nouveau !

— Vous êtes en beauté, la complimenta Zack en ouvrant la porte.

Il était 20 heures précises et une Tyler métamorphosée se tenait sur le seuil de la suite. Oui, elle était vraiment en beauté. La robe rouge qu'elle portait soulignait parfaitement la rondeur insolente de ses seins et la courbe de ses hanches — elle ne portait visiblement pas de sous-vêtements. La robe s'arrêtait au-dessus du genou pour dévoiler une paire de longues jambes bronzées, terminées par des escarpins rouges à talons hauts qui la grandissaient de sept ou huit centimètres.

Son regard expert remarqua également qu'elle était un peu plus maquillée que d'habitude. Ses cils semblaient encore plus longs et plus noirs, une touche de blush soulignait ses tempes et un gloss rouge faisait paraître ses lèvres encore plus pulpeuses.

— Parée pour la bataille, n'est-ce pas ? lança-t-il.

— Je croyais qu'il s'agissait d'une fête, rétorqua-t-elle sur un ton léger en entrant dans la suite.

Zack esquissa un sourire appréciateur en observant le balancement de ses hanches. Il ne savait pas trop à quoi s'attendre avant que Tyler n'arrive : le dragon en colère qu'il avait rencontré par deux fois, ou bien la jeune femme de ce matin qui semblait confuse et bouleversée par leur baiser. En tout cas, il ne s'attendait pas à cette jolie sirène.

— Vous n'êtes pas mal non plus, répliqua-t-elle en le détaillant de la tête aux pieds.

Zack fronça les sourcils, soudain mal à l'aise sous ce regard féminin qui examinait sa chemise de soie beige et son pantalon noir. Mais ne venait-il pas de lui faire subir le même traitement ?

Décidément, Tyler lui réservait bien des surprises, songea-t-il en apercevant la lueur de défi qui brillait dans ses yeux.

— Merci, répondit-il enfin. Je ne vous offre pas un verre avant de partir… Nous savons tous les deux à quoi ça peut conduire.

Tyler ne cilla pas et ignora le sous-entendu.

— Vous aviez parlé de dîner avant d'aller à cette soirée. Où ça ?

— Chez O'Malley's, répondit-il. Si cela vous convient ?

— Oh, je crois que ça ira.

C'était l'endroit branché du moment, à mi-chemin entre le pub irlandais et le restaurant gastronomique. Mais, contrairement à ce que Tyler avait l'air de croire, ce n'était pas pour cette raison que Zack l'avait choisi. O'Malley's était plus convivial que d'autres restaurants en vogue à Londres, et, après avoir passé un peu de temps avec Tyler, il avait pensé qu'elle y serait plus à l'aise. Mais son apparence, ce soir, lui montrait qu'elle se serait sentie chez elle dans n'importe quel décor.

— Bien, dit-il en ouvrant la porte pour la laisser sortir de la suite.

Il se sentait désarçonné par cette jeune femme éblouissante, ce qui ne lui arrivait pas souvent.

Il respira une bouffée de son parfum sur son passage, un mélange capiteux de bouquet floral et de notes poudrées.

Tyler n'était pas son genre, se dit-il fermement en l'accompagnant jusqu'à l'ascenseur. D'abord, il détestait les cheveux courts pour une femme, presque autant que les pantalons de treillis comme celui qu'elle portait la veille. Et pire encore, elle était journaliste !

Mais alors, s'il détestait autant de choses chez elle, pourquoi n'avait-il pas réussi à se débarrasser, durant toute la journée, de son image, douce et sensuelle dans ses bras ?

— Est-ce que ça va ?

Il se tourna brusquement vers Tyler qui avait posé cette question à voix basse.

— Oui, pourquoi cette question ?

— Pour rien, répondit-elle en haussant les épaules. C'est juste que l'ascenseur est arrivé au rez-de-chaussée et que vous ne semblez pas vouloir en sortir…

L'ascenseur s'était en effet arrêté et plusieurs personnes semblaient attendre de pouvoir y monter, même si leurs regards fascinés disaient qu'ils avaient reconnu Zack et qu'ils n'étaient pas particulièrement pressés qu'il s'en aille.

— Pardon, dit-il avec un sourire tout en saisissant Tyler par le coude pour lui faire traverser le hall.

Il lui tenait toujours le bras quand ils franchirent la porte à tambour.

— Vous êtes sûr que ça va ? demanda-t-elle de nouveau tandis qu'ils prenaient place dans un taxi.

Non, il n'en était pas sûr ! Les femmes allaient et venaient dans sa vie, brièvement, et même s'il appréciait leur compagnie le temps que durait leur relation, il ne regrettait jamais la fin d'une histoire. En fait, il avait probablement plus pensé à Tyler durant ces dernières vingt-quatre heures qu'à n'importe laquelle de ces femmes dans toute sa vie. Il sentait encore la douceur de sa peau sous ses mains, la chaleur de ses lèvres sous les siennes…

C'était juste parce qu'ils n'étaient pas ensemble, se rassura-t-il. Il s'agissait d'un désir frustré, rien de plus. De toute façon, il devait faire attention à ce qu'il faisait ou disait devant Tyler — sans quoi il risquait de se retrouver à la une de la presse à scandale.

— Je vais bien, assura-t-il. Qu'avez-vous fait de votre journée ?

— De ma journée ? Qu'est-ce que vous croyez ?

— Hé, j'essaie juste de discuter, Tyler.

Elle semblait avoir perdu un peu de son assurance, et elle ne le regardait plus dans les yeux.

— Eh bien, je… j'ai fait du rangement dans mon appartement, si vous voulez vraiment le savoir.

— Une vraie femme d'intérieur, la taquina-t-il. Vous vivez seule ?

— Oui, je vis seule, mais je ne vois vraiment pas en quoi cela vous regarde.

Lui non plus, à vrai dire, mais il était curieux de savoir si elle vivait avec son petit ami, Perry Morgan. Ce qui aurait pu se révéler gênant pour elle puisqu'elle n'était pas rentrée la nuit dernière.

— De plus, ajouta-t-elle, c'est moi qui suis censée vous poser des questions.

— Je ne faisais que vous témoigner de l'intérêt, Tyler, pour essayer de vous connaître un peu mieux.

— Eh bien, je ne préfère pas.

— Cela ne me semble pas très juste, vous en savez tellement sur moi.

— Zack, votre vie est connue de tout le monde et c'est vous qui l'avez voulu. Tandis que moi, j'ai choisi…

— D'être de ceux qui exposent la vie des autres au public, tout en gardant votre intimité.

Elle haussa les épaules.

— C'est mon privilège.

Un bras posé sur le dossier, il se tourna sur la banquette pour lui faire face.

— Et si moi, j'ai envie d'en savoir plus sur vous ?

Il fit descendre sa main jusqu'à son épaule. Puis il effleura le lobe de son oreille.

Soudain, l'atmosphère dans le taxi se chargea d'électricité. Zack n'était plus conscient de rien à part Tyler. Sa bouche… Ses seins qu'il avait tellement envie de caresser…

— Zack, à quoi jouez-vous avec moi ? demanda-t-elle, interrompant le cours de sa rêverie érotique. Ecoutez, je sais que j'ai eu l'air stupide hier soir en étant malade, mais cela ne vous donne pas le droit de… de…

— Oui ? l'encouragea-t-il d'une voix rauque sans pouvoir retenir un sourire.

— Attendez, c'est *vous* qui m'avez fait boire ce cognac ! rappela-t-elle indignée.

C'était lui, oui. Et il n'avait vraiment pas aimé la voir aussi malade. Mais il n'arrivait pas à regretter que cela se soit terminé par le baiser de ce matin…

— Comment pouvais-je savoir l'effet que cela aurait sur vous ?

— Vous ne pouviez pas savoir. Mais ce n'est pas une raison pour supposer que nous…

— Oui ?

Il adorait cette pudeur qui l'empêchait de parler de sexe, et surtout de l'attirance sexuelle qu'il y avait entre eux. Mais pourquoi hésitait-elle ainsi ? Tyler était pourtant une femme pleine d'assurance.Mais à la moindre allusion sexuelle, elle semblait perdre tous ses moyens. Comme si elle était embarrassée par le sujet. Presque comme si…

— Vous n'êtes pas homosexuelle ?

Voilà une histoire qui aurait fait rire ses frères : il avait peut-être dormi avec une femme qui n'aimait pas les hommes !

— Est-ce l'impression que je vous ai donnée ce matin ? demanda-t-elle, piquée au vif. Mais même si c'était le cas, cela ne vous regarderait pas.

Zack soupira. Elle avait raison. Car malgré la tentation, il était fermement décidé à ne pas se laisser entraîner par l'attirance qu'il éprouvait pour elle.

— En effet, admit-il en s'éloignant d'elle. Cela vous aurait pourtant donné un angle attrayant pour votre article.

— Pour l'instant, je n'ai rien trouvé à écrire sur vous qui n'ait déjà été dit.

— Tant mieux. Vous savez, Tyler, vous avez peut-être choisi le mauvais frère pour votre article. Nick n'est plus très intéressant maintenant qu'il est marié, mais vous trouveriez sûrement que la timidité de Rick cache des choses très passionnantes.

— En ce moment, je trouverais plus de choses à dire sur Mickey que sur vous, rétorqua-t-elle.

— Alors je vous suggère d'écrire sur lui. Parce que je vous garantis que vous n'apprendrez rien de nouveau sur moi qui puisse captiver vos lecteurs ! lança-t-il, furieux.

5

— Tyler ? Je n'y crois pas ! Tyler, c'est bien toi ?

Ils venaient d'arriver au O'Malley's et Tyler était sur le point de s'asseoir à leur table. Elle se releva aussitôt et se figea, osant à peine se retourner pour faire face à la personne qui venait de l'interpeller.

Elle avait tout de suite reconnu cette voix anglaise si particulière. Celle de quelqu'un qui en savait beaucoup sur elle. Bien plus que ce qu'elle était prête à révéler à Zack !

— Mais oui, c'est bien toi ! s'exclama encore Gerald Knight en apparaissant devant elle.

L'homme la prit dans ses bras et l'embrassa sur les deux joues.

— Ma chérie ! continua-t-il. Tu as perdu tellement de poids que je t'ai à peine reconnue ! Et tes cheveux courts : j'adore ! Depuis quand es-tu en Angleterre ?

— Quelques mois, répondit-elle.

— Et tu ne m'as même pas appelé ? Quelle vilaine !

Quand il la relâcha, Tyler put voir l'expression légèrement moqueuse de Zack. Elle sentit aussitôt la colère monter en elle : elle savait que Gerald avait acquis ces manières efféminées à force de travailler avec des femmes.

Même si elle n'était pas ravie d'être tombée sur lui ce soir, elle comprit qu'elle n'avait pas d'autre choix que de faire les présentations.

— Gerald Knight, voici…

— Zack Prince, l'acteur, termina Gerald en serrant la main de Zack avec enthousiasme.

— Gerald Knight, le couturier ?

— Vous avez entendu parler de moi ! se réjouit Gerald en examinant d'un œil professionnel la tenue de Zack.

Lui-même, petit et mince, dessinait ses propres créations. Il portait ce soir-là un costume marron et une chemise rose pâle.

Tyler se doutait que les vêtements de Zack étaient tous griffés, mais il arrivait toujours à paraître savamment négligé.

— Mais bien sûr, répondit Zack. Vos défilés à New York valent toujours le déplacement.

Gerald renversa la tête en arrière et éclata de rire, ce qui attira l'attention de plusieurs clients du restaurant.

— Vilain garçon ! Mes défilés ne sont pas faits pour que les hommes reluquent les mannequins qui portent mes créations !

— Ah non ? Cela voudrait dire que je me suis trompé pendant toutes ces années en pensant qu'une femme s'habillait pour attirer le regard des hommes ?

— Oui ! Les femmes s'habillent pour impressionner les autres femmes. Et je dois dire, ma chère Tyler, que je suis extrêmement déçu que tu portes un modèle de Vera Wang. Pourquoi pas du Gerald Knight ? Surtout maintenant que tu as perdu tes rondeurs d'adolescente. Tu es absolument resplendissante. Je n'aurais jamais imaginé qu'il y avait une aussi jolie silhouette sous toutes ces…

Tyler cessa d'écouter pour se demander ce que Zack pouvait bien penser de la situation. Elle avait si peur des questions qui allaient suivre !

— Tyler ? Tu es toujours avec nous ?

Elle secoua la tête.

— Pardon, Gerald. Que disais-tu ?

— Je te demandais ce que Rufus pense de ta nouvelle vie ? Et de ton nouveau petit ami…

Tyler écarquilla les yeux. Non pas parce que Gerald venait

de mentionner Rufus, mais parce qu'il avait l'air de penser que Zack était son petit ami !

Elle aurait pu en rire en d'autres circonstances.

— Oups ! Il faut que j'y aille, annonça soudain Gerald après un coup d'œil à sa Rolex. Je devrais déjà être au théâtre depuis quinze minutes. Oh, ce n'est pas grave, je suis sûr qu'ils ont commencé sans moi ! Dis-moi, Tyler, combien de temps restes-tu à Londres ? Appelle-moi, ma chérie. Il faut absolument que nous déjeunions ensemble un de ces jours pour bavarder. Je file ! Au revoir, Zack.

Et avec un petit signe de la main, il disparut du restaurant, laissant Tyler complètement désemparée.

Elle se laissa tomber sur sa chaise avec l'impression d'être passée sous un train. Elle n'osait même pas lever les yeux sur Zack, de peur de voir ce qu'il pensait. Elle ne savait même plus ce que Gerald avait dit exactement.

— Ouf ! fit Zack en s'asseyant en face d'elle. Il est toujours comme ça ?

— Toujours ! C'est un vrai moulin à paroles !

— En effet ! Mais comment se fait-il que vous soyez de si vieux amis ?

— Oh, je n'irais pas si loin, esquiva-t-elle en souriant au serveur qui leur apportait la carte.

— Je sais déjà ce que je veux, lui dit Zack. Je prendrai des gambas à l'ail en entrée, puis du canard…

— Je suis désolé, monsieur, nous avons changé la carte la semaine dernière et le canard n'y figure plus. Mais je peux vous recommander le faisan…

— Je n'aime pas le faisan, l'interrompit sèchement Zack.

— Alors peut-être le…

— Je prendrai un steak saignant avec des frites et une salade verte, commanda Zack.

Tyler avait écouté cet échange avec intérêt. Zack avait été grossier avec elle, certes, mais elle ne l'avait jamais vu être désagréable avec qui que ce soit : ni le portier de l'hôtel, ni le chauffeur de taxi qui les avait conduits ici. Il avait même été agréable avec Gerald qui pouvait pourtant être exaspérant.

C'est pourquoi son agressivité envers ce serveur lui paraissait si insolite.

Elle passa commande à son tour : des gambas à l'ail comme Zack, puis du bar grillé. Elle sourit au serveur pour compenser l'attitude de Zack.

— J'avais envie de manger du canard, d'accord ? murmura-t-il en réponse au regard interrogateur de Tyler, une fois qu'ils furent seuls.

— Oui, je comprends, répondit-elle en détournant le regard pour parcourir la salle pleine de gens connus.

— Tyler ?

Elle prit son temps pour répondre, essayant de masquer sa déception. Car elle était profondément déçue par Zack. Certes, elle était censée écrire un article à scandale sur cet homme, mais une partie d'elle espérait ne rien trouver.

En se préparant ce soir-là, elle s'était dit que la rancune de Zack envers elle était compréhensible, étant donné les moyens qu'elle avait employés pour obtenir cette interview. Mais son comportement envers un homme qui ne faisait que son travail — et qui ne devait pas être payé bien cher pour cela — ne trouvait pas grâce à ses yeux.

— J'avais très envie de manger du canard, répéta-t-il devant son silence.

— Je vous ai dit que je comprenais.

— Non, ce que…

— Zack, le coupa-t-elle d'une voix calme, peu importe. Nous sommes une journaliste et un acteur qui dînent ensemble, pas un vieux couple.

Elle n'avait aucune envie de poursuivre sur ce sujet, même si cela présentait pour elle un avantage : pendant ce temps, ils ne parlaient plus de Gerald Knight…

Zack poussa un soupir las.

— Vous avez raison, cela n'a aucune importance.

Mais cela en avait une, visiblement. Il semblait extrêmement gêné à l'idée que qui que ce soit puisse avoir une mauvaise opinion de lui, observa-t-elle.

— Si j'étais vous, j'éviterais quand même la viande rouge, dit-elle avec un regard moqueur. Cela pourrait vous rendre encore plus agressif.

— Je ne suis pas…

Il s'interrompit et l'observa, les yeux plissés.

— Seriez-vous délibérément en train d'essayer de me faire sortir de mes gonds ?

— Vous croyez ? demanda-t-elle en ouvrant de grands yeux innocents.

— Oh, oui, fit-il avec un début de sourire. Je continue à vous sous-estimer, n'est-ce pas ?

— Ah oui ?

— Oui, dit-il avec un sourire franc cette fois-ci. Mais heureusement, je viens de comprendre pourquoi.

— Vraiment ?

— Je reconnais que vous avez réussi à détourner mon attention pendant un moment, mais pas indéfiniment, hélas pour vous.

— Non ? répondit-elle en continuant à sourire innocemment.

— Non. Vous espériez que j'oublierais de vous demander pourquoi vous connaissez un styliste aussi célèbre que Gerald Knight. Ou qui est Rufus, ou encore… quelle taille vous faisiez la dernière fois que Gerald vous a vue.

Paniquée, Tyler songea soudain à Perry qui les avait suivis en taxi jusqu'au restaurant. Celui-ci devait être à présent tapi quelque part, espérant prendre une ou deux photos quand ils sortiraient.

— Eh bien ? insista Zack.

— Eh bien quoi ? répondit-elle sans lever les yeux vers lui, faisant mine d'être occupée à dessiner des arabesques sur la buée qui couvrait son verre plein d'eau glacée.

Elle leva finalement les yeux.

— J'ai rencontré Gerald à New York quand je faisais un article sur un de ses défilés. Je ne sais pas pourquoi, mais il s'est pris d'affection pour moi et nous sommes restés amis depuis.

Zack comprenait facilement comment cela avait pu se passer : lui-même commençait à apprécier Tyler, ce qui n'était pas une bonne idée, étant donné la nature de leurs rapports.

Peut-être que s'il l'imaginait un peu plus enrobée… ? Non, cela ne marcherait pas. Tyler pourrait sans mal prendre quelques kilos. De plus, mince ou avec quelques rondeurs, elle aurait toujours ces grands yeux chocolat. Et plus il passait de temps en sa compagnie, plus il aimait son sens de l'humour malicieux.

— Et Rufus ? S'est-il également pris d'affection pour vous ?

Il vit ses yeux s'emplir subitement de larmes, qu'elle balaya de quelques battements de cils.

— Je n'en sais rien… Nous ne nous sommes pas adressé la parole depuis six mois.

Leurs hors-d'œuvre arrivèrent à ce moment-là.

— Merci, dit-il au serveur avec un sourire chaleureux.

Zack avait ses raisons pour réagir ainsi au changement de menu, mais il n'avait aucune intention de les révéler à Tyler. C'était trop intime, et il ne tenait pas à voir cela étalé dans la presse à scandale !

— Je vous en prie, répondit le serveur, visiblement soulagé.

Mais Zack ne se sentait toujours pas à l'aise. Et encore moins devant l'expression à présent moqueuse de Tyler.

— Est-ce que ce sourire fonctionne toujours aussi bien ? demanda-t-elle.

Zack haussa les épaules. Oui, en effet, ce sourire avait souvent suffi à effacer une de ses brusqueries dues au stress. Un stress comme celui de tout à l'heure…

— J'ai fait une erreur, admit-il. Je suis sûr que vous en faites quelquefois ?

— Souvent. Mais en général je suis assez grande pour présenter mes excuses dans ce cas.

Bon sang, elle ne savait rien de lui ! pensa-t-il avec exaspération. Elle n'avait aucune idée de ce qui l'avait mis de mauvaise humeur. Et vu la façon dont elle s'était imposée dans sa vie, elle n'avait aucune leçon à lui donner. Elle…

— J'espère que tout se passe bien, madame, dit le serveur en apportant deux bols d'eau chaude citronnée et deux serviettes.

— Je suis désolé si j'ai pu vous paraître… abrupt, à propos du canard tout à l'heure. Je n'aurais pas dû vous faire subir ma déception.

— Mais je vous en prie, monsieur Prince. Votre réaction était tout à fait modérée comparée à celle de cette dame qui m'a jeté son verre de vin à la figure, la semaine dernière, quand je lui ai appris la nouvelle. J'ai mentionné ces deux incidents au chef, et je pense qu'il envisage de remettre le canard au menu très bientôt.

Une fois que le serveur se fut éloigné, Zack jeta un regard triomphant à Tyler, mais devint méfiant en la voyant se mordre la lèvre pour ne pas rire.

— Etes-vous en train de vous moquer de moi ?

— Non, pas du tout ! se récria-t-elle avant d'éclater de rire.

Ce n'était pas le petit rire discret qu'affectaient nombre de célébrités qu'il côtoyait, mais un grand rire franc. Ses yeux étincelaient. En un mot, elle était belle.

Et Zack n'était pas le seul à le penser dans le restaurant. Plusieurs hommes avaient tourné la tête dans leur direction.

Tyler s'arrêta enfin de rire et secoua la tête.

— Je suis certaine que le canard sera de nouveau au menu *très* bientôt ! Vous pouvez vraiment être incroyablement charmant quand vous voulez ! dit-elle avec une admiration non dissimulée.

Il fit une grimace.

— Ce qui veut dire que je ne l'ai pas été très souvent avec vous.

Elle haussa les épaules, souriant toujours.

— J'ai dit *quand* vous voulez…

Non, il n'avait pas voulu être charmant avec Tyler. Et il

ne le voulait toujours pas. Elle était trop dangereuse. Il valait mieux qu'elle écrive qu'il n'était pas toujours aussi agréable qu'on le disait plutôt qu'elle déniche un vrai scoop sur lui.

Il n'avait pas honte, mais il n'en avait jamais parlé en public. Cela lui avait posé des problèmes quand il était enfant et l'avait même poussé à se rebeller à l'adolescence. Il avait réussi à surmonter cette sombre période grâce au succès qu'il avait obtenu en tant qu'acteur. Mais parfois, comme ce soir, ces difficultés refaisaient surface.

Nick lui disait souvent qu'il aurait dû tout déballer depuis des années, mais plus Zack attendait, plus cela devenait difficile de parler d'une chose aussi intime. Et il ne voulait pas que ce soit révélé dans le tabloïd pour lequel Tyler travaillait !

— Comme disait ma mère : mange tes crevettes, murmura-t-il d'un ton bourru en commençant à en décortiquer une.

Tyler haussa les sourcils, incrédule.

— Votre mère disait ça, vraiment ?

— Je crois que c'était surtout pour les légumes, mais le principe est le même.

— « Tais-toi et mange » ?

— Vous avez tout compris !

6

Tandis qu'ils poursuivaient leur repas, Tyler se sentait soulagée d'avoir réussi à détourner la curiosité de Zack.

Momentanément, du moins, car il ne faisait aucun doute que Zack lui parlerait de nouveau de Rufus quand cela lui chanterait. Il lui fallait juste préparer une réponse pour ce moment-là. Mais elle ne voyait pas encore laquelle — la vérité ne conviendrait pas.

Cela devenait si compliqué !

Tout semblait pourtant simple quand elle avait décidé de venir en Angleterre et de réussir en tant que journaliste. Elle trouverait un logement et un travail grâce aux petites annonces, puis écrirait un article à sensation qui la ferait connaître des deux côtés de l'Atlantique. Elle aurait alors pu rentrer chez elle la tête haute.

Elle avait bien trouvé l'appartement et le travail, mais quand elle avait eu un scoop à portée de main, en découvrant le lien qui existait entre Jinx Nixon et le fameux écrivain J. I. Watson, elle avait tout gâché ! Tout cela parce qu'elle avait laissé ses émotions décider à sa place. Nick Prince avait réussi à l'attendrir et lui avait demandé de ne pas écrire cet article sur Jinx. Bêtement, elle avait laissé passer sa première chance de réussir.

Elle ne pouvait pas commettre la même erreur avec Zack.

Elle avait toujours rêvé d'être journaliste. Mais dans sa famille, on ne travaillait pas pour un journal ou une chaîne de télévision. On les achetait et on payait des gens pour y travailler, sans y mettre les pieds.

Fille unique de parents immensément riches, sa vie avait été programmée avant même qu'elle sache parler : une école *comme il faut*, un lycée *comme il faut*, des amis *comme il faut*. Elle avait aidé sa mère à tenir leurs différentes résidences, et collaboré à de nombreuses œuvres de charité, en attendant de rencontrer un homme *comme il faut* pour l'épouser et avoir des enfants. Bref, sa vie avait toujours été très cadrée.

Mais lorsque ses parents avaient choisi pour elle son futur mari, six mois plus tôt, elle avait estimé que la coupe était pleine. Elle avait fait sa valise, claqué la porte derrière elle et réservé un vol pour Londres le jour même.

Et tout s'était passé selon ses plans jusqu'à ce qu'elle rencontre la famille Prince !

— Savez-vous que quand vous froncez ainsi les sourcils, deux petites lignes se forment sur votre front ? murmura Zack, qui devait l'observer depuis un moment.

— C'est la même chose pour tout le monde ! répondit-elle, sur la défensive.

— C'est vrai. Je me demandais surtout ce qui vous faisait froncer les sourcils…

— Cela ne vous regarde pas.

— Très bien, répondit-il avec un haussement d'épaules. Si vous avez fini votre plat, je propose que nous y allions.

— Vous ne prenez pas de dessert ? demanda-t-elle en lui tendant la carte que le serveur venait de leur apporter.

Zack n'y jeta même pas un œil.

— Je ne prends jamais de dessert. Mais prenez-en un, proposa-t-il.

— Non, dit-elle en reposant la carte à regret — elle adorait les desserts. Je ne voudrais pas reprendre toutes mes rondeurs d'adolescente !

Cette réflexion fit sourire Zack.

— Vous ne m'avez toujours pas dit comment vous étiez avant…

— Une taille de plus… D'accord, deux tailles, admit-elle devant son air sceptique. Mais personne ne s'en est jamais plaint.

— Je n'en doute pas.

Après l'avoir provoqué, Tyler se sentit troublée. Elle se demanda s'il était en train de flirter avec elle.

— Chez qui allons-nous exactement ? demanda-t-elle quelques minutes plus tard tandis qu'ils sortaient du restaurant.

— Chez Calum McQuire.

— Calum McQuire ! s'écria-t-elle avec excitation. J'ai toujours rêvé de…

Elle s'arrêta en voyant le regard condescendant de Zack.

— J'ai l'air d'une gamine trop enthousiaste, n'est-ce pas ?

— En effet, confirma-t-il en souriant. Mais c'est agréable de constater que malgré vos liens avec des gens aussi sophistiqués que Gerald, vous n'êtes pas blasée.

— N'importe qui serait impressionné à l'idée de le rencontrer ! Personne, absolument personne ne peut l'approcher, ni lui ni sa famille, sans son autorisation.

En fait, l'acteur écossais protégeait si bien sa vie privée qu'il n'avait pas accordé une seule interview ni adressé la parole à un journaliste depuis la naissance de son fils, qui avait maintenant cinq ans. Et Zack allait lui permettre de le rencontrer ! Peut-être qu'elle tenait enfin son article à sensation…

— N'y pensez même pas, Tyler, prévint Zack comme s'il lisait dans ses pensées. Vous serez mon invitée là-bas, je vous conseille de ne pas en abuser.

Elle perçut la menace dans sa voix. Si elle profitait de la situation chez Calum McQuire, Zack s'arrangerait sûrement pour que toutes les portes lui soient fermées par la suite.

Mais elle en avait par-dessus la tête de tous ces gens qui la menaçaient. D'abord son rédacteur en chef du *Daily Informer*,

Bill Graham, et maintenant Zack… Elle n'allait pas tarder à exploser à force de s'entendre dire ce qu'elle devait faire !

Mais pas ce soir. Calum McQuire, même s'il n'aimait pas les médias, avait la réputation d'être un homme bien qui refusait simplement que sa femme et son fils soient sous les feux des projecteurs, pour qu'ils aient une vie aussi normale que possible. Tyler pouvait le comprendre.

— Vous pouvez compter sur ma discrétion, assura-t-elle.

— Considérez cela comme une épreuve de confiance.

— Cet homme est une icône du cinéma, Zack, s'indigna-t-elle. Tout le monde l'adore. Même moi, quand j'étais adolescente, je fantasmais…

Elle s'interrompit, réalisant qu'une fois de plus, elle avait trop parlé.

— Vous « fantasmiez »… ?

Tyler se sentit rougir. Non pas parce qu'elle venait d'avouer qu'elle avait fantasmé sur un acteur qui faisait rêver toutes les filles de son lycée, mais parce que cela lui rappelait qu'à l'époque, elle fantasmait surtout sur Zack…

— J'avais quinze ans ! protesta-t-elle en se détournant, cherchant du regard Perry qui ne devait pas être loin.

Pendant qu'elle avait dîné tranquillement à l'intérieur, il avait dû attendre dehors, sans manger, songea-t-elle avec remords.

D'après ce que Zack avait dit, Perry ne pourrait en aucun cas entrer chez Calum McQuire. Elle espérait réussir à lui faire signe pour le prévenir qu'il perdait son temps à les suivre et qu'il ferait mieux de rentrer chez lui.

Mais même si elle sentait sa présence, elle ne le voyait pas.

— Vous avez perdu quelque chose ?

Elle se tourna vers Zack, écarquillant les yeux en se retrouvant presque nez à nez avec lui. Cette proximité soudaine était d'autant plus troublante qu'elle venait de se rappeler ses fantasmes d'écolière.

Elle était encore une enfant à l'époque. A présent, elle était une jeune femme de vingt-six ans. Mais elle avait toujours très envie qu'il l'embrasse… Elle luttait contre cette envie depuis la première fois qu'elle avait vu Zack à l'hôtel, la veille. Non, même avant : depuis que Nick Prince lui avait proposé d'interviewer son frère en échange de son silence au sujet de Jinx.

Elle savait qu'elle n'aurait pas dû accepter, mais elle avait été incapable de résister à la tentation de rencontrer Zack et de passer une semaine en sa compagnie.

Il y avait en effet une chose qu'elle avait cachée à Nick Prince, à Bill Graham, à Perry, et surtout à Zack lui-même : ses fantasmes d'adolescente ne l'avaient jamais vraiment quittée…

Quand elle avait été malade devant Zack la nuit précédente, elle avait eu envie de mourir. Quand il l'avait embrassée ce matin, elle avait cru mourir… et atteindre le paradis en même temps !

Elle s'était efforcée de faire preuve de professionnalisme face à lui et avait même essayé de faire abstraction de son attirance pour lui. Elle devait admettre que Zack lui avait facilité la tâche en se montrant grossier. Mais ce soir, il n'était plus un acteur, il était un homme qui ne se cachait pas derrière des apparences, un homme beaucoup plus accessible.

Malgré ce que Zack avait pu penser la veille quand elle l'avait questionné, elle en savait beaucoup sur lui. En effet, outre les posters de lui qui avaient tapissé sa chambre, elle avait collectionné tous les articles parus sur lui : elle était une encyclopédie vivante pour tout ce qui le concernait.

Ce n'était donc vraiment pas une bonne idée de rester à quelques centimètres seulement de lui, les yeux dans les yeux, souffles mêlés.

Chaque centimètre carré de son corps était en éveil, tous ses sens étaient captivés par Zack, ses cheveux blonds, la profondeur de ses yeux bleus et sa bouche parfaitement dessinée, à la lèvre inférieure si sensuelle…

Elle avait tellement envie de l'embrasser, de passer sa langue sur ses lèvres, de le goûter, de sentir la puissance de ses épaules sous ses mains, de se serrer contre lui, de connaître…

Elle cligna des yeux, éblouie par un éclair soudain dans l'obscurité qui l'aveugla momentanément.

— Qu'est-ce que c'était ? demanda Zack d'une voix sombre en se tournant dans la direction d'où venait le flash.

Mais on ne distinguait plus rien dans l'obscurité. Seul le bruit d'une portière claquée et d'un moteur de voiture démarré en hâte attestait que l'incident s'était réellement produit.

Consternée, Tyler comprit que Perry avait dû s'enfuir après les avoir pris en photo. Elle s'écarta de Zack, dont les yeux étincelaient de rage.

Zack se sentait tellement furieux de ce qui venait de se passer, tellement trahi après ce dîner en compagnie de Tyler, qu'il était presque prêt à l'étrangler !

— C'est vous qui avez monté ce coup ! Vous avez délibérément demandé à ce photographe, probablement votre petit ami Perry…

— Ce n'est pas mon petit ami. Et ne soyez pas ridicule, comment aurais-je pu…

— Vous m'avez manipulé ! l'accusa-t-il, trop en colère pour écouter ce qu'elle avait à dire. Nul doute qu'il y aura une photo de vous me regardant avec vos grands yeux ingénus et rêveurs dans le journal de demain…

— Je ne vous regardais pas comme ça !

— Vos yeux me suppliaient de vous embrasser.

— Certainement pas ! C'est vous qui étiez sur le point de m'embrasser…

— Vous rêvez ! mentit-il.

Car il avait envie de l'embrasser depuis le début de la soirée. Et encore maintenant, alors qu'il était en colère contre elle. Elle était absolument magnifique dans cette robe rouge, et ses cheveux courts lui semblaient à présent si séduisants. Quant à ces immenses yeux bruns…

Ils paraissaient encore plus grands dans la pâleur soudaine de son visage.

— Je suis désolée de vous décevoir, Zack, mais vous n'avez jamais figuré dans mes rêves !

Ce n'était pas ce qu'il avait voulu dire, bon sang ! Seulement, il était si furieux contre elle et contre ce photographe que…

— Tyler Wood ?

Zack se retourna pour jeter un regard irrité à la femme qui venait de sortir devant eux d'un taxi. Son visage lui sembla vaguement familier, sans qu'il puisse se rappeler où il avait déjà vu cette grande blonde très mince. Il savait juste qu'il n'appréciait pas d'être ainsi interrompu.

Tyler n'avait pas non plus l'air réjoui. Il la vit faire un pas en arrière, comme sur la défensive.

Il regarda encore la femme blonde, devinant que Tyler aurait voulu se trouver à des kilomètres de là.

Qui pouvait bien être cette femme ? Une autre journaliste ? Cela expliquerait cette impression de déjà vu qu'il ressentait. Mais il ne comprenait pas pourquoi Tyler semblait se sentir aussi mal. Peut-être craignait-elle que l'autre essaie de lui voler l'exclusivité ? Cette hypothèse était peu probable. Depuis dix-sept ans, il avait donné des centaines d'interviews.

— Oui, je suis Tyler Wood, répondit-elle enfin à l'autre femme. Mais nous sommes un peu pressés, alors si vous voulez bien nous excuser…

— Mais je voulais juste vous dire…

— Je suis désolée, mais il faut vraiment que nous y allions.

Tyler prit Zack par le bras et l'entraîna dans la direction opposée, ce qui n'était pas chose aisée, remarqua Zack, amusé, car il devait bien peser quarante kilos de plus qu'elle, et la dépasser d'une bonne trentaine de centimètres. Mais quand elle était déterminée, Tyler avait une force qu'il ne fallait pas sous-estimer !

Néanmoins, il était toujours en colère contre elle et n'avait plus l'intention d'aller où que ce soit avec elle ce soir. Et puis, il se demandait toujours où il avait vu cette grande blonde. En tout cas, il n'en gardait pas un souvenir très positif. Et d'après le léger tremblement qu'il percevait chez Tyler, elle non plus. Tout ceci devenait de plus en plus curieux.

— N'avez-vous pas été un peu impolie, Tyler ? demanda-t-il tandis qu'ils s'éloignaient à grands pas.

— J'estime que c'est elle qui s'est montrée impolie. Nous étions en pleine conversation et elle nous a interrompus.

Comme si elle avait besoin de le lui rappeler ! songea Zack. L'identité de l'autre femme ne l'intéressait pas tant que cela, c'était surtout la réaction de Tyler qui l'intriguait.

Mais cela n'était rien par rapport à l'incident avec le photographe.

Il s'arrêta brusquement.

— Oublions cela, Tyler. Nous n'allons nulle part.

Elle cligna des yeux, éblouie par la lueur d'un lampadaire.

— Mais vous aviez dit que… Calum McQuire…

— Je sais ce que j'ai dit. Mais c'était avant.

— Avant quoi ?

Elle jeta un œil en direction de la femme blonde, qui haussa les épaules avant d'entrer dans le restaurant.

— Avant que quelqu'un prenne cette photo.

— Mais je vous ai dit que je n'ai rien à voir avec ça…

— Ah non ? ironisa-t-il. Eh bien, nous en aurons le cœur net demain matin.

Il n'avait jamais été autant en colère de sa vie. Et d'abord contre lui-même. Il ne se reconnaissait plus depuis qu'il avait rencontré Tyler.

— Demain matin ?

— Oui. Si je trouve une photo de nous deux dans votre torchon demain matin, vous pouvez faire une croix sur votre article !

De toute façon, il voulait que cette femme disparaisse de son champ de vision, pour être de nouveau tranquille, sans devoir surveiller chacun de ses mots. Oui, il voulait se réveiller le matin en sachant qu'il ne verrait plus jamais Tyler Wood.

C'était bien ce qu'il voulait, n'est-ce pas ?

7

Non, elle ne pouvait pas laisser Zack annuler l'interview. Il fallait qu'elle retrouve Perry, le plus vite possible, avant qu'il montre son cliché à Bill Graham et que tout soit gâché. Mais aussi, qu'est-ce qui lui avait pris de la photographier avec Zack ?

Heureusement que ce dernier n'avait pas reconnu la femme qui l'avait abordée devant le restaurant. Sinon, il n'aurait pas attendu le lendemain pour mettre fin à l'interview…

— Je suis certaine que cette photo ne sera pas publiée dans le *Daily Informer*, assura-t-elle.

— Attendons de voir.

— Vous n'allez pas m'emmener avec vous à cette soirée ? demanda-t-elle, déçue.

— Non, confirma-t-il en secouant la tête. En fait, je vous suggère de profiter du taxi de cette femme pour rentrer chez vous.

Tyler comprit qu'il ne plaisantait pas. En revanche, elle n'allait certainement pas faire ce qu'il disait. Elle n'avait que quelques livres sterling sur elle, pas de portable — il ne rentrait pas dans la minuscule pochette assortie à sa robe — et elle n'allait pas dépenser le peu d'argent qu'elle avait pour rentrer en taxi… Même si elle portait une robe Vera Wang !

— Je crois que je vais marcher, merci. Où et quand nous voyons-nous demain ?

— Vous ne manquez pas d'aplomb !

— Je vous l'ai dit, je n'ai rien à voir avec cette photo.

— Et comme je vous l'ai dit, nous le saurons très vite. Si vous ne voulez pas de ce taxi, je vais le prendre.

Sans un mot de plus, il monta dans la voiture qui attendait et se pencha en avant pour donner une adresse au chauffeur, sans jeter un seul regard à Tyler tandis que le véhicule se lançait dans le flot dense de la circulation.

Tyler poussa un profond soupir et ses épaules s'affaissèrent. Elle allait étrangler Perry quand elle l'attraperait, mais seulement après lui avoir dit ce qu'elle pensait de lui.

Elle n'était pas dans de meilleures dispositions quand elle arriva enfin au journal. Dans le métro bondé, elle n'était pas passée inaperçue avec sa robe de soirée rouge et ses talons aiguilles, surtout auprès des hommes. Les femmes, quant à elles, lui avaient jeté des regards de pitié en la voyant obligée de prendre les transports en commun dans une si belle robe.

Mais le pire avait été le trajet à pied depuis l'arrêt de métro, ses chaussures n'étant pas faites pour marcher longtemps sur le bitume. Elle sentait des ampoules se former sur ses talons et elle avait mal aux chevilles.

— Mais qu'est-ce qui vous est arrivé ? demanda Bill Graham en levant le nez de l'écran de son ordinateur.

Elle lui jeta un regard mauvais en guise de réponse.

— Avez-vous vu Perry ?

— Ce soir ? Je croyais qu'il devait être avec vous.

— Moi aussi, murmura-t-elle.

Où Perry s'était-il précipité s'il n'était pas venu ici ? Chez lui ? Ou peut-être l'attendait-il chez elle ? Il lui faudrait essayer les deux endroits.

Le fait qu'il n'ait pas apporté tout de suite sa photo au journal était une bonne chose, mais cela n'apaisait pas la colère de Tyler contre lui. Il avait gâché sa soirée avec Zack, ainsi que sa chance de rencontrer Calum McQuire.

— Où allez-vous maintenant ? demanda Bill.

— Chez moi, répondit-elle avec une grimace.

Elle jugeait en effet plus raisonnable de rentrer chez elle pour se changer avant de partir à la recherche de Perry.

— Tenez, prenez un taxi, dit Bill en sortant de sa poche un billet de vingt livres pour le jeter sur le bureau devant elle. Ça ne ferait pas bon genre si une de nos journalistes se faisait arrêter par la police pour racolage. Ne vous inquiétez pas, je ferai passer ça sur mes frais.

Sur ce, il retourna à son ordinateur.

Elle aurait dû se douter que ce n'était pas par gentillesse. Bill Graham n'était jamais gentil ! Mais de là à sous-entendre qu'elle avait l'air d'une prostituée !

Elle baissa les yeux sur sa tenue. Certes, sa robe était très sexy, moulante avec un décolleté profond et des bretelles fines. Mais tout de même, elle ne pensait pas ressembler à…

— Vous êtes superbe, Tyler, grommela Bill en voyant qu'elle n'était toujours pas partie. Mais déguerpissez maintenant. Il y a des gens qui travaillent ici.

Il poussa le billet devant elle avant de s'absorber de nouveau dans son travail.

Tyler prit l'argent et s'en alla avant qu'il ne change d'avis.

Mais elle ne rentra pas directement chez elle, préférant passer d'abord à l'appartement de Perry pour mettre les choses au clair avec lui. Ensuite, elle aurait le temps de penser à la femme qui l'avait abordée devant le restaurant.

Elle l'avait reconnue, bien sûr. Elles ne s'étaient rencontrées qu'une fois, très brièvement, mais Tyler n'était pas près d'oublier Jane Morrow, la femme qui lui avait révélé le scoop sur Jinx Nixon.

Visiblement, l'ex-éditrice de Jinx n'avait pas non plus oublié Tyler. Ce n'était pas surprenant, puisqu'elle avait perdu son travail après lui avoir parlé !

Elle ne l'avait jamais revue depuis ce jour-là. Elle n'avait d'ailleurs pas cherché à le faire. Elle avait peu d'estime pour la façon de travailler de Jane Morrow, qui n'avait pas hésité à trahir la confiance de Jinx. L'éditrice trouvait Nick très séduisant et elle était furieusement jalouse de celle qu'il avait choisie pour femme : elle s'était donc vengée.

Par chance, Zack ne l'avait pas immédiatement reconnue, mais il ne tarderait pas à se souvenir. Et il ne manquerait pas d'en conclure qu'elle faisait équipe avec Jane Morrow pour faire du mal à Jinx ou à Nick. Or, il était bien connu que les Prince formaient une famille très soudée. Zack entrerait alors dans une rage folle.

Ce qui n'arrangeait rien, c'est qu'elle commençait à sentir que son béguin de lycéenne pour Zack, loin de disparaître, menaçait de se transformer en un sentiment bien plus réel et durable. Elle n'osait pas nommer ce sentiment. C'était beaucoup trop dangereux…

— Pourquoi souriez-vous ? demanda sèchement Zack en ouvrant la porte de sa suite à Tyler.

Il regretta aussitôt sa dureté en voyant le sourire de la jeune femme céder la place à une expression incertaine. Mais il était d'humeur massacrante, contrarié par ce qui s'était passé la veille, surtout après un dîner aussi agréable, et irrité d'avoir dû se rendre seul à la soirée de Calum, où il avait été la cible de toutes les célibataires présentes. Et elles étaient nombreuses ce soir-là, toutes extrêmement belles et toutes disposées à s'amuser. Et aucune n'avait caché que c'était avec lui qu'elles voulaient s'amuser.

Malheureusement, elles l'avaient toutes laissé de glace. Il n'avait pas pu s'empêcher de penser à Tyler, à sa façon de le taquiner et de le charmer pendant leur dîner, à cette robe dans laquelle elle était si époustouflante, au fait qu'il aurait adoré arriver chez Calum avec elle à son bras. Et à la façon dont elle l'avait piégé devant le restaurant… Le pire, c'était qu'il s'était réjoui de pouvoir la raccompagner chez elle après la fête.

Il détestait le reconnaître, mais il avait commis le plus grave des péchés pour un acteur : il était attiré par une journaliste !

Il réalisa soudain que Tyler le regardait toujours, perplexe.

— Aurais-je une raison de ne pas sourire ? demanda-t-elle avec prudence.

Elle portait un pantalon de treillis noir et un T-shirt blanc moulant. Un T-shirt qui soulignait la perfection de ses seins… et qui révélait qu'une fois de plus, elle ne portait pas de soutien-gorge. Il s'en voulut aussitôt de l'avoir remarqué.

— Il n'y avait pas de photo dans le *Daily Informer*, pourtant…, ajouta-t-elle.

— Non, il semble en effet que vous ayez rattrapé votre petit ami à temps.

Les joues de la jeune femme s'empourprèrent quand il mentionna Perry comme son petit ami, sans que Zack sache si c'était de l'embarras ou de la colère.

— Je peux vous assurer que Perry n'avait aucune intention de publier une seule photo de vous sans votre autorisation préalable. Certes, il s'est montré un peu trop zélé, mais quand je l'ai vu hier soir, il m'a promis que…

— Que vous a-t-il promis, Tyler ? Qu'il n'avait jamais eu l'intention de remettre cette photo à votre rédacteur en chef ? Qu'il ne faisait que préparer des illustrations pour votre fameux article exclusif ? Vous l'a-t-il promis avant ou après que vous avez couché ensemble ?

Zack était tellement hors de lui qu'il n'avait pu empêcher les mots de franchir ses lèvres.

Tyler pâlit.

— Je… Il… Vous n'avez pas le droit de me parler comme ça !

— Ah non ? *Non* ? répéta-t-il en criant presque et en la saisissant par le bras pour l'attirer dans sa suite avant de claquer la porte pour que tout le monde ne profite pas de leur conversation. Il me semble que *ceci* me donne pourtant le droit de vous parler comme il me chante !

Elle cligna des yeux plusieurs fois, le regard voilé, avant de lever la main pour prendre le journal qu'il lui tendait.

Zack enfonça ses mains dans les poches de son jean, tandis qu'elle lisait les lignes qu'il connaissait par cœur.

Et à propos d'amour, il semblerait que Zack Prince, le prince des Prince, ait une nouvelle femme dans sa vie. Ils ont été vus ensemble dans un restaurant branché, le O'Malley's. Ils ne semblaient pas pouvoir se quitter des yeux ! Le « Prince » songerait-il au mariage cette fois-ci… ?

La rubrique mondaine de ce journal ne valait rien. Ce n'était qu'une série d'inepties, à commencer par ce stupide surnom que la presse lui donnait depuis plusieurs années. Mais ce n'était pas ce qui était écrit qui le mettait tellement en colère. Non, c'était la faute de Tyler. La veille, il s'était rendu compte qu'il l'appréciait, et beaucoup. Elle était belle, drôle, franche… « Franche » ! Quelle blague !

Elle était très pâle quand elle leva les yeux vers lui.

— Mais je… Ce n'est pas le journal pour lequel je travaille.

— Non, en effet. Ce qui veut dire que vous avez tenu votre promesse : la photo n'a pas été publiée dans le *Daily Informer*. Votre « promesse » ne vous a pas empêchée d'aller parler à un journaliste concurrent, n'est-ce pas ?

— Vous ne pensez pas sérieusement que j'ai quelque chose à voir avec cet article !

— J'essaie de ne pas penser du tout, Tyler. En fait, c'est ce que j'essaie de faire depuis qu'on m'a livré les journaux à 7 h 30 ce matin !

Son frère Rick lui avait téléphoné de France à 9 heures, curieux de savoir qui était cette mystérieuse inconnue. Apparemment, l'information parue dans la presse avait été reprise sur Internet…

Zack n'avait rien appris de plus à son frère. Il n'était pas question de lui parler de Tyler et encore moins du fait qu'elle était journaliste.

— Vous étiez levé à 7 h 30 ? s'étonna-t-elle.

En réalité, il n'avait pas dormi de la nuit ! Les fêtes de Calum étaient rares, mais elles étaient toujours très réussies. L'acteur écossais savait s'amuser. Il avait autant d'amis dans la profession qu'en dehors, et le mélange de ses invités était toujours intéressant.

Zack était arrivé de mauvaise humeur et s'était montré peu sociable pendant la première heure, se contentant de boire plusieurs coupes de champagne. Mais l'atmosphère amicale l'avait peu à peu détendu. Il avait longuement discuté avec un des anciens professeurs de Calum, au grand dam des femmes qui n'avaient pas réussi à retenir son attention.

Il était rentré à l'hôtel vers 3 h 30. Ne pouvant fermer l'œil, il avait écouté de la musique en buvant du café commandé au service d'étage.

En réalité, il avait attendu la livraison des journaux. Ne trouvant pas la photo tant redoutée dans le *Daily Informer*, il avait enfin commencé à se détendre et avait somnolé sur le canapé, sans prendre la peine de se déshabiller ou d'aller jusqu'à son lit.

Il avait été réveillé par la sonnerie du téléphone et la voix de Rick.

Tyler l'avait donc bien piégé : la photo n'étant pas parue, leur accord pour l'interview était toujours valable. Mais le fait que l'on raconte qu'ils avaient été vus ensemble était tout aussi accablant, selon lui.

— Oui, j'étais debout à 7 h 30, Tyler, dit-il entre ses dents, tout en retirant les mains de ses poches.

Il n'avait pas l'intention de l'étrangler, non. Ce serait trop facile pour elle de s'en tirer à si bon compte !

Il la saisit par les épaules. Il n'était pas difficile de deviner qui avait donné cette information exclusive au rédacteur de la rubrique mondaine ! Et puisque Tyler et lui étaient considérés comme un couple, qu'il en soit ainsi ! Après tout, pourquoi serait-il l'objet de rumeurs non fondées ?

— Zack… ?

La voix de Tyler semblait innocente. Faussement innocente, bien sûr ! Et il s'était fait avoir. Il pensait être un homme d'expérience, il croyait avoir tout vu et était même devenu cynique, parce qu'il croyait connaître tous les subterfuges qu'une femme employait pour attirer son attention. Mais Tyler avait échappé à sa vigilance et l'avait trompé en lui faisant croire qu'elle n'était qu'une simple journaliste qui voulait écrire un « bel » article dans un « beau » magazine.

Peut-être en avait-elle toujours l'intention ? Il ne le savait pas et, honnêtement, il s'en moquait. Ce qu'il savait, c'est que Tyler n'avait pas hésité à s'afficher publiquement avec lui pour parvenir à ses fins.

Plus tôt dans la matinée, assis devant le journal, se demandant quoi faire, il avait décidé que si c'était ce que Tyler voulait, elle l'aurait. Mais elle en paierait le prix.

8

Zack allait l'embrasser !

Tyler en prit conscience quelques secondes avant qu'il ne penche la tête et vienne prendre ses lèvres. Elle en avait rêvé — elle avait menti la veille en disant que Zack n'avait jamais figuré dans ses rêves. Mais dans ses rêves, cela ne se passait jamais comme ça. Non, jamais !

Zack était furieux, et c'était sa colère qui le poussait à dévorer littéralement sa bouche, ses bras puissants enserrant son corps pour le plaquer contre le sien.

Il était guidé par sa fureur et par son mépris pour elle, palpables.

Ces dernières vingt-quatre heures avaient été trop éprouvantes pour elle. Il y avait d'abord eu la rencontre avec Gerald au restaurant, puis cette stupide photo de Perry, la réaction de Zack, et l'apparition de Jane Morrow. Et pour finir, la plus violente dispute qu'elle ait jamais eue avec Perry quand elle l'avait trouvé chez lui.

Certes, celui-ci s'était confondu en excuses, prétendant qu'il n'avait pas fait exprès d'appuyer sur le déclencheur de son appareil, qu'il avait fait un faux mouvement tellement il avait été choqué de voir que Zack et elle allaient s'embrasser.

Tyler avait écouté ses excuses avec un scepticisme qui avait laissé place à un sentiment de culpabilité quand Perry lui avait déclaré sa flamme, avouant qu'il était tombé fou amoureux d'elle dès leur première rencontre !

Elle pensait avoir vécu le pire. Jusqu'à ce qu'elle découvre cet article dans la rubrique mondaine. Mais ce baiser donné comme une punition, à présent, était pire que tout.

Des larmes commencèrent à couler le long de ses joues. Zack s'en rendit compte immédiatement et releva la tête pour la dévisager. Il s'écarta d'elle.

— Je croyais que c'était ce que vous vouliez : une aventure avec Zack Prince, que vous pourriez raconter dans votre torchon !

Mortifiée, elle sentit ses larmes redoubler, et se mit à sangloter pour de bon, ne parvenant plus à se contrôler.

Non, ce n'était certainement pas ce qu'elle voulait ! Sentir une attirance mutuelle l'aurait emplie de joie, un flirt l'aurait ravie, oui, mais pas… ça !

— Je n'ai rien à voir avec cet article, dit-elle entre deux sanglots. Je ne connais pas la personne qui l'a écrit.

Elle avait tout de même une idée. La responsable ne pouvait être que Jane Morrow, qui avait toutes les raisons d'en vouloir à Tyler et de se venger de la famille Prince. Mais elle ne pouvait pas parler de ses soupçons à Zack sans donner un nom, ce à quoi elle ne tenait pas du tout.

— Voilà, Zack, dit-elle d'une voix neutre. C'est tout ce que j'ai à dire sur le sujet.

Il semblait perplexe à présent. Il la dévisagea longuement jusqu'à ce qu'un sourire naisse sur ses lèvres.

— C'est tout ? ironisa-t-il.

— Oui, c'est tout. Croyez-moi ou non, j'en suis au point où je me moque bien de…

— Chut, Tyler, taisez-vous. Voulez-vous que je m'excuse ?

Elle cligna des yeux puis le regarda, suspicieuse, ne sachant pas de quoi il voulait s'excuser : de son baiser agressif ou de ses accusations ?

— C'est à vous de voir, répondit-elle prudemment.

— Très bien, alors je vous présente mes plus plates excuses.

Elle eut un mouvement de recul quand il approcha une main de son visage. Il suspendit son geste. Que croyait-il ? Il venait de chercher à la dominer physiquement ! Si elle avait eu plus de présence d'esprit, elle serait déjà partie.

Il approcha de nouveau la main, lentement cette fois-ci, et caressa sa joue, effleurant de son pouce ses lèvres encore gonflées.

— Je vous ai fait mal, dit-il d'une voix rauque.

Ses lèvres meurtries n'étaient rien comparées à la blessure qu'il lui avait infligée en ne lui faisant aucune confiance, ni professionnellement ni personnellement.

Elle essaya d'écarter de ses pensées le fait qu'elle était censée être à la recherche d'un scoop sur lui : ce qu'il ne savait pas. Il ne savait pas non plus qu'elle ne gâcherait pas ses chances de l'obtenir à cause d'une petite rumeur sans fondement sur leur prétendue relation. Il avait été vu en compagnie d'une mystérieuse inconnue, et alors ? Ces rumeurs étaient agaçantes, mais insignifiantes.

Enfin, heureusement que son propre nom n'était pas cité. Si quelqu'un de sa famille avait lu l'article et fait le lien entre Tyler Wood et son vrai nom, Tyler Harwood, qu'elle avait modifié en arrivant en Angleterre, elle aurait été dans de beaux draps !

Zack semblait peiné. Son pouce effleurait toujours les lèvres de Tyler.

— Je suis vraiment désolé. Même si vous m'avez provoqué, ce n'est pas une excuse pour mon comportement.

— Moi, je vous ai provoqué ?

— Disons, même si j'ai *cru* que vous me provoquiez, corrigea-t-il.

— C'est mieux, acquiesça-t-elle.

Elle avait pensé téléphoner avant de venir le voir, mais elle avait eu peur qu'il refuse. Elle regrettait à présent de ne pas l'avoir fait : au moins, elle aurait pu se préparer à subir les foudres de Zack.

Mais en ce moment, elle n'avait rien à redire à son comportement… La caresse de son pouce sur ses lèvres était extrêmement sensuelle, à tel point que ses genoux commençaient à faiblir et qu'une chaleur diffuse montait en elle. Il se tenait tout près d'elle, elle pouvait sentir la fragrance légèrement épicée de son eau de toilette.

— Peut-être…, commença-t-elle avant de s'éclaircir la gorge. Peut-être qu'avec un baiser ça ira mieux ?

Elle jouait avec le feu, mais après tout, n'était-ce pas ce qu'elle faisait depuis qu'elle avait décidé de venir en Angleterre ?

— Vous êtes sûre, Tyler ? J'étais en colère, mais maintenant j'ai peur de ne pas pouvoir contrôler mon désir, dit-il dans un souffle.

Elle en était consciente. Elle avait remarqué que ses yeux bleus aux pupilles dilatées ne quittaient plus sa bouche. Et puis, il était si près d'elle qu'il lui était impossible de ne pas sentir son corps tendu par le désir. Un désir qu'elle partageait.

Elle humidifia ses lèvres et sa langue frôla accidentellement son pouce. Elle vit alors une flamme s'allumer dans ses yeux.

Tyler ne savait pas trop ce qu'elle était en train de faire, ni où cela allait les mener. Mais elle avait terriblement envie de sentir les lèvres de Zack sur les siennes, cette fois-ci sans violence.

Il l'embrassa sans plus attendre, et elle sut qu'elle était perdue. Dans un mouvement involontaire, elle se plaqua contre lui et noua ses mains derrière sa nuque, pour mieux profiter de la magie de ce baiser.

Il posa des mains si chaudes sur son dos qu'elles brûlaient presque son T-shirt. Elles glissèrent ensuite sous le tissu pour caresser sa peau nue. Tyler poussa un gémissement quand une de ses mains passa sur son ventre et remonta pour cueillir un sein. Le pouce qui avait caressé sa colonne vertébrale taquinait à présent la pointe durcie de son sein, provoquant des ondes de chaleur dans tout son être.

C'était si bon de sentir Zack la toucher ainsi, songea-t-elle, l'esprit embrumé par le désir. Elle était en feu, elle tremblait, la chaleur dans le bas de son ventre devenait presque insupportable. Presque...

C'était si bon qu'elle n'avait aucune envie que Zack cesse. Elle n'avait jamais rien ressenti de tel. Ses sens ne percevaient plus rien d'autre que cet homme.

Plus rien d'autre n'existait que le plaisir qui battait dans ses veines. Plus rien sauf Zack et l'incroyable plaisir qu'il lui procurait. Tout son corps semblait fondre à son contact. La puissance de leurs désirs réunis la conduisait à des sommets qu'elle n'avait jamais explorés.

Elle aurait voulu que cela ne s'arrête jamais, elle n'avait plus besoin de rien d'autre que des lèvres de Zack, de sa langue qui torturait délicieusement ses seins nus, de sa bouche qui s'emparait de ses tétons...

— Mais qu'est-ce que... ? murmura-t-elle soudain en entendant un bruit.

Zack ne réagit pas tout de suite au petit coup sec qu'il avait entendu à la porte. Il sentait les mains de Tyler sous sa chemise. Et il était trop absorbé à savourer la perfection de ses seins ronds et veloutés, aux pointes plus foncées.

— Il y a quelqu'un à la porte, grommela-t-il en s'écartant à regret.

Il remit son T-shirt en place.

— Je ferais bien comme si je n'avais pas entendu, mais si c'est la femme de ménage, elle va entrer.

Il avait toujours trouvé très commode de séjourner à l'hôtel quand il venait à Londres, mais il commençait à se rendre compte que cela n'avait pas que des avantages...

Il se dirigea à grands pas vers la porte et l'ouvrit d'un geste impatient.

— Oui ? rugit-il en voyant un homme posté dans le couloir, qui ne faisait manifestement pas partie du personnel de l'hôtel.

— Je suis David Miller, monsieur Prince.

Ignorant qui ce jeune homme pouvait être, Zack serra la main qu'il lui tendait.

— Suite à l'article de ce matin dans le… Monsieur Prince ! s'exclama-t-il en s'approchant de la porte. Est-ce la mystérieuse inconnue ?

L'homme, qui était journaliste, comme Zack le comprit tout à coup, jeta un œil à l'intérieur de la suite et aperçut Tyler.

— Eh, est-ce que je vous connais… ?

La porte qui claqua ne lui laissa pas le temps d'achever sa phrase. Zack se tourna vers Tyler, qui était écarlate.

Tout ceci devenait ridicule, se dit-il. Il était habitué à ce que les médias s'intéressent à sa vie privée, mais pendant toutes ces années il avait passé un accord tacite avec eux : ils le laissaient tranquille et, en échange, il leur donnait de temps en temps des informations qui les intéressaient. Cette bonne volonté semblait avoir disparu depuis que Tyler Wood avait débarqué dans sa vie !

Tyler… Il avait adoré la tenir dans ses bras, sa peau si douce, son corps qui réagissait à chacune de ses caresses… Il n'avait jamais ressenti un désir aussi impérieux pour une femme. Bien sûr, il avait eu beaucoup de partenaires, probablement trop, mais aucune ne lui avait fait cet effet.

Il la désirait, il la voulait ardemment, impérieusement. Et en même temps, il avait perçu son manque d'expérience. Elle semblait surprise par les réactions de son propre corps, tout en cherchant à les faire durer. Cela faisait naître en lui un curieux besoin de la protéger.

C'était sans doute le plus ridicule de cette situation. Tyler avait vingt-six ans, elle était belle, elle avait de la repartie, elle savait se défendre dans un milieu professionnel plutôt masculin… Mais il était peu probable qu'elle soit encore innocente sur le plan sexuel !

Ou peut-être arrivait-elle à donner cette impression à ses partenaires ?

Il enfonça ses mains dans les poches de son jean et la regarda en fronçant les sourcils.

— Ce Miller semblait penser qu'il vous connaissait. Est-ce le cas ?

Comment ce journaliste pouvait-il surgir dans sa chambre d'hôtel, au moment où Tyler s'y trouvait ? Etait-ce un simple hasard ?

— Pas personnellement, non, répondit-elle avec lenteur. Mais nous avons été présentés lors d'une conférence de presse, il y a quelques mois.

— Par qui ? demanda Zack, sceptique.

Elle secoua la tête et répondit sans le regarder :

— Je ne m'en souviens plus.

Etait-ce vrai, ou bien connaissait-elle mieux David Miller qu'elle ne voulait l'admettre ?

Quoi qu'il en soit, l'irruption de cet homme avait jeté un froid entre eux.

Et si elle l'avait fait exprès ? Non, elle ne pouvait pas savoir qu'il allait l'embrasser. Il devenait complètement paranoïaque. Mais à sa décharge, il y avait beaucoup d'étranges « coïncidences » ces derniers jours !

— Qu'importe. Pensez-vous que Miller puisse se souvenir de vous ?

Selon lui — mais il n'était peut-être pas objectif —, aucun homme ne pouvait oublier une rencontre avec Tyler.

— Je ne sais pas. Je ne lis pas dans les pensées des autres, Zack !

Et cela valait mieux, se dit-il, sinon elle aurait su que quelques minutes plus tôt, il envisageait sérieusement de l'emmener dans son lit pour plusieurs heures, voire plusieurs jours, et d'oublier qui elle était, d'oublier le reste du monde...

Décidément, il ne se comportait pas en adulte raisonnable en présence de cette femme. Son esprit se laissait troubler par le désir, mais il ne fallait pas oublier qu'elle était journaliste !

— Que comptez-vous faire pour l'empêcher de parler ?

— Moi ?

— Oui, vous. Vous devez savoir pour quel journal il travaille.

— Euh… oui. Mais si je commence à m'interposer, cela ne fera que confirmer ses spéculations…

— Ce n'est pas mon problème.

— Ce n'est pas le mien non plus !

— Ah non ? Donc, cela ne vous dérange pas d'avoir votre nom et votre photo dans les journaux ?

Il la vit pâlir. Elle avait paniqué de la même façon quand il lui avait montré la brève des potins mondains… Tyler cachait quelque chose, mais il ignorait ce que cela pouvait être, du moins pour l'instant.

— Bien, j'appellerai David pour lui expliquer que ma présence dans votre chambre d'hôtel était purement professionnelle, déclara-t-elle après s'être reprise.

Zack eut un sourire forcé. Elle pouvait prétendre que leurs rapports étaient « purement professionnels », mais lui avait cessé de les considérer ainsi depuis longtemps.

— C'est une solution, admit-il. Et le plus tôt sera le mieux, vous ne croyez pas ?

— Vous voulez que je parte *tout de suite* ?

— Oui.

Si elle ne s'en allait pas immédiatement, il allait oublier tout le reste et recommencer à l'embrasser — et cette fois il penserait à accrocher la pancarte « Ne pas déranger » sur la poignée de la porte ! C'était une très mauvaise idée. Il fallait absolument qu'elle s'en aille, et tout de suite !

Il espérait que la prochaine fois qu'il reverrait Tyler, il parviendrait à contenir ce désir fou de l'embrasser. Aucune femme ne lui avait jamais fait cet effet. Il avait à la fois besoin de l'embrasser et envie de l'étrangler. Mais tant qu'il n'en savait pas plus sur elle, il devait s'abstenir.

Au fond, Tyler était vraiment une « mystérieuse inconnue », comme le disait l'article. Elle connaissait quelqu'un d'aussi inaccessible que le styliste Gerald Knight et entretenait des liens amicaux avec lui, ce qui donnait à penser qu'elle n'avait pas écrit un simple article sur lui. Quant à sa relation avec le photographe Perry Morgan, la rumeur disait qu'elle n'était pas que platonique. De plus, personne ne semblait rien savoir de Tyler avant son arrivée six mois plus tôt en Angleterre.

Où Tyler avait-elle passé les vingt-cinq premières années de sa vie ? D'où venait-elle ? Qui étaient ses amis ? Sa famille ? La question qui intriguait le plus Zack, et il savait qu'il n'obtiendrait pas la réponse de Tyler, était de savoir pourquoi les gens qu'elle connaissait en Angleterre en savaient si peu sur elle.

Que cachait-elle ?

9

— Voilà pourquoi je te demande, si par hasard Zack Prince te contacte, de ne rien lui dire sur ma vie.

Tyler regardait Gerald d'un air implorant.

Elle l'avait appelé pour qu'ils déjeunent ensemble, car le matin même, l'attitude suspicieuse de Zack l'avait inquiétée. Elle préférait prendre ses précautions avant qu'il ne commence à poser des questions sur elle à son entourage. Durant ces dernières vingt-quatre heures, Zack avait réussi à retourner la situation, si bien que c'était elle qui devait à présent esquiver les questions.

— Je présume que je ne dois pas mentionner Rufus ou le fait que tu ne te fais pas appeler par ton vrai nom ? demanda Gerald, qui portait un élégant costume crème.

— C'est exactement ça, répondit-elle en résistant à l'envie de se retourner pour vérifier que personne ne les avait entendus. Zack me prend déjà pour une débutante, alors s'il découvre qui je suis vraiment, il ne me prendra jamais au sérieux comme journaliste.

— J'adorerais être là le jour où Rufus et Zack vont se rencontrer !

— Cela n'arrivera jamais, dit-elle en frissonnant à cette idée.

— Oh, je n'en suis pas si sûr, ma chère Tyler, murmura Gerald. D'après ce que j'ai pu voir hier soir, et cette brève dans le journal ce matin, Zack Prince semble s'intéresser beaucoup à toi.

Elle sentit le rouge lui monter aux joues.

— Tu te trompes, insista-t-elle. Je fais une interview de lui, c'est tout. Mais promets-moi de ne rien dire, Gerald, je t'en prie !

— Tu sais bien que je n'ai jamais su résister à tes magnifiques yeux bruns, dit-il.

Bien, elle était tranquille de ce côté. Il lui restait encore à contacter David Miller. Ce serait sans doute plus difficile de le faire parler, mais il fallait qu'elle sache qui l'avait mis sur sa piste.

Tyler n'avait pas été sincère en prétendant ignorer qui l'avait présentée à David Miller, mais elle était sûre que cette personne n'avait rien à voir avec tout cela.

Au moins, pendant qu'elle essayait de résoudre ce problème, son esprit était occupé à autre chose qu'à penser à Zack et à leur étreinte. Il ne fallait vraiment pas qu'elle s'égare de ce côté-là, car elle ignorait jusqu'où cela pourrait la mener…

Elle n'y pensa pas une seule fois de tout l'après-midi, jusqu'à ce qu'elle retourne au journal et qu'elle l'aperçoive, à l'autre bout de la pièce grouillant de monde : Zack, confortablement installé dans le bureau de Bill Graham !

Elle écarquilla les yeux et sentit ses jambes trembler. Elle s'appuya au bord de son bureau, le visage blême, en voyant Bill rire — Bill ne riait jamais ! — à quelque chose que Zack venait de lui dire. Ce n'était pas la seule chose inhabituelle : la porte du bureau de Bill était fermée, et cela n'arrivait jamais non plus. Il aimait laisser traîner une oreille et un œil dans la grande salle commune pour savoir ce qui se passait dans son équipe.

Tyler en oublia tous ceux qui l'entouraient, absorbée par la scène qui se déroulait dans le bureau de Bill. Que diable fabriquait Zack ici ? Les hommes comme lui ne mettaient jamais les pieds dans la rédaction d'un journal. Les journalistes le suivaient, pas le contraire !

— Il est encore mieux en chair et en os, tu ne trouves pas ? dit Callie Rhodes, une journaliste de mode, en lui adressant un clin d'œil suggestif.

Tyler se sentit rougir en pensant qu'elle avait caressé la peau de cet homme quelques heures plus tôt…

— Tu en as de la chance, soupira Kelly Adams, une autre journaliste, en passant devant son bureau, les yeux rivés sur Zack.

De la chance, rien n'était moins sûr ! Zack était-il venu se plaindre auprès de Bill de ses méthodes de travail ? Il est vrai qu'elle n'avait pas été très efficace pour l'interviewer. Le trouble qu'elle éprouvait face à lui la rendait complètement incompétente !

Elle vit Zack se lever. Les deux hommes se sourirent en se serrant la main, puis Bill ouvrit la porte de son bureau et raccompagna son visiteur vers la sortie.

Zack passa devant elle, le sourire aux lèvres. Horrifiée, Tyler restait clouée sur place, les yeux toujours écarquillés.

— Re-bonjour, Tyler, dit-il en passant près de son bureau, une expression indéchiffrable sur le visage.

— Re-bonjour, Zack, parvint-elle à répondre.

— Et au revoir, Tyler, dit-il avec un geste de la main en continuant à se diriger vers la porte.

— Au revoir, Za… Hé, attendez une minute ! s'exclama-t-elle en sortant de sa stupeur pour lui courir après avant qu'il n'atteigne les ascenseurs.

Au passage, elle vit Callie, Kelly et toutes les autres femmes présentes le suivre du regard avec des yeux de biche.

— Zack ! cria-t-elle alors qu'il était sur le point de monter dans l'un des ascenseurs. Que faites-vous ici ?

— Je ne voudrais pas vous paraître grossier, Tyler, mais pensez-vous vraiment que cela vous regarde ?

— Bill Graham est *mon* patron, objecta-t-elle, les joues rouges de colère.

— Existe-t-il une loi stipulant que je ne peux pas lui parler ?

Elle lui jeta un regard furieux, les poings serrés.

— Pas une loi, non, c'est juste que… Bill est mon patron, répéta-t-elle à court d'arguments.

Si Zack avait des raisons de se plaindre de son travail, elle aurait préféré qu'il lui en parle à elle directement.

— Cela veut-il dire que mon interview exclusive est terminée ?… Avez-vous demandé à Bill de me retirer l'article ? continua-t-elle d'un ton impatient devant son regard médusé.

— Pourquoi croyez-vous cela ?

Les raisons étaient nombreuses ! Elle ne lui avait créé que des problèmes depuis qu'il la connaissait : la brève dans les potins mondains, la photo prise devant le restaurant…

— Les choses ne se sont pas passées idéalement ces derniers jours…

— Idéalement ? s'exclama-t-il, incrédule. Tyler, tout n'a été qu'une suite de catastrophes depuis que je vous connais !

Tyler se sentit pâlir, mais elle refusait d'en rester là.

L'ascenseur arriva. Les portes s'ouvrirent automatiquement.

— Ce n'était pas complètement de ma faute, se défendit-elle.

— En tout cas, ce n'était pas de la micnne, répondit-il en entrant dans l'ascenseur. Etes-vous libre ce soir pour dîner, Tyler ?

— Oh ! Je… euh… oui, répondit-elle, abasourdie par cette invitation inattendue.

— Bien, fit-il en appuyant sur le bouton du rez-de-chaussée. Ah, si vous avez une autre robe de Vera Wang dans votre garde-robe, je vous conseille de la garder pour samedi soir.

Samedi soir ? Pourquoi samedi soir ? Elle n'y comprenait plus rien.

— On se voit à mon hôtel vers 20 heures, ça vous va ? demanda-t-il tandis que les portes se refermaient, laissant Tyler plantée dans le couloir.

Pourquoi Zack voulait-il qu'elle porte une robe Vera Wang samedi soir ? Elle se le demandait toujours en retournant à son bureau. Elle avait en effet un autre modèle de Vera Wang. En réalité, elle en avait même…

— Ça, c'est un bel homme ! s'exclama théâtralement Kelly en s'arrêtant devant elle.

— Oui, acquiesça-t-elle d'un air vague.

Une part d'elle-même en voulait à Kelly de trouver Zack attirant. Il était beau, et il était incontestable que ses baisers la faisaient fondre de la tête aux pieds, mais elle n'aimait pas entendre une autre femme admirer son physique. Ce qui était ridicule de sa part, si elle y réfléchissait. D'abord, la beauté physique de Zack faisait partie de son succès en tant qu'acteur. Ensuite, elle n'avait aucun droit sur lui, hélas…

— Sais-tu qui est cette mystérieuse inconnue dans sa vie ? demanda encore Kelly.

Tyler avait toujours apprécié sa collègue, tant d'un point de vue personnel que professionnel, mais à cet instant, elle avait juste envie de lui dire de se mêler de ses affaires.

— Je ne crois pas qu'il ait quelqu'un, répondit-elle avec un sourire forcé. Notre concurrent devait manquer de potins ce matin, il a dû inventer.

Elle haussa les épaules, espérant que Kelly ne poursuivrait pas sur ce sujet.

— Oh, fit celle-ci, déçue. Mais il y a peut-être encore un peu d'espoir pour nous, après tout ! A plus tard, Tyler.

Tyler se sentait contrariée. A cause de Kelly, de Zack, de cette conversation sans queue ni tête et enfin, à cause de Bill Graham. Parce qu'il avait bavardé avec l'acteur, ri même, et qu'elle n'avait aucune idée de ce qu'ils avaient pu se dire ! Et connaissant Bill, il ne lui dirait rien.

Samedi soir ! Tyler se laissa tomber sur sa chaise en réalisant, comme frappée par la foudre, ce qui se passait ce jour-là.

Si Zack se trouvait toujours en Angleterre après le mariage de son frère, s'il avait pu lui accorder cette semaine d'interview, c'était parce que samedi soir avait lieu la grande première de son dernier fil, *Gunslinger* !

Et d'après ce qu'elle avait compris, il voulait qu'elle l'y accompagne…

Il était hors de question qu'elle s'affiche publiquement avec lui et qu'elle se prête au jeu des journalistes et des photographes !

— C'est très aimable à vous de m'avoir invitée, mais je ne suis pas libre samedi soir, déclara Tyler dans un souffle en s'asseyant à côté de Zack dans le taxi qu'ils venaient de prendre devant l'hôtel.

Zack écouta son refus avec l'apparence de la plus parfaite indifférence. Elle irait avec lui. Sinon, elle devrait lui dire la raison pour laquelle elle ne voulait pas que son nom ou sa photo apparaisse dans les journaux.

Il était plus convaincu que jamais que c'était le réel motif de son refus. Il avait passé la journée à essayer d'en savoir plus sur sa « mystérieuse inconnue ». Mais les gens comme David Miller ne savaient rien d'elle avant son arrivée en Angleterre. Quant à Bill Graham et Gerald Knight, ils ne parlaient pas. En fait, Gerald Knight ne lui avait pas parlé du tout, car il avait été « indisponible » toute la journée.

Il avait donc échafaudé un plan qui lui permettrait à coup sûr de faire réagir Tyler, et peut-être d'obtenir des explications sur ce qu'elle fuyait.

— Alors, vous allez devoir changer vos projets ou les reporter, dit-il avec un haussement d'épaules, l'air faussement désolé.

— C'est impossible, répondit-elle.

— Quel dommage… Bill Graham a pourtant adoré l'idée quand je lui en ai parlé ce matin.

— C'est de *ça* que vous parliez ?

— Il ne vous l'a pas dit ?

— Non. Cela vous a peut-être échappé, mais Bill Graham n'est pas vraiment commode avec ses employés.

— J'ai remarqué, en effet. Toujours est-il qu'il approuve totalement que vous m'accompagniez à la première. En fait, je crois qu'il apprécie l'idée d'avoir une de ses journalistes sous les feux de la rampe.

Tyler prit une profonde inspiration, prête à renouveler son refus, quand elle s'aperçut que le taxi venait d'emprunter une allée privée. Puis, le véhicule s'immobilisa. Zack adressa un bref sourire à la jeune femme avant de sortir de la voiture pour taper un code sur un cadran, déclenchant l'ouverture d'un imposant portail en fer.

Elle se sentit un peu déroutée quand il remonta dans le taxi, qui suivit l'allée jusqu'à une grande demeure victorienne.

— Où sommes-nous ? demanda-t-elle quand Zack fit le tour de la voiture pour lui ouvrir la portière.

— Ma sœur Stazy a lu la rubrique mondaine dans le journal de ce matin. Elle nous invite à dîner, répondit-il en la prenant par le bras.

Tyler résista et se libéra aussitôt.

— Vous plaisantez ! s'exclama-t-elle, horrifiée.

Zack comprenait son appréhension, car Stazy, quoique la plus jeune de la famille, était devenue une marieuse redoutable depuis qu'elle-même avait trouvé le bonheur.

Après leur brève conversation téléphonique, ce matin, Zack avait eu l'impression que sa sœur voulait en savoir plus sur cette « mystérieuse inconnue », d'où son invitation pour le soir même.

— Croyez-moi, on ne plaisante pas avec quelqu'un comme Stazy, dit-il en sonnant à la porte. Mais si cela peut vous rassurer, son mari Jordan sera là aussi. Jordan Hunter, des hôtels Hunter Brothers.

Cela ne sembla qu'augmenter les craintes de Tyler.

Il la trouvait incroyablement belle dans cette petite robe noire. Elle était légèrement maquillée et pour une fois, ses cheveux n'étaient pas ébouriffés mais ramenés derrière ses oreilles.

Elle lui jeta un regard furieux avant que la porte s'ouvre.

Stazy était une architecte d'intérieur très connue et gagnait très bien sa vie grâce à son talent. Quant à Jordan, il était plusieurs fois millionnaire. Cependant, elle avait toujours refusé d'avoir des employés de maison, préférant s'occuper elle-même de son foyer qu'elle voulait avant tout chaleureux.

Zack recula légèrement tandis que les deux jeunes femmes se regardaient, devinant à l'expression de Stazy qu'elle était agréablement surprise par Tyler.

Mais le sourire de Stazy laissa bientôt place à une expression de perplexité. Zack comprenait bien ce sentiment : c'est ce qu'il éprouvait la plupart du temps face à Tyler !

C'est Tyler qui brisa le silence qui commençait à s'installer.

— Bonjour, je suis Tyler Wood. Je crois qu'il y a eu une sorte de malentendu concernant Zack et moi, dit-elle avec un rire forcé. La « mystérieuse inconnue » avec qui il a été vu n'est en réalité qu'une journaliste qui réalise une interview exclusive. C'est d'ailleurs votre frère Nick qui a organisé cela.

— Oui, bien sûr, répondit Stazy tandis qu'ils pénétraient tous les trois dans la grande maison. Pourquoi ne me l'as-tu pas expliqué plus tôt, Zack ? Je ne suis pas sûre que Tyler ait vraiment envie de dîner avec ta famille.

Parce que pour rien au monde Zack n'aurait manqué une occasion de passer une soirée entière avec Tyler. Quand Stazy les avaient invités à dîner, il avait complètement oublié la vraie raison pour laquelle elle était entrée dans sa vie : cela montrait bien que tout était devenue plus compliqué ces derniers jours. Probablement parce qu'il avait surtout été guidé par deux émotions : la colère et le désir, tous deux dirigés vers la superbe jeune femme qui se trouvait à son côté.

— Nous devions nous voir ce soir de toute façon. Et puis, je ne voudrais pas rater l'opportunité d'un dîner gratuit ! plaisanta-t-il pour changer de sujet.

— Va donc rejoindre Jordan, espèce de clown ! dit Stazy en riant. J'emmène Tyler là-haut pour qu'elle puisse se rafraîchir avant que nous passions à table.

Tyler semblait tout à fait fraîche aux yeux de Zack. En fait, il avait du mal à détacher les yeux d'elle, et à ne pas la toucher…

— Très bien, acquiesça-t-il en se dirigeant vers le salon.

Il allait demander à son beau-frère un whisky. Un grand whisky !

10

— Bien, mademoiselle Harwood, fit Stazy dès qu'elle eut refermé la porte de la salle de bains derrière elles. Je vous donne cinq minutes pour m'expliquer pourquoi vous vous faites passer pour une journaliste nommée Tyler Wood.

Tyler jeta un regard horrifié à son hôtesse. Stazy la fixait toujours de ses yeux gris, sans ciller, avec cette volonté implacable à laquelle Tyler s'était déjà heurtée avec Nick et Zack. Sa bouche qui souriait tout à l'heure ne formait plus qu'une ligne déterminée.

Personne n'avait découvert la véritable identité de Tyler depuis qu'elle était en Angleterre. Elle pouvait peut-être encore rattraper la situation…

— Et vous avez intérêt à avoir de bonnes raisons, continua Stazy d'une voix tranchante. Suffisamment bonnes pour me convaincre de ne pas redescendre tout de suite dire à mon frère qui vous êtes en réalité.

— Vous savez donc qui je suis ?

— Oui, bien sûr. Et Zack le saurait aussi s'il lisait des magazines américains. Vous êtes cette mondaine de New York qui donne là-bas les tendances en matière de mode, de maquillage et de coiffure

— Pas vraiment le genre de Zack, n'est-ce pas ? dit-elle avec un petit sourire triste.

— Non, concéda sèchement Stazy. J'attends toujours, Tyler, et les minutes sont en train de s'écouler.

Les pensées se bousculaient dans la tête de Tyler. Que pouvait-elle dire ? Comment la convaincre que, malgré ce mensonge, ses intentions étaient complètement honnêtes en ce qui concernait Zack ?

« Mais tes intentions ne sont pas si honnêtes que cela », lui glissa une petite voix réprobatrice.

Certes, mais Zack n'avait rien à voir avec la raison pour laquelle elle travaillait sous un faux nom. Elle était loin de se douter qu'elle serait amenée à rencontrer Zack Prince quand elle avait pris cette décision, six mois plus tôt.

Peut-être qu'en disant la vérité à Stazy, elle parviendrait à éviter la catastrophe.

Tyler se mit à raconter toute son histoire. Avec surprise, elle découvrit qu'elle était soulagée de pouvoir enfin parler ouvertement.

Stazy se contenta d'écouter, sans que Tyler puisse savoir si elle la croyait ou non.

— Et après une violente dispute avec mes parents, en particulier avec mon père, parce que je refusais d'épouser l'homme qu'il avait choisi pour moi, j'ai fait mon sac et pris un avion pour Londres. J'ai changé de nom parce qu'il est trop connu ici, comme aux Etats-Unis, et que je ne voulais pas qu'on m'embauche à cause de ça, ou au contraire qu'on refuse ma candidature parce qu'on me considérait comme une petite fille riche et superficielle. Et si je n'ai rien dit à Zack, c'est parce qu'il ne m'aurait pas prise au sérieux en tant que journaliste. Enfin, de toute façon, il ne me prend pas vraiment au sérieux, conclut-elle avec tristesse.

Stazy secoua la tête.

— Croyez-moi si vous voulez, dit-elle, mais j'ai fait quelque chose de semblable il y a dix-huit mois, y compris changer mon nom. Trois grands frères qui croient toujours savoir ce qui est le mieux pour leur petite sœur, c'est trop, je peux vous le dire ! Mais Zack n'a vraiment aucune idée de qui vous êtes ?

— Non, confirma Tyler, même si elle pressentait qu'il avait des soupçons.

— Hmm… Bien, pour l'instant, je ne suis pas sûre qu'il ait besoin de savoir.

— Vous n'allez rien lui dire ?

Cela semblait presque trop beau pour être vrai !

— *Pour l'instant*, répéta Stazy. Mais si la situation venait à changer, si j'estimais que cela pourrait faire du tort à Zack de ne pas le savoir, je le lui dirais.

— Cela ne lui fera aucun tort, assura-t-elle précipitamment.

— Vous en êtes sûre ? Vous savez, c'est la première fois que Zack emmène quelqu'un dîner ici.

— Seulement parce que vous avez insisté pour m'inviter, protesta Tyler.

— Vous croyez que c'est la première fois que j'invite une femme avec qui Zack sort ? demanda-t-elle en souriant.

Mais Tyler n'avait aucune envie d'entendre parler des femmes avec qui Zack était sorti !

— Il ne *sort* pas avec moi, protesta-t-elle en rougissant. Je vous l'ai dit, je passe seulement la semaine avec lui pour l'interviewer.

Stazy ne semblait pas du tout convaincue.

— Il faut que vous sachiez que pour moi, Zack passera toujours en premier.

— Je m'en doute bien, dit Tyler devant cette preuve supplémentaire de la solidarité qui liait les membres de la famille Prince. Mais en ne lui disant pas qui je suis, je ne lui fais aucun tort, je vous assure.

— Nous sommes ici depuis bien plus de cinq minutes, dit Stazy après avoir jeté un œil à sa fine montre en or. Les hommes vont se demander où nous sommes passées.

De retour dans le salon, Zack présenta Tyler à un bel homme brun, Jordan Hunter.

A sa grande surprise, après ces débuts houleux, Tyler passa une très bonne soirée. Les conversations allaient bon train, Stazy et Jordan formaient un couple heureux et Zack s'entendait bien avec eux.

En fait, malgré ses appréhensions, c'était la soirée la plus détendue et la plus agréable qu'elle ait passée depuis son arrivée en Angleterre.

— Merci de m'avoir invitée à ce dîner, Zack, dit-elle quand ils furent dans le taxi qui les ramenait. Stazy et Jordan sont très sympathiques.

— Comme Stazy est ma sœur, vous ne pensiez pas que ce serait le cas ?

— Non, je n'ai jamais pensé ça ! réagit-elle vivement. Simplement, je... Vous me faites marcher, n'est-ce pas ?

— Un peu... De quoi avez-vous parlé si longuement toutes les deux avant que nous passions à table ? demanda-t-il.

Tyler eut un moment de panique. Mais Stazy avait semblé sincère en promettant de ne rien dire à Zack tant que ce ne serait pas nécessaire.

— De mode, répondit-elle évasivement. Rien d'intéressant pour les hommes.

— Vous ne seriez pas un peu sexiste ? Je suis sûr que Gerald Knight, par exemple, trouverait ça très intéressant.

— Gerald ? répéta-t-elle un peu trop vivement.

— Oui, la mode « féminine » semble le passionner.

— Parce que c'est son métier. Je voulais dire que, en règle général, la mode féminine n'intéresse pas les hommes.

— Vous avez raison. Aucun intérêt.

Mais à quoi rimait cette conversation depuis quelques minutes ? se demanda-t-elle.

— Vous devriez peut-être donner votre adresse au chauffeur, suggéra Zack.

— Mon adresse ? balbutia-t-elle.

— Oui. Je viens de me rendre compte que je ne suis jamais

venu vous chercher et que je ne vous ai jamais raccompagnée chez vous. Il est temps que je me rattrape.

Seigneur, elle ne voulait pas qu'il la raccompagne ! Elle ne voulait pas qu'il sache où elle habitait…

— Mais que cachez-vous au juste, Tyler ? Un mari et six enfants ? Ou peut-être… vivez-vous avec quelqu'un, finalement ? demanda-t-il d'une voix plus dure.

— Bien sûr que non…

— Avec Perry Morgan, par exemple, ajouta-t-il en ignorant ses protestations.

— Je vous ai déjà dit que je n'habitais pas avec Perry. Je n'habite avec personne !

— Il n'y a donc aucun problème à ce que je vous raccompagne.

Si, pour elle, cela posait un gros problème. Son appartement était son espace à elle, le premier qu'elle ait jamais eu. Si Zack y entrait, elle ne pourrait plus jamais rentrer chez elle sans se souvenir de l'y avoir reçu. Et vu ce qu'elle éprouvait pour lui, ce serait insupportable.

Et puis, il y avait autre chose. Zack avait complètement ignoré son refus d'aller à la première samedi soir, mais elle n'avait aucune intention de s'y rendre, que cela plaise ou non à Bill Graham ! Or, si Zack savait où elle habitait, il serait plus difficile de lui échapper, car elle ne voyait pas d'autre solution que de se terrer dans son appartement ce soir-là.

Zack devina qu'elle allait chercher à s'esquiver, avant même qu'elle commence à parler.

Il avait été agréablement surpris par l'aisance de Tyler avec Stazy et Jordan. Tout s'était très bien passé, alors que sa sœur n'avait pourtant pas l'habitude d'être très commode avec les femmes qui sortaient avec ses frères.

La différence résidait peut-être dans le fait que Tyler avait très clairement annoncé à Stazy qu'elle ne sortait pas avec lui. Cela l'avait d'ailleurs profondément irrité, sur le moment. Au fond, que voulait dire « sortir avec quelqu'un » ? Passer du temps ensemble ? S'embrasser ? Dans ce cas, Tyler et lui remplissaient les conditions !

Qu'elle le veuille ou non, elle était à présent dans sa vie. Mais elle ne souhaitait visiblement pas être sa compagne à proprement parler. C'est pourquoi elle allait trouver une fausse excuse pour ne pas l'inviter à monter chez elle.

— Le fait est, Zack, que je n'ai pas envie de vous y emmener, dit-elle calmement.

Elle n'avait même pas essayé de mentir, elle avait juste dit la vérité, sans ambages ! Malgré lui, il finissait par admirer ce trait de caractère chez elle.

— Vous pourriez essayer de ménager mes sentiments, tout de même !

— Je pense qu'il est temps que nous revenions sur un terrain professionnel.

Hélas, il avait déjà dépassé ce stade... Depuis qu'il avait dormi avec elle, en fait. Quand elle s'était endormie, son expression d'ordinaire légèrement agressive avait disparu. N'importe quel homme aurait été attendri par la douceur de ce visage apaisé.

Mais depuis, il ne l'avait pas revue baisser la garde. En fait, elle était si souvent à vif qu'elle devait décourager la plupart des hommes. Peut-être était-ce de l'arrogance de sa part, mais il ne s'était jamais considéré comme faisant partie de « la plupart des hommes »...

Il devait admettre qu'il était attiré par cette femme qui fuyait sans cesse. C'était sans doute là que résidait la nouveauté pour lui : c'était d'ordinaire lui qui cherchait à s'échapper. Quelle qu'en soit la raison, il était tellement attiré par Tyler qu'il aurait presque pu croire qu'il était amoureux, si cette idée n'avait pas été si ridicule. Un acteur célèbre amoureux d'une journaliste... Il voyait déjà les gros titres !

— Revenir sur un terrain professionnel ? Mais justement, où en sommes-nous ? Qu'avez-vous trouvé à écrire pour l'instant ?

Etait-ce un effet de son imagination, ou avait-elle légèrement rougi ?

Bill Graham lui avait confirmé qu'il y avait vraiment un article en jeu et qu'il était prévu pour un supplément magazine du dimanche. Pourtant, Zack avait remarqué une gêne chez Tyler chaque fois qu'il avait mentionné cet article. Ce qui signifiait que le rédacteur en chef était un très bon acteur ou que Tyler avait simplement honte de son travail qui n'avançait pas assez vite.

A sa décharge, il était difficile de poser des questions à un homme qui ne cessait de vous embrasser. Et il avait très envie de recommencer en cet instant…

Une fois de plus, elle était très belle ce soir dans cette robe noire toute simple qui faisait paraître ses yeux plus sombres et soulignait son teint de pêche. Elle s'était également révélée très amusante lors du dîner, en leur racontant des anecdotes sur les erreurs de vocabulaire qu'elle avait commises à son arrivée en Angleterre.

Stazy avait visiblement beaucoup apprécié Tyler, et Jordan avait semblé sous le charme. En fait, si Zack n'avait pas su que Jordan était fou amoureux de Stazy, il aurait considéré que l'attitude de son beau-frère méritait son poing dans la figure !

Il avait été jaloux. La jalousie… Ce sentiment destructeur dont il avait entendu parler sans jamais l'avoir éprouvé auparavant.

C'était une des raisons pour lesquelles il avait tellement besoin de l'embrasser de nouveau. A l'abri des regards curieux et des interruptions, pour qu'ils puissent explorer leurs émotions… Et puis… il voulait être seul avec Tyler pour lui faire l'amour jusqu'à épuisement.

— A la réflexion, nous n'avons pas été professionnels du tout, répondit-elle d'une voix tremblante. C'est pourquoi je propose que nous passions la journée de demain ensemble pour que vous puissiez répondre à une série de questions que j'ai écrites.

— Vous ne croyez pas que si je réponds à une série de

questions toutes prêtes, cela ne fera pas très naturel dans votre article ?

S'il était aussi réticent, c'est parce qu'il ne voulait surtout pas que Tyler le voie peiner à déchiffrer ses fichues questions !

Car c'était son grand secret. On lui avait collé une étiquette de rebelle turbulent pendant sa scolarité : il était la « tête brûlée » de la famille Prince. Mais personne n'avait compris avant longtemps que s'il s'ennuyait et manquait de discipline en classe, c'est parce qu'il n'arrivait pas à suivre ce qui se passait. Car les livres de cours n'étalaient devant ses yeux que des mots incompréhensibles.

Il était adulte quand sa dyslexie avait été diagnostiquée — ainsi que son QI, qui s'élevait à cent soixante — mais une fois qu'il l'avait su, ses troubles de la lecture avaient cessé d'être un problème. Grâce à ses deux frères et à sa sœur, tous volontaires pour lui faire la lecture et l'aider à mémoriser ses scénarios, ce qui avait gâché sa scolarité avait cessé de l'empêcher de vivre normalement. Il n'y pensait d'ailleurs presque plus.

Il était « dyslexique ». Quelle ironie de nommer ainsi une personne qui ne pouvait même pas lire ce mot, et encore moins l'épeler !

D'autres acteurs à succès avaient parlé ouvertement de leur dyslexie. Mais Zack avait depuis longtemps décidé qu'il n'avait ni besoin ni envie que l'on écrive des articles sur lui à ce sujet. Ce n'était qu'un trouble de l'apprentissage et il n'avait pas envie d'en parler.

Le visage de Tyler était toujours écarlate.

— J'ose espérer que je peux rédiger un article sans qu'il ressemble à une simple succession de questions-réponses.

— Espérons-le. Vous venez boire un dernier verre ? proposa-t-il comme le taxi se garait devant son hôtel.

— Non, je ne préfère pas, répondit-elle, vexée par ce qu'elle considérait comme une critique déguisée.

Zack paya le chauffeur et se renfonça dans son siège.

— Et si j'insiste ?

— Je ne changerai pas d'avis, dit-elle sans ciller.

Il ne put s'empêcher d'éclater de rire, avec l'envie de l'embrasser et de l'étrangler en même temps. Aucune femme ne lui avait jamais fait cet effet.

— Vous êtes une vraie tête de mule, Tyler Wood.

— Vous savez de quoi vous parlez !

— Vous pensez que *moi* je suis têtu ?

— Je pense que vous êtes beaucoup de choses, et entre autres têtu, oui.

Zack rit de plus belle.

— Peut-être que vous devriez monter avec moi pour me dire quelles sont ces autres choses ?

— Non.

— Vous ne pouvez pas m'en vouloir d'avoir essayé ! dit-il en haussant les épaules.

Sa raison lui recommandait de ne pas essayer d'aller plus loin, tant qu'il n'aurait pas percé certains mystères au sujet de Tyler. Mais une autre part de lui-même — celle qui voulait la prendre dans ses bras et l'emmener dans sa chambre d'hôtel — lui criait d'oublier la prudence et de foncer.

— Je ne vous en veux pas, Zack, soupira-t-elle. Mais la soirée a déjà été chargée, d'accord ?

Non, il n'était pas d'accord, mais il voyait bien à son expression et au ton de sa voix qu'il n'avait pas le choix.

— D'accord, dit-il avant de se pencher en avant pour effleurer ses lèvres. Merci pour cette soirée, Tyler, j'ai vraiment passé un bon moment avec vous.

Elle sembla un instant déconcertée, avant de rire à son tour.

— Bonne nuit, Zack.

— Bonne nuit, Tyler. On se voit demain à la même heure ? demanda-t-il en descendant de la voiture.

— Entendu, répondit-elle d'une voix rauque.

Par tous les moyens, il trouverait ce qu'elle cachait, se dit Zack, debout sur le trottoir, en regardant le taxi s'éloigner.

11

— Oh non, ce n'est pas vrai ! gémit Tyler en voyant le journal que Bill Graham venait de jeter sur le bureau devant elle, la mine sombre.

Elle était passée tôt au bureau ce matin pour lire ses e-mails, récupérer ses messages et s'occuper de son courrier avant de prendre le métro pour se rendre à l'hôtel de Zack.

En voyant cette photo, en première page d'un journal concurrent, de Zack et elle en train de monter dans un taxi tandis que Stazy et Jordan leur disaient au revoir d'un geste de la main, sur le seuil de leur maison, elle comprit qu'elle allait devoir changer ses projets.

— Mais comment ont-ils pu ? dit-elle en cachant instinctivement la photo avec sa main, comme si cela pouvait arrêter le cours des choses.

Mais elle était consciente que des centaines, des milliers d'exemplaires du journal avaient déjà été distribués dans tout le pays. Elle pâlit en imaginant les conséquences si cette photo était publiée outre-atlantique. Elle n'avait aucune envie de voir son père débarquer dans sa vie en ce moment !

Elle retira sa main et fixa la photo. Elle était en train de monter dans le taxi, tournant légèrement la tête à l'objectif. Cela permettait-il à quelqu'un de la reconnaître ? Elle était plus mince que six mois plus tôt, ses cheveux étaient plus courts, alors peut-être que…

— En réalité, Tyler, dit Bill d'un ton sarcastique, interrompant le cours de ses pensées, ce qui m'intéresse surtout, c'est de savoir pourquoi ce journal a eu cette photo et pas nous ! Que fabriquait votre petit ami Morgan quand ça s'est passé ?

— Il n'est pas mon petit ami, répondit-elle automatiquement sans quitter la photo des yeux. Vous savez, l'angle de vue laisse penser que le photographe devait être perché sur un mur ou…

— Je me fiche de savoir où il était ! explosa Bill. Ce qui compte, c'est qu'il a pris cette photo et pas nous !

Le gros titre au-dessus de la photo disait : « Zack Prince présente sa mystérieuse inconnue à sa famille. »

Zack allait la tuer !

— Je doute que Stazy et Jordan Hunter soient de cet avis. Ils vont sans doute engager des poursuites pour atteinte à la vie privée.

— Ils seront bien avancés ! Tyler, si vous avez une liaison avec cet homme, pourquoi ne pas… ?

— Je n'ai pas de liaison avec Zack Prince ! le coupa-t-elle vivement.

Bill leva les yeux au ciel.

— Très bien, soupira-t-il. Si vous sortez avec Zack…

— Je ne sors pas avec lui non plus. Bill, vous êtes bien placé pour savoir pourquoi je passe autant de temps avec Zack Prince.

— Pour ce que ça me rapporte ! D'après cette photo, vous êtes trop occupée pour écrire quoi que ce soit d'intéressant sur lui !

Le problème, c'est que plus elle passait du temps avec Zack, moins elle avait envie de sortir un scoop sur lui. Elle ne risquait pas de devenir une grande journaliste ! Peut-être Rufus avait-il raison après tout : elle n'était pas assez dure pour exercer ce métier. Elle devrait peut-être laisser tomber et…

Non, il ne fallait pas qu'elle pense ainsi. Elle *devait* y arriver !

— Ce que j'essaie de dire, Tyler, c'est que si quelque chose se passe entre vous, donnez-nous l'exclusivité, d'accord ?

Souvenez-vous pour qui vous travaillez, ajouta Bill avant de rentrer dans son bureau en claquant la porte.

Tyler resta seule. Elle regarda encore la photo. La reconnaissait-on ? Pas vraiment, à moins de savoir comme Bill qu'elle passait beaucoup de temps avec Zack. Non, cela pouvait être n'importe quelle jeune femme brune aux cheveux courts.

En d'autres circonstances, elle aurait été fière d'être photographiée avec Zack Prince, elle aurait été folle de joie si elle avait vraiment été la « mystérieuse inconnue » dans sa vie.

Mais là, c'était différent. Il s'agissait d'une traque, menée non par un seul journaliste ou un seul photographe, mais par plusieurs d'entre eux. Ce qui signifiait qu'elle devait agir immédiatement. Si Jane Morrow était à l'origine de tout cela, il fallait qu'elle la trouve et qu'elle fasse cesser cette vendetta contre la famille Prince et contre elle-même, avant que cela ne cause du tort à quelqu'un.

— Bonjour, Tyler ! fit une voix joyeuse qui mit fin à sa réflexion.

Elle leva les yeux et vit Perry entrer. Elle fut soulagée de voir qu'il souriait. Elle l'avait évité depuis qu'il lui avait déclaré sa flamme l'autre jour, mais à présent, rien dans son expression ne rappelait ce qui s'était passé. Elle aimait bien Perry, il était son seul ami en Angleterre, et elle ne voulait pas passer son temps à l'éviter.

— Bonjour, Perry, répondit-elle avec chaleur tout en cachant discrètement le journal. Je crois que Bill te cherche.

Perry jeta un œil en direction du bureau du rédacteur en chef.

— J'ai de quoi m'inquiéter ou pas ? demanda-t-il en s'asseyant sur un coin du bureau, aussi séduisant que d'habitude dans son jean et son T-shirt.

Mais pourquoi n'était-elle pas tombée amoureuse de Perry, lui qui était si gentil ? Pourquoi n'était-elle pas tombée amoureuse de n'importe qui plutôt que de Zack Prince ?

Parce que c'était Zack qu'elle aimait, et elle savait à présent qu'elle l'aimerait toujours.

— Je ne sais pas, répondit-elle finalement en haussant les épaules. Je suis désolée, il faut que j'y aille maintenant. J'ai un rendez-vous.

— Encore avec Zack Prince ? demanda Perry en fronçant les sourcils.

— C'est bien ma chance ! dit-elle d'un ton qu'elle voulait léger.

— Ça te dirait qu'on déjeune ensemble tout à l'heure ? demanda-t-il en se levant à son tour.

— Je ne suis pas sûre, Perry. Je t'appellerai, d'accord ? répondit-elle avec un sourire.

Toutefois, elle fit en sorte que son sourire ne soit pas trop encourageant. Elle ne voulait pas qu'il se fasse de fausses idées, une fois de plus. Elle n'avait pourtant pas eu de comportement équivoque avec lui. Mais même Zack et Bill semblaient tous les deux croire qu'il était son petit ami !

Ils ne retrouveraient peut-être jamais l'amitié insouciante qu'ils partageaient auparavant, mais il serait agréable qu'ils puissent au moins se parler sans éprouver de l'embarras.

— A tout à l'heure, peut-être ! dit-elle en partant.

Elle était en retard, elle n'aurait donc pas le temps de voir Jane Morrow avant d'aller à l'hôtel de Zack. Mais elle s'en occuperait dès que possible ; il fallait que ce harcèlement cesse avant que la situation ne devienne incontrôlable.

Avec cette photo publiée dans le journal, elle était terrifiée à l'idée d'affronter Zack ce matin. Inutile d'espérer qu'il ne l'ait pas vue. Et même si c'était le cas, elle devrait le lui dire.

Il avait vu la photo…

Un regard suffit à Tyler pour le comprendre. Mais elle fut quelque peu surprise par la première phrase de Zack.

— Je suis vraiment désolé de vous avoir entraînée là-dedans, Tyler.

— Je… Vous êtes désolé ?

— Oui, on dirait que quelqu'un se joue de nous. Et je n'aime pas ça.

En venant, Tyler avait juste eu le temps d'appeler l'éditeur James Stephens, le dernier employeur de Jane Morrow. Mais il avait refusé de parler de cette dernière. Sa secrétaire, plus loquace, avait dit à Tyler que Jane devait à présent travailler comme agent littéraire. Elle n'avait pas encore eu le temps de suivre cette piste, mais elle le ferait dès qu'elle aurait quitté Zack.

En attendant, la réaction de ce dernier était pour le moins surprenante.

— Peut-être qu'un photographe se trouvait là par hasard ? dit-elle en entrant dans la suite.

— Non, je ne crois pas, murmura Zack en refermant la porte. Ce n'est pas la première fois cette semaine.

— Alors c'est peut-être à cause de la première de samedi ? Après tout, cela va sûrement exciter l'intérêt de la presse. A propos de samedi… j'espère que vous avez trouvé quelqu'un d'autre pour vous accompagner ?

— Pourquoi chercherais-je quelqu'un d'autre ?

Parce qu'il y avait ce quelque chose entre eux qui n'aurait pas dû être, pensa-t-elle. Une espèce de frisson qui la traversait chaque fois qu'elle se retrouvait près de lui et qui mettait tous ses sens en alerte. Comme c'était le cas en ce moment.

Elle aimait cet homme. Elle aimait tout en lui. La façon dont ses cheveux blonds tombaient insolemment sur son front, ses traits si expressifs, son élégance, même dans un T-shirt délavé et un jean usé qui soulignait les contours musclés de sa taille et de ses hanches…

Elle poussa un soupir pensif avant de lui répondre.

— Ce n'est vraiment pas mon truc, Zack.

Encore un mensonge de sa part, songea-t-elle avec amertume. Avant de devenir Tyler Wood en Angleterre, elle avait assisté à de nombreuses premières de films, ainsi qu'à des bals et des dîners de charité. En Amérique, elle aurait pu assister à la première de *Gunslinger* sans attirer l'attention.

Sa présence aurait juste été mentionnée, comme d'habitude. En tant que Tyler Harwood, elle aurait été attendue à ce genre d'événements.

Mais qu'aurait pensé Zack ? Il l'aurait considérée comme une jeune femme vaine et superficielle. Aurait-il apprécié Tyler Harwood ? Elle en doutait. Tout comme elle savait qu'il n'apprécierait pas non plus Tyler Wood quand elle aurait écrit un article à scandale sur lui...

Tout cela était vraiment déprimant.

— Tyler ? fit Zack avec un regard interrogateur. Tyler, vous pleurez ?

Elle ne s'en était même pas rendu compte. Si quelqu'un d'autre lui avait posé la question, elle aurait simplement répondu par un « non » un peu hautain. Mais le fait que ce soit Zack ne fit qu'augmenter ses larmes, qui se mirent à couler abondamment sur ses joues. Impossible de nier !

— Bon sang, mais oui, vous pleurez ! maugréa-t-il en l'attirant dans ses bras et en passant une main réconfortante dans son dos.

Tyler, dont les nerfs étaient déjà à vif, sentit toutes ses défenses céder au contact de Zack. Ses genoux ne semblèrent soudain plus la porter. Instinctivement, elle s'accrocha à ses épaules.

— Si vous ne voulez vraiment pas aller à la première, vous n'êtes pas obligée ! murmura-t-il en se redressant un peu pour cueillir son visage baigné de larmes entre ses mains.

Il embrassa ses paupières humides.

— Je déteste vous voir pleurer, même si cela vous rend encore plus belle.

Tyler sourit entre deux sanglots.

— Vous êtes bien le premier homme que je rencontre qui trouve les yeux rouges jolis !

— A vous, cela vous va bien. Mais j'espère que peu d'hommes vous ont fait pleurer.

— Vous préférez être le seul à avoir ce privilège ? plaisanta-t-elle.

Elle avait l'impression d'être seule au monde avec lui, comme si tout le reste, le passé, le présent, l'avenir, avaient disparu.

— Je ne veux pas vous faire pleurer, Tyler. Cela ne figure pas sur la liste des choses que je veux vous faire.

Le cœur de Tyler sembla cesser de battre pendant quelques secondes.

— Une liste ? articula-t-elle.

— Oui, en effet. Et le trop chaste baiser d'hier n'y figure pas non plus !

Dire que Tyler était restée éveillée pendant des heures dans son lit, après ce baiser, à en savourer l'empreinte sur ses lèvres !

Etait-ce parce qu'elle savait que son temps avec Zack était compté ? Parce qu'elle savait qu'une fois qu'elle aurait trouvé son talon d'Achille et qu'elle l'aurait révélé dans un article, il ne voudrait plus jamais la revoir ?

Elle aurait pu accepter, rien qu'un instant, ce que Zack venait de lui proposer. Mais quand il apprendrait la vérité sur elle, il la haïrait.

Et elle ne voulait pas cela. Non, elle ne le supporterait pas.

— J'ai une liste, moi aussi, dit-elle en s'éloignant d'un pas pour ne plus voir ses yeux d'un bleu plus profond que jamais.

Elle fouilla dans une des poches de son pantalon et en sortit son carnet qu'elle lui tendit, en tentant d'ignorer la déception qu'elle lisait dans son regard.

Elle avait déjà commis suffisamment d'erreurs dans sa vie sans y ajouter une aventure avec Zack. Il était trop tard pour éviter de tomber amoureuse de lui, mais il était hors de question pour elle de débuter une véritable relation avec lui.

Même si tout son corps lui criait l'envie d'être dans ses bras, dans son lit, en faisant fi des conséquences !

Zack baissa les yeux sur le carnet, mettant plus de temps qu'à l'accoutumée pour remettre dans l'ordre les lettres entremêlées. Quand il eut déchiffré la première ligne, il comprit qu'il s'agissait de la liste de questions dont Tyler avait parlé.

Mais comment en étaient-ils arrivés là, alors qu'il lui parlait de sa beauté et de tout ce qu'il avait envie de lui faire ?

— Je sais que ça doit paraître un peu décourageant, dit-elle avec une voix faussement enjouée. Mais si nous les lisons une par une, je suis sûre que…

— Tyler, ne me parlez pas comme si j'avais six ans ! dit-il en refermant le carnet dans un claquement, avant de le jeter sur la table basse. Où sont passées vos larmes ? Il y a un instant, vous étiez dans mes bras parce que vous étiez bouleversée, et maintenant vous… vous êtes de nouveau en train de travailler !

Zack serra les dents. Elle était peut-être capable de maîtriser ses émotions, mais pas lui. Son corps était toujours tendu par le désir, elle avait dû s'en apercevoir.

Pourquoi l'avait-elle ainsi repoussé ? Etait-elle en train de jouer avec lui ? Bon sang, il avait trente-six ans, il ne jouait plus à ces jeux-là !

— Je pense que cela vaut mieux, vous ne croyez pas ?

Mieux pour qui ? Pour lui ? Il n'appréciait pas du tout la façon dont elle soufflait le chaud et le froid avec lui.

Tyler était attirée par lui, il avait suffisamment d'expérience pour en être certain. Alors, qu'est-ce qui l'arrêtait ? Un autre homme ? Elle lui avait dit qu'elle ne sortait pas avec Perry Morgan, qu'elle vivait seule, mais cela ne voulait pas dire que personne ne l'attendait aux Etats-Unis…

C'était la seule explication possible. Mais il avait beau admirer la volonté avec laquelle elle résistait à l'attraction qui régnait entre eux, il lui paraissait évident qu'elle n'était pas comblée par sa relation avec cet autre homme.

— Tyler…

— Zack, il vaut mieux que vous n'alliez pas plus loin, parce que je ne veux pas avoir une aventure avec vous ! coupa-t-elle fermement en mettant une main en avant pour l'empêcher d'avancer vers elle.

Il se figea, les yeux brillants de colère.

— Il serait plus poli d'attendre qu'on vous l'ait proposé, rétorqua-t-il d'une voix cinglante.

Il eut un pincement au cœur en la voyant encaisser le coup, mais il avait besoin de la faire souffrir.

Parce qu'il appréciait Tyler. Bien plus que cela, même. Il n'avait jamais ressenti cela auparavant. Il n'avait jamais eu envie d'embrasser une femme et de la protéger en même temps. Il se levait désormais le matin avec le sourire aux lèvres, parce qu'il savait que quelques heures plus tard, il la verrait.

Il avait passé presque toute la journée de la veille à essayer d'en savoir plus sur elle, en vain. Mais aujourd'hui, il réalisait que cela n'avait plus d'importance, que ce qui comptait, c'était d'être avec elle.

Il était amoureux de Tyler !

Ce sentiment était totalement nouveau pour lui. Certes, il avait bien eu le béguin pour des filles quand il était au lycée, et il avait apprécié la compagnie des femmes avec qui il avait eu des relations ces dernières années, mais il n'avait jamais ressenti cela. Oui, le fait de savoir qu'il allait la voir suffisait à le rendre heureux.

Hélas, elle ne ressentait pas la même chose. Lui n'aurait jamais pu la repousser comme elle venait de le faire. Et pourtant, malgré tout, il avait toujours envie de la prendre dans ses bras et de lui faire l'amour.

— Je suis désolée, dit-elle en évitant son regard. Vous avez raison, je n'aurais pas dû supposer que… Peut-être ferais-je mieux de m'en aller ? Je doute que vous ayez envie de continuer l'interview après… ça.

« Ça » ? C'est tout ce que cela représentait pour elle ? Il venait de se rendre compte qu'il était amoureux, pour la première fois de sa vie, et elle en parlait comme si ce qui venait de se passer n'était qu'un détail désagréable qu'elle était pressée d'oublier !

Tyler ne partageait pas ses sentiments, se dit-il en sentant une douleur aiguë lui vriller le cœur. L'ironie de la situation ne lui échappait pas. Lui, l'éternel célibataire, celui que la presse appelait « le Prince insaisissable », « le Prince des Prince »... il tombait enfin amoureux, il n'avait plus envie d'être insaisissable, ni même célibataire, et la femme qu'il aimait ne partageait pas ses sentiments. Il aurait pu en rire, si cela ne faisait pas aussi mal.

— Vous avez raison, je n'ai pas envie de poursuivre cette interview, lâcha-t-il d'un ton mordant en lui tournant le dos.

Tyler semblait très mal à l'aise.

— Euh... Est-ce que je reviens demain, alors ?

Demain ? Les choses auraient-elles changé ? Ne serait-il plus amoureux de Tyler ? Aurait-elle découvert qu'elle l'aimait, finalement ? Rien de tout cela ne risquait de se produire, songea-t-il avec amertume.

— Je vous appellerai au journal, plus tard.

— Bien, dit-elle d'une voix tremblante. Je... J'ai pas mal de choses à faire aujourd'hui, de toute façon.

Zack ne put s'empêcher de se demander quelles étaient ces choses, et surtout, avec qui elle allait les faire... C'était insupportable. Zack Prince, l'homme qui ne s'impliquait jamais sérieusement dans une relation, était amoureux d'une femme qui refusait de lui donner son numéro de portable ou toute autre indication sur sa vie privée. Elle savait tout de lui, et lui...

Le téléphone sonna. Il remercia intérieurement la personne qui les interrompait, et vit que Tyler était également soulagée.

— Restez où vous êtes, ordonna-t-il avant de décrocher. Max ? Mais il est plus de minuit à Los Angeles !

— La nuit ne fait que commencer ! Et puis, tu m'avais demandé de t'appeler dès que je trouverais des infos sur cette Tyler Wood.

— Dis-moi, fit Zack en regardant Tyler qui s'était éloignée vers la fenêtre et ne semblait pas prêter attention à la conversation.

Il écouta Max en silence pendant plusieurs minutes.

— Je te revaudrai ça, Max, dit-il enfin. Mais je dois te laisser…

— La blonde Tyler ne serait pas là, par hasard ?

— Si, en effet. Mais elle est brune, pas blonde.

— Jolie ?

— Oh, oui !

— Bon, alors je te laisse, fit Max en riant avant de raccrocher.

Zack reposa lentement le combiné avant de poser les yeux sur Tyler, qui venait de se tourner vers lui. Un lourd silence s'installa entre eux.

— Qu'y a-t-il ? demanda-t-elle enfin, le menton relevé, comme par défi.

— C'était un de mes amis de Los Angeles. Il semblerait que Tyler Wood n'ait jamais écrit d'article sur Gerald Knight, dans aucun journal américain.

Il la regarda pâlir.

— Vous m'avez menti, Tyler.

12

Tyler regardait Zack, incapable de parler, ni même de penser.

— Vous avez enquêté sur moi ? finit-elle par articuler.

Elle avait eu des soupçons la veille, mais rien ne l'avait préparée à cela. Cela l'avait bien avancée de demander à Gerald de ne rien dire ! Zack avait fait vérifier ce qu'elle lui avait dit par quelqu'un aux Etats-Unis. S'il avait fait cela, jusqu'où était-il capable d'aller ? Cette visite à Bill Graham… avaient-ils parlé d'elle ?

— Ne faites pas semblant de vous indigner, Tyler.

— Je ne fais pas semblant ! répondit-elle vivement.

Elle voyait rouge à présent. Comment ce Max avait-il obtenu ces informations sur elle ? A qui avait-il parlé ? Parce que s'il avait parlé à… Non, elle ne voulait même pas y penser. Et puis, Rufus était à New York, pas à Los Angeles, il était donc peu probable qu'il ait entendu parler de l'enquête de Max. Et même si c'était le cas, il n'aurait pas forcément fait le lien entre elle et Tyler Wood.

Enfin, elle pouvait toujours essayer de s'en convaincre. Rufus possédait des tentacules partout dans le monde des médias, il n'aurait pas de mal à deviner que Tyler Wood et Tyler Harwood ne faisait qu'une.

— Vous n'aviez absolument aucun droit de fouiller dans ma vie privée…

— Votre vie *professionnelle*, Tyler, corrigea-t-il. Vu les

circonstances, j'avais parfaitement le droit de me poser des questions. Et j'attends toujours une réponse.

— Vous pouvez toujours attendre, parce que je n'ai pas l'intention de vous dire quoi que ce soit. En fait, je crois qu'il vaut mieux que nous mettions fin à cette interview dès maintenant.

Elle savait que cette décision était suicidaire pour sa carrière au *Daily Informer*, Bill Graham avait été suffisamment clair là-dessus. Mais elle préférait encore se faire renvoyer plutôt que de laisser Zack continuer à fouiller dans son passé. En arrêtant là leurs entretiens, elle comptait le dissuader de poser d'autres questions sur elle.

L'ironie de la situation, c'est qu'en posant les bonnes questions à sa sœur Stazy, il aurait pu tout savoir sur elle.

— Vous fuyez, Tyler ? railla-t-il.

Oui, et aussi loin que ses jambes pourraient la porter ! Mais où pourrait-elle aller ? En France ? Elle avait des notions de français, mais pas suffisamment pour y vivre et y travailler. En Allemagne ? Non plus. En fait, c'était le même problème pour tous les pays d'Europe. Au Canada, peut-être ? On y parlait anglais… ce serait peut-être une solution…

— Tyler ?

La voix de Zack la tira brusquement de ses pensées.

— Vous semblez connaître toutes les réponses, Zack.

Elle était tellement en colère qu'une moitié d'elle avait envie de hurler. Mais l'autre moitié avait envie de fondre en larmes de nouveau.

Elle avait su que Zack lui attirerait des ennuis dès l'instant où elle l'avait rencontré. Mais elle n'aurait pas imaginé que, non content de lui briser le cœur, il détruirait également sa carrière. Bill Graham n'aurait d'autre choix que de la renvoyer pour son incompétence, et elle n'était pas certaine de ne pas le mériter.

Elle était venue en Angleterre pour faire ses preuves, mais elle n'avait rien trouvé de mieux à faire que de laisser passer le scoop du siècle sur Nick Prince, et de tomber amoureuse de son frère Zack. Après tout, ce n'était peut-être pas une bonne idée de la laisser se débrouiller toute seule !

— Vous n'avez aucune raison de me fuir.

— Oh, si ! Pourquoi vous ne laissez pas tomber, Zack ? demanda-t-elle d'une voix brisée qui trahissait sa détresse.

— Que se passe-t-il, Tyler ? Qui fuyez-vous ?

Elle ne pouvait pas le lui dire. S'il lui restait une infime chance de faire ses preuves en tant que journaliste, elle y arriverait, avec ou sans Zack.

— Aujourd'hui ? Vous. Mais demain ce sera peut-être quelqu'un d'autre.

— Je ne vous crois pas. Vous n'êtes pas une femme qui s'enfuit. Vous foncez, vous ne vous échappez pas.

C'était ce qu'elle s'était dit quand elle avait quitté New York, mais peut-être s'était-elle aussi trompée là-dessus ? Peut-être avait-elle fui pendant tout ce temps ?

La vérité, c'est qu'elle aurait pu se trouver un appartement à New York, ainsi qu'un travail — peut-être pas dans le journalisme, car l'influence de Rufus s'étendait sur tous les médias de la ville — mais elle aurait pu trouver autre chose, et montrer qu'elle pouvait être indépendante.

Mais elle ne savait plus que penser à présent. Tomber amoureuse de Zack, l'entendre s'adresser à elle de cette façon, avait ébranlé toute sa confiance en elle-même et en ce qu'elle faisait.

— Zack, vous ne me connaissez pas. Vous croyez peut-être, avec cet appel de votre ami, que vous en savez plus sur moi qu'hier soir. Mais vous ne me connaissez vraiment pas.

Elle n'était d'ailleurs plus certaine de se connaître elle-même.

Elle avait besoin d'aller quelque part, un endroit calme, sans stress, pour découvrir le vrai sens de sa vie.

— Mais bon sang, vous ne voyez pas que j'essaie justement de vous connaître ?

— Quand vous penserez me connaître, appelez-moi, d'accord ? Ça pourrait m'intéresser !

— Tyler, est-ce que vous réagissez comme ça uniquement à cause de ce coup de téléphone ?

— Pas vraiment, non, soupira-t-elle. Mais nous pourrions peut-être oublier cette histoire d'interview. Je vais faire ce que je peux pour que cessent les atteintes à votre vie privée de ces derniers jours…

— Vous savez qui c'est ?

— Oui, je crois. Mais ne vous inquiétez pas, je m'en occupe.

— Vous… ? Tyler, donnez-moi un nom et je m'en occuperai moi-même.

Elle soutint son regard sans ciller. Elle ne voulait toujours pas citer le nom de Jane Morrow. S'il apprenait que Tyler était encore en contact avec elle, Zack en conclurait automatiquement qu'elles manigançaient quelque chose toutes les deux pour faire une fois de plus du tort à sa famille.

— Non, dit-elle en secouant la tête.

Elle se détourna pour qu'il ne voie pas les larmes qui commençaient à emplir ses yeux.

— Si vous voulez bien m'excuser, je crois que je vais y aller maintenant…

— Juste comme ça ? demanda-t-il en la saisissant par le bras. Tyler, mais que se passe-t-il ? Il y a trois jours, vous étiez prête à tout pour cette interview, et maintenant vous préférez vous en aller ? Je ne comprends pas.

Lundi matin, en effet, avant de le rencontrer, elle était déterminée à décrocher un scoop, à faire ses preuves à tout prix. A présent, elle ne savait plus ce qu'elle voulait, sauf qu'elle ne voulait pas faire de mal à Zack. Et elle ne voulait pas non plus que quiconque lui en fasse.

— Ça ne fonctionne pas comme je l'espérais, dit-elle en haussant les épaules.

En effet, malgré son béguin de lycéenne pour Zack, elle n'avait pas prévu de tomber amoureuse de lui.

— Mais qu'attendiez-vous au juste ?

Après ce qu'elle avait lu sur lui, sa vie de rêve, les femmes avec qui il sortait, elle avait cru que Zack allait détruire toutes ses illusions de jeunesse en se révélant être une star arrogante et capricieuse. Mais ce qu'elle avait découvert était tout autre…

— Laissez-moi deviner : plus de faste et de glamour, c'est ça ? demanda Zack avec cynisme. Ce n'est pas ce que je suis, Tyler, c'est ce que les gens comme vous font de moi.

« Les gens comme vous »… Elle n'était pourtant pas comme ces journalistes prêts à tout pour obtenir un scoop, c'était bien là le problème. Elle avait au moins découvert cela pendant cette semaine.

Si elle voulait partir dignement, elle devait partir tout de suite, avant de passer pour une idiote en éclatant en sanglots encore une fois.

— Malheureusement, dit-elle avec un sourire triste, le faste et le glamour sont ce que les lecteurs du *Daily Informer* aiment lire le dimanche matin en prenant leur petit déjeuner. Vous n'êtes simplement pas à la hauteur de votre réputation.

Cela lui fit mal de prononcer ces paroles, et vu l'expression de Zack, il n'avait pas apprécié non plus.

— Je peux vous dire franchement que vous non plus.

Seigneur, il fallait vraiment qu'elle s'en aille, avant que cette conversation ne tourne à l'échange d'insultes.

— Alors j'imagine que nous sommes tous les deux déçus, n'est-ce pas ? fit-elle en feignant l'indifférence.

— En effet, répondit-il durement.

— Je ferais bien d'y aller, alors, murmura-t-elle.

— Oui, vous feriez mieux, confirma-t-il d'un ton glacial, avant de se détourner.

Tyler regarda une dernière fois la silhouette qui lui tournait le dos impitoyablement, sachant qu'elle venait non seulement de mettre fin à cette interview, mais aussi à sa carrière de journaliste. Avant qu'elle ait même débuté, d'ailleurs.

Elle sortit de la chambre d'hôtel, sans savoir où elle irait ni ce qu'elle ferait désormais…

— Pourquoi fais-tu cette tête d'enterrement, Zack ? demanda Rick en entrant dans la cuisine de Stazy.

Zack quitta des yeux la tasse vide qu'il fixait depuis un moment.

— Quand es-tu rentré de France ? demanda-t-il.

— Moi aussi, je suis content de te revoir ! Et je suis rentré depuis quelques heures, si ça t'intéresse vraiment, ce dont je doute, ajouta Rick en s'asseyant à la table de la cuisine.

— Stazy ne m'avait pas dit que tu rentrais. Mais je suis content de te voir, répondit Zack en essayant de sourire.

Il n'était pas étonné que Stazy ne l'ait pas prévenu du retour de leur frère : elle avait dû voir qu'il était d'une humeur massacrante.

Sa chambre d'hôtel lui avait soudain semblé trop petite et oppressante après le départ de Tyler. N'ayant rien d'autre à faire, il était passé voir Stazy. En ce moment, elle était en train de donner un bain à son bébé, Sam.

— C'était comment, Paris ? demanda-t-il pour dire quelque chose.

— Toujours aussi beau et inspirant, répondit Rick avec un sourire épanoui. J'étais tellement bien parti avec ce nouveau scénario que je n'avais plus envie de rentrer.

Zack savait que Rick travaillait toujours mieux à Paris, et qu'il adorait cette ville. C'est pourquoi il s'y rendait chaque fois qu'il commençait un nouveau scénario.

— Dans ce cas, pourquoi n'es-tu pas resté ? demanda Zack en jouant avec une petite cuillère.

Où était Tyler en ce moment ? Avait-elle pensé à lui après avoir quitté l'hôtel ? Ou était-elle déjà à la recherche d'une exclusivité avec une autre star ? Quelqu'un de plus coopérant que lui, certainement !

Comment sa vie de célibataire, dont il avait tellement profité, pouvait-elle lui sembler si vide et absurde à présent ? Même la perspective du nouveau tournage qu'il devait commencer la semaine suivante le laissait indifférent.

— Qu'y a-t-il ? demanda-t-il en voyant que Rick le regardait avec insistance.

— La première de *Gunslinger*, samedi. C'est pour ça que je suis revenu. Je suis le scénariste, tu te souviens ?

— Ah oui, bien sûr, dit-il avec une grimace désolée.

Comment avait-il pu oublier que Rick avait écrit le scénario de son dernier film ? Hélas, il connaissait la réponse : c'était parce que Tyler occupait toutes ses pensées !

— Qu'est-ce qui ne va pas, Zack ?

Il se raidit aussitôt.

— Qu'est-ce qui te fait penser que ça ne va pas ?

— Allons, Zack, je suis ton frère. Je vois bien que ça ne va pas. Ta bonne humeur habituelle a disparu. En fait, je dirais même que… Attends, ça n'aurait pas un rapport avec ta « mystérieuse inconnue » ? Oui, c'est bien ça ! Qui est-ce, Zack ? Je la connais ?

— Laisse tomber, Rick, grommela Zack.

— Laisser tomber quoi ? demanda Stazy en revenant dans la cuisine, son bébé dans les bras.

— J'interrogeais Zack sur sa « mystérieuse inconnue ».

— Tyler ? demanda Stazy en posant Sam dans son berceau avant de se servir une tasse de café. Et alors ?

Etait-cc un cffet dc l'imagination de Zack, ou bien Stazy semblait-elle mal à l'aise ?

— Je crois que Zack est amoureux, annonça Rick en dévisageant son frère avec étonnement.

Toute la famille était au courant de la réticence de Zack à s'engager avec quelqu'un.

Mais il ne s'agissait pas vraiment d'une réticence, il n'avait simplement jamais rencontré la bonne personne. Avant Tyler…

— Amoureux ? De Tyler ? s'exclama sa sœur. Vous aviez l'air de… de bien vous entendre, hier soir, mais elle m'a affirmé que… Zack, ce n'est pas une bonne idée de t'engager avec Tyler. Je… Tu… Elle n'est pas celle que tu crois.

Zack observait sa sœur en plissant les yeux. Stazy semblait

très anxieuse. Et si cela concernait Tyler, il fallait qu'il sache de quoi il s'agissait.

— Qui est-elle, alors ?

— Je… Elle… Je lui ai promis de ne pas en parler, sauf si je pensais que cela pouvait te faire du tort d'une manière ou d'une autre.

Zack se leva soudain, incrédule.

— Stazy, je suis ton frère, bon sang ! Et tu gardes les secrets d'une femme que tu n'as rencontrée qu'une seule fois ?

Il avait haussé la voix au fur et à mesure qu'il parlait, sans reprendre son souffle, et avait littéralement hurlé les derniers mots. Or il ne criait jamais, et Stazy le savait.

— Ça ne s'est pas passé comme ça, se défendit-elle. Tu m'avais dit… Vous aviez dit que… Zack, est-ce que Rick dit la vérité ? Es-tu amoureux de Tyler ?

Il serra les mâchoires.

— Et si c'était le cas ? demanda-t-il entre ses dents.

— Oh, Zack, non ! gémit-elle. J'ai su qui elle était dès que je l'ai vue. Et elle n'a pas nié quand je l'ai interrogée à l'étage.

— Eh, ne pleure pas, Stazy, dit Rick en se levant pour aller vers elle.

C'était le comble ! Zack avait réussi à faire pleurer les deux femmes auxquelles il tenait le plus dans la même journée !

— Tu ne pouvais pas savoir, Stazy, dit-il pour essayer de la réconforter. Je ne m'étais pas rendu compte de mes sentiments avant ce matin. Mais si j'ai bien compris, tu dis que Tyler n'est pas vraiment Tyler ?

13

— Vous comprendrez donc, Tyler, que si je vous ai abordée l'autre soir, c'était pour vous remercier, conclut gaiement Jane Morrow.

Tyler dévisageait la jeune femme avec incrédulité. Fidèle à sa promesse faite à Zack, elle avait fini par retrouver la trace de Jane Morrow dans l'agence littéraire pour laquelle elle travaillait à présent. Elles étaient allées dans un café près de son bureau pour discuter plus tranquillement.

— Vous n'êtes pas fâchée ? Vous ne m'en voulez pas ? Vous n'avez pas envie de vous venger ?

— Grands dieux, non ! s'exclama Jane Morrow en riant. Evidemment, je suis passée par ces sentiments. Mais j'adore ce que je fais maintenant, et si on ne m'avait pas poussée à changer de travail, je ne l'aurais sans doute jamais fait. Et puis...

Elle rougit un peu.

— ... il y a aussi un homme dans mon bureau qui... Bref, ma vie s'est complètement transformée, je vous assure. C'est pour ça que je voulais vous remercier quand je vous ai aperçue devant le O'Malley's, mardi.

Cela signifiait donc que ce n'était pas elle qui avait informé David Miller qu'elle avait vu Tyler et Zack ensemble, et qu'elle n'était pas non plus responsable pour les photos.

Qui était-ce, alors ? Tyler était perplexe. Mais maintenant qu'elle était sortie de la vie de Zack, le harcèlement allait peut-être cesser ? Zack… Le simple fait de penser à lui la bouleversait.

Depuis qu'elle avait quitté l'hôtel quelques heures plus tôt, elle avait failli faire demi-tour deux fois pour s'excuser de ce qu'elle avait dit et lui avouer qu'elle était prête à avoir une aventure avec lui, aussi brève fût-elle.

Mais comme Zack le lui avait fait remarquer, il ne le lui avait pas proposé…

Elle ne pouvait pas y retourner. Et après tout ce qu'elle lui avait dit de délibérément offensant, elle ne pouvait pas non plus lui demander de reprendre l'interview.

D'ailleurs, elle n'en avait pas envie. Elle avait pris conscience ce matin qu'elle ne pouvait pas le faire, qu'elle n'était pas faite pour déterrer les secrets des gens et les révéler au public. Elle n'était pas faite pour ce métier.

Les journaux américains parlaient souvent de Tyler Harwood, certes. Mais, sans doute grâce à l'influence de Rufus, il n'y avait jamais eu un seul article à scandale ou diffamatoire. Ces derniers jours, elle avait vu ce que cela pouvait donner.

Elle ne savait pas encore ce qu'elle allait faire, rester en Angleterre ou retourner aux Etats-Unis, mais elle en avait fini avec le *Daily Informer*.

Quand Zack entra dans la salle de rédaction du journal, une heure plus tard, Tyler était en train de ranger ses affaires personnelles dans un carton.

Livide, elle le regarda traverser la pièce à grands pas, son regard pénétrant rivé sur elle.

Que faisait-il ici ? Elle avait cru ne jamais le revoir, sauf sur un écran de cinéma. Et pourtant, trois heures après leur séparation, il était là.

Mais peut-être n'était-il pas venu la voir, elle ? La dernière fois, il était venu voir Bill Graham, alors…

— Tyler Harwood, c'est bien ça ? lança-t-il d'un ton hargneux en fondant sur elle.

Tyler crut défaillir. Il savait ? Comment ? Sa sœur avait dû le lui dire…

Zack la regardait froidement, avec un mépris évident.

— J'ignore à quel jeu vous avez joué avec moi, mademoiselle Harwood…

— Tyler, corrigea-t-elle. Stazy ne vous a-t-elle pas expliqué que… ?

— Visiblement, ma sœur pense qu'il y a des choses que vous devriez me dire vous-même.

Il était furieux et Tyler savait qu'il en avait le droit. Mais Stazy n'y était pour rien, elle ne méritait pas qu'il soit en colère contre elle.

— C'est moi qui lui ai demandé de m'aider, répliqua Tyler. Elle m'a assuré qu'elle ne dirait rien tant que cela ne vous causerait pas de tort.

— Les rumeurs infondées et les photos, vous ne considérez pas que cela m'a fait du tort ?

Il ne la croyait tout de même pas responsable de cela ? Mais que pouvait-elle lui dire pour le convaincre du contraire ? Jane Morrow était à présent hors de cause, et Tyler ne savait pas qui d'autre soupçonner.

— Pas étonnant que le coup de fil de Max vous ait mise dans tous vos états ! reprit-il. Craigniez-vous qu'il révèle votre véritable identité ?

— Pas vraiment, non, répondit-elle ave un calme feint. Je ne me rends pas souvent à Los Angeles.

— Pas assez de faste et de glamour pour une riche héritière de New York comme vous ?

Leur conversation de plus en plus orageuse commençait à attirer l'attention. Tout le monde dans la salle de rédaction s'était tu à l'arrivée de Zack.

Bill Graham sortit de son bureau pour voir ce qui se passait.

— Deux fois en une semaine, Zack ? Faites attention, ou je vais croire que vous avez un faible pour mes journalistes !

— Je ne vois ici personne qui mérite cette appellation, répliqua Zack en lançant un regard glacial au rédacteur en chef.

Il y eut un murmure dans la salle. Une certaine hostilité planait dans l'air.

Tyler se sentait coupable. Tout était de sa faute à elle, mais Zack venait d'insulter tous ses collègues.

— Pourquoi ne venez-vous pas dans mon bureau, Zack ? Nous pourrons y discuter, proposa Bill avec bonhomie. Tyler peut se joindre à nous si elle veut.

Zack ne bougeait pas.

— Si cela ne vous dérange pas, Bill, j'ai des choses à faire. Mais allez-y, Zack, dit-elle en espérant pouvoir ainsi s'échapper.

Zack lui lança un dernier regard avant de se tourner vers Bill Graham.

— Pourquoi pas ? répondit-il finalement en le rejoignant dans son bureau, sans accorder plus d'attention à Tyler.

— Mais qu'est-ce que vous fabriquez, Zack ? demanda Bill en fermant la porte de son bureau avant d'aller s'asseoir.

Zack ne répondit pas, préférant faire les cent pas dans la pièce exiguë. Après son échange avec Tyler, il se sentait comme un tigre en cage.

Pour être honnête, lui-même n'était pas bien sûr de ce qu'il faisait là, si ce n'est qu'il avait eu besoin, après avoir parlé à Stazy, de faire savoir à Tyler que le jeu était terminé.

Tyler Harwood, la richissime héritière, la princesse de la mode… La liste des surnoms que les médias lui avaient donnés était infinie.

Il aurait sans doute dû deviner que quelque chose sonnait faux chez Tyler Wood : son amitié avec Gerald Knight et sa robe Vera Wang ne correspondaient pas à la journaliste débutante qu'elle était censée être. Il avait senti qu'elle avait quelque chose de différent, mais il ne savait pas à quel point !

Mais pourquoi se sentait-il aussi furieux ? Parce qu'elle

lui avait menti ? Parce qu'elle lui avait caché une partie de la vérité sur elle ?

Etait-elle toujours la femme dont il était tombé amoureux ? Il ne savait plus.

— Si je ne m'abuse, vous étiez en train de passer un savon à Tyler.

— J'ai envie de l'étrangler !

— Oh, je crois que vous l'avez suffisamment secouée comme ça, sans avoir besoin d'en venir aux mains !

— Elle s'est moquée de moi ! Et de vous, aussi. Savez-vous qui elle est réellement ?

— Je sais exactement qui elle est, Zack. Je l'ai toujours su.

Zack cessa d'aller et venir pour regarder Bill Graham. Il savait !

— Asseyez-vous, Zack, soupira Bill. S'il vous plaît. Maintenant, mettons les choses au clair. Il est évident que je sais qui est Tyler. Je l'ai embauchée pour rendre service à un ami. Mais vous savez, elle m'a étonné. Elle est douée, Zack. Peut-être pas comme journaliste dans un journal à scandale, mais son style est excellent. Il y a trente ans, quand nous faisions vraiment de l'information, et non des pseudo reportages sur les aventures des stars, Tyler aurait été une grande journaliste. Pour parler franchement, elle écrit trop bien pour gâcher son talent dans un journal comme celui-ci. En plus, elle a une conscience.

Zack ne voulait pas l'entendre, ni savoir qu'elle écrivait bien : il était trop furieux contre elle.

— Vous avez dit que vous avez embauché Tyler pour rendre service à un ami ?

— En effet. Le père de Tyler, Rufus Harwood, est un très vieil ami. Je lui dois beaucoup. Il m'a appelé et m'a expliqué que Tyler était à Londres, à la recherche d'un travail. Alors je l'ai prise.

Zack avait entendu parler de Rufus Harwood, le grand magnat des médias. Il possédait plusieurs chaînes de télévision aux Etats-Unis, des stations de radio, ainsi que de nombreux journaux.

— Mais comment pouvait-il deviner que sa fille viendrait vous voir pour obtenir un travail ?

— Il ne pouvait pas le savoir. Mais Rufus était sûr que sans expérience, elle ne serait prise nulle part et il avait raison. Même moi, je ne l'aurais pas prise si Rufus ne me l'avait pas demandé. Comme prévu, elle a essuyé plusieurs refus avant de venir ici. Et vous connaissez la suite.

Rufus Harwood était le père de Tyler... C'était un homme extrêmement puissant, si on en croyait sa réputation. Et Zack avait toutes les raisons de le croire. Sinon, pourquoi sa fille aurait-elle décidé de partir de chez elle, de quitter son pays pour gagner son indépendance et réussir par ses propres moyens ? Zack ne pouvait pas la blâmer pour cette envie de liberté, mais il lui en voulait de l'avoir utilisé, de l'avoir trompé, pour y parvenir.

— J'ai eu de la chance qu'elle vienne ici, continua Bill d'un ton sérieux. C'est une jeune femme remarquable, Zack. Mais elle est têtue, c'est vrai. Elle n'était pas contente du tout de l'homme que Rufus lui avait choisi pour mari.

Un mari ? Tyler était donc fiancée ?

Bill reprit en hâte :

— J'ai dit qu'elle n'était pas contente, Zack. En fait, elle a complètement rejeté l'idée d'épouser Richard Astor-Wilson. Ça a vraiment dû mettre Rufus hors de lui ! ajouta-t-il en riant.

Zack n'en croyait pas ses oreilles. Astor-Wilson ? Encore un nom qu'il connaissait : grande aristocratie, grande fortune, une des familles les plus puissantes de New York... Et Tyler avait refusé d'en épouser l'unique héritier !

— Vous vous rendez compte ? dit Bill en voyant que Zack était sous le choc. On ne peut que l'admirer pour avoir fait ça. Quel dommage qu'elle parte. Elle va me manquer...

— Elle part ?

— En fait, elle rangeait ses affaires quand vous êtes arrivé...

Il s'interrompit car Zack s'était levé pour regarder par la vitre du bureau.

Tyler n'était plus dans la salle de rédaction. Le bureau derrière lequel elle était assise quand il était arrivé était vide.

— Elle avait déjà gâché ce scoop sur votre frère et sa petite amie, dit Bill avec un haussement d'épaules. Et elle ne m'a rien rapporté de croustillant sur vous non plus.

— Et vous l'avez virée ? explosa Zack.

— Non, je ne l'ai pas « virée », répondit Bill agacé. Mais elle a pu penser que j'allais le faire. Elle était prévenue que si elle ne trouvait rien sur vous pour remplir les colonnes des potins, elle serait renvoyée. Je n'allais pas le faire, bien sûr, mais…

— Parce que vous « devez beaucoup » à Rufus Harwood ! railla Zack.

— Je voulais juste lui prouver qu'elle faisait fausse route, qu'elle n'est pas faite pour ce métier.

— Sait-elle que vous ne l'avez embauchée que parce que vous connaissiez son père ?

— Elle le sait à présent.

— Mais pas avant ?

— A votre avis ?

— A mon avis, dit Zack entre ses dents, si elle l'avait su, elle vous aurait envoyé promener !

— Voilà, dit le rédacteur en chef avec un sourire satisfait. Vous savez que c'est quelqu'un de bien, alors pourquoi lui en faites-vous voir de toutes les couleurs ?

Zack ouvrit la bouche pour répondre, mais ne trouva rien à dire.

Tyler ne lui avait pas vraiment menti, elle lui avait juste caché une part de la vérité. N'était-il pas plutôt en colère parce qu'il était amoureux d'elle et qu'elle ne partageait pas ses sentiments ?

— Je ne l'ai pas renvoyée, Zack. Elle a démissionné parce qu'elle a une conscience qu'elle n'arrive pas à mettre de côté.

— Alors, il n'y avait aucun reportage prévu pour un supplément magazine ? Pas d'article de fond ?

— Non. Malheureusement, ce que le *Daily Informer* fait le mieux, c'est le scandale !

Zack était complètement dérouté. Tyler devait vraiment tenir à gagner son indépendance pour avoir été aussi loin. Elle avait abandonné le luxe et la reconnaissance sociale auxquels elle était habituée pour devenir une journaliste débutante dans un journal médiocre. Elle se déplaçait en métro, vivait dans un petit appartement et n'avait sûrement pas de quoi manger tous les jours…

Pourtant, malgré les avertissements de son chef, Tyler n'avait pas écrit une ligne, préférant récupérer ses affaires et s'en aller. S'était-elle laissé gagner par ses émotions ?

Zack espérait de tout cœur que si Tyler avait refusé d'écrire un article sur lui, c'était parce qu'elle avait ressenti quelque chose…

— Puisque j'en suis aux confidences, reprit Bill Graham, je n'ai pas renvoyé Tyler, mais j'ai dû renvoyer quelqu'un d'autre ce matin.

— Perry Morgan… ? devina Zack.

— En effet. Si on me pose la question, je répondrai qu'il a démissionné pour des motifs personnels, mais de vous à moi, je n'apprécie pas que les gens qui travaillent pour moi vendent leurs photos et leurs scoops à des concurrents.

— C'est Morgan qui est à l'origine des rumeurs sur la « mystérieuse inconnue » ? Mais pourquoi aurait-il fait ça à Tyler ? Je croyais qu'ils étaient… amis.

— Cela ne visait pas Tyler, mais vous. Il est amoureux d'elle et je suis quasiment certain que ce n'est pas réciproque. Sinon, tout ceci ne serait jamais arrivé.

— Je ne comprends pas.

— Il a dû penser que s'il arrivait à mettre de l'huile sur le feu, que si vous teniez Tyler pour responsable de tous ces incidents, cela mettrait fin à « l'amitié » qui vous liait à elle. A-t-il réussi ? demanda Bill non sans ironie.

— Seulement en partie, admit Zack en se rappelant les accusations qu'il avait lancées contre Tyler après chacun de ces « incidents ».

— Je ne vous demande pas où vous allez, dit Bill tandis que Zack se précipitait vers la porte. Dites-lui qu'elle devrait écrire un livre.

— Comment ?

— Un livre, une biographie, peut-être. Elle est douée pour faire des recherches, et son écriture est excellente. Dites-lui d'écrire la biographie de son père. Rufus serait ravi.

Zack allait partir, quand il se retourna, l'air navré.

— Je n'ai pas l'adresse de Tyler, admit-il à regret.

Bill Graham éclata de rire.

14

Tyler regarda avec appréhension la porte de son appartement. Cela faisait deux fois qu'on frappait. Etait-ce Zack qui venait encore l'insulter ? Eh bien, elle en avait eu assez pour aujourd'hui. Elle se sentait déjà si fragilisée qu'elle risquait de se briser en deux s'il lui lançait encore une insulte.

La journée avait été si éprouvante qu'à part un coup de fil quand elle était rentrée, et sa valise qu'elle avait commencé à remplir, elle n'avait pas eu l'énergie de faire quoi que ce soit pour préparer son départ.

— Tyler ? Tu es là ? demanda la voix de Perry. Ouvre la porte, si tu es là. Il faut absolument que je te parle.

Bien sûr, ce n'était pas Zack, se dit-elle en allant ouvrir. Il lui avait déjà dit tout ce qu'il avait à dire.

— Tyler ! s'exclama Perry, visiblement soulagé. Que se passe-t-il ? Tu ne m'as pas appelé pour le déjeuner et quand j'ai téléphoné au journal, Kelly m'a appris que tu avais été renvoyée.

— J'ai démissionné, corrigea-t-elle.

— Mais… tu t'en vas ? Où ça ? demanda-t-il en apercevant la valise ouverte dans sa chambre.

Elle alla aussitôt fermer la porte.

— Chez moi, je crois.

— Tu allais partir comme ça, sans me prévenir ?

— Bien sûr que non, répondit-elle, sans être certaine de dire la vérité.

Perry était bien la dernière personne à qui elle avait pensé aujourd'hui, elle avait même oublié de l'appeler comme convenu pour le déjeuner. Mais elle lui aurait sans doute passé un coup de fil pour lui dire au revoir.

— Je ne vois pas pourquoi tu devrais partir. Je... Tyler, j'ai démissionné moi aussi...

— Oh, Perry, non ! gémit-elle.

Il avait fait cela à cause d'elle, elle en était sûre. Sa propre vie était sens dessus dessous ; elle ne voulait pas en plus être responsable des problèmes de Perry.

— Je ne veux pas continuer à travailler au journal si tu n'y es plus, dit celui-ci en haussant les épaules. Ecoute, je ne vois pas pourquoi tu aurais besoin de partir. Nous n'avons qu'à nous installer à notre compte. C'est peut-être l'occasion rêvée...

— Perry, je n'ai pas été honnête avec toi. Je ne suis pas celle que tu crois. Mon nom n'est même pas Wood. Je... Mon père s'appelle Rufus Harwood, annonça-t-elle à regret.

— J'étais au courant.

— Tu savais ?

— Bien sûr. Je ne suis pas stupide, tu sais. Je t'ai reconnue le jour où tu es arrivée au journal. Cela ne change rien : je suis prêt à aller aux Etats-Unis avec toi, si c'est ce que tu veux. Quand ton père verra combien je t'aime, je suis sûr qu'il acceptera de...

— Perry, arrête ! s'écria Tyler.

N'avait-il donc pas entendu ce qu'elle lui avait dit l'autre jour, quand il lui avait déclaré sa flamme ?

Il était plus que troublant que Perry ait su depuis le début qui elle était...

— Tu ne peux pas être amoureux de moi, tu ne me connais même pas, protesta-t-elle.

Elle réalisa avec ironie que c'était exactement ce qu'elle avait dit à Zack... sauf que lui ne prétendait pas être amoureux d'elle ! Zack... Il fallait qu'elle cesse de penser à lui, sinon elle allait devenir folle. Mais une chose était certaine : en aimant Zack à ce point, elle ne devait pas laisser à Perry le moindre espoir.

— Je suis désolée, Perry, vraiment. Mais je... je rentre seule chez moi.

Il la fixa pendant un moment, puis secoua la tête.

— Tu as raison, c'est sûrement la meilleure solution. Tu pourras expliquer la situation à tes parents, et je te rejoindrai quelques jours plus tard...

— Perry, tu ne m'écoutes pas ! le coupa-t-elle, exaspérée devant son insistance. Je ne suis pas amoureuse de toi.

— Bien sûr que si ! Tu as juste les idées un peu confuses ces derniers temps. Tout est de la faute de ce Zack Prince. Tout allait très bien entre nous avant qu'il n'apparaisse. Et nous allons nous...

— Perry, non ! Je ne suis vraiment pas amoureuse de toi. Je t'apprécie beaucoup, tu es un ami depuis que je suis arrivée, mais je...

Elle ne put poursuivre car Perry l'attira dans ses bras et essaya de l'embrasser.

Il ne manquait plus que cela dans sa journée ! Elle tourna la tête et le repoussa pour se libérer, furieuse.

— J'ai dit non, Perry ! Je ne plaisantais pas !

— C'est à cause de lui, n'est-ce pas ?

Le beau visage de Perry était devenu menaçant sous l'effet de la colère.

— Je ne sais pas de quoi tu veux parler, mais au nom de notre amitié...

— Je ne veux pas de ton amitié ! Tu sais ce que je veux...

Il s'arrêta : quelqu'un frappait à la porte.

Cette interruption provoqua chez Tyler un immense soulagement. Que ce soit le propriétaire réclamant son loyer, quelqu'un effectuant un sondage, ou même un représentant, elle avait envie d'embrasser la personne qui se trouvait derrière la porte ! Perry lui faisait peur, elle ne le reconnaissait plus.

— C'est lui, hein ? fit Perry tandis qu'elle se dirigeait vers la porte. Zack Prince arrive sur son blanc destrier pour sauver sa princesse ?

Elle aurait aimé qu'il ait raison mais elle savait que c'était impossible.

— Zack !

Abasourdie, Tyler resta à dévisager l'homme qui se trouvait sur le seuil, l'air sombre. Sa mine ne s'éclaira pas quand il aperçut Perry.

— J'interromps quelque chose, peut-être ?

Malgré son ton sarcastique, Tyler avait envie de rire tellement elle se sentait soulagée par sa présence.

— Pas du tout : entrez, répondit-elle en l'attirant par le bras dans son appartement.

Elle se retrouva alors coincée entre les deux hommes qui se toisaient.

Elle n'avait aucune idée de ce que Zack faisait là. Peut-être avait-il l'intention de l'accuser de nouveau, mais ce n'était pas grave. Sa présence allait lui permettre de se débarrasser de Perry.

— Vous tombez mal, Prince, lança ce dernier.

— Est-ce vrai, Tyler ? demanda Zack, visiblement indifférent au ton agressif de Perry. Voulez-vous que je m'en aille ?

— Non ! s'écria-t-elle. Non, bien sûr que non. En fait, Perry, je crois que tu allais justement partir ?

— Pas du tout, répondit celui-ci en l'attirant à lui, et en passant un bras autour de sa taille. Il se trouve, Prince, que vous arrivez juste à temps pour nous offrir vos félicitations : Tyler vient d'accepter de m'épouser.

Tyler se tourna vers Perry avec consternation. Il ne pouvait tout de même pas penser que… Non, elle n'avait pas accepté de… Il n'était pas sérieux !

Mais elle voyait bien, à sa mâchoire serrée et au dangereux éclat de ses yeux, qu'il était on ne peut plus sérieux.

Zack eut l'impression que quelqu'un venait de lui donner un coup de poing dans le ventre, assez fort pour lui couper le souffle. Tyler ne pouvait pas épouser cet homme. Si elle se mariait, ce devait être avec lui !

Ce fut un second choc pour lui. Jusqu'à présent, il n'avait jamais envisagé de se marier ; mais en quatre jours, il avait acquis la certitude qu'il ne pourrait plus vivre sans Tyler.

C'est alors qu'il vit l'expression de la jeune femme : un mélange d'incrédulité et de consternation. Elle ne ressemblait pas vraiment à une jeune femme qui vient d'accepter d'épouser l'homme qu'elle aime !

— Vraiment ? Dans ce cas, Tyler doit avoir le pardon facile, dit-il durement.

Perry resserra encore son étreinte autour de la taille de Tyler, ce qui donnait des envies de meurtre à Zack.

— Que voulez-vous dire ? demanda la jeune femme, déroutée.

— Voulez-vous lui expliquer ou préférez-vous que je le fasse, Morgan ?

— Je ne vois pas du tout de quoi vous voulez parler, protesta le jeune homme.

Si ce type ne cessait pas de toucher Tyler de façon aussi intime et possessive, Zack allait perdre le contrôle de lui-même.

— Votre ami Perry est le responsable des articles et des photos de nous parus dans les journaux. Il ne vous l'a pas dit ?

Retrouvant ses esprits, Tyler se libéra enfin de l'étreinte de son collègue.

— Est-ce la vérité, Perry ?

— Bien sûr que non, répondit-il d'un ton dédaigneux. Il raconte ça pour nous brouiller. Prince a probablement organisé ça tout seul — les gens comme lui aiment tellement la publicité, qu'ils créent eux-mêmes les occasions !

Jusqu'à présent, Zack avait réussi à ne pas être violent parce qu'il ne voulait pas choquer Tyler, mais en ce moment précis, il sentit qu'il était sur le point d'oublier ses bonnes résolutions et de frapper Perry.

— C'est étrange, dit-il en serrant les poings dans ses poches. Ce n'est pas ce que Bill Graham m'a raconté.

— Bill ? répéta Tyler, livide. Mais qu'est-ce que… ?

— Ne l'écoute pas, Tyler, il bluffe, l'interrompit Perry. Bill Graham ne parle jamais à personne, il ne lui donnerait jamais ce genre d'information.

Mais Tyler savait que les deux hommes avaient discuté deux fois ensemble.

— Qu'en pensez-vous, Tyler ? Bill Graham m'a-t-il dit ou non qu'il avait renvoyé ce type ?

La coupe semblait pleine pour Tyler. Et quand Zack songeait à tout ce qu'elle avait vécu depuis ce matin — la photo dans la presse, leur dispute, son départ du journal — il n'était pas étonné qu'elle soit sous le choc. Il aurait préféré ne pas lui infliger cela, mais il fallait qu'elle sache la vérité sur Perry Morgan.

— J'ai du mal à croire, Perry, que tu aies pu faire ça ! dit-elle enfin.

Sa voix tremblait de colère et ses yeux lançaient des éclairs.

— Quand je pense que tu m'as dit que tu avais démissionné parce que tu ne voulais pas continuer à travailler là-bas sans moi ! Je crois que tu ferais mieux de partir maintenant.

— Mais nous allons nous marier…

— Certainement pas ! Il n'en a jamais été question. Même si tu n'avais pas fait toutes ces horribles choses, je ne t'aurais pas épousé. Je te l'ai déjà dit : je ne t'aime pas.

Zack se sentit soudain plus léger en entendant ces mots et regarda Tyler avec admiration. Il savait que c'était un cliché, mais elle était encore plus belle quand elle était en colère : tout son corps tendu, ses joues rouges et ses yeux bruns étincelants. Pour une fois, ce n'était pas contre lui qu'elle était en colère…

— Je suppose que la richissime Tyler *Harwood* ne pourrait

pas se contenter d'un photographe ! lâcha Perry, ayant compris qu'il avait perdu toutes ses chances.

— *Ex*-photographe ! Tel que je connais Bill, tu auras encore de la chance si tu arrives à travailler comme photographe de mariage ! Et je te répète que je n'ai jamais eu l'intention de t'épouser, que ce soit en tant que Tyler Wood ou Harwood ! Reconnais-le, si tu es devenu mon ami, c'est parce que tu savais qui j'étais depuis le début !

Au tremblement de sa voix, Zack sut à quel point cette vérité lui faisait mal.

— Pourquoi, sinon, me serais-je mis sur les bras une journaliste débutante, pas très douée de surcroît ? demanda Perry avec un sourire mauvais.

— Il est temps que tu t'en ailles. Grand temps ! dit Tyler avec un regard froid et méprisant en allant ouvrir la porte. Et ne reviens pas, jamais.

Perry Morgan traversa nonchalamment la pièce.

— Tu sais, tu es vraiment…

— Allez-vous-en, Morgan ! rugit Zack.

Celui-ci regarda Perry sortir, prêt à lui sauter dessus s'il essayait encore d'insulter Tyler.

La jeune femme ferma la porte en la claquant presque et mit quelques secondes avant de se retourner vers Zack.

— Merci, murmura-t-elle. Je n'arrive toujours pas à croire qu'il… mais j'aurais dû le deviner. C'est lui qui m'a présentée à David Miller, il y a quelques mois. Je ne voulais sans doute pas croire que Perry m'avait trahie. J'ai vraiment cru, jusqu'à il y a peu, que c'était Jane Morrow qui avait mis la presse après nous. Je ne voulais pas mentionner son nom parce que… Je suis sûre que vous comprenez pourquoi je ne…

Jane Morrow ! C'était la blonde qu'ils avaient vue devant le O'Malley's, lundi soir ! se rappela tout à coup Zack. Il ne l'avait croisée qu'une fois avant ce jour, alors qu'elle dînait avec Nick dans un restaurant à la mode, quelques semaines avant que ce dernier ne rencontre Jinx.

— Mais qu'espérait Perry en faisant ça ? demanda-t-elle en secouant la tête.

Etait-ce le moment d'exposer la théorie de Bill Graham : que Morgan avait deviné les sentiments qui naissaient entre elle et Zack et qu'il avait tout fait pour y mettre fin ? Tyler était-elle prête à entendre cela ?

— J'imagine qu'il était jaloux du temps que vous passiez avec moi.

Elle écarquilla les yeux.

— Mais c'était pour le travail !

Zack eut l'impression de recevoir une gifle. Etait-ce tout ce qu'il représentait pour Tyler ?

— Peut-être était-il amoureux de vous ?

— L'argent et le prestige de mon père, c'est de ça qu'il était amoureux ! Si c'est sa conception de l'amour, il peut la garder !

Ce n'était pas de cette manière que Zack l'aimait, non. Il voulait juste passer chaque minute de la journée et de la nuit avec elle, il voulait tout savoir, tout aimer d'elle. Et il voulait qu'elle l'aime…

— Alors, qu'allez-vous faire, maintenant ? demanda-t-il. Bill m'a dit que vous aviez démissionné.

— J'ai déjà appelé mon père, et fait la paix avec lui. Je rentre chez moi.

— Avant ou après notre rendez-vous de samedi ?

— Vous voulez encore que j'aille à la première avec vous ?

— Pourquoi pas ? dit-il en feignant la décontraction. C'est un peu tard pour trouver quelqu'un d'autre.

— Ça a au moins le mérite d'être honnête, répliqua-t-elle avec un sourire triste. Et après ce que m'a fait Perry, j'ai besoin de me changer les idées. Alors oui, je serais heureuse d'assister à la première avec vous. En tant que Tyler Harwood, si cela ne vous dérange pas ?

Elle pouvait s'appeler comme elle voulait, du moment qu'elle l'accompagnait ! se dit Zack.

— Parfait ! Oh, avant que je m'en aille… J'ai un conseil à vous donner de la part de Bill.

— Oui ? demanda-t-elle, de nouveau sur ses gardes.

— Il m'a demandé de vous dire que vous écrivez trop bien pour la presse à scandale et que vous devriez écrire un livre, une biographie. Il suggère que vous preniez votre père comme sujet.

Tyler éclata de rire.

— Oh, Rufus adorerait ça ! Il me déshériterait si j'osais émettre cette idée. Il dit toujours que les seules bonnes biographies sont celles qui ne sont pas écrites. En fait, il… Remarquez, ce n'est pas une si mauvaise idée, après tout. Mais ça ne va pas être facile d'obtenir l'accord de mon père.

— Pensez-y, suggéra Zack, heureux de savoir qu'il allait la revoir samedi soir. Vous pourriez toujours en écrire une sur moi.

Mais d'où lui était venue cette idée ? Il avait autant envie qu'on écrive une biographie sur lui que de se faire arracher une dent ! Sauf que cela lui permettrait de garder Tyler à ses côtés pendant plusieurs semaines, plusieurs mois, plusieurs années…

— Sur vous ?

Tyler semblait aussi surprise que lui.

— Pourquoi pas ?

— Vous me le demandez encore après ces quatre jours catastrophiques ?

Il avait encore tant de choses à lui demander…

— Rien de tout cela n'était de votre faute. Et pour vous donner de quoi réfléchir, ajouta-t-il en se dirigeant vers la porte, le soir au O'Malley's… Quand j'ai été… incorrect avec le serveur…

— Oui ?

— C'est parce que je suis dyslexique. J'aurais pu trouver autre chose sur le menu avec un peu de temps, mais vous vous seriez rendu compte tout de suite que j'avais du mal à lire. Alors j'ai choisi la facilité et j'ai commandé un steak.

Zack ne lui laissa pas le temps de répondre et sortit de l'appartement en refermant doucement la porte.

Il était temps que la confiance s'installe entre eux.

15

— Pourquoi m'avez-vous avoué ça sur vous ?

— Avoué quoi ? demanda Zack d'un air innocent.

Tyler était assise dans la limousine blanche dans laquelle Zack était venu la chercher pour l'emmener à la première. Une cloison vitrée les isolait du chauffeur.

Il était superbe dans son smoking, tout à fait détendu.

Cela faisait deux jours que Tyler se demandait pourquoi il lui avait soudain fait cette confidence au sujet de sa dyslexie. C'était exactement le genre d'information exclusive qu'elle était censée trouver quand elle travaillait au *Daily Informer*. Avec ce scoop, elle aurait pu y être embauchée de nouveau, si elle avait voulu. Mais elle n'en avait aucune envie.

Cela n'expliquait toujours pas pourquoi Zack lui avait fait confiance.

— Votre dyslexie, rappela-t-elle.

— Un autre de mes secrets est que je déteste les soirs de première. Jouer un rôle est une chose, mais être l'objet de tous les regards, en tant que personne, en est une autre.

Pourquoi lui parlait-il de choses aussi intimes ? Etait-ce pour cette biographie ? Ou y avait-il autre chose ?

Elle fronça les sourcils et décida qu'il n'y avait qu'une façon de le savoir…

— Moi, je déteste le caviar, annonça-t-elle. Et j'ai zézayé

pendant dix ans, jusqu'à ce qu'un orthodontiste règle ce problème avec un appareil.

— Je déteste les cornichons dans les hamburgers. Et je n'ai pas embrassé une fille avant l'âge de seize ans.

— A l'école, les filles m'ont appelée « Chemin de fer » pendant deux ans. Et je déteste les huîtres.

— Je déteste les calamars.

Tyler ignorait où ce jeu allait les mener, mais elle continua.

— Mon premier rendez-vous amoureux a été un désastre : ma mère avait insisté pour nous accompagner ! Je déteste le sirop d'érable sur les pancakes.

— Ah non, là vous allez trop loin ! Aucune Américaine digne de ce nom ne peut manger des pancakes sans sirop d'érable !

— Moi, si. Mais j'adore les fraises à la chantilly.

— J'adore manger de la pizza froide au petit déjeuner.

— J'adore boire du chocolat chaud au petit déjeuner.

— Je préfère le cricket au base-ball.

— J'aime mieux le tennis.

— Je t'aime.

— J'aime… Zack ?

Tyler le dévisagea en se demandant si elle avait bien entendu. Se pouvait-il que Zack ait dit que… ?

— Je n'avais pas l'intention de le dire comme ça, murmura-t-il en secouant la tête. Je sais que ce n'est ni le moment ni l'endroit.

Ils arrivaient près du théâtre où l'on projetait son film.

— Ce soir, je voulais te prouver qu'être avec moi n'était pas si désagréable, reprit-il. Te persuader de rester en Angleterre pour écrire ma biographie. N'importe quoi pour que tu restes… C'est la vérité, Tyler, je t'aime. Mais je n'espère pas…

— Je t'aime aussi, Zack, le coupa-t-elle en tremblant. Je t'aime aussi !

Les mains de Zack vinrent cueillir son visage et il plongea son regard dans le sien.

Etait-elle en train de rêver ?

— Vraiment ? Tu en es sûre ?

Tyler eut un rire étouffé, tellement elle était étonnée de voir cet homme si sûr de lui douter ainsi.

— J'ai le béguin pour toi depuis que j'ai quinze ans !

Il fit une grimace.

— J'avais le béguin pour Elizabeth Taylor quand j'avais quinze ans, mais je ne suis pas tombé amoureux d'elle quand je l'ai rencontrée il y a dix ans.

— Alors que moi, je suis tombée amoureuse de toi dès que je t'ai vu « en vrai ».

Zack haussa un sourcil espiègle.

— C'est impossible. Tu me trouvais grossier et arrogant.

— Je t'ai aimé quand même. Je t'aime, Zack.

— Assez pour m'épouser ? demanda-t-il d'un ton bourru.

Tyler crut que son cœur allait s'arrêter de battre à l'idée de devenir la femme de Zack. Mais…

— Tu n'es pas obligé de m'épouser si tu n'en as pas envie, dit-elle.

— Crois-tu que ton père apprécierait que tu vives dans le péché ? En fait, je doute qu'il soit ravi à l'idée de m'avoir pour gendre.

Tyler secoua la tête.

— Ce que mon père veut vraiment, ce sont des petits-enfants. Je crois que le choix du père lui importe peu !

C'était peut-être légèrement exagéré, mais après les longues conversations qu'elle avait eues avec ses parents ces derniers jours, elle savait que seul le bonheur de leur fille comptait pour eux.

— Et puis, poursuivit-elle en effleurant la mâchoire puissante de Zack, mon père n'a rien à voir dans tout ça.

— Alors, marions-nous ! Que dirais-tu d'oublier Tyler Wood et Tyler Harwood pour devenir Tyler Prince ?

Elle devait être au paradis… Tous ses souhaits se réalisaient, songea-t-elle tandis que Zack la prenait dans ses bras pour l'embrasser.

Deux jours plus tôt, elle avait senti la terre se dérober sous ses pieds. La simple pensée de ne plus jamais revoir Zack l'avait plongée dans la plus profonde détresse.

Et maintenant…

C'était tellement plus qu'elle n'avait jamais osé espérer ! Zack l'aimait. Elle l'aimait. C'était tout ce qui comptait.

Zack s'écarta à regret quand la limousine se gara devant le théâtre. Des douzaines de jeunes filles se mirent à hurler en l'apercevant dans la voiture.

Tyler aurait eu envie de hurler avec elles, mais elle préféra sourire fièrement à son côté tandis qu'ils montaient les marches du théâtre sous les applaudissements et les flashes des photographes.

Zack passa son bras autour de sa taille.

— Demain, ta photo sera en couverture de tous les journaux, la prévint-il.

— Et alors ? répondit-elle en haussant les épaules. Qui cela dérangera-t-il ?

— Richard Astor-Wilson, peut-être, la taquina-t-il.

— Tu es au courant pour Richard aussi ? demanda-t-elle en écarquillant les yeux.

— C'est Bill Graham qui me l'a dit. Lui et ton père se connaissent depuis longtemps, tu sais.

— Oui, je l'ai appris. Et moi qui croyais faire mes preuves toute seule !

— Mais c'est exactement ce que tu as fait, Tyler. Je suis sûr que Bill était sérieux en disant que tu devrais écrire un livre.

— J'en ai déjà parlé à mon père. Il y réfléchit, dit-elle en riant. Ce qui veut dire oui, en général ! Quant à Richard, je crois que je n'ai pas été très agréable avec lui avant mon départ de New York.

— Tant mieux !

Elle éclata de rire.

— Tu as un sacré fan-club, dis-moi, murmura-t-elle en entendant les jeunes filles qui criaient le nom de Zack.

— Je n'ai besoin que d'une fan, répliqua-t-il en lui souriant. Toi…

— Je serai membre à vie de ton club, Zack, promit-elle en se haussant sur la pointe des pieds pour l'embrasser.

— Dois-je en conclure que je vais bientôt avoir une nouvelle belle-sœur ?

Tyler se retourna pour voir un grand jeune homme brun. Elle devina aussitôt qu'il s'agissait de Rick Prince.

— Tu as tout compris, Rick, répondit Zack en souriant.

— Génial ! s'exclama le jeune homme en se penchant pour embrasser Tyler sur la joue. Félicitations, Zack.

— La prochaine fois, ce sera ton tour !

— Mais je suis heureux comme je suis, protesta Rick.

— C'est vrai ? demanda Tyler à l'oreille de Zack quand Rick se fut éloigné pour parler à un autre acteur, également à l'affiche de *Gunslinger.*

— Je te raconterai plus tard, promit Zack.

Tyler ne doutait pas qu'à partir de maintenant, ils se raconteraient tout, car ils n'auraient plus jamais aucun secret l'un pour l'autre.

CAROLE MORTIMER

L'enfant d'une nuit

INTÉGRALE

ENTRE PASSION ET RAISON

Traduction française de

FLORENCE JAMIN

• SAGAS •

HARLEQUIN

Titre original :
PRINCE'S LOVE-CHILD

Ce roman a déjà été publié en 2006

1

— Rick ! Rick Prince ! Toi ici ! Quelle surprise !

Rick se figea. Un tremblement de terre ne lui aurait pas fait plus d'effet, et il mit quelques secondes à retrouver le contrôle de lui-même.

Cette voix féminine, il l'aurait reconnue entre toutes, tant il gardait ancrée dans sa mémoire chacune de ses intonations. Elle provoquait toujours en lui la même indicible émotion, faisant resurgir à la surface le souvenir des moments évanouis qui avaient hanté si cruellement ses nuits.

Cette voix tant de fois entendue dans ses rêves, il avait si souvent espéré l'entendre à l'autre bout du fil, se précipitant sur l'appareil à chaque sonnerie comme si sa vie en dépendait, pour être chaque fois déçu… Cette voix aux accents sensuels, mélodieuse et imprévisible comme elle, et comme elle infiniment séduisante…

Elle, ici ! Il ne pouvait pas y croire. Les mois puis les années avaient passé, et il avait cru naïvement avoir enfin tourné la page, mais il réalisait à présent à quel point il se trompait.

— Rick… ?

Elle devait être juste derrière lui à présent, pensa-t-il sans parvenir à trouver la force de se retourner. Son accent anglais, raffiné et un rien snob, était toujours aussi mutin, avec cette pointe d'arrogance qui n'appartenait qu'à elle.

Il sentit qu'elle lui posait la main sur l'épaule.

— Rick…, répéta-t-elle.

Bouleversé, il resta paralysé au milieu de la rue, indifférent aux piétons qui les dépassaient avec un regard agacé sur ce couple étrange en travers de leur chemin.

Bon sang, il fallait absolument qu'il réagisse, qu'il lui sourie, qu'il échange avec elle les banalités d'usage. Pourquoi ces actions si simples lui paraissaient-elles tout à coup hors de sa portée ? « Respire, espèce d'idiot ! » se dit-il mentalement, atterré par sa propre faiblesse. Il ne devait pas lui montrer à quel point il était troublé. Qu'il dise n'importe quoi, mais qu'il tourne la tête et lui parle ! De toute façon, ça ne pouvait pas être plus éprouvant que sa dernière entrevue avec elle voilà cinq ans.

Il prit une profonde inspiration et, enfin, fit volte-face.

Elle était encore plus belle que dans son souvenir, songea-t-il aussitôt, ébloui. Resplendissante était le mot juste. Son teint légèrement hâlé faisait ressortir s'il en était besoin le vert profond de ses yeux ourlés de longs cils noirs, et sa bouche aux lèvres carmin arborait le sourire d'une femme parfaitement au fait de son pouvoir de séduction… Comme elle l'avait toujours été.

Diamond Mac Call, la bien nommée. Dee pour les intimes… Comme si ses parents, en l'appelant ainsi, avaient deviné que sa beauté aurait la pureté et l'éclat du diamant, que sa féminité serait aussi éclatante que le plus étincelant des solitaires.

Même dans son simple dos nu blanc et sa jupe en lin grège au-dessus du genou, elle irradiait une telle élégance qu'elle éclipsait toutes les autres femmes. Ses jambes interminables lui donnaient des allures de gazelle, sa poitrine haut placée avait des rondeurs adorables, et son port de reine lui conférait un air aristocratique. Rien d'étonnant à ce qu'elle soit devenue en quelques films la coqueluche d'Hollywood… Son seul nom à l'affiche suffisait à assurer le succès d'un film, et les cinéphiles se précipitaient dans les salles pour admirer celle qui incarnait à merveille la star intemporelle, avec ce cocktail si particulier de glamour triomphant et de sensualité étudiée qui la rendait irrésistible.

Oui, elle était plus belle encore que cinq ans auparavant, se dit-il en s'efforçant de masquer son émotion. Mais elle en avait épousé un autre.

— J'étais sûre que c'était toi ! s'exclama-t-elle alors avec un rire haut perché.

Elle s'interrompit un instant et lui adressa un sourire éblouissant.

— Je suis si contente de te revoir ! enchaîna-t-elle sur le même ton enthousiaste.

Rick n'avait toujours pas prononcé un mot, mais elle ne semblait même pas le remarquer.

— Quel hasard extraordinaire, non ? lança-t-elle en l'attrapant familièrement par le poignet. Tu te rends compte un peu, te rencontrer là, sur les Champs-Elysées, au milieu de milliers de personnes ! Un véritable signe du destin, tu ne trouves pas ?

Elle darda sur lui son regard vert émeraude qui scintilla comme une pierre précieuse.

— On m'avait bien dit qu'en restant assis quelque temps à la terrasse du Fouquets, on voyait défiler tout ce qui compte dans Paris, ajouta-t-elle avec un petit rire. Eh bien, on avait raison ! Rick Prince en personne, rien de moins !

D'un gracieux mouvement de tête, Dee rejeta en arrière ses longs cheveux couleur de blé mûr qui se répandirent en cascade sur ses épaules bronzées, et Rick déglutit péniblement. Chacun des gestes de la jeune femme était chargé d'une telle sensualité que c'en était fascinant.

— Qu'est-ce que tu fabriques à Paris ? interrogea-t-elle enfin en battant des cils d'un mouvement étudié.

Mais il n'était toujours pas redescendu sur terre. Avec son rire de gorge, son sourire de star et ses mouvements d'épaules, elle l'empêchait littéralement de réfléchir et d'échafauder la moindre réponse cohérente. Jamais il ne s'était senti aussi stupide ! S'il continuait ainsi, elle allait croire qu'il avait perdu l'usage de la parole !

— Tu ne vas pas me dire que tu m'en veux toujours, j'espère ? lança-t-elle tout à coup en minaudant.

Lui en voulait-il ? s'interrogea-t-il, pris au dépourvu. Non. En fait, il ne lui en avait jamais voulu à elle, qui n'avait été qu'une victime dans toute cette histoire. C'est à la demi-sœur et à la belle-mère de Dee qu'il en voulait, car c'est elles et elles seules qui l'avaient poussée à épouser Jérôme, le puissant et richissime Jérôme. Sans leur influence néfaste, peut-être les choses seraient-elles tout autres à l'heure actuelle, conclut-il avec une douloureuse amertume. Dee ne serait pas la femme de Jérôme, mais la sienne…

De toute façon, comment pouvait-on en vouloir à Dee ? C'était impossible ! A supposer même qu'on ait quelque chose à lui reprocher, il lui suffisait d'un sourire ou d'un clin d'œil complice pour désarmer en un instant toute agressivité.

— Mais enfin, dis quelque chose, Rick ! s'écria-t-elle tout à coup, non sans impatience. Tu as perdu ta langue, ou quoi ?

C'était à peu de choses près la vérité, songea-t-il, honteux comme un enfant pris en faute. Il ne s'était jamais senti aussi déstabilisé.

Comment lui, un homme mature de trente-cinq ans, scénariste reconnu par ses pairs, avec à son actif un nombre impressionnant de succès au box-office, à la tête avec ses frères Nick et Zack d'une des maisons de production les plus prospères aux USA, comment pouvait-il être aussi perturbé par cette rencontre ?

L'effet de surprise, sans aucun doute, tenta-t-il de se rassurer. Croiser Dee Mc Call sur les Champs-Elysées était un hasard incroyable. Comment en effet aurait-il pu imaginer en se levant le matin qu'il tomberait sur Diamond elle-même en arpentant la célèbre avenue ?

Sa journée avait commencé comme toutes les autres depuis son arrivée à Paris : réveil à 8 heures, courte promenade le long des quais, puis retour à l'hôtel pour un petit déjeuner avec croissants et café au lait, le quotidien du matin sous les yeux. En un instant, cette très agréable routine à laquelle il s'était si facilement habitué avait été bouleversée, le laissant désemparé.

Pourtant, il fallait bien qu'il finisse par dire quelque chose, sous peine de se ridiculiser définitivement aux yeux de Dee.

— Tu as l'air en pleine forme, balbutia-t-il lamentablement, effrayé lui-même de proférer une telle platitude.

Comment pouvait-il avoir une conversation aussi ridiculement anodine avec cette femme dont il avait été passionnément amoureux ? s'interrogea-t-il. Elle l'avait aimé aussi, et pourtant à les entendre personne n'aurait pu deviner l'intensité des sentiments qu'ils avaient éprouvés l'un pour l'autre. La vie était vraiment étrange parfois…

Dee sourit et l'observa d'un regard en coin.

— Toi aussi, enchaîna-t-elle avec cet accent british qui contrastait avec ses propres inflexions typiquement américaines.

— Si tu me permets cette question un peu indiscrète, tu es à Paris seul ou accompagné ? demanda Dee.

— Rien d'indiscret là-dedans, rétorqua-t-il en affichant un ton détaché. Je suis seul. J'allais justement te demander si tu étais toi-même avec Jérôme.

Jérôme… Le simple fait de prononcer le nom de l'homme qui lui avait enlevé Dee était pénible. Elle l'avait épousé, et pourtant, ce n'était pas faute d'avoir essayé de la convaincre qu'elle commettait la plus grande erreur de sa vie, puisqu'il était le seul à pouvoir la rendre heureuse !

Pour tout dire, il se remémorait souvent avec gêne l'insistance peu glorieuse avec laquelle il avait voulu lui faire changer d'avis, et ce n'était pas la période de son existence dont il était le plus fier. Mais à l'époque, il était si amoureux qu'il aurait été capable de n'importe quoi pour la reconquérir…

Il se rendit compte tout à coup qu'il avait mentalement employé le passé — il « était » amoureux. Quelle surprise ! Si les cinq années écoulées n'avaient rien effacé de sa mémoire, il était en fait guéri de son amour pour la jeune femme. Il restait ému, certes, très ému même, mais plus par le souvenir de ce qu'ils avaient partagé que par la présence de Diamond : il avait enfin réussi à faire le deuil de cette relation... Et pourtant, Dieu sait qu'il avait été amoureux !

A vingt ans, Dee était peut-être encore plus fascinante qu'aujourd'hui. Jeune actrice débutante promise à un bel avenir, mais pas encore habituée à être adulée par le public et mitraillée par les photographes, elle n'en était que plus attendrissante. Il était tombé sous son charme, ébloui comme jamais auparavant, et n'en avait été que plus meurtri de la voir lui en préférer un autre. Il avait eu beau plaider sa cause, tempêter, lui envoyer des fleurs, des cadeaux, argumenter pendant des heures, il n'avait pas réussi à la convaincre. Leurs discussions se terminaient invariablement de la même façon : Dee fondait en larmes et l'assurait qu'elle tenait énormément à lui, mais elle n'en démordait pas, elle devait obéir à sa belle-mère et à sa demi-sœur qui exigeaient qu'elle épouse le célèbre Jérôme Powers, brillant metteur en scène de vingt ans son aîné.

Rick se redressa brusquement. S'il n'était plus amoureux de Dee, il éprouvait toujours la même colère à l'égard de ces deux femmes qui avaient sciemment abusé de leur influence sur elle. Et s'il croisait leur chemin un jour ou l'autre, il ne se gênerait pas pour leur dire tout le mal qu'il pensait d'elles...

— Dee-Dee, mon amour, on t'a trouvé le sac de tes rêves ! lança tout à coup une voix mâle derrière eux.

Avec ce ton à la fois tendre et possessif, il ne pouvait s'agir que de Jérôme, conclut Rick en réprimant un réflexe d'animosité. L'homme qu'il avait tant honni et qu'il n'avait pas revu depuis le jour du mariage... Il se retourna sans enthousiasme et, de mauvaise grâce, esquissa un signe de tête.

— Rick ! Rick Prince ! Quelle heureuse surprise ! s'exclama Jérôme avec une telle chaleur que Rick sentit se dissiper sa mauvaise humeur.

— Un hasard étonnant, en effet, fit-il d'une voix qui resta cependant distante.

— Mais qu'est-ce que tu fabriques à Paris ? renchérit Jérôme tout en posant la main sur l'épaule de sa femme. Tu es là pour affaires ou en vacances ? En tout cas, nous sommes ravis de te voir. N'est-ce pas, chérie ?

Dee opina de la tête en souriant tandis que, gagné par la gaieté communicative de Jérôme, Rick se détendait peu à peu. Avec son regard franc et son expression amicale, Jérôme était indéniablement sympathique. D'ailleurs, il devait bien admettre que dans toute cette affaire il n'avait rien à lui reprocher, hormis le fait d'avoir été son rival plus heureux auprès de Dee.

Mais il n'avait pas pour autant l'intention de faire ami-ami avec lui…

— Je travaillais, répondit-il, et j'ai pris quelques jours de vacances dans la foulée.

— Excellente idée, fit observer Jérôme avec entrain. Paris est toujours la plus belle ville du monde ! Mais dis-moi, j'ai entendu dire que tes frères s'étaient mariés, ce qui fait de toi le dernier des frères Prince sur le marché… A moins que tu n'aies convolé récemment ?

— Non, non, répliqua Rick, pas pour le moment. Mais mes frères sont mariés en effet, et très heureux en ménage.

Les mariages de Nick et Zack l'avaient troublé plus qu'il ne voulait l'admettre, le mettant face à sa solitude de célibataire. Devant leur bonheur si évident, il ne pouvait s'empêcher de les envier et de se demander si lui aussi, un jour, connaîtrait une telle félicité.

Voir Dee et Jérôme ensemble, visiblement très amoureux, ne faisait rien pour arranger les choses…

— Tant mieux, fit Jérôme. Chérie, tu viens ? Je veux absolument te montrer ce sac. C'est exactement ce que tu cherches, je crois. Tu sais, le dernier modèle de Dior, que nous avons vu chez Saks à New York le mois dernier. Mais je manque à tous mes devoirs, ajouta-t-il tout à coup d'un air confus à l'adresse de Rick : je ne t'ai même pas présenté Sapphie ! Sapphie, voici Rick Prince, un de nos amis dont tu as certainement entendu parler.

Il s'écarta légèrement pour s'effacer devant une jeune femme que Rick n'avait pas remarquée jusque-là derrière lui.

Celle-ci s'avança de quelques pas, et un rayon de soleil éclaira ses cheveux auburn aux reflets soyeux, tandis que son regard couleur d'ambre fixait Rick avec une sorte de défi.

Les yeux de Rick s'écarquillèrent, et il retint avec peine une exclamation de surprise.

Décidément, cette journée était riche en rebondissements ! D'abord cette rencontre avec Dee et Jérôme, qui lui avait permis de réaliser que contrairement à ce qu'il pensait, son amour pour la jeune actrice s'était éteint avec le temps. Et maintenant elle, Sapphie !

Il n'avait côtoyé cette dernière que quelques heures et ne l'avait pas revue non plus depuis le mariage de Dee et Jérôme, et pourtant il la connaissait aussi bien qu'un homme peut connaître une femme.

Dans tous les sens du terme…

2

Rick l'avait reconnue, elle en était certaine, se dit Sapphie pétrifiée. Il gardait le regard fixé sur elle, visiblement sous le coup de la surprise, et elle dut mobiliser tous ses efforts pour rester de marbre.

En apparence seulement, car intérieurement elle était bouleversée : elle avait croisé le chemin de Rick Prince une seule et unique nuit cinq ans auparavant, et cette rencontre avait infléchi à jamais le cours de son existence. Elle s'était peu à peu convaincue qu'elle ne le reverrait jamais, mais se retrouver ainsi nez à nez avec lui faisait remonter à la surface le souvenir dévastateur des moments aussi brefs qu'intenses passés entre ses bras.

Elle devait absolument donner le change : il n'était bien sûr pas question que Jérôme et Dee se rendent compte qu'elle et Rick se connaissaient, et encore moins qu'ils avaient été amants…

Rassemblant tout son courage, elle releva le menton et tendit la main à Rick d'un geste brusque.

— Bonjour, monsieur, articula-t-elle d'une voix qui par miracle ne tremblait pas. Sapphie Benedict.

Rick ne bougea pas. Il continuait à la fixer d'un air incrédule, comme s'il était face à une apparition, ce qui ne fit qu'aggraver sa propre nervosité.

Pourquoi avait-il l'air aussi ahuri ? Pour lui, elle n'avait été qu'une passade éclair sans signification particulière, puisqu'il n'y avait que Dee qui comptait à ses yeux. En tout cas, il avait intérêt à se ressaisir rapidement pour ne pas attirer l'attention de Dee et de Jérôme. Elle n'avait pas la moindre envie d'expliquer à celle dont Rick était certainement toujours épris comment elle avait réconforté son amoureux éploré le soir de son mariage…

Par bonheur, Rick sembla enfin retrouver l'usage de sa langue…

— Bonjour, mademoiselle, déclara-t-il de sa voix grave. Ou peut-être est-ce madame ?

— Mademoiselle, précisa-t-elle d'un ton abrupt.

Elle retira sa main à la hâte, comme si ce contact lui était désagréable. En réalité, à son grand désarroi, elle était infiniment troublée de sentir la paume de Rick contre la sienne. Comment, cinq ans après, pouvait-elle réagir avec une telle violence à cet échange physique plus qu'anodin, comme si elle avait gardé inscrite au plus profond d'elle-même la trace de chacun de leurs baisers, de leurs caresses ? Elle n'en revenait pas elle-même.

— « Monsieur », « mademoiselle », répéta Jérôme en riant, vous êtes d'un formalisme ! Rick et Sapphie, voilà qui me paraît beaucoup plus simple, non ? Ne dit-on pas que les amis de nos amis sont nos amis ?

Sapphie se renfrogna. Quelle drôle d'idée ! Elle n'avait pas la moindre envie d'être amie avec Rick Prince, ni d'ailleurs d'avoir avec lui quelque rapport que ce soit… Et elle entendait bien le faire savoir au plus vite au principal intéressé, dès qu'ils seraient en tête à tête. Inutile de prolonger plus longtemps cette comédie.

— Jérôme, tu devrais emmener Dee voir ce fameux sac que nous avons déniché pour elle, observa-t-elle. Pendant ce temps, Rick et moi vous attendrons autour d'une tasse de café, comme ça nous ferons connaissance…

— Excellente idée, enchaîna Jérôme. Et puis, c'est bientôt

notre anniversaire de mariage, ma chérie, ajouta-t-il à l'adresse de sa femme. J'ai l'intention de profiter de notre séjour à Paris pour faire des repérages chez les joailliers à la recherche d'une parure… De diamants, bien entendu ! Tu ne pourras pas refuser une offre aussi personnelle ! ajouta-t-il en lui glissant un baiser dans le cou.

Dee prit la main de son mari en souriant, et tous deux s'éloignèrent, les laissant seul à seule dans un silence de mort.

— Je croyais me souvenir que Dee et Jérôme s'étaient mariés en septembre, fit observer Rick après quelques minutes.

— C'est exact, mais Jérôme n'improvise jamais, expliqua Sapphie. C'est l'homme le plus organisé que je connaisse : il prévoit toujours tout à l'avance. Surtout quand il s'agit de faire plaisir à sa chère Dee… Si on s'asseyait ? suggéra-t-elle en indiquant une table libre en terrasse.

Mais Rick ne bougea pas ; il restait planté au milieu du trottoir, les yeux fixés sur la boutique où Jérôme venait d'entraîner Dee. Comme s'il était incapable de penser à autre chose qu'à sa belle, pensa-t-elle, agacée.

Retenant un soupir, elle rejeta en arrière ses boucles aux reflets cuivrés et darda sur Rick un coup d'œil sans complaisance. Cette fascination qu'il avait toujours pour Dee Mc Call lui était insupportable.

Il n'avait pas changé, songea-t-elle, ou si peu… Peut-être avait-il un peu minci ? Sa haute silhouette musclée de sportif accompli n'en paraissait que plus élancée. Le contraste entre le brun presque noir de ses cheveux bouclés et le bleu profond de ses yeux était toujours aussi saisissant. Ses traits racés n'avaient rien perdu de leur distinction, bien au contraire. Les années n'avaient fait qu'accentuer cette aura de virilité raffinée qui émanait de toute sa personne.

Sapphie se ressaisit soudain. Assez glosé sur les charmes

de Rick Prince ! se dit-elle en s'asseyant avec détermination. Elle perdait son temps.

Rick hésita un instant avant de se décider enfin à prendre place face à elle. Mais il ne se mit pas à parler pour autant. Son regard restait lointain, comme s'il pensait à tout autre chose. A Dee, probablement, conclut-elle, exaspérée par ce silence prolongé.

Elle tenta de se calmer en observant la foule dense qui déambulait sur le large trottoir devant elle. Quelle incroyable coïncidence ! Rick, sur les Champs-Elysées, au milieu de cette masse de touristes ! N'était-ce pas insensé qu'ils soient tombés sur lui ?

Fronçant les sourcils, elle songea tout à coup que le hasard avait parfois bon dos. Et si Rick, ayant appris la présence de Dee à Paris, s'était débrouillé pour croiser son chemin et reprendre ainsi contact avec sa belle ? Elle était bien placée pour savoir à quel point il avait été dévasté cinq ans auparavant par le fait que Dee en épouse un autre. Peut-être n'avait-il pas renoncé à l'espoir de la reconquérir ? Si tel était le cas, rien n'était plus simple pour lui que d'organiser une fausse rencontre fortuite…

Elle chassa bientôt ces pensées de son esprit, convaincue que si cette hypothèse était la bonne, elle le saurait un jour ou l'autre. Pour l'heure, elle voulait avant tout mettre les choses au point entre elle et Rick. Les affaires de ce dernier avec Dee ne la regardaient pas.

— Quel mari attentionné, ce Jérôme ! lança-t-elle cependant malgré elle pour le tester. Il n'oublie jamais un anniversaire de mariage…

En effet, Jérôme était aux petits soins pour sa femme, et tous deux formaient un couple très uni. Même si Dee avait gardé cette habitude un peu puérile de faire du charme à tout homme qui passait à sa portée… Déformation professionnelle, sans doute. Adulée comme elle l'était, elle se devait d'alimenter son image de star glamour et séductrice. Fort heureusement,

Jérôme semblait avoir la distance et la maturité suffisantes pour ne pas s'en offusquer.

Rick allait enfin parler quand le serveur arriva pour prendre la commande.

— Qu'allais-tu dire ? demanda Sapphie après avoir commandé deux cafés.

— Que s'il y a quelqu'un que je ne m'attendais pas à revoir après si longtemps, c'est bien toi !

— Sous-entendrais-tu que tu aurais préféré que ce ne soit pas moi ? enchaîna-t-elle en lui jetant un regard incisif.

— Si c'était ce que je pensais, je te l'aurais fait comprendre d'une façon ou d'une autre, précisa-t-il. Mais ce n'est pas le cas. Pas du tout.

— Oh, je t'en prie, n'en fais pas trop ! protesta-t-elle en esquissant un geste de la main. Je suis sûre que cette rencontre ne te fait pas plus plaisir qu'à moi !

Elle n'ajouta pas qu'elle avait toujours souhaité de toutes ses forces ne plus jamais croiser son chemin et tenté d'éliminer de sa mémoire tout ce qui se rattachait à lui. Le moins qu'on puisse dire est que c'était raté…

Voilà que Rick était en face d'elle et qu'elle avait presque l'impression de l'avoir vu la veille, tant chacun des traits de son visage, chacune des intonations de sa voix étaient restés gravés dans son esprit. De façon extrêmement déstabilisante…

— Tu as le mérite d'être directe, au moins, fit-il observer d'un ton amusé.

— Je déteste la langue de bois… Justement, je vais être franche avec toi jusqu'au bout, et profiter de l'absence de Jérôme et de Dee pour mettre les choses au point. Je ne veux à aucun prix qu'ils apprennent ce qui s'est passé entre nous il y a cinq ans, décréta-t-elle d'un ton grave. Je compte sur toi pour rester discret et leur faire croire que nous venons juste de faire connaissance.

Elle ponctua son discours d'un regard aigu pour exiger son accord. Rick releva le nez de sa tasse de café. Cette fois, quand il la dévisagea, ses yeux bleu profond brillaient d'une lueur presque taquine.

— Quand tu parles de ce qui s'est passé entre nous il y a cinq ans, est-ce que tu fais allusion à…, commença-t-il.

Elle le coupa d'une voix étranglée.

— Tu as très bien compris ce que je veux dire, et il me paraît inutile de rentrer dans les détails ; je préférerais que Jérôme et Dee ignorent que nous nous sommes connus avant aujourd'hui, asséna-t-elle brutalement. C'est clair, non ?

Rick recula sur sa chaise, saisit sa tasse de ses longs doigts élégants et l'observa d'un œil inquisiteur en réprimant à peine un sourire en coin. Pourquoi arborait-il cet air réjoui absolument exaspérant ? songea-t-elle. La situation n'avait rien de comique, bien au contraire !

— Tiens, tiens, c'est curieux…, fit-il enfin. D'une part tu revendiques le parler vrai, et d'autre part tu me demandes ni plus ni moins que de mentir à Jérôme et Dee ! N'est-ce pas un peu paradoxal ?

— Epargne-moi tes commentaires moralisateurs ! rétorqua-t-elle, mal à l'aise. Il y a un temps pour parler vrai, et…

— Et un temps pour le mensonge ? acheva-t-il sur un ton goguenard qui acheva de lui mettre les nerfs à vif.

— Tu n'as certainement pas plus envie que moi que Jérôme et Dee sachent que nous avons été assez stupides pour passer la nuit ensemble le jour de leur mariage ! fit-elle remarquer d'un ton pincé.

Sa voix s'étrangla dans sa gorge. Le simple fait d'évoquer leur nuit d'amour devant lui la bouleversait. Elle se souvenait en effet de chacun des instants qu'ils avaient vécus ensemble : l'attraction immédiate qu'ils avaient éprouvée l'un pour l'autre, le désir qui montait en eux à l'unisson, et enfin ces heures trop courtes de bonheur partagé qui avaient pour un temps apaisé leurs soucis, avant qu'ils ne se séparent aux premières lueurs du jour… Non, malheureusement, malgré tous ses efforts pour rayer cette nuit de son esprit, elle n'avait rien oublié.

Ils s'étaient tout donné, sans retenue, sans pudeur, se mettant à nu au sens propre comme au figuré, comme s'ils pensaient que dès le lendemain leurs chemins se sépareraient pour toujours et que personne ne saurait rien de leurs ébats passionnés.

Aussi cette rencontre qui faisait remonter le passé à la surface était-elle particulièrement mal venue…

— D'autant que je te rappelle que ce jour-là, tu venais d'assister au mariage de celle que tu aimais, et que tu étais prêt à n'importe quoi pour te changer les idées ! ajouta-t-elle tout à coup avec une agressivité mal contrôlée.

Il se rembrunit immédiatement.

— Et toi, puis-je savoir quelle était ton excuse pour me tomber dans les bras ? enchaîna-t-il sur le même ton.

— Moi ?

Elle hésita un instant. En aucun cas elle ne voulait avoir l'air de lui faire des confidences, et pourtant la réponse lui vint tout naturellement.

— Moi ? Pareil. Je venais de voir l'homme dont j'étais amoureuse en épouser une autre, répondit-elle avec calme.

C'était la vérité, mais une partie seulement de la vérité… Certes, en se rendant ce jour-là à la cérémonie qui allait unir Dee à celui qu'elle était persuadée d'aimer, elle s'apprêtait à passer la journée la plus tragique de toute son existence. Et puis, sans qu'elle s'explique pourquoi, alors qu'elle broyait du noir dans l'église sur les accents de la marche nuptiale, elle s'était retournée. C'est là qu'elle avait aperçu Rick…

Elle ne le connaissait pas, mais son regard avait été attiré comme par un aimant par sa haute stature qui dominait l'assistance. Avec son regard bleu intense perdu dans le vague, sa moue désabusée sur ses lèvres sensuelles, il semblait lui aussi peu en accord avec la gaieté ambiante. Elle avait soudain oublié son chagrin pour ne plus s'intéresser qu'à lui.

Jusque-là, quand on lui parlait de coups de foudre, elle ricanait et prétendait que cela n'existait que dans les romans à l'eau de rose… Ce jour-là, elle avait dû réviser sa copie.

Tout était allé vite, très vite. Dans l'agitation et le brouhaha de la sortie de l'église, les embrassades sur le parvis, elle s'était trouvée comme par hasard à côté de ce beau brun au regard bleu magnétique. Elle était incapable de dire qui des deux avait engagé la conversation, mais une chose était sûre : ils s'étaient mis à discuter. Ils ne s'étaient plus quittés de la soirée, indifférents au reste des invités. Et puis, dans une sorte d'état second, portée par la conviction aussi profonde que déraisonnable qu'elle devait lui appartenir, elle s'était retrouvée dans son lit.

Et le lendemain matin à l'aube, quand, réveillée la première, elle avait observé avec une sorte d'avidité ses traits virils, son magnifique corps d'athlète qui lui avait donné tant de plaisir, elle avait compris qu'au-delà de l'irrépressible attraction physique qui l'avait poussée dans ses bras, elle était éprise de cet inconnu. Et le fait qu'il ne lui ait pas caché son amour pour Dee n'y changeait rien…

Jérôme ? se dit Rick, stupéfait. Sapphie Benedict, amoureuse de Jérôme Powers ?

C'était renversant !

Alors, quand ils avaient passé cette inoubliable nuit ensemble, ils pleuraient chacun de leur côté un amour déçu ? Sans le savoir, ils étaient l'un comme l'autre dans le même état d'esprit, malheureux, à la recherche d'une consolation, d'un réconfort ? Et par ailleurs attirés l'un vers l'autre de manière incontrôlable, il ne pouvait le nier…

Il avait cherché sans succès à effacer cette nuit de sa mémoire. Non pas tant parce qu'il s'agissait du mariage de Dee avec un autre, mais parce qu'il se sentait coupable. Coupable d'avoir profité de Sapphie pour apaiser sa peine, coupable de lui avoir fait l'amour alors qu'il pensait toujours à Dee. Et pourtant, tout épris de Dee qu'il était alors, il avait connu dans les bras de Sapphie des moments d'une exceptionnelle intensité.

Aucune femme n'avait su éveiller en lui un désir aussi violent et dévastateur que cette mystérieuse jeune femme aux cheveux auburn et aux yeux couleur d'ambre qu'il croyait ne jamais revoir. Jusqu'à aujourd'hui…

Apprendre qu'à l'époque elle aussi pensait à quelqu'un d'autre calmait certes sa conscience, mais malmenait son orgueil.

— Alors, tu es amoureuse de Jérôme, murmura-t-il comme s'il se parlait à lui-même. Et tu gravites autour de lui et de Diamond pour guetter le moment où leur mariage se mettra à battre de l'aile… Peut-être est-ce une bonne tactique, mais il ne faut pas être pressé, acheva-t-il avec une ironie cinglante.

Sapphie blêmit de colère.

— Comment oses-tu ? s'écria-t-elle, une lueur sombre dans ses yeux dorés. D'abord, pour ton information, sache que je ne gravite pas autour de Jérôme et de Dee, comme tu oses le prétendre. Il se trouve que je suis à Paris pour mon travail, et qu'ils ont décidé de faire un saut pour me voir avant d'assister à la première du dernier film de Dee à Londres.

— Ce qui fait bien tes affaire, j'imagine, insista-t-il sur le même ton suspicieux.

— Tu n'as pas le droit de parler de ce que tu ne connais pas ! protesta-t-elle, offusquée. Et puisqu'il faut te mettre les points sur les I, et bien que je n'aie aucune explication à te donner, je ne suis *plus* amoureuse de Jérôme. Voilà, tu es satisfait ou tu veux continuer ton enquête ?

Ses yeux lançaient des éclairs, sa respiration s'était accélérée.

Il l'observa du coin de l'œil. Il n'était pas vraiment convaincu : Sapphie lui paraissait trop véhémente pour une femme indifférente. Mais d'abord il n'avait aucun moyen de vérifier ses dires, et ensuite elle se moquait bien de ce qu'il pensait : inutile donc de prolonger une conversation qui devenait déplaisante.

Il songea avec un trouble étrange qu'il avait tenu cette femme dans ses bras, embrassé sa bouche pulpeuse, caressé sa poitrine ronde que l'on devinait ferme et généreuse sous le chemisier. Il se rappelait jusqu'à ses gémissements de plaisir sous ses caresses. Comme tout cela semblait loin tout à coup ! Ils avaient échangé les baisers les plus passionnés, les étreintes les plus profondes, et à présent ils n'étaient plus que deux étrangers l'un pour l'autre, deux étrangers qui s'affrontaient avec animosité…

Sentant son regard posé sur elle, Sapphie fronça les sourcils, contrariée.

— Mettons les choses au point une bonne fois pour toutes, monsieur Prince, commença-t-elle. Je…

— Je croyais qu'on avait abandonné les formules de politesse pour s'appeler par nos prénoms ! la coupa-t-il d'un ton surpris.

Elle haussa les épaules comme si elle se souciait comme d'une guigne de cette observation.

— Bon, je vais être un peu brutale, puisque tu sembles ne pas vouloir comprendre ce que j'essaie de te dire, reprit-elle d'un air las. Alors voilà : je ne te connais pas, et je ne veux pas te connaître. Jamais. Suis-je assez claire ?

Il écoutait à peine ce qu'elle lui disait. Il la regardait, fasciné.

En cinq ans, il avait oublié à quel point elle était jolie. Très jolie, même. D'une beauté piquante qui la rendait unique. Avec son opulente chevelure auburn, ses yeux d'ambre clair et ses lèvres pulpeuses, elle irradiait d'une séduction qui n'appartenait qu'à elle. Rien à voir avec la plastique presque stéréotypée de Dee, la blonde parfaite qui savait jouer de sa féminité comme d'un artifice. Sapphie, elle, n'en rajoutait pas : sa beauté se suffisait à elle-même. On la prenait comme elle était, ou on passait son chemin.

De nouveau, le souvenir de leurs étreintes l'assaillit, et il comprit tout à coup qu'il avait plutôt envie de s'attarder, et en tout cas pas du tout de passer son chemin…

— Parfaitement claire, Sapphie, répondit-il enfin d'une voix posée. Il y a cependant quelque chose que je ne saisis pas très bien. Si nous ne nous connaissons pas, peux-tu m'expliquer par quel miracle je sais que tu as une tache de naissance à un endroit particulièrement…

Elle le coupa brusquement.

— Je t'en prie, arrête-là ! s'exclama-t-elle. Je ne goûte pas du tout ton humour. Et en plus, Dee et Jérôme arrivent.

Rick tourna la tête et aperçut le couple qui se dirigeait vers eux, tendrement enlacé. Il fallait admettre qu'ils étaient parfaitement assortis : elle, la quintessence du raffinement et de la sophistication avec ses boucles blondes savamment décoiffées et son tailleur de grand couturier, et lui séduisant et élégant, sa veste en daim négligemment jetée sur les épaules, avec cette décontraction caractéristique de l'homme qui a réussi et qui n'a plus rien à prouver…

— Mon humour est tout à fait honorable, protesta-t-il. Me prendrais-tu pour un idiot ?

— Tu n'as rien d'un idiot, et je le sais très bien ! Si tu veux tout savoir, je pense seulement que tu t'es laissé emporter inconsidérément par ton amour pour Dee, voilà tout.

Il réfléchit un instant. Sapphie n'avait pas tort… Mais pas question de l'admettre devant elle !

— Tu n'apprécies pas beaucoup Dee, apparemment, fit-il observer en lui jetant un coup d'œil en biais.

Elle releva la tête d'un geste brusque.

— Bien sûr que si ! protesta-t-elle. J'ai beaucoup d'affection pour elle, détrompe-toi ! Connaître les défauts d'une personne n'empêche pas de l'aimer.

— Ah oui ? Alors pourquoi ne m'appliques-tu pas cette belle maxime ? Tu prétends connaître mes faiblesses, mais tu n'as pas pour autant de sympathie pour moi, j'en ai peur !

— Disons que tu es l'exception qui confirme la règle, c'est tout ! rétorqua-t-elle sèchement.

Rick allait répliquer vertement, mais Dee et Jérôme arrivaient. Il ravala ses paroles.

— Regarde, Sapphie ! s'exclama Dee en exhibant fièrement un grand paquet enrubanné. J'ai craqué pour le sac que tu avais repéré avec Jérôme.

— Tu as eu raison, approuva Sapphie. C'est exactement ton style. Tu as pris le petit ou le grand modèle ?

Dee arbora un large sourire, affichant la blancheur de ses dents parfaitement alignées.

— Le grand, bien sûr ! répondit-elle avec assurance. Tant qu'à porter un sac de créateur, autant opter pour celui qu'on remarquera le plus !

Elle s'assit en souriant entre eux et ouvrit le paquet.

— J'adore le velouté de cette peau, murmura-t-elle en caressant le daim clair de ses longs doigts parfaitement manucurés.

Comme toujours, les gestes de Dee étaient étudiés, délicatement féminins, sensuels juste ce qu'il fallait, se dit Rick en l'observant. Elle était passée maîtresse dans l'art de séduire et savait de toute évidence obtenir ce qu'elle voulait de son mari… Jérôme avait dû dépenser une fortune pour ce sac, mais il semblait prêt à tout pour gâter sa femme. Tant mieux pour Dee, d'autant que les moyens de Jérôme lui permettaient toutes les folies.

Oui, conclut-il en son for intérieur, elle était décidément parfaite dans son rôle d'épouse adulée par un riche mari. Quant à Sapphie, elle recelait de véritables talents de comédienne : devant son sourire suave, personne n'aurait pu deviner que quelques minutes auparavant, elle était rouge de colère et quasiment prête à l'insulter. On aurait pu les prendre sans problème pour deux couples de touristes faisant tranquillement une pause entre deux séances de shopping…

Tout en écoutant d'une oreille distraite Sapphie bavarder de choses et d'autres avec Dee, il réalisa tout à coup qu'il n'avait pas envie d'attendre encore cinq ans avant de la revoir. Malgré son agressivité, sa brutalité parfois, elle éveillait son intérêt, elle l'intriguait… Et il n'avait pas pour habitude de laisser sa curiosité insatisfaite.

— Si on y allait, Dee ? intervint Jérôme. Je dois envoyer un fax important avant 18 heures.

— Vous partez ? Je disais à Sapphie juste avant que vous

n'arriviez que ce serait une bonne idée de dîner ensemble tous les quatre ! lança tout à coup Rick sur une soudaine impulsion. Qu'en dites-vous ?

Tout en parlant, il évita soigneusement de croiser le regard de Sapphie. De toute évidence, celui-ci devait être incendiaire…

3

— Tu es stupide, ou fou furieux ! lança Sapphie d'une voix sifflante en suivant Rick dans l'antichambre de sa luxueuse suite.

— Après toi, je t'en prie, répliqua celui-ci comme s'il n'avait rien entendu.

En passant devant lui, elle ne put s'empêcher de penser que dans son costume sombre en alpaga, avec son discret nœud papillon de soie sauvage et sa chemise blanche, il était d'une rare élégance. Tout en lui respirait l'aisance et l'assurance de l'homme habitué au succès. Cinq ans avaient passé, mais il avait toujours sur elle le même effet dévastateur…

Cependant, la différence était qu'aujourd'hui, même s'il était resté l'homme le plus séduisant qu'elle ait jamais rencontré, Rick était surtout le lien entre son passé et son présent, entre elle et… Affolée, elle interrompit brutalement le cours de ses pensées : il ne fallait pas qu'elle repense à Matthew ! Par bonheur, Rick croyait qu'il n'avait partagé avec elle qu'une nuit d'amour, et il n'était pas question qu'il se doute d'autre chose. Elle devait à tout prix rester discrète et prier pour que Dee et Jérôme ne se mettent pas à lui raconter sa vie pendant le repas.

Quelle idée aussi Rick avait-il eue d'organiser ce dîner ! C'était pour elle une véritable épreuve en perspective, avec cette épée de Damoclès au-dessus de la tête. Sans parler du fait qu'elle devrait subir sa présence toute une soirée, et en prime le voir faire le joli cœur devant Dee pour essayer de la reconquérir… Ce serait la cerise sur le gâteau !

Malheureusement, il lui était impossible de se soustraire à cette pénible obligation. D'autant que Dee et Jérôme s'étaient montrés littéralement enthousiastes quand Rick avait fait cette proposition absurde. Sans hésiter un instant, ils avaient promis d'être à 20 heures dans le lobby de l'hôtel. Ils iraient ensuite dîner tous les quatre au Fouquets, qui n'était qu'à quelques minutes à pied.

Pourvu que ni l'un ni l'autre ne mentionne l'existence de Matthew ! se répéta-t-elle en dissimulant avec peine sa nervosité. Ce serait la soirée de tous les dangers…

— Dois-je comprendre que la perspective de notre compagnie te rebute ? demanda Rick d'un ton ironique. Tu aurais préféré rester seule, peut-être ?

Il l'observait avec insistance, s'attardant sur la naissance de ses seins que révélait sa simplissime robe noire au chic très minimaliste, ainsi que sur ses hanches dont on devinait la courbe sous le tissu fluide.

Pourquoi la fixait-il ainsi ? songea-t-elle, mal à l'aise. Elle ne lui demandait qu'une chose : qu'il la laisse en paix…

— Tu sais, Rick, tu joues un jeu dangereux, commença-t-elle d'une voix sourde.

— Dangereux ? Pourquoi ? Je n'aurais pas dû te laisser pénétrer dans ma suite ? Tu as l'intention de me faire des avances ?

Rick semblait ravi de sa petite plaisanterie, ce qui faillit la faire sortir de ses gonds.

— Bon, si je te proposais un cocktail pour te dérider un peu avant d'aller rejoindre Dee et Jérôme à la réception ? suggéra-t-il. Tu as l'air bien tendu…

Il s'avança vers le bar sans attendre sa réponse.

En effet, ils étaient en avance sur l'heure du rendez-vous, constata Sapphie après avoir jeté un coup d'œil à sa montre. C'était bien sa chance ! Encore une demi-heure avant de retrouver Jérôme et Dee qui, comme Rick, logeaient au George V. Plus modestement, elle avait choisi un hôtel dans le même quartier. Très correct mais beaucoup moins luxueux.

— Du porto ? demanda-t-il.

Elle faillit refuser, puis jugea qu'au point où ils en étaient, il ne servait à rien de bouder.

— Oui, merci.

Il lui sourit du coin de l'œil tout en lui servant un doigt de porto.

— Ouf, tu abandonnes enfin ton air fâché ! s'exclama-t-il d'un ton taquin. Tu vois, ce n'est pas si terrible de passer quelques minutes en tête à tête avec moi. Tu faisais une telle mine tout à l'heure que j'avais l'impression d'être le diable en personne !

Avec sa fossette au menton, ses yeux rieurs, il avait l'air gai et détendu d'un adolescent, songea-t-elle, troublée. Et son charme n'en était que plus ravageur… Il aurait été si agréable de rire et plaisanter avec lui, de laisser s'épanouir entre eux cette fantaisie qui ne demandait qu'à s'exprimer, de ne plus être sur ses gardes quand il lui parlait, quand il lui souriait !

Malheureusement, ce n'était qu'un vœu pieux : elle devait au contraire redoubler de vigilance. D'abord parce que le tourbillon d'émotions qu'elle éprouvait en sa présence l'effrayait, et enfin et surtout parce que le terrain était miné. Une parole de trop, un faux pas, et ce serait la catastrophe : il apprendrait son secret. Pas question donc de retomber sous son charme et de relâcher son attention. Dorénavant, non seulement elle se méfierait plus que jamais d'elle-même, mais elle se montrerait aussi désagréable que possible pour décourager définitivement Rick de rechercher sa compagnie.

Elle prit une gorgée et se redressa sur son siège avec une ostensible raideur.

— Monsieur Prince…, commença-t-elle.

Il posa son verre de scotch d'un geste brusque.

— Ne trouves-tu pas absurde d'être aussi formaliste avec un homme dont tu as partagé le lit ? asséna-t-il d'une voix posée.

Le lit, le canapé… la moquette. Et la douche, acheva-t-elle mentalement, bouleversée. Comme si c'était hier, elle se souvenait de chacun des endroits où ils avaient fait l'amour, incapables de se rassasier l'un de l'autre. Et lui aussi, à n'en pas douter. Mais à quoi bon songer au passé ? En tout cas, il n'était pas question de l'évoquer avec lui !

— Quand je parlais de jeu dangereux tout à l'heure, ça n'avait rien à voir avec toi, répliqua-t-elle en sautant délibérément du coq à l'âne.

— Ah, me voilà rassuré ! s'exclama-t-il d'un air narquois en s'installant confortablement sur le canapé.

— Non, je pensais à Dee et à Jérôme, poursuivit-elle.

Elle avait enfin trouvé un moyen de détourner l'attention de Rick de sa propre personne ; le couple Powers ferait parfaitement l'affaire, puisque Rick s'intéressait toujours à Dee. Elle n'avait qu'à évoquer la jalousie de Jérôme pour occuper l'esprit de Rick.

— Ah oui ? Où est le problème ? Tu m'as fait remarquer tout à l'heure qu'ils étaient très heureux, et en effet c'est l'impression qu'ils donnent. Tant mieux pour eux !

— Ils sont très heureux en effet, mais tu ne dois pas oublier que Jérôme est excessivement jaloux, corrigea Sapphie.

— Ce qui peut se comprendre, admit Rick. Il est plus âgé qu'elle, et Dee est dans tout l'éclat de sa beauté.

Sapphie hésita un instant.

— Le problème est qu'elle n'en fait souvent qu'à sa tête, fit-elle observer. Elle a tellement été habituée à être le point de mire général qu'elle ne peut pas s'empêcher de faire du charme aux uns et aux autres. Inutile de te dire que Jérôme n'apprécie pas toujours. Et que de temps en temps, il y a de l'eau dans le gaz.

— Je peux comprendre, fit Rick. Mais je ne vois toujours pas le rapport avec moi.

Sapphie retint un soupir d'exaspération. Pourquoi refusait-il de mordre à l'hameçon ?

— Allons, ne me prends pas pour une idiote, je sais bien que tu es toujours amoureux de Dee ! s'exclama-t-elle avec une brutalité délibérée.

— Tiens donc !

— Mais bien sûr, c'est évident, assura-t-elle, péremptoire.

Rick eut un étrange sourire.

— Très bien, fit-il observer d'un ton neutre. Puisque tu l'affirmes…

Il n'y mettait vraiment pas du sien, se dit Saphhie exaspérée.

— Voyons, Rick, ce que j'en dis, c'est pour toi ! J'essaie seulement de t'aider, de te mettre en garde, expliqua-t-elle d'un ton pénétré.

— Je vois, murmura-t-il, toujours aussi flegmatique.

Devant un tel manque de coopération, un soupir lui échappa. Peut-être fallait-il forcer encore un peu le trait pour voir Rick réagir enfin ?

— Sache que le dernier type qui a eu l'audace de tourner autour de Dee a perdu son job. Il était reporter au *New York Times*, dont le propriétaire, malheureusement pour lui, est un grand ami de Jérôme, déclara-t-elle d'un ton grave. Et je suis sûre que tu as entendu parler de cet acteur qui s'est intéressé d'un peu trop près à elle sur un tournage et à qui on a retiré le rôle-titre du jour au lendemain. Tu vois, tu devrais te méfier de Jérôme !

— Parce que tu penses qu'il pourrait m'arriver ce genre de choses à moi aussi ? interrogea Rick sans se départir de son ton vaguement ironique. Je ne suis pas du tout inquiet, mais en tout cas je te remercie de ta sollicitude.

— Ce n'est pas toi qui me soucies, expliqua-t-elle, c'est Dee.

Rick sembla réfléchir.

— Tu veux dire que…

Il s'interrompit un instant et lança à Sapphie un regard stupéfait.

— Il pourrait se venger sur elle ? Se montrer violent ? s'écria-t-il. Non, je ne peux pas le croire !

— Bien sûr que non ! rétorqua-t-elle, excédée. Jérôme ne lèverait pas la main sur elle, grand Dieu ! D'ailleurs, elle l'aime profondément, mais à sa façon.

— A sa façon ? Que veux-tu dire ?

— Il comble son besoin de sécurité, il fait en quelque sorte office d'image paternelle, expliqua-t-elle. Il lui a rendu la stabilité qu'elle recherchait depuis la mort de son père.

Rick haussa les épaules, incrédule.

— Comment peux-tu échafauder autant d'hypothèses autour de cette pauvre Dee ? demanda-t-il en levant les yeux au ciel. On dirait que tu la connais parfaitement, alors que, je te le rappelle, elle n'est que la femme de l'homme dont tu étais amoureuse.

— Ce ne sont pas des hypothèses, protesta Sapphie.

— Si, des élucubrations même, je dirais ! Je trouve cet intérêt que tu as pour Dee très suspect, si tu veux le fond de ma pensée ! Qu'est-ce que ça cache au juste ?

— Rien du tout. C'est toi qui as l'esprit tordu ! Je ne vois pas en quoi il serait anormal de s'inquiéter pour sa sœur, nom d'une pipe !

Rick s'écarta et la dévisagea avec stupéfaction.

— Tu as dit, sa sœur ? bégaya-t-il quand il fut enfin capable de parler.

— Oui. Dee est ma petite sœur. Tu ne savais pas ?

Il hocha la tête négativement.

Sapphie réalisa alors qu'elle n'avait jamais eu l'occasion de lui expliquer son lien de parenté avec Diamond. D'ailleurs, pourquoi aurait-elle évoqué le sujet, cinq ans auparavant ? A l'époque, ils avaient eu bien autre chose à faire que discuter…

Rick restait pantois.

Sapphie était la sœur de Dee ! Celle-la même qui, avec

leur mère, avait fait pression sur sa petite amie pour qu'elle épouse Jérôme ! C'était incroyable !

Jusque-là, il avait toujours supposé qu'elles étaient tout simplement amies, sans jamais se douter de la nature réelle de leurs relations.

Il comprenait mieux à présent l'étrange attitude de Sapphie. Voilà pourquoi elle était si impliquée dans le couple que Dee formait avec Jérôme, voilà pourquoi elle le dissuadait avec tant d'insistance de s'approcher d'elle. Elle protégeait sa sœur, voilà tout !

— Mais vous n'avez pas le même nom, murmura-t-il enfin comme s'il se parlait à lui-même.

Sa remarque était stupide, se dit-il aussitôt. Dee avait certainement choisi un nom de scène quand elle avait embrassé sa carrière d'actrice. Mais son étonnement était tel qu'il était incapable de formuler des paroles cohérentes.

— En effet, nous sommes demi-sœurs, précisa Sapphie. J'avais deux ans quand ma mère a épousé Fergus Mc Call, le père de Diamond. Elle est née un an plus tard.

Rick se leva et se dirigea vers la baie vitrée qui donnait sur l'avenue. D'un œil distrait, il observa la foule de badauds et de touristes qui déambulait sur les trottoirs. Cette nouvelle le replongeait de nouveau cinq ans en arrière, ce jour où il avait compris qu'il perdait Dee à jamais… Et où il avait fait la connaissance de Sapphie.

A la lumière ce qu'il venait d'apprendre, il voyait à présent les événements sous un éclairage nouveau. Sa rencontre avec Sapphie était-elle aussi fortuite qu'il l'avait cru sur le moment ? La jeune femme ne l'avait-elle pas suivi dans sa chambre d'hôtel dans le seul but de l'éloigner de Dee ? Elle semblait si impliquée dans les affaires de sa sœur que tout était envisageable…

Il fronça les sourcils et lança à Sapphie un regard suspicieux.

— Je sais ce que tu es en train de penser ! s'exclama-t-elle alors avec fougue. Je parie que Dee t'a brossé un tableau apocalyptique de notre famille en se faisant passer pour une martyre ! C'est ça ?

Il ne répondit pas.

— Je vois bien à ton silence que j'ai raison, reprit-elle, l'air sombre. Dee a dû te raconter qu'on l'avait obligée à épouser Jérôme ! Je sais que c'est ce dont elle a essayé de se persuader à un moment... Mais il faut que tu saches que la mort de son père alors qu'elle avait treize ans l'a traumatisée. Elle a réagi en nous rejetant toutes les deux, ma mère et moi, en s'imaginant qu'elle seule aimait vraiment Fergus. Elle prétendait que nous étions contre elle, que nous voulions régenter sa vie, que seul son père la comprenait. Cela a duré quelques années, jusqu'à ce qu'elle mûrisse et réalise enfin que la réalité était tout autre. Cette prise de conscience a coïncidé avec le moment où elle a rencontré Jérôme. Mais apparemment, elle a continué dans son délire avec toi. Pour se faire plaindre, probablement, pour se rendre intéressante. Aujourd'hui, Dieu merci, elle est mieux dans sa peau, et le fait de vivre avec Jérôme l'a apaisée. Il la prend en charge, il remplace un peu le père qu'elle a perdu.

Sapphie chercha son regard, mais il garda le silence.

— Tu ne me crois pas ? demanda-t-elle. Je sais, ça peut paraître étrange, mais il paraît que ce n'est pas si inhabituel chez les adolescentes. Il faut dire qu'elle adorait son père, dont elle était la fille unique. A sa mort, son univers a basculé. Nous avons fait notre possible, ma mère et moi, pour l'entourer de notre affection, mais rien ne pouvait le remplacer à ses yeux. Elle nous en a voulu de l'encourager à tourner la page. Elle vivait notre attitude comme une trahison envers sa mémoire. Et pendant un temps, elle nous a détestées...

Sapphie était presque convaincante, mais malgré toute son éloquence, elle ne parviendrait pas à ses fins ! se dit Rick. Il refusait l'idée même que Dee, dont il avait été éperdument amoureux, ait pu lui mentir ainsi. La vérité était certainement ailleurs ; pour d'obscures raisons, Sapphie et sa mère avaient décidé que Dee épouserait Jérôme. Un jour, il tirerait cette affaire au clair. La nuit qu'il avait passée avec Sapphie avait-elle fait partie de leur stratégie ? Il l'ignorait encore, mais d'une façon ou d'une autre il en aurait le cœur net. En tout cas, il n'avait plus aucune envie de prolonger ce tête-à-tête.

Il se leva brusquement et jeta un coup d'œil à sa montre.

— Il est temps de descendre retrouver les autres, déclara-t-il d'un ton sec.

Comme Sapphie ne réagissait pas, il la prit par le bras sans ménagement.

— Laisse-moi, voyons ! protesta-t-elle, choquée par ce manque d'égard.

Elle tenta vainement de se dégager, mais il la maintenait d'une main ferme. Leurs regards se croisèrent, s'affrontèrent, chacun mettant l'autre au défi de céder et de baisser les yeux. Ce duel silencieux dura quelques secondes, aucun ne voulant lâcher prise. Puis, brusquement, il attira la jeune femme à lui et écrasa sa bouche sur la sienne.

Voulait-il la punir, lui prouver qu'il la tenait en son pouvoir, la blesser dans son orgueil ? Il l'ignorait : il agit sur un coup de tête, cédant à une pulsion aussi subite qu'irrépressible.

Il lui prit les lèvres avec une violence mal contrôlée, fouillant sa bouche avec une rage qu'il n'avait jamais éprouvée auparavant. Puis, aussi soudainement qu'il l'avait embrassée, il la lâcha, réalisant brusquement que sa conduite était inqualifiable.

Pourquoi l'humilier ainsi ? se demanda-t-il en voyant la jeune femme trembler de tous ses membres en retenant ses sanglots. Que voulait-il lui faire payer ? Le fait de s'être donnée à lui pour d'obscures raisons cinq ans auparavant ? Tout cela était si loin ! Au lieu de réagir de manière aussi infantile, il aurait dû passer son chemin, lui opposer une totale indifférence. Comment pouvait-il manquer de recul à ce point ?

Mais ses remords ne durèrent pas longtemps : il se remémora les horreurs que Sapphie lui avait racontées sur Dee. Par ses mensonges, elle avait cherché à ternir l'image de celle qu'il avait aimée, et il ne pouvait pas le supporter.

— Ne t'attends pas à ce que je te présente mes excuses ! lança-t-il enfin pour lui montrer qu'il ne regrettait rien.

Sapphie mit quelque temps à reprendre le contrôle d'elle-même.

— Rassure-toi, rétorqua-t-elle quand elle fut enfin capable de parler, je ne me suis jamais attendue à quoi que ce soit de bon de ta part, Rick Prince.

— Que veux-tu dire exactement ?

— Rien, répondit-elle d'une voix sourde.

Devant son désarroi, Rick éprouva de nouveau un pénible sentiment de culpabilité. Il n'avait que mépris pour elle, mais il n'aurait jamais dû agir de cette odieuse façon. Il ne se reconnaissait plus.

— Allons les rejoindre, décida-t-il en évitant son regard.

Il avança la main vers la jeune femme pour la faire passer devant lui, mais elle recula aussitôt, comme si elle avait peur qu'il effleure son bras nu.

Elle n'avait rien à craindre, songea-t-il alors avec amertume. Il n'avait plus la moindre envie de la toucher, ni de l'approcher de près ou de loin. Désormais, il l'éviterait le plus possible. D'ailleurs, dès le lendemain, leurs chemins se sépareraient de nouveau. Et cette fois-ci, il l'espérait, pas seulement pour cinq ans, mais pour le reste de leurs existences !

4

— Tu es bien calme ce soir, Sapphie ! Quelque chose ne va pas ?

Sapphie se tourna vers son beau-frère avec un sourire forcé.

En effet, elle n'avait aucune envie de parler, et de toute façon elle aurait eu le plus grand mal à s'exprimer si elle l'avait souhaité. En effet, Dee et Rick ne cessaient de monopoliser la conversation depuis le début du dîner, évoquant des événements et des personnes qui lui étaient totalement étrangers. Jérôme lui-même restait silencieux, se contentant d'émettre une remarque de temps à autre pour manifester sa présence.

Si Rick avait voulu éveiller la jalousie de ce dernier, il ne se serait pas comporté différemment, songea-t-elle en retenant un soupir découragé. Ce n'était pourtant pas faute de l'avoir mis en garde…

— Ce n'est rien, répondit-elle. Une petite migraine…

— Tu as mal à la tête ? intervint Dee d'un air soucieux, interrompant brutalement sa conversation avec Rick. Attends, j'ai ce qu'il te faut : de l'aspirine. Le remède miracle !

Elle se mit à fourrager dans sa grande besace toute neuve, mais Sapphie l'arrêta d'un geste.

— Non merci, coupa-t-elle, je ne crois pas que ce soit une bonne idée après deux coupes de champagne. En fait, j'aurais juste besoin d'une longue nuit de sommeil.

Et surtout de ne plus voir Rick, ajouta-t-elle en son for intérieur.

Peut-être Dee et Jérôme n'avaient-ils rien remarqué, mais celui-ci ne lui avait pas adressé la parole de toute la soirée. Tout simplement comme si elle n'avait pas existé ! Il n'avait eu d'yeux que pour Dee, ce qui n'avait pas échappé à Jérôme, dont les sourcils de plus en plus froncés n'auguraient rien de bon. Dee, quant à elle, était comme un poisson dans l'eau, parfaitement dans son élément dès qu'un homme lui faisait la cour. Elle souriait et papillonnait, éclatait de son rire haut perché, ravie d'attirer l'attention et de jouer — en toute innocence malgré tout — de sa féminité et de son charme. Même si Sapphie était souvent agacée par ce comportement puéril, au fond elle ne pouvait pas lui en tenir rigueur. Dee était comme un feu follet, facilement grisée par les sunlights, en apparence frivole et seulement préoccupée d'elle-même et du pouvoir que sa beauté lui conférait sur les hommes. Mais en réalité, Dee aimait son mari, elle en était convaincue.

— Désolée d'interrompre la soirée, déclara-t-elle tout à coup en posant sa serviette sur la table, mais je vais rentrer à mon hôtel. J'ai besoin de me reposer. Surtout, prenez votre café tranquillement et continuez sans moi !

— Pas question, asséna Rick d'une voix qui n'admettait pas la réplique. Je te raccompagne.

De surprise, Sapphie faillit s'étrangler. A quoi rimait cette proposition, alors qu'il ne lui avait pas adressé la parole depuis deux heures ? Elle n'y comprenait plus rien.

— Non, je t'assure, je peux très bien marcher toute seule, affirma-t-elle. Mon hôtel est à deux pas.

— Je sais, mais j'insiste, dit Rick. Il est tard, et je ne voudrais pas que tu fasses de mauvaises rencontres. D'ailleurs, je suis certain que Dee et Jérôme ont hâte de se retrouver en tête à tête. Ne dit-on pas que Paris est la ville des amoureux ? ajouta-t-il en souriant.

Justement ! faillit s'exclamer Sapphie. Elle ne voulait à aucun prix d'une promenade romantique avec Rick Prince ! Sa présence lui était si pénible qu'elle n'avait qu'une hâte : se retrouver seule dans sa chambre d'hôtel, loin de lui.

Pendant cet échange, le regard de Dee allait de l'un à l'autre. A l'évidence, elle était dépitée que Rick lui fasse ainsi faux bond, car elle perdait un admirateur de choix.

— Mais voyons, Rick, quelle idée ! s'écria-t-elle d'un air contrarié. Ce n'est pas comme si Jérôme et moi découvrions Paris ! Nous y avons déjà séjourné des dizaines de fois auparavant !

— Et nous y retournerons encore bien souvent, je n'en doute pas ! renchérit Jérôme. Cela dit, Rick n'a pas tort, et je marcherai bien le long des quais pour admirer la tour Eiffel illuminée avant d'aller me coucher… L'air est si bon, ce soir. Qu'en penses-tu, chérie ?

Sapphie regarda Dee hésiter un instant. Lui abandonner son chevalier servant ne semblait guère enchanter sa petite sœur. Si elle avait su à quel point la perspective de se voir escortée par Rick lui déplaisait, elle aurait été rassurée, songea Sapphie avec une ironie amère.

Mais Dee dut conclure qu'il était inutile de faire une scène, car elle se tourna vers son mari et lui adressa un de ces sourires éclatants dont elle avait le secret.

— Bien sûr, mon amour, approuva-t-elle en le prenant par le bras. C'est une excellente idée !

Sapphie retint un soupir de soulagement. Certes, Jérôme se montrait patient et compréhensif, mais Dee ne savait pas toujours quand s'arrêter. Même si, ces derniers temps, elle avait constaté que sa sœur se montrait plus raisonnable, et parfois même étonnamment conciliante avec son mari. Peut-être devenait-elle enfin adulte…

Le visage de Jérôme se détendit tout à fait. Rick, quant à lui, affichait une expression impénétrable, et elle aurait donné cher pour savoir ce qu'il pensait vraiment.

Etait-il déçu de quitter Dee ? Sa proposition de la raccompagner faisait-elle partie d'une tactique pour endormir la méfiance de Jérôme ? Elle restait perplexe…

Jérôme avait raison : dehors, il faisait bon, et une foule dense se pressait sur les larges trottoirs des Champs-Elysées. Après quelques minutes de marche pendant lesquelles ils n'échangèrent pas un mot, Sapphie se tourna vers Rick.

— Je t'en prie, laisse-moi ici, déclara-t-elle. Mon hôtel est au bout de la rue, je peux très bien rentrer toute seule à présent.

Ils avaient quitté Dee et Jérôme devant le Fouquets, après moultes embrassades et promesses de se revoir bientôt. Puis le couple était parti en direction de la Seine, tendrement enlacé. A présent qu'elle était seule avec Rick, Sapphie n'avait plus aucune raison de jouer la comédie, et sa voix trahissait un très net agacement.

La présence de Rick la perturbait plus qu'elle ne voulait l'admettre. En cinq ans, elle avait réussi à se convaincre qu'elle ne le reverrait jamais, et que si leur aventure éclair le jour du mariage de Dee avait bouleversé son existence, il en était définitivement sorti…

Mais elle se trompait. Non seulement leurs chemins s'étaient croisés de nouveau contre toute attente, mais elle le trouvait plus fascinant que jamais. Quand il l'avait prise dans ses bras pour l'embrasser, et malgré la violence de son baiser, elle avait réalisé avec horreur qu'elle s'était trompée sur elle-même : en réalité, elle était toujours amoureuse de lui.

Rick était perturbé. Il venait de passer une des soirées les plus dérangeantes de son existence.

Quand il était tombé nez à nez avec Dee en plein milieu des Champs-Elysées, il avait cru un instant que cette histoire inachevée allait reprendre, qu'il pourrait peut-être reconquérir cette femme qui hantait ses pensées depuis cinq ans. Mais il avait bien vite ouvert les yeux… Il avait cru nourrir pour elle un amour éternel, et il s'apercevait tout bonnement qu'il s'était leurré sur ses propres sentiments. Leur dîner à quatre n'avait fait que confirmer cette impression : Dee n'avait certes rien perdu de son éclatante beauté, mais elle lui apparaissait désormais terriblement artificielle, beaucoup trop fabriquée à son goût. Il n'avait rien à regretter, d'autant qu'elle formait un couple parfait avec Jérôme. Pendant toutes ces années il avait été amoureux d'une image, et la réalité ne correspondait pas à la créature idéale à laquelle il avait si longtemps rêvé. Il tombait de haut, mais il était définitivement guéri.

Et puis il avait retrouvé Sapphie, avec laquelle il avait partagé une seule et unique nuit d'amour, si torride que chaque instant en était resté gravé dans sa mémoire.

La revoir l'avait stupéfait… Mais le pire avait été d'apprendre qu'elle était la demi-sœur de Dee, celle-la même qui, avec sa mère, avait poussé cette dernière à épouser Jérôme. Aussi avait-il mis un point d'honneur à l'ignorer pendant tout le dîner qui venait de s'écouler. Qu'elle comprenne ou pas les raisons de sa mauvaise humeur, il n'en avait cure, mais il détestait la sensation d'avoir été floué !

Mais surtout, et c'est cela qui le perturbait le plus, il l'avait littéralement forcée à l'embrasser ! Lui, d'habitude si maître de lui-même, si respectueux du sexe faible, il avait cédé à la plus primitive des pulsions, comme un affreux macho ! Des trois frères Prince, il passait d'ordinaire pour le plus raisonnable, au contraire de Nick qui s'emportait volontiers. Mais cette fois, il avait fait mentir cette rumeur. Jamais il ne s'était senti aussi honteux.

— Je te dois des excuses, déclara-t-il tout à coup, décidé à mettre les choses au clair.

— Tu ne vas pas recommencer, j'espère ! s'exclama Sapphie, agacée. Je t'ai déjà expliqué que tu ne me dois rien du tout !

Il lui jeta un coup d'œil surpris. Pourquoi paraissait-elle si fébrile dès qu'il lui adressait la parole ? Sur ses gardes, comme si elle avait peur de lui ? Pourtant, il ne lui voulait aucun mal !

— Si, je te dois des excuses, répéta-t-il du même ton posé. Je ne sais pas ce qui m'a pris. Je ne me suis jamais comporté avec aucune femme comme je l'ai fait tout à l'heure avec toi, et je le regrette.

— Je t'en prie, ne revenons pas là-dessus, protesta Sapphie d'une voix sourde en détournant le regard.

Pourquoi était-elle si insaisissable, si fuyante ? se demanda-t-il de nouveau. Etait-il donc impossible de communiquer simplement avec elle sans qu'elle se replie sur elle-même et lui échappe ?

— Mais enfin, Sapphie, tu peux quand même m'écouter quand je te présente mes excuses ! s'exclama-t-il d'une voix étranglée.

Elle haussa les épaules d'un air indifférent qui acheva de l'exaspérer.

— Si ça peut te faire plaisir, finit-elle par murmurer d'un ton las, comme si les préoccupations de Rick étaient le cadet de ses soucis.

— Ce n'est pas une question de plaisir ! rétorqua-t-il sèchement.

Il ne lui expliqua pas qu'il cherchait à calmer sa conscience, elle aurait été trop contente.

Ils se regardèrent quelques instants en chiens de faïence, et il se résolut à abandonner le sujet tant Sapphie avait l'air sur la défensive.

— Sapphie… C'est un drôle de nom, murmura-t-il, sautant délibérément du coq à l'âne pour essayer de détendre l'atmosphère. D'où vient-il ?

Il crut voir une lueur d'amusement briller dans ses yeux aux reflets dorés.

— Tu ne devines pas ? murmura-t-elle.

Il réfléchit un instant.

— Laisse moi chercher… Sapphie, saphir ? Ton nom viendrait de saphir ?

— Exactement.

— Bien sûr, je comprends : Diamond et Saphir ! Les pierres précieuses…

Jusqu'à présent, il avait toujours considéré que Nick, Rick et Zack, les prénoms choisis par ses parents pour leurs trois fils, étaient le comble de l'excentricité, mais la mère de Sapphie avaient fait encore mieux.

— En effet. Mais ne prends pas cet air effaré, ç'aurait pu être pire : nous avons échappé à rubis et émeraude, fit observer Sapphie en retenant un sourire.

— En effet… Je parie que quand tu auras à ton tour des enfants, tu les appelleras John et Mary !

La tension entre eux se relâcha quelque peu, mais pas pour longtemps. Quelques mètres plus loin, Sapphie s'arrêta net et se tourna vers lui d'un air fâché.

— Je t'ai dit que ce n'était pas la peine de me raccompagner jusqu'à l'hôtel ! reprit-elle, têtue. Je me balade dans Paris depuis quatre jours sans escorte, je ne vois pas pourquoi je devrais commencer aujourd'hui !

Il l'observa, déconcerté par ce soudain revirement. Sapphie lui souriait, et un instant après elle voulait le chasser ! Etait-ce elle qui ne tournait pas rond ou lui qui ne comprenait rien aux femmes ? Parfois, il se posait la question…

Depuis le mariage de Dee, il avait eu plusieurs aventures, espérant chaque fois que la nouvelle élue effacerait dans son esprit le souvenir de la jeune femme. Mais en vain : il avait toujours été déçu.

Avec Sapphie, c'était différent… Elle ne ressemblait à aucune des filles qu'il avait connues. Il y avait quelque chose en elle qu'il ne saisissait pas et qui éveillait définitivement sa curiosité. Une zone d'ombre qu'il avait envie d'éclaircir…

— Pourquoi êtes-vous intervenues, toi et ta mère, dans la décision de Dee d'épouser Jérôme ? demanda-t-il soudain, suivant le cours de ses pensées.

Elle poussa un soupir exaspéré.

— Tu ne vas pas remettre ce sujet sur le tapis ! s'exclama-t-elle, furieuse. Je ne sais pas d'où tu sors cette idée, mais tu fais fausse route ! J'ignore de quoi tu parles.

— Voyons, Sapphie…

Elle l'interrompit d'une voix coupante.

— Je te dis que tu divagues ! Pourquoi aurais-je insisté pour que ma sœur épouse celui dont j'étais amoureuse ? Tu vois bien que cette thèse est absurde !

Rick resta muet. En effet, l'argument était valide. Mais pour autant, il ne pouvait se résoudre à admettre que Dee lui ait menti.

Perplexe, il observa Sapphie. La colère avait rosi ses joues, sa poitrine ronde et ferme se soulevait à un rythme accéléré, et il distingua la forme de ses mamelons sous le tissu de sa robe. Brusquement, des souvenirs de leur nuit d'amour remontèrent à la surface, et un spasme de désir le saisit. Il aurait tout donné pour l'entendre de nouveau soupirer dans ses bras, pour la faire sienne encore une fois.

— Ecoute, Rick, mettons enfin les choses au point, reprit-elle d'un ton plus calme. Je ne sais pas ce que Dee t'a raconté avant son mariage, mais sache qu'à l'époque elle était mal dans sa peau et capable de dire n'importe quoi pour attirer l'attention.

— Rassure-toi, Sapphie, à ce moment-là elle et moi avions d'autres sujets de conversation que toi et ta mère ! coupa-t-il sèchement.

Sapphie eut un sourire crispé.

— Je n'en doute pas, asséna-t-elle d'une voix tendue. Mais je vais te raconter exactement comment les choses se sont passées. Il y a six ans, je travaillais aux USA. Avec Jérôme. J'étais son assistante… Et accessoirement sa petite amie.

— Sa *petite amie* ?

Décidément, il allait de surprise en surprise ! Qu'allait-il apprendre à présent ?

— Oui. Nous allions nous fiancer. Je suis allée en Angleterre avec lui pour le présenter à ma famille, et au premier coup d'œil il est tombé sous le charme de Dee. Un véritable coup de foudre… C'était tellement flagrant qu'il était inutile de se battre. Je me suis effacée. Il a courtisé Dee et fait peu à peu sa conquête. Maman et moi n'avons joué aucun rôle dans leur histoire, conclut-elle.

Ainsi, Dee lui aurait menti, songeait Rick abasourdi. Il avait pourtant encore du mal à admettre la réalité.

— Tu t'es laissée faire sans essayer de reconquérir Jérôme ? demanda-t-il, soupçonneux.

— C'était peine perdue, expliqua Sapphie. Bien sûr, au début j'étais dévastée, et je leur en ai terriblement voulu à tous les deux. Et puis j'ai décidé de tourner la page. D'ailleurs, je suis sûre à présent que nous n'étions pas faits l'un pour l'autre. Cette histoire est derrière moi, et il n'y a aucune ambiguïté dans mes rapports avec Jérôme. Ce qui ne semble pas être ton cas avec Dee, ajouta-t-elle d'un ton perfide.

Rick se crispa aussitôt.

— Que veux-tu dire exactement ? rétorqua-t-il sèchement. Je déteste les sous-entendus !

— Permets-moi de trouver que cette rencontre sur les Champs-Elysées entre toi et Dee est particulièrement étonnante, fit-elle remarquer. Je sais que le hasard fait parfois bien les choses, mais ne l'aurais-tu pas un peu aidé ?

De colère, il serra les poings.

— Rien ne t'autorise à faire des suppositions de ce genre ! s'exclama-t-il, outré. Sache que les femmes mariées, je n'y touche pas ! Je ne suis pas aussi vil que tu sembles le penser !

— Ne dérogerais-tu pas à la règle si tu étais amoureux ?

— Non, asséna-t-il.

Il allait ajouter que de toute façon, il n'était plus amoureux de Dee, mais il se tut. Il n'avait nul besoin de faire des confidences à Sapphie.

Cette dernière observa un moment son air contrarié, ses sourcils froncés.

— Tu ne me crois pas quand je te dis que Dee t'a raconté des histoires, n'est-ce pas ? demanda-t-elle enfin.

— Je n'ai pas dit ça, maugréa-t-il.

Sapphie laissa échapper un soupir.

— Je parie que Dee n'a pas compris à l'époque à quel point tu l'aimais…, murmura-t-elle comme si elle se parlait à elle-même.

Cette remarque ne fit qu'accentuer la perplexité de Rick.

En effet, quand il y repensait, Dee n'avait jamais été très démonstrative à son égard. Le jour de son mariage, elle l'avait à peine regardé, l'embrassant distraitement comme n'importe lequel des nombreux invités. Sur le moment, il en avait conclu qu'elle restait discrète de peur de les trahir, mais la réflexion de Sapphie lui ouvrait les yeux. En fait, elle n'éprouvait rien pour lui…

Quel idiot il avait été ! Comment avait-il pu échafauder pendant cinq ans des châteaux en Espagne autour d'une femme enfant pour laquelle il n'avait jamais vraiment compté ?

— Je préférerais que tu laisses de côté mes sentiments pour Dee, déclara-t-il, les lèvres pincées.

A supposer qu'ils aient jamais existé…, ajouta-t-il en son for intérieur.

Ils étaient arrivés devant l'hôtel de Sapphie.

— Ne prends pas cet air sombre ! s'exclama la jeune femme en se tournant vers lui. Et rassure-toi, dès demain matin tu pourras nous oublier, Dee, Jérôme et moi, puisque nous allons tous repartir dans des directions opposées. Tu vois, il faut toujours voir le bon côté des choses ! ajouta-t-elle d'un ton faussement enjoué.

Rick n'essaya même pas de lui rendre son sourire.

Il n'avait qu'un seul souhait : que cette soirée calamiteuse se termine enfin.

5

— Mais qu'est-ce que tu fabriques ici ?

Le ton de Sapphie était sans équivoque : se retrouver face à Rick alors qu'elle s'attendait à prendre son petit déjeuner avec Jérôme et Dee ne lui faisait guère plaisir. Et c'était un euphémisme…

Et pourquoi Jérôme n'était-il pas là, alors qu'il lui avait lui-même fixé rendez-vous à cette heure matinale ?

— Je me permets de te faire remarquer que je suis client de cet hôtel, et que si quelqu'un empiète sur le territoire de l'autre, c'est toi ! fit remarquer Rick d'un ton acerbe.

Il ne manquait pas de toupet ! pensa Sapphie. Peut-être était-il résident du George V, mais personne ne lui avait demandé de s'asseoir à la table réservée par Jérôme !

— Ne prends pas cet air furieux, reprit-il comme s'il avait lu dans ses pensées. Si je suis là, c'est parce que j'attends Jérôme, moi aussi.

— Vraiment ?

— Absolument. Peut-être l'ignores-tu encore, mais Dee et lui ont avancé leur départ pour Londres. Ils prennent un train en fin de matinée.

Sapphie hocha la tête. Elle était au courant, car Jérôme l'avait appelée par téléphone pour l'informer de leur changement de programme. Dans un premier temps, elle s'était étonnée qu'ils aient ainsi écourté de plusieurs jours leur séjour à Paris, et puis elle avait réfléchi : Jérôme était un mari tolérant, mais sa patience avait certainement ses limites. Il n'avait pas pu ne pas remarquer l'empressement que Rick manifestait auprès de sa femme, et le plaisir évident que cette dernière en retirait. Peut-être avait-il jugé préférable de ne pas laisser ce petit jeu perdurer ?

— Je sais, enchaîna-t-elle. Depuis hier soir, Jérôme semble tout à coup apprécier beaucoup moins Paris.

Rick leva vers elle un regard inquisiteur.

— Que veux-tu dire exactement ? demanda-t-il sèchement.

A cet instant, le serveur déposa devant elle une tasse de café fumant, ce qui interrompit fort opportunément une conversation qui menaçait de tourner vinaigre.

— Oh, absolument rien ! répliqua-t-elle en affichant un ton dégagé. Et de toute façon, je n'ai aucune envie de commencer à argumenter avec toi au petit déjeuner ! Laisse-moi boire mon café avant de commencer à m'agresser, tu seras gentil.

— Alors, ça va mieux maintenant ? demanda Rick d'un ton ironique.

Sapphie posa sa tasse d'un geste brusque.

— Non, pas vraiment, lança-t-elle. Où sont donc passés Jérôme et Dee ? Ils ont déjà un quart d'heure de retard !

— On devrait commander, ça les fera venir, suggéra Rick. Qu'en penses-tu ? Je meurs de faim, et toi aussi sûrement. Tu as à peine touché à ton dîner, hier soir.

Elle lui lança un regard soupçonneux. Inutile de lui faire croire qu'il s'était intéressé à elle alors qu'il n'avait eu d'yeux que pour Dee, songea-t-elle, cédant à un absurde réflexe de jalousie qu'elle réprima aussitôt. Rick pouvait courtiser qui il voulait, peu lui importait !

— Tu ne crois pas que nous devrions les attendre ? demanda-t-elle en s'efforçant de prendre une voix posée.

Elle achevait à peine sa phrase que le maître d'hôtel arriva. Il se pencha respectueusement vers Rick.

— Monsieur Prince ? Désolé de vous interrompre, mais

j'ai un message pour vous. M. Powers m'a chargé de vous dire qu'il ne pourrait pas vous rejoindre. Il s'excuse et vous recontactera ultérieurement. Il vous souhaite de passer un bon moment avec Mlle Benedict.

Rick et Sapphie échangèrent un regard surpris. Encore un changement de programme ? Un tel manque d'organisation ressemblait pourtant peu à Jérôme !

Et si, malgré les apparences, il avait au contraire tout orchestré ? songea tout à coup Sapphie. S'il avait soigneusement organisé ce tête-à-tête entre elle et Rick ? Mais dans quel but ? Pourquoi Jérôme, si discret, jouerait-il tout à coup les entremetteurs ?

Certes, elle savait qu'il s'était senti infiniment coupable autrefois de la quitter pour sa sœur, mais cinq ans avaient passé et leurs rapports étaient aujourd'hui parfaitement normalisés. Il essayait bien de temps à autre de lui présenter ses amis célibataires bien sous tous rapports, mais jamais jusqu'à présent il ne s'était permis ce genre d'initiative, aussi alambiquée qu'inattendue.

S'il avait su que non seulement elle et Rick avaient déjà été amants, mais qu'ils s'entendaient à présent comme chien et chat ! Il n'aurait pas pu plus mal choisir…

D'autant que désormais, Rick était le dernier homme qu'elle voulait faire rentrer dans sa vie… Et dans celle de Matthew.

Matthew. Le fils de Rick.

Pendant les neuf mois où elle avait senti ce bébé se développer en elle, elle n'avait cessé de s'interroger sur ce qu'elle devait faire. Avertir Rick de sa future paternité, alors qu'ils ne s'étaient jamais revus ni même parlé depuis la nuit où cet enfant avait été conçu ?

Pas une fois il n'avait cherché à la joindre, pas une fois il ne s'était inquiété de savoir si elle était enceinte…

Après avoir longtemps hésité, tiraillée qu'elle était entre cette constatation réaliste et le sentiment que d'une part Rick devait être informé, et d'autre part qu'elle n'avait pas le droit de priver son enfant de père, elle avait décidé de ne rien dire. Leur aventure avait été aussi brève qu'insensée, puisqu'à l'époque leurs cœurs à tous deux étaient pris ailleurs. Et même si elle s'était rendu compte aussitôt après avoir quitté Rick qu'elle ne pouvait pas l'oublier, qu'il avait marqué sa chair comme son esprit de manière indélébile, qu'aucun homme après lui ne saurait la séduire, elle savait qu'ils n'avaient pas d'avenir commun.

Car lui ne songeait qu'à Dee, comme chacun avait pu l'observer le jour des noces. Il arborait un étrange air absent, ne quittait pas la mariée des yeux, et même quand il lui avait proposé de finir la nuit à son hôtel, Sapphie avait compris que son esprit était ailleurs. Avec Dee…

Dans ces conditions, pourquoi lui aurait-elle annoncé qu'elle était enceinte de lui ? Il l'avait probablement effacée de son esprit dès le lendemain de leur rencontre !

Personne ne saurait qui était le père de son bébé, s'était-elle donc promis. Et quand Matthew était né, magnifique avec ses grands yeux au bleu profond, débordant de santé, elle s'était félicitée de sa décision. Cet enfant était à elle, à elle seule, et elle lui donnerait tant d'amour qu'il ne s'apercevrait même pas qu'il n'avait pas de père… Elle ne se battrait avec personne pour en avoir la garde, pour partager week-ends et vacances scolaires. Elle se consacrerait entièrement à construire son bonheur, sans conflit, sans affrontement.

Jusque-là, elle n'avait jamais regretté sa décision. A quatre ans, Matthew était un enfant adorable et gai, et elle s'enorgueillissait d'avoir contribué à en faire un être parfaitement équilibré. Elle leur avait construit à tous deux une vie harmonieuse et assumait parfaitement sa situation de mère célibataire.

De façon à être plus disponible pour lui, elle avait quitté son poste d'assistante pour devenir critique de cinéma et de théâtre. Elle avait toujours aimé écrire, et ses nombreux contacts dans le monde du show business lui avaient ouvert les portes. De fil en aiguille, à force de fréquenter ce milieu si particulier, elle avait eu l'idée d'un livre. Un roman policier, avec des meurtres à Hollywood, un acteur connu en suspect numéro un, et une héroïne aussi belle que mystérieuse poursuivie par un admirateur fou. Le succès avait été immédiat, et elle s'était attelée récemment à la rédaction d'un deuxième roman. Tout semblait parfaitement organisé désormais dans son existence : elle avait un fils adorable, une notoriété grandissante, des revenus confortables…

Et puis, tel un diable sorti de sa boîte, Rick Prince avait refait irruption dans sa vie, et avec lui toutes les questions qui la minaient.

Le danger était là, presque palpable. Si elle se trahissait et éveillait sans s'en rendre compte la curiosité de Rick ? Si, par malheur, il rencontrait Matthew ? Alors, ce serait la catastrophe. Le petit garçon lui ressemblait de façon si frappante qu'il comprendrait aussitôt.

Peut-être Jérôme avait-il déjà fait le rapprochement ? songea-t-elle tout à coup, affolée. Cela expliquerait sa volonté de la jeter dans les bras de Rick… Après quelques secondes de réflexion, elle écarta cette hypothèse : Jérôme n'avait pas vu Matthew depuis près de deux ans, alors qu'il était encore presque un bébé. La ressemblance physique entre le père et le fils n'était pas aussi flagrante à l'époque…

Si elle restait sur ses gardes et évitait tout impair, Rick ne pourrait pas découvrir la vérité, tenta-t-elle de se convaincre.

Rick avait mal dormi.

Malgré la blessure infligée à son ego, il avait enfin admis que la version de Sapphie était la bonne : Dee n'était vraisemblablement qu'une affabulatrice. Contrairement à ce qu'elle lui avait fait croire à l'époque, personne ne l'avait obligée à épouser Jérôme, bien au contraire. Pour passer pour une martyre à ses yeux, pour se faire plaindre, elle avait forgé de toutes pièces cette histoire rocambolesque. Et lui, idiot qu'il était, non seulement il n'avait rien compris, mais il était rentré dans son jeu en la considérant comme une victime, prêt à la venger tel un chevalier sur son destrier blanc !

L'arrivée du serveur le tira de ses pensées. Il le regarda avec intérêt déposer sur la table une corbeille chargée de viennoiseries plus appétissantes les unes que les autres.

— Ces croissants ont l'air délicieux ! s'exclama-t-il.

Il arborait la mine réjouie et les yeux brillants d'un petit garçon devant une boîte de bonbons, et Sapphie ne put visiblement pas s'empêcher de sourire. Son visage s'éclaira soudain, ses traits se détendirent, ce qui n'échappa pas à Rick.

Si elle pouvait baisser les armes plus souvent ! songea-t-il, ébloui. Son visage exprimait une telle douceur qu'il se sentit fondre d'attendrissement. Comme il aurait aimé pouvoir discuter avec elle de tout et de rien, bavarder et plaisanter en confiance, au lieu de la voir se retirer dans sa coquille dès qu'il lui adressait la parole, comme si elle craignait qu'il la morde !

Mais, sans qu'il comprenne pourquoi, le sourire de Sapphie s'évanouit aussi brusquement qu'il était apparu, et une expression soucieuse assombrit ses traits. D'un geste, elle refusa le panier qu'il lui présentait.

— Je n'ai pas faim, décréta-t-elle, de nouveau sur la défensive.

— Comme tu voudras, fit Rick, je ne t'oblige pas à manger. Dès que j'aurai englouti quelques-unes de ces viennoiseries, je suis à ta disposition pour une petite promenade, si tu préfères marcher.

Elle tapota d'un geste nerveux sur la table pendant qu'il s'emparait d'un pain au chocolat avec une mine gourmande.

— Ecoute, Rick, je crois t'avoir déjà dit que je n'ai aucunement l'intention de passer plus de temps que nécessaire en ta compagnie, déclara-t-elle d'un ton sec.

— En effet, tu as dû mentionner la chose une ou deux fois, fit-il observer d'un ton anodin. Peut-être même trois.

Et sur ces paroles, il attaqua avec vigueur un croissant.

Dans les yeux de Sapphie, l'or s'assombrit soudain, et son regard se fit menaçant.

— Donc, tu sais ce que je pense de ta suggestion de promenade, asséna-t-elle froidement.

Il éclata de rire devant son air offusqué.

— Ne me regarde pas comme si j'étais un violeur en puissance ! rétorqua-t-il avec vivacité. Il ne s'agit que de faire quelques pas ensemble, ce qui est une activité tout à fait innocente, non ?

Comme elle ne répondait pas, il vida sa tasse et se leva d'un air d'autorité.

— Allez, viens, insista-t-il. Il fait un soleil radieux, et marcher nous fera du bien. Mes intentions sont parfaitement honorables, je t'assure !

Sapphie était trop épuisée par sa nuit sans sommeil pour protester. D'ailleurs, Rick avait raison : pourquoi faire un esclandre pour une simple promenade ? Elle se leva donc et le suivit à l'extérieur.

Mais dès qu'ils se mirent à marcher le long des quais, elle regretta de s'être laissé faire. Cette balade en tête à tête avec Rick était absurde. Pourquoi avait-elle accepté, alors qu'il était clair qu'elle devait à tout prix le tenir à distance ? Plus elle passait du temps à ses côtés, plus elle risquait de se couper et de lui révéler involontairement l'existence de Matthew !

— Je suis vraiment stupide, murmura-t-elle comme si elle se parlait à elle-même. Aussi stupide qu'il y a cinq ans…

— Je n'ai jamais pensé que tu étais stupide, Sapphie, protesta Rick avec une soudaine gravité.

Sapphie avançait comme un automate, fixant la tour Eiffel

sans la voir. Malgré elle, ses pensées la ramenaient en arrière, le jour du mariage de Dee…

— En tout cas, il y a cinq ans, tu t'es servi de moi sans le moindre scrupule pour oublier Dee, fit-elle observer avec un cynisme amer. Et je n'y ai vu que du feu.

Rick fronça les sourcils.

— Ne cherchais-tu pas, toi aussi, à oublier Jérôme ? enchaîna-t-il après un silence.

— Je ne sais pas ce que je cherchais… Mais sache que je n'ai jamais été la maîtresse de Jérôme, ajouta-t-elle, cédant à une impulsion subite. Tu étais le premier, Rick… Mais tu étais tellement préoccupé par ta propre histoire avec Dee que tu ne t'en es même pas rendu compte !

A peine avait-elle prononcé ces paroles qu'elle les regretta. Pourquoi diable lui faire des confidences aussi intimes ? Cinq années avaient passé sans qu'ils se revoient, alors pourquoi revenir sur cette éphémère nuit d'amour ?

De surprise, Rick resta d'abord muet.

— Ainsi, je ne n'étais pas trompé ! murmura-t-il enfin. Ce soir-là, tu étais vierge ! Sur le moment, j'ai eu un doute, et puis l'ardeur que tu as manifestée dans mes bras m'a convaincu que je ne pouvais pas être le premier. D'ailleurs, quelle femme offrirait sa virginité à un parfait inconnu qu'elle a toutes les chances de ne jamais revoir ?

6

Comment rattraper les choses ? songeait Sapphie, au supplice. A présent, Rick allait la questionner, revenir sur cette nuit qu'ils avaient passée ensemble, peut-être même s'interroger sur ses conséquences ! Et s'il devinait qu'elle n'était pas sous contraception ? Que lui répondrait-elle s'il abordait ce point ? Parviendrait-elle à ne pas se trahir ?

Il fallait absolument faire diversion.

— D'ailleurs, je ne sais pas pourquoi je te raconte tout ça, reprit-elle en affichant un air désabusé. Comme tu dois t'en douter, j'ai eu des aventures depuis, et cette époque me paraît bien lointaine !

Elle constata à l'air contrarié de Rick que son stratagème fonctionnait. Désagréablement surpris par ce qu'il venait d'entendre, celui-ci semblait avoir tout à coup oublié ses étonnantes révélations…

— Tiens donc ! fit-il avec une ironie cinglante. Si je comprends bien, tu t'es rattrapée en collectionnant les amants ? Il faut t'expliquer longtemps, mais tu apprends vite, ma chère !

Ses paroles étaient chargées d'un tel mépris qu'elle se figea, oubliant presque que c'était elle qui l'avait délibérément provoqué.

— Inutile de m'insulter ! lança-t-elle sèchement. Pourquoi sommes-nous incapables de nous côtoyer cinq minutes sans nous envoyer des amabilités à la figure, tu veux me le dire ?

— Je n'ai pas d'explication.

— Sans doute ne sommes-nous tout simplement pas faits pour nous entendre…

Elle s'appuya d'un air pensif sur le parapet et se plongea dans la contemplation de la Seine. Entre deux nuages, le soleil matinal éclairait son visage, et la brise faisait voleter ses boucles auburn.

— Tu es exaspérante, c'est un fait, soupira Rick. Exaspérante et… Et délicieuse ! J'ai très envie que nous nous entendions, précisa-t-il d'une voix ferme. J'aime ta personnalité, figure-toi. Ta façon de te comporter directe et sans détours, ton franc-parler…

Elle tourna la tête vers lui, et il parvint à capter son regard. Il dut lire sur son visage une émotion qui le combla visiblement. Seigneur ! Il avait la preuve que, toute agressive qu'elle était et bien que sur la défensive, il avait tout de même le pouvoir de la toucher. C'était trop tard pour simuler l'indifférence.

— Peut-être au contraire sommes-nous faits pour nous entendre, ajouta-t-il de sa voix grave en guettant sa réaction. Et plus encore…

Elle ne bougea pas, pétrifiée par l'émotion que provoquaient en elle ces paroles équivoques, l'accent rauque de sa voix mâle.

Puis, comme dans un ralenti au cinéma, elle vit Rick se pencher sur elle. De ses lèvres, il effleura les siennes. Eperdue d'émotion, elle ferma les yeux et entrouvrit la bouche pour mieux l'accueillir. Alors, comme par un coup de baguette magique, toute son angoisse se dissipa subitement : elle oublia Matthew et la promesse qu'elle s'était faite de rester vigilante pour s'abandonner aux sensations voluptueuses que faisaient naître en elle les lèvres de Rick.

Sa bouche pressait la sienne, sa langue la fouillait comme s'il voulait en prendre possession. Elle aurait voulu que cet instant d'exception ne s'arrête jamais… Alors, l'évidence s'imposa à elle, incontournable et bouleversante : elle aimait cet homme, de toute son âme ! Elle n'avait pensé qu'à lui depuis cinq ans, et elle n'aimerait jamais que lui !

Comme pour célébrer leur baiser, les nuages se dissipèrent et le soleil apparut, radieux, les inondant de sa douce chaleur.

Ivre d'émotion, elle passa les mains autour du cou de Rick et se lova tout contre lui. Elle ne voulait pas penser à ce qui allait se passer ensuite : seul comptait le bonheur de se retrouver de nouveau dans ses bras, de respirer son odeur enivrante, de sentir son corps viril et musclé pressé contre le sien.

— Quand je pense que tu m'avais dit que je perdais mon temps à essayer d'arranger quelque chose entre Sapphie et Rick ! claironna tout à coup une voix masculine derrière eux.

Ils s'écartèrent brutalement l'un de l'autre et se retrouvèrent face à Dee et Jérôme.

Rouge pivoine, Sapphie aurait voulu pouvoir rentrer sous terre.

La situation semblait beaucoup amuser Jérôme qui les dévisageait d'un air réjoui, mais pour Dee, il en allait tout autrement. Ses yeux allaient de l'un à l'autre, comme si elle ne parvenait pas à croire ce qu'elle voyait, et elle avait du mal à cacher ses sentiments. Il était clair qu'elle considérait que Sapphie lui avait volé son chevalier servant, et on lisait sur son visage la jalousie et la colère.

Sapphie gardait les yeux baissés, incapable de croiser le regard de Rick. Car ce baiser ne changeait rien à la situation. Elle ne comptait pas pour Rick, elle ne compterait jamais… Il avait cédé à une simple pulsion sensuelle, et elle avait eu le tort de ne pas le repousser. Il fallait d'une façon ou d'une autre sortir de cette situation absurde dans laquelle elle n'aurait jamais dû le laisser l'entraîner.

— En fait, Rick et moi étions en train de nous dire au revoir, déclara-t-elle en maîtrisant avec peine le tremblement de sa voix. En effet, j'ai décidé de retourner à Londres dès aujourd'hui : je prendrai le même Eurostar que vous.

Elle avait avancé le premier argument qui lui passait par la tête, mais elle était assez contente de sa présence d'esprit. Fuir Rick était la seule solution, puisqu'elle semblait perdre tout sens commun en sa présence. Rentrer à Londres ou partir ailleurs, peu importait : l'essentiel était de quitter Paris s'il y était…

— Bonne idée, approuva Dee, soudain plus détendue. Matthew doit t'attendre avec impatience.

Sapphie crut que ses jambes se dérobaient sous elle. Elle savait sans vouloir se l'avouer que ce nom serait prononcé à un moment ou à un autre en présence de Rick, mais rien ne l'avait préparée à ce choc terrible.

Dee avait-elle délibérément évoqué le petit garçon pour la mettre mal à l'aise ? Pourtant, elle ignorait tout de l'identité du père de Matthew, que Sapphie avait toujours réussi à garder secrète. Ou sa sœur était douée d'une extraordinaire intuition, ou elle s'efforçait de dissuader Rick de s'intéresser à elle, songea Sapphie, au supplice.

Elle chercha désespérément quelque chose à dire pour faire diversion, mais sa nervosité était telle qu'elle fut moins réactive que d'habitude. Ce qui donna à Rick le temps de prendre la parole.

C'est avec horreur qu'elle le vit se tourner vers elle.

— Matthew ? répéta-t-il d'un ton interrogateur.

Dee s'avança d'un pas et le prit par le bras d'un geste possessif.

— Allons, Rick, ne sois pas trop curieux ! Nous avons bien le droit d'avoir nos petits secrets, nous autres femmes ! fit-elle observer en lançant une œillade complice à Sapphie.

— Je ne vois pas pourquoi tu prends cet air de conspirateur, intervint alors Jérôme en jetant à sa femme un regard étonné. Matthew est…

Dee l'interrompit d'un air d'autorité.

— Ecoute, chéri, si Sapphie n'a pas jugé utile de parler de

Matthew à Rick, ce n'est sûrement pas à nous de le faire, tu ne crois pas ? décréta-t-elle, péremptoire.

Elle secoua ses boucles blondes et croisa avec une lenteur étudiée ses interminables jambes au bronzage impeccable. Ne lui disait-on pas souvent qu'elle avait les plus beaux genoux d'Hollywood ? C'eut été dommage de ne pas les montrer…

Le regard de Rick allait de l'une à l'autre, et Sapphie pria intérieurement pour que Jérôme ne revienne pas à la charge. Il suffisait qu'il mentionne l'âge de Matthew pour que Rick comprenne immédiatement qu'il pouvait en être le père.

— Tu as raison, Dee, enchaîna-t-elle alors en affectant un ton dégagé. Nos petites histoires ne regardent que nous !

Elle ponctua sa remarque d'un éclat de rire, et Rick sembla enfin se détendre.

— Vous ne voulez pas reprendre un café avec nous ? suggéra alors Dee. A vrai dire, je meurs de faim !

A peine rassurée, Sapphie était en proie à une telle tension intérieure que la seule idée d'avaler une bouchée lui donnait la nausée. Elle n'avait qu'un souhait : se retrouver enfin seule, le plus loin possible de Rick. Aussi la perspective de quitter Paris dans quelques heures lui procurait-elle un véritable réconfort.

— Merci, Dee, mais je vais vous abandonner, répondit-elle. Je dois faire mes valises et confirmer mon billet sur l'Eurostar…

… Ce qui était un parfait mensonge, puisqu'elle n'avait bien sûr aucune place réservée.

— Oui, bien sûr, fit Dee, qui n'avait fort heureusement pas remarqué sa fébrilité. On se retrouve tout à l'heure, donc ?

— Oui. Je vous appellerai à votre hôtel, précisa Sapphie. Nous n'aurons qu'à prendre le même taxi.

— Alors nous serons quatre, intervint tout à coup Rick. Je pars à Londres, moi aussi. Et si vous n'y voyez pas d'inconvénient, je voyagerai avec vous.

— Super ! s'exclama Dee. Quelle bonne idée ! Ainsi, nous aurons tout le temps de bavarder !

Elle ponctua ses paroles d'un sourire radieux, à l'évidence

ravie de récupérer son chevalier servant. Pareil à lui-même, Jérôme affichait quant à lui un flegme tout britannique, habitué qu'il était à l'exubérance de sa femme.

Sapphie, elle, avait blêmi.

Non seulement son stratagème avait échoué, mais elle allait être coincée avec Rick pendant plusieurs heures, sans échappatoire possible.

Car dans l'Eurostar, elle serait bien obligée de répondre à ses questions.

Cette journée qui avait déjà fort mal commencé promettait de finir encore plus mal…

Pourquoi diable avait-il tout à coup décidé de se rendre à Londres, alors que son projet initial était de regagner rapidement les USA ? se demandait Rick, perplexe. Pour suivre Dee, ou bien Sapphie ?

La réponse était claire. Même s'il avait du mal à l'admettre, la responsable ne pouvait être que Sapphie, bien qu'il ignorât ce qu'il attendait d'elle. Il y avait entre eux quelque chose d'inachevé, une promesse non tenue, une page non tournée. Et il avait terriblement envie de tourner cette page, même si ce devait être la dernière de leur brève histoire.

Il ne pouvait plus nier désormais l'attraction qu'elle exerçait sur lui. Il gardait gravé dans sa mémoire le souvenir de leurs étreintes. Parfois, lors de ses insomnies, il se remémorait la passion avec laquelle elle s'était donnée à lui, la douceur de sa peau, ses soupirs d'extase quand il l'avait faite sienne. Et son propre désir, aussi violent qu'insatiable…

Mais à l'époque, il était tellement entiché de Dee — car c'était le terme, il le comprenait à présent — qu'il avait stupidement laissé Sapphie disparaître de son existence sans même chercher à garder un contact avec elle.

Il réalisait à présent qu'elle avait été plus qu'une passade d'une nuit, et qu'il ne l'avait jamais vraiment oubliée. Découvrir qu'elle lui avait donné sa virginité le troublait infiniment, renforçant encore la conviction que ce qui s'était passé entre eux à l'époque avait un véritable sens.

Et voilà qu'il apprenait qu'elle avait un homme dans sa vie, un Matthew qui, à en juger par sa réaction tétanisée, devait représenter beaucoup pour elle ! A la seule mention de ce prénom masculin, il avait ressenti une bouffée de jalousie qui l'avait surpris lui-même. Comme s'il avait des droits sur Sapphie, comme si la seule et unique nuit qu'ils avaient partagée voilà cinq ans les avait liés à jamais !

C'était disproportionné par rapport à la réalité des faits, mais c'était ainsi. Il ne savait pas encore s'il avait envie de reconquérir Sapphie, mais il était bien décidé à ne pas la voir disparaître de son existence une deuxième fois.

D'où cette décision soudaine de partir pour Londres…

— Et toi, Rick, tu reprends un café avec nous ? demanda Dee avec un sourire enjôleur.

Elle le tenait toujours par le bras, mais il s'écarta d'elle d'un air décidé.

— Non merci, déclina-t-il poliment mais fermement. Je suggère plutôt que Sapphie et moi vous retrouvions à votre hôtel vers midi. Ça vous va ?

Pendant quelques secondes, la mine de Dee se renfrogna puis, au prix d'un effort presque visible, elle fit contre mauvaise fortune bon cœur et afficha une gaieté qui ne trompait personne : elle était vexée que Rick ne lui montre pas plus d'empressement.

Encore une fois, Jérôme ne sembla pas prendre ombrage de la réaction de son épouse, et Rick pensa par-devers lui qu'à sa place, il n'aurait pas fait preuve de tant de mansuétude. Dee pouvait être impossible, avec ses caprices de diva et ses humeurs changeantes ! Comment pouvait-il la supporter ? Et comment lui, Rick, avait-il pu être attiré par cette femme certes ravissante, mais totalement imbue de sa personne ?

Il est vrai qu'à l'époque, il était tombé amoureux d'elle pratiquement sans la connaître, séduit par son image. D'ailleurs, ils ne s'étaient vus qu'une dizaine de fois avant qu'elle ne lui annonce son mariage avec Jérôme et qu'il s'imagine avoir le cœur brisé pour le reste de son existence…

S'il avait su à l'époque que, cinq ans plus tard, celle qu'il pensait être la femme de sa vie lui semblerait tout simplement exaspérante avec ses minauderies ! Ses mouvements de tête savamment étudiés pour faire virevolter ses boucles blond platine étaient ridicules. D'accord, elle était une star, mais elle en faisait vraiment trop !

— Allons nous restaurer, chérie, intervint alors Jérôme. La journée va être longue, et tu as à peine grignoté hier soir. Dans ton état, il faut manger !

« Dans ton état… » Cette expression ne pouvait vouloir dire qu'une chose, conclut Rick, stupéfait. Dee était enceinte !

Ce qui n'avait rien d'étonnant, après cinq ans de mariage, songea-t-il aussitôt après. Voilà qui expliquait peut-être à la fois ses sautes d'humeur et l'étonnante tolérance dont Jérôme faisait preuve à son égard.

— Oui, enchaîna Sapphie. Je sais bien qu'on ne dit plus qu'il faut manger pour deux, mais tu dois quand même te nourrir correctement, Dee.

— N'exagérons rien, protesta Dee. Je suis en tout début de grossesse, et ce n'est pas parce que j'attends un bébé que je ne vais pas faire attention à ma ligne. J'ai bien l'intention de retrouver ma silhouette immédiatement après l'accouchement.

Rick lui jeta un regard étonné. Il n'avait qu'une expérience limitée des femmes enceintes — à savoir Stazy, la femme de son frère —, mais il se souvenait parfaitement que pendant sa grossesse, cette dernière n'avait jamais exprimé le moindre souci quant à son propre poids. Son seul objectif était d'avoir un bébé en bonne santé, et elle se nourrissait en conséquence.

Mais Dee était tellement habituée à concentrer sur elle l'attention des journalistes et des médias que même pendant sa grossesse, sa ligne passait avant l'équilibre de son bébé.

— Je suis sûr que ce sera le cas, assura Jérôme en enlaçant

tendrement sa femme. Et si besoin est, tu auras un professeur de gym à ta disposition pour t'aider à retrouver ton corps de rêve ! N'oublie pas que nous avons une salle de sport dernier cri à la maison, avec jacuzzi et sauna… C'est pour toi que je l'ai installée. Alors, un petit croissant, ça te dit ?

Dee acquiesça d'un sourire, apaisée. Par bonheur, Jérôme savait la gérer, songea Rick, admiratif. Il avait toujours le dernier mot, tout en étant suffisamment habile pour ne jamais lui voler la vedette.

— Tu as raison, mon amour, acquiesça-t-elle, allons manger. Je te suis…

Dès qu'ils se furent éloignés, Sapphie se tourna vers lui.

— Tu as l'air abasourdi ! Tu ne savais pas, pour Dee ? s'étonna-t-elle.

— Non, pas du tout. Jérôme doit être ravi ! Un premier bébé à plus de quarante ans, c'est une grande nouvelle !

— Oui, il est enchanté, confirma Sapphie.

— Et Dee ?

Sapphie lui jeta un coup d'œil incisif.

— Dee ? Tu n'as qu'à le lui demander ! rétorqua-t-elle d'un ton pincé. Vous êtes si intimes qu'elle te fera sûrement des confidences !

Elle regretta immédiatement ses paroles. Donner à Rick l'impression qu'elle était jalouse était stupide.

Stupide, et dangereux : il arbora tout à coup un air courroucé.

— Intimes ? Tu divagues ! J'ai rencontré Dee par le plus grand des hasards hier en sortant du Fouquets, mais je ne l'avais pas vue depuis son mariage !

— Excuse-moi, mais j'ai du mal à le croire ! rétorqua-t-elle spontanément avant de s'interrompre, furieuse contre elle-même de se donner ainsi en spectacle.

— Oublie ce que je viens de dire, murmura-t-elle. Peu m'importe de toute façon que tu vois Dee ou pas. Il n'en reste pas moins qu'elle est mariée, et enceinte. Deux bonnes raisons pour la laisser en paix, il me semble.

Elle s'arrêta soudain au milieu du trottoir.

— Je te quitte ici, asséna-t-elle brutalement. Je dois rentrer faire mes valises et confirmer mon billet. Tu m'excuseras, j'en suis sûre.

Sans attendre sa réponse, elle tourna les talons et prit la direction de son hôtel.

Perplexe, Rick observa sa silhouette au gracieux déhanchement jusqu'à ce qu'elle tourne au coin de la rue. Les rayons déjà vifs du soleil matinal faisaient étinceler ses cheveux aux reflets cuivrés, et il nota avec une indéniable jalousie que les hommes qu'elle croisait se retournaient sur son passage.

Pourquoi l'abandonnait-elle ? s'interrogea-t-il. Pourquoi refusait-elle de lui consacrer quelques minutes de son précieux temps ? A cause de Matthew ?

Il l'ignorait.

Comment aurait-il pu savoir ce qu'elle pensait, alors que lui-même était incapable d'analyser ses propres sentiments ?

7

Tout en marchant vers son hôtel, Sapphie ne cessait de s'adresser des remontrances.

Elle n'aurait pas dû entreprendre Rick sur ses sentiments pour Dee. Ni le laisser l'embrasser. Et surtout pas, en prime, répondre à son baiser !

Elle d'ordinaire si raisonnable, si maîtresse d'elle-même, elle ne parvenait pas à comprendre comment elle avait eu un comportement aussi irresponsable. Elle s'ingéniait à attirer l'attention de Rick, alors qu'elle aurait dû précisément faire l'inverse !

Pour couronner le tout, Dee les avait vus s'embrasser… Dorénavant, elle prendrait certainement un malin plaisir à la mettre mal à l'aise en présence de Rick, pour la punir de ce qu'elle devait considérer comme un crime de lèse-majesté ! Sapphie était prête à parier que Dee l'entreprendrait sur le sujet à la première occasion…

Elle ne s'était pas trompée.

Une fois à la gare, Jérôme et Rick s'éloignèrent pour prendre un café en attendant le train, et les deux sœurs se retrouvèrent en tête à tête. En effet, Dee ne perdit pas une seconde pour attaquer.

— Je me demande vraiment ce qui t'est passé par la tête, Sapphie ! commença-t-elle, un éclat de colère dans ses yeux verts. Flirter avec Rick ! Mais c'est absurde ! Tu sais parfaitement qu'il est à moi !

Sapphie fit effort pour garder son calme et tenta désespérément de trouver des excuses à sa sœur. Dee avait toujours fait preuve d'un étonnant égocentrisme, et ni son père, qui l'adulait, ni sa mère ne l'avaient jamais raisonnée. Enfant, elle était la petite dernière, adorable avec ses boucles blondes et ses grands yeux verts. Plus tard, ses succès à Hollywood et son pouvoir d'attraction sur les hommes n'avaient fait qu'accentuer le phénomène : elle était tout simplement incapable de se mettre à la place des autres. Seul Jérôme, avec sa diplomatie et sa tendresse, arrivait parfois à lui ouvrir les yeux et à lui faire comprendre qu'elle n'était pas la seule au monde.

Mais là, c'était trop ! Parler d'une autre personne, quelle qu'elle soit, en termes de propriété, comme s'il s'agissait de n'importe quel bien, c'était infiniment choquant.

— Personne ne te dispute ton amitié avec Rick, fit observer Sapphie avec une retenue qui l'étonna elle-même.

Dee lui jeta un regard cinglant.

— Tu sais très bien qu'il s'agissait entre nous de beaucoup plus que d'amitié ! asséna-t-elle, péremptoire.

A l'entendre, la terre entière avait été informée des sentiments amoureux qui les liaient, se dit Sapphie avec cynisme.

— Parfait, fit-elle, décidée à ne pas faire rebondir un sujet aussi pénible.

— Parfait ? Tu veux rire ! explosa Dee. Je te surprends en train d'embrasser Rick, et tout ce que tu trouves à dire, c'est « parfait » ? Et en plus, comme par hasard, il modifie ses plans pour te suivre à Londres ? Et tu veux que, moi aussi, je trouve ça « parfait » ?

— Je ne veux rien du tout, Dee, répondit Sapphie sans perdre son calme. Je trouve simplement ta réaction hors de proportion. D'abord, le fait que Rick aille à Londres et non à New York n'a strictement rien à voir avec mon propre programme. Et ensuite, je t'ai déjà expliqué que tout à l'heure nous ne nous embrassions pas au sens où tu l'as entendu. Nous nous disions seulement au revoir. Pourquoi fais-tu ainsi des plans sur la comète ?

— Je ne fais pas des plans sur la comète, bougonna Dee. Mais c'est moi qui t'ai présenté Rick, alors je trouve vraiment que tu exagères !

Sapphie retint un sourire : parfois, Dee avait l'âge mental d'une pré-adolescente. Ce qui, dans un sens, l'excusait. Elle n'était ni perverse ni méchante, mais simplement terriblement immature. A vingt-cinq ans et bientôt maman, elle avait encore des réactions de petite fille, songea Sapphie en observant son air vexé. Si le sujet avait été moins grave, elle n'aurait pu s'empêcher d'en rire.

— Voyons, Dee, je sais bien que c'est grâce à toi que je connais Rick, et je sais aussi tout ce qui vous lie, ajouta-t-elle avec une déférence délibérée, dans l'espoir d'apaiser sa sœur et de clore le sujet.

Dee sembla enfin se détendre.

— Ah ! Quand même ! s'exclama-t-elle avec un petit soupir. Tu l'admets. Il n'est pas trop tôt !

— Je voulais aussi te dire combien j'ai apprécié que tu n'aies pas parlé à Rick de Matthew, ajouta-t-elle. Et je suis sûre que je peux compter sur toi pour que tu n'en parles jamais à l'avenir !

Elle guetta avec angoisse la réaction de sa sœur. Après un silence, Dee se tourna vers elle avec une moue mutine.

— Là, tu t'avances un peu ! rétorqua-t-elle. Je ne peux rien t'assurer. Mais c'est vrai que tout à l'heure, j'ai pensé que tu n'avais peut-être pas envie de passer pour la pauvre mère célibataire…

— Pauvre mère célibataire ? Je n'ai pas à me plaindre de mon sort, au contraire ! J'ai un petit garçon adorable, je gagne bien ma vie, mon livre se vend comme des petits pains, et j'ai plein d'amis ! Non seulement je n'ai pas l'impression d'être à plaindre, mais pour l'instant je n'ai aucun besoin d'un homme, rassure-toi !

D'un homme, non… De Rick, oui, ajouta-t-elle en son for intérieur. Mais Dee était la dernière personne à laquelle elle se confierait sur le sujet.

Quoi qu'il en soit, dès leur arrivée à Londres, leurs chemins à elle et Rick se sépareraient de nouveau, elle espérait pour toujours.

Dans le wagon de première, on leur avait réservé un carré, et Jérôme insista pour que Rick et Sapphie s'installent côte à côte. Il tenait à ce que Dee puisse poser la tête sur son épaule pour dormir.

En effet, à peine avaient-ils quitté la capitale que la jeune femme s'assoupit. Sapphie se souvint non sans émotion qu'elle aussi s'endormait facilement durant les premiers mois de sa grossesse. Mais elle n'avait pas l'épaule accueillante du père de son bébé à sa disposition…

Quelques minutes plus tard, Jérôme lui aussi ferma les paupières.

Assise à la fenêtre, Sapphie fit mine de se plonger dans la contemplation du paysage — des prés et des bois dénués de tout intérêt — pour signifier clairement à Rick qu'elle n'avait pas l'intention de lui faire la conversation.

Sans succès…

— Quel travail de recherche t'amenait à Paris ? demanda-t-il en effet après quelques minutes, rompant tout à coup le silence.

Sapphie sursauta.

— Pardon ? dit-elle.

Rick tourna la tête vers elle en souriant. Pour voyager, il avait troqué son costume pour un simple jean qui sur lui devenait tout de suite le comble de l'élégance, une veste en lin grège et une chemise dont le blanc immaculé rehaussait par contraste le brun soutenu de ses cheveux et l'azur de ses yeux.

Pourquoi était-il si séduisant ? songea-t-elle avec un pincement au cœur. Pourquoi le simple fait de le regarder la bouleversait-il ainsi ? Comment, dans ces conditions, tiendrait-elle trois heures à ses côtés ? Pourvu que Jérôme et Dee ne dorment pas pendant tout le trajet !

— Oui, tu as dit hier que tu étais venue à Paris pour faire des recherches, il me semble, reprit-il en cherchant son regard.

Hier ? Les événements s'étaient précipités à une telle vitesse dans sa tête et dans son cœur depuis qu'elle avait revu Rick qu'elle avait du mal à croire que vingt-quatre heures seulement s'étaient écoulées.

Elle se tortilla nerveusement sur son siège.

— C'est vrai, confirma-t-elle en affichant un ton dégagé. Quand j'ai déménagé à Londres, je…

— Tu habites Londres de nouveau ? s'exclama-t-il, étonné. Tu n'es plus l'assistante de Jérôme ?

— Non. Je trouvais que travailler pour le mari de Dee n'était pas une très bonne idée, expliqua-t-elle, volontairement évasive.

— Je vois, fit Rick. Alors si je comprends bien, en quittant Jérôme, tu as perdu à la fois ton petit ami et ton emploi ?

Il lui jeta un regard provocateur qu'elle ne releva pas.

C'est la meilleure décision que j'aie jamais prise, fit elle observer du même ton posé. Indépendamment de Jérôme, avec lequel j'ai gardé comme tu peux le constater d'excellents rapports. Je me suis lancée comme journaliste free-lance en exploitant ma connaissance du milieu du cinéma et des vedettes d'Hollywood. Les débuts ont été un peu poussifs, et puis de fil en aiguille les magazines m'ont demandé de plus en plus d'articles.

— Tu n'en as pas assez des potins de stars ? s'étonna Rick. La nouvelle robe d'une telle et les affaires de cœur d'une autre, ça doit être lassant… Et pour travailler moi-même dans ce milieu, je sais de quoi je parle ! ajouta-t-il avec un soupir désabusé.

Elle lui sourit. C'est exactement ce qu'elle avait ressenti au bout de quelques mois.

— Tu as raison. Au bout d'un moment, je me suis fatiguée moi aussi de cet exercice, même si j'avoue qu'au début j'étais assez fière de signer ces articles. Le temps passant, j'ai pris goût à l'écriture, et j'ai décidé de viser plus haut.

— Plus haut ?

— Oui, d'écrire un roman. Un vrai. Inutile de te dire que j'ai eu souvent l'angoisse de la feuille blanche, mais je me suis accrochée. Et mes contacts m'ont permis de trouver un éditeur. Pour répondre à ta première question, je suis en train de préparer mon deuxième roman, et c'était la raison de ma présence à Paris, conclut-elle.

Rick resta un moment silencieux.

— Alors comme ça, tu es devenue écrivain, fit-il observer. Et puisque tu débutes un autre roman, c'est que le premier a bien marché, j'imagine.

Il réfléchit un instant, puis se tourna vers elle d'un air stupéfait.

— Mais dis-moi, j'y pense tout à coup ! Ton roman, ce ne serait-ce pas *Nuit froide*, le nouveau thriller dont tout le monde parle et dont l'auteur est S.P. Benedict ?

Sapphie acquiesça, amusée.

— Bingo ! dit-elle. Tu as deviné juste ! S.P. Benedict pour Sapphire Pearl Benedict, mais je me suis dit que ça faisait un peu prétentieux, alors je n'ai gardé que les initiales…

— Je n'en reviens pas, murmura Rick en la dévisageant avec des yeux ronds.

— Calme-toi, Rick, je n'ai pas encore le prix Nobel, je te rassure !

— Peut-être pas, mais j'ai lu ton roman, et il est excellent. Mon frère Nick l'a adoré et me l'a offert, et je dois dire que j'ai été soufflé. Ce suspense ! C'est d'une efficacité ! Comment as-tu fait ?

Dans l'excitation, il avait élevé la voix, et Dee remua dans son sommeil.

— Si on changeait de place ? chuchota alors Rick. Il y a des sièges libres à côté, on sera plus tranquilles pour bavarder, et on ne risquera pas de les réveiller. Viens, suis moi !

A vrai dire, il ne lui laissait pas vraiment le choix.

Sapphie obtempéra donc, sans enthousiasme. Leur conversation devenait bien trop personnelle à son gré, et elle craignait de se couper au sujet de Matthew. Rick devait absolument continuer à croire qu'il s'agissait de son petit ami…

Ils s'installèrent de part et d'autre de la tablette dans le carré le plus proche, et elle songea qu'à tout prendre elle préférait avoir Rick en face d'elle qu'à côté. Ainsi, elle risquait moins de le toucher par mégarde. A deux reprises, elle avait effleuré son genou au début du voyage, et ce simple contact l'avait bouleversée.

— Donc, tu écris toi aussi, reprit-il en la dévisageant avec attention. Nous avons au moins ce point en commun… Et peut-être beaucoup d'autres que nous ignorons encore ! ajouta-t-il en lui lançant un clin d'œil complice.

Elle toussota nerveusement. Pas question de se laisser entraîner sur ce genre de terrain ! Elle devait à tout prix maintenir entre eux le plus de distance possible, malgré les circonstances qui semblaient s'ingénier à les rapprocher.

— Non, pas du tout ! protesta-t-elle. Je suis sûre qu'écrire un scénario pour le cinéma et un roman policier sont deux exercices très différents. Et puis tu es un auteur connu, alors que j'attaque très modestement un deuxième livre qui n'aura peut-être pas du tout le succès du premier !

— Je suis connu aujourd'hui, et peut-être pas demain, corrigea-t-il. Rien n'est plus éphémère que la notoriété dans le monde du cinéma, tu le sais sûrement aussi bien que moi !

— Mais chacun des films auxquels tu as participé a été plébiscité par le public ! protesta-t-elle. Je sais par Jérôme que tu es sollicité par les plus grands metteurs en scène, en plus bien sûr de ton frère Nick !

— Peut-être, mais j'ai vu trop de vedettes croire que c'était arrivé et retomber ensuite dans l'oubli pour ne pas me méfier, fit observer Rick. Pour l'instant, les choses marchent bien, je suis ravi d'écrire pour les plus grands, de collaborer avec mes frères, mais je garde la tête froide. Si on veut survivre dans ce milieu, il faut prendre du recul.

Le moins qu'on puisse dire était que le succès ne lui était pas monté à la tête, songea Sapphie. Si l'engouement du public se confirmait pour son deuxième livre, elle se souviendrait de ses paroles et tâcherait de suivre son exemple.

— Je suis sûr que tu comprends ce que je veux dire, ajouta-t-il. Tu as côtoyé les stars de trop près pour ne pas avoir été frappée par leur ego surdimensionné.

— En effet, approuva-t-elle. C'est une des raisons pour lesquelles j'ai souhaité prendre mes distances par rapport à Hollywood. Et toi, tu étais aussi à Paris pour travailler, n'est-ce pas ?

— Oui, j'avais des rendez-vous. Je suis en train d'adapter un roman pour l'écran : *Un garçon ordinaire*, tu l'as peut-être lu. Ma belle-sœur Jonx Nixon, la femme de Nick, est la cousine de l'auteur. C'est en quelque sorte une affaire de famille…

— Nick ! Oui, j'ai vu dans un magazine pour lequel j'écrivais autrefois qu'il s'était marié récemment. Sur la photo, ils avaient l'air rayonnants tous les deux…

— Ils le sont, confirma Rick. Je n'aurais jamais cru que mon frère, célibataire endurci et redoutable don Juan qu'il était, puisse devenir le mari parfait qu'il est aujourd'hui ! Mais c'est arrivé, et il est transformé. Quand on voit Nick et Jonx ensemble, on se demande comment ils ont pu vivre l'un sans l'autre…

Il eut un sourire attendri qui la bouleversa. Lui aussi cherchait sûrement la femme de sa vie, sans peut-être se l'avouer encore, songea-t-elle avec une douloureuse amertume. Celle qu'il épouserait, qui lui donnerait des enfants qui porteraient son nom…

Elle chassa brusquement cette pénible pensée de son esprit. Passée, présente ou future, la vie de Rick ne la regardait pas. Ce moment d'intimité entre eux dans ce train qui filait vers Londres n'était qu'une parenthèse.

— J'ai rencontré ton frère il y a quelques années quand je travaillais pour Jérôme, dit-elle. Il était extrêmement séduisant.

Rick fronça les sourcils.

— Ne me dis pas que tu es tombée amoureuse de lui comme tant d'autres ! s'écria-t-il, contrarié.

Elle ne put s'empêcher de sourire de cet accès de jalousie fraternelle.

— Pas du tout ! J'ai simplement beaucoup admiré la façon dont il travaillait, précisa-t-elle. C'est à la fois un vrai professionnel, très exigeant, et en même temps un créateur plein de talent.

— C'est vrai. Et en plus, un mari aux petits soins pour son épouse ! La perle rare, en somme…

— Si c'est vrai, Jonx a de la chance ! Mais ce doit être difficile de vivre avec un homme doué d'une telle personnalité ! J'aurais peur qu'il me fasse de l'ombre, qu'il m'empêche d'exister, ajouta-t-elle pour elle-même.

En tant que femme, en tant que mère, elle avait toujours revendiqué son indépendance. Mais bien sûr, songea-t-elle alors avec un serrement au cœur, elle n'avait jamais eu à composer avec un homme, puisqu'elle n'avait jamais vécu en couple.

— Jonx n'est pas du genre effacé, précisa Rick. Et je lui fais confiance pour faire entendre son point de vue si nécessaire. Par exemple, Nick a accepté de transférer sa maison de production de Los Angeles en Grande-Bretagne parce que sa femme travaille à Londres et qu'elle est anglaise. Jamais je n'aurais cru qu'il abandonnerait Hollywood, où il avait une superbe maison. Et pourtant…

Le miracle de l'amour…, ajouta-t-il mentalement. Il s'imaginait mal un jour dans la même situation, mais il n'avait pas tout à fait renoncé. Cependant, jusqu'à présent il n'avait pas fait preuve de beaucoup de clairvoyance, particulièrement en s'entichant de Dee ! Non seulement elle en avait épousé un autre, mais il se rendait compte qu'il avait poursuivi une chimère pendant cinq ans ! A ce rythme-là, il finirait vieux garçon et sans descendance…

— Tu n'as pas à justifier ton frère, déclara Sapphie. Je le connais à peine, et en plus je suis sûre que je ne le reverrai jamais de ma vie !

— Pourquoi une telle affirmation ? s'étonna-t-il.

— Parce que des gens comme toi et tes frères ne font pas partie de mon existence, asséna-t-elle.

La réponse était si péremptoire, si définitive, que Rick resta un moment silencieux, choqué. Pourquoi Sapphie le rejetait-elle ainsi de manière aussi drastique ? En quoi avait-il mérité une telle défiance ? A cause de ces quelques heures qu'ils avaient passées ensemble voilà cinq ans ? Il ne l'avait pourtant pas forcée, loin de là même, se dit-il en se remémorant l'ardeur avec laquelle elle avait répondu à ses baisers, à ses caresses. Le même désir les avait enflammés tous les deux, les entraînant jusqu'au bout de la nuit…

Il chassa de son esprit les images ô combien précises qui affluaient à sa mémoire. La bouche de Sapphie gonflée par leurs baisers, ses seins lourds dont il ne se lassait pas de mordiller les mamelons durcis, le mouvement lascif de ses hanches pendant l'amour…

— Excuse-moi, Sapphie, mais que tu le veuilles ou non, au moment où nous nous parlons, je fais partie de ta vie, asséna-t-il d'une voix tendue.

Elle se figea, sur la défensive.

— Peut-être, mais dès que nous serons arrivés à Londres

nos chemins se sépareront de nouveau, et n'auront plus aucune raison de se croiser, affirma-t-elle d'un ton sec.

Cette fois, il ne put cacher sa mauvaise humeur. Il avait vraiment la sensation déplaisante qu'elle n'attendait qu'une chose : se débarrasser de lui.

— Vraiment ? rétorqua-t-il, narquois. Tu es bien sûre de toi, ma chère ! Et tu te trompes, car j'ai l'intention de t'inviter à dîner. Pas plus tard que ce soir.

— Ce soir ! Mais c'est absurde ! balbutia-t-elle, en plein désarroi. Tu n'as aucune raison de m'inviter à dîner ! Ni ce soir ni jamais !

Sous le coup de l'émotion, sa voix s'était mise à trembler, et il la dévisagea avec surprise.

— Ecoute, Sapphie, garde ton calme, murmura-t-il d'une voix posée. Pourquoi te mets-tu dans tous tes états ? Je sais que je me suis mal comporté il y a cinq ans, mais…

— Je n'ai pas la moindre envie de parler de ça ! bredouilla-t-elle, affolée. D'ailleurs, Dee et Jérôme pourraient se réveiller, et…

— Ils dorment à poings fermés, coupa Rick sèchement. Et je ne vois pas pourquoi nous ne pourrions pas évoquer le sujet ! Parlons-en au contraire, une bonne fois pour toutes, et mettons les choses au point !

— Il n'y a *rien* à mettre au point. C'était purement sexuel, voilà tout !

Il l'observa, moins choqué par ses paroles que par le ton sans appel qu'elle avait employé.

— Je ne le crois pas, s'insurgea-t-il avec calme. En tout cas je n'ai jamais pensé en ces termes à la nuit que nous avons passée ensemble.

Sapphie haussa les épaules d'un air désabusé destiné à dissimuler son désarroi.

A aucun prix Rick ne devait deviner à quel point cette

conversation lui était pénible. Ni surtout soupçonner que leur relation avait engendré un enfant…

— Je t'en prie, Rick, ne sors pas les violons ! asséna-t-elle. Le sexe pour le sexe, ça existe, non ? Et il n'y a rien de mal à ça ! Je suis sûr que ça t'arrive aussi de temps en temps…

Comment avait-elle la force d'afficher un tel cynisme ? se demanda-t-elle avec une stupéfaction glacée. Si seulement Rick savait qu'après lui, il n'y avait eu personne !

Entre eux, le silence se prolongea, de plus en plus pénible. Ce fut Rick qui le rompit.

— Tu te trompes, Sapphie, rétorqua-t-il d'une voix sourde. Je ne suis pas un consommateur de femmes, comme tu as l'air de le penser. Tu n'as qu'à demander à ceux qui me connaissent, mes frères par exemple, ils te diront que…

— Je n'ai aucunement l'intention de discuter de ta vie sexuelle, ni avec tes frères, ni avec personne ! coupa-t-elle d'un ton cassant. Pourquoi ne comprends-tu pas que j'ai envie d'oublier ce qui s'est passé cette nuit-là, tout simplement ? Et que ce serait beaucoup mieux que tu en fasses de même ?

Rick lui lança un regard incrédule.

— je comprends de moins en moins ta dureté. J'ai seulement envie de te connaître un peu, fit-il observer presque timidement.

— Eh bien, moi pas ! asséna-t-elle pour enfoncer le clou. En tout cas, pas si tu continues à me bassiner avec cette histoire !

Elle avait délibérément levé le ton dans l'intention de réveiller Dee et constata avec soulagement que son stratagème avait fonctionné : sa sœur ouvrait les yeux.

Ouf ! Elle était sauvée pour le reste du voyage. Et quand ils arriveraient à Londres, elle prendrait la poudre d'escampette le plus rapidement possible, en croisant les doigts pour que le hasard ne la remette jamais en présence de Rick Prince.

Rick ne laissa rien paraître de son agacement à voir une fois de plus la situation lui échapper.

En réalité, il était plongé dans ses pensées, de plus en plus intrigué par Sapphie.

Après avoir longtemps poursuivi un fantasme en s'imaginant être amoureux de Dee, il réalisait maintenant avec un profond désarroi que son aventure éclair avec Sapphie l'avait marqué beaucoup plus qu'il ne l'avait soupçonné. Son désir de la connaître était encore avivé par cette façon incompréhensible qu'elle avait de le repousser, de refuser de répondre à ses questions, de lui révéler quoi que ce soit de sa vie personnelle.

Y compris et surtout à propos de ce Matthew, dont elle n'avait jamais prononcé le nom devant lui ! Sans l'indiscrétion de Dee, il n'aurait même pas su qu'il y avait un homme dans sa vie…

Mais Saphhie ne perdait rien pour attendre, car il n'était pas du genre à renoncer. Jamais aucune femme ne lui avait ainsi tenu tête, et il finirait par en avoir le cœur net. Un jour prochain, il l'espérait, il saurait qui elle était réellement. Il parviendrait à communiquer avec elle, il percerait le mystère qu'elle entretenait si savamment autour d'elle. Et peut-être même supplanterait-il son Matthew, si l'envie le prenait d'aller plus loin… Car elle était décidément séduisante, tant intellectuellement que physiquement !

Mais le moment n'était pas encore venu, songea-t-il. Elle était trop sur la défensive.

Il se désintéressa donc d'elle ostensiblement.

Reprenant sa place, il entama une longue discussion avec Jérôme sur l'écriture de son dernier scénario, et Dee se joignit bientôt à leur conversation. Seule Sapphie restait silencieuse, absorbée dans la contemplation du paysage qui défilait. Elle ne prononça que quelques mots jusqu'à leur arrivée à Londres, se bornant à répondre aux rares questions qu'on lui posait.

Devant la gare de Waterloo, une longue file de taxis attendait. Quelques passants reconnurent Dee et provoquèrent un début d'attroupement. Ravie, celle-ci les gratifia de son légendaire sourire de star et se plia avec grâce au rituel des autographes, sous l'œil blasé de son mari qui avait dû vivre cent fois la scène.

— Mon chauffeur est là, annonça-t-il en se tournant vers Rick et Sapphie. J'en profite pour vous ramener ?

— Non, ne te dérange pas. Dee a l'air fatigué et doit avoir hâte de rentrer. Sapphie et moi prendrons un taxi, rétorqua Rick le plus naturellement du monde.

Sur ces paroles, il prit d'autorité le bras de la jeune femme.

— Bon, très bien, lança Dee en suivant Jérôme vers la Mercedes rutilante qui les attendait. Dans ce cas, je te vois ce soir chez maman, Sapphie.

A peine s'étaient-ils éloignés, suivis par un groupe de fans qui grossissait à vue d'œil, que Sapphie se tourna vers Rick.

— Je n'ai pas la moindre intention de partager un taxi avec toi, déclara-t-elle d'un ton aussi distant que déterminé.

Il aurait dû se douter qu'elle ferait tout pour ne pas lui révéler son adresse, songea Rick. Peut-être vivait-elle sous le même toit que son fameux Matthew…

— Ta réaction ne me surprend guère, fit-il observer d'un air désabusé. Tant pis. Je voulais juste t'épargner les assauts des fans de Dee.

Il jeta un œil à la jeune actrice qui s'installait dans la Mercedes, entourée d'une nuée d'admirateurs brandissant leurs téléphones portables pour la prendre en photo. Dee rayonnait. Une fois dans la voiture, elle ouvrit grand la vitre et se pencha, sourire aux lèvres, agitant la main d'un geste quasi royal. Jérôme attendait placidement, et Rick ne put s'empêcher de penser qu'en tant qu'agent artistique de sa femme, il avait tout intérêt à favoriser ce genre de bain de foule. Car évidemment, à la clé, il y aurait un article qui relaterait la scène par le menu, en détaillant jusqu'au dernier bouton la tenue de Dee. Ce qui ne pouvait pas faire de mal à sa notoriété…

— Alors au revoir, dit brusquement Sapphie, le tirant de ses pensées. Et merci quand même d'avoir voulu m'éviter un bain de foule, ajouta-t-elle avec un sourire gauche.

— Tu me remercies ? s'écria Rick, étonné, en prenant la main qu'elle lui tendait. Un vrai miracle…

Sapphie sourit de nouveau, et une étincelle dorée s'alluma dans ses yeux couleur ambre. Quand elle reprit la parole, sa voix s'était radoucie.

— N'est-ce pas ? fit-elle, amusée. Tu vois, je ne suis pas si désagréable que j'en ai l'air… A bientôt peut-être, ajouta-t-elle comme malgré elle.

Mais au lieu de lui serrer la main comme elle s'y attendait, il l'attira doucement à lui.

— C'est comme ça que tu me dis au revoir ? murmura-t-il d'une voix sourde.

D'un geste possessif, il l'enlaça par la taille et la serra contre son torse. L'espace d'un instant, il perçut le frémissement de la jeune femme. Quand il lui effleura les lèvres, il la sentit palpiter contre lui. Envahi par une irrépressible vague de désir, il accentua la pression de ses lèvres contre les siennes et crut qu'elle allait enfin s'abandonner…

Mais cet instant d'égarement ne dura pas : Sapphie s'écarta brusquement de lui. Quand elle le dévisagea, son visage avait retrouvé une expression si dure qu'il crut avoir rêvé ces quelques secondes où il l'avait tenue dans ses bras, fragile et presque consentante, infiniment troublante.

— Oui, c'est comme ça, asséna-t-elle d'une voix brève. Et tant pis si ça ne te suffit pas !

Joignant le geste à la parole, elle saisit son sac de voyage et tourna les talons sans plus faire attention à lui.

Elle était plus qu'imprévisible, songea-t-il avec un soupir en la regardant s'éloigner. Pas une fois elle ne se retourna. Comme si, de nouveau, elle l'avait rayé de son existence…

Mais il se ressaisit bien vite. Cette fois-ci, il ne laisserait pas cinq années s'écouler sans la revoir ! décida-t-il en hélant un taxi.

Après avoir donné au chauffeur l'adresse de son frère Nick, il s'installa confortablement sur la banquette arrière, et un sourire se dessina sur ses lèvres : il était déjà en train d'élaborer un plan pour revoir Sapphie.

Le plus vite possible. Car entre eux, les choses étaient restées en suspens depuis le mariage de Dee. Et il avait toujours détesté les situations indéterminées…

8

— Honnêtement, maman, je me demande ce qu'on fabrique ici ! murmura Sapphie.

Tout en parlant, elle jeta un regard agacé à la foule élégante et branchée qui l'entourait. Top models, journalistes, personnalités du show business se pressaient dans les salons du plus grand hôtel de Londres autour d'un somptueux buffet.

Joan McCall lui sourit affectueusement. A plus de cinquante ans, sa mère avait gardé une silhouette flatteuse, un peu arrondie par les années mais toujours élégante. Dans sa robe décolletée qui mettait en valeur sa poitrine voluptueuse, avec ses cheveux dont la teinte auburn ne trahissait que discrètement l'intervention d'un coiffeur, elle faisait honneur à ses filles par sa beauté et son charme.

— Quel rabat-joie tu fais, ma chérie ! Moi, je ne boude pas mon plaisir, bien au contraire ! s'écria-t-elle avec le dynamisme qui la caractérisait. C'est tellement amusant de voir toutes ces têtes connues, de faire partie des *happy few* pour quelques heures ! Toi, ça t'arrive peut-être souvent, mais moi pas ! Et n'oublie pas que c'est la première fois que Dee nous invite au lancement d'un de ses films…Quand je pense que si je n'avais pas insisté, tu ne serais pas là ce soir !

Et pour cause…

Pendant la semaine qui s'était écoulée depuis leur retour de

Paris, Sapphie avait passé son temps à craindre une rencontre fortuite avec Rick.

Quand, deux jours auparavant, Jérôme l'avait appelée pour l'inviter à la première du film de Dee en présence du Tout-Londres, elle avait hésité.

A la fois parce qu'elle n'était pas attirée par ce genre d'événements médiatiques, mais aussi et surtout parce que Rick avait peut-être été convié lui aussi. Elle avait failli refuser, mais sa mère l'avait tellement pressée de l'accompagner, prétextant qu'elle ne connaîtrait personne, qu'elle s'était finalement laissée convaincre. D'autant qu'après vérification, elle avait constaté avec soulagement qu'aucun des frères Prince n'était lié de près ou de loin au film dont sa sœur était la vedette : il n'y avait donc aucune raison pour qu'ils soient présents.

Toujours est-il que pour le moment, il n'y avait pas de Rick à l'horizon… Si par malheur il apparaissait, il y avait tellement de monde qu'elle pourrait facilement s'éclipser, se dit-elle pour se rassurer.

Elle avala une gorgée de champagne — millésimé, bien sûr — et se pencha vers sa mère.

— En ce qui me concerne, lui glissa-t-elle à l'oreille d'un ton désabusé, je serais bien mieux à la maison, tranquille avec Matthew…

Quand elle l'avait quitté une heure auparavant, le laissant sous la garde de sa baby-sitter préférée, le petit garçon en pyjama rayonnait de voir sa mère dans ce qu'il appelait « sa nouvelle robe de princesse ». Avec une gravité admirative, il l'avait observée dans les moindres détails avant de lui affirmer qu'elle serait la plus belle de la soirée.

Il faut dire qu'elle n'avait pas lésiné sur les dépenses. Au départ, elle comptait porter la sempiternelle petite robe noire qu'elle sortait à chaque cocktail mondain. Mais c'était sans compter sur sa mère : Joan était intervenue manu militari.

— Pas question, ma chérie ! avait-elle décrété d'un ton sans appel. Tu es un auteur connu à présent, tu peux bien investir dans une tenue un peu plus chic que cette robe que je t'ai vue porter dix fois ! Tu es ravissante, toi aussi, alors pourquoi ne pas te mettre en valeur ?

Contrecarrer sa mère était une entreprise au-dessus des forces de Sapphie. Quand Joan McCall avait une idée dans le crâne, personne ne pouvait lui faire changer d'avis. Aussi avait-elle accepté de la suivre dans les boutiques chic de Bond Street. Leur choix — par chance, elles avaient tout de suite été d'accord — s'était porté sur une robe de soie sauvage de style chinois, dont la coupe près du corps mettait en valeur ses courbes. Des escarpins dorés complétaient sa tenue, et un chignon haut placé lui dégageait la nuque, attirant, prétendait sa mère, le regard sur son magnifique port de tête.

— A la maison avec Matthew ? enchaîna Joan. Ce serait dommage. D'abord il est certainement déjà endormi, et en plus tu n'as pas l'âge de te coucher comme les poules ! Et puis ce spectacle est fascinant ! Regarde toutes ces belles tenues, ces stars, ces femmes magnifiques ! Sans parler des hommes, ajouta-t-elle avec un petit sourire entendu. Si j'étais toi, j'essaierais de trouver chaussure à mon pied. Il y a l'embarras du choix !

Sapphie ne s'offusqua pas. Sa mère, qui ignorait elle aussi tout du père de Matthew, voulait absolument lui trouver un mari, et elle la laissait parler.

— En tout cas je ne vais pas faire de vieux os, murmura-t-elle en confiant sa coupe vide à un serveur qui déambulait entre les groupes. C'est amusant cinq minutes, mais pas plus…

— Tu ne pourras pas t'échapper avant la séance photos. Car je présume que les journalistes vont vouloir prendre Dee avec sa mère et sa sœur, tu ne penses pas ?

Sapphie n'en savait rien, mais elle songea qu'en effet de tels clichés devaient faire partie de la stratégie marketing de Jérôme. Quoi de plus attendrissant que de présenter une star avec sa maman chérie et sa sœur, écrivain plein d'avenir ?

D'autant que la grossesse de Dee avait été annoncée

quelques jours auparavant, à grand renfort de photos et de confidences attendries, et que la famille prenait donc une importance nouvelle.

A cet instant, à observer Dee, plus ravissante que jamais dans une robe bustier à la taille marquée, dont la soie émeraude rappelait la couleur de ses yeux, personne n'aurait pu se douter qu'elle était enceinte de trois mois.

— Détrompe-toi, maman, je n'attendrai pas jusque-là, déclara Sapphie qui commençait décidément à trouver le temps long. Je reste encore dix minutes, histoire d'être polie, et je prends la poudre d'escampette. Ma présence n'est nullement indispensable !

— Bien sûr que si, mademoiselle Benedict ! lança tout à coup derrière elle une voix mâle au fort accent américain.

Sapphie se retourna brusquement.

— Nous nous sommes rencontrés il y a quelques années à New York, il me semble, reprit l'homme qui la dévisageait d'un air amusé. Vous ne me reconnaissez pas ?

Interloquée, Sapphie resta muette. Comment n'aurait-elle pas reconnu Nick Prince, le frère de Rick ? Ils avaient la même stature athlétique, les mêmes boucles brunes, le même sourire sensuel.

— Et voici ma femme, ajouta-t-il en s'effaçant devant une grande femme élégante qui adressa un sourire amical à Sapphie.

Bien sûr, c'était Jonx, sa toute nouvelle épouse, dont elle avait vu récemment les photos dans un magazine.

— Oui, oui, je vous reconnais, vous êtes Nick Prince, balbutia-t-elle. Bonjour. Je vous présente ma mère, Joan McCall. Maman, voici Nick et Jonx Prince.

Très gentleman, Nick se pencha vers Joan et lui fit le baise-main.

— Quand on vous voit, madame, on comprend pourquoi vos deux filles sont si belles, fit-il observer avec un sourire charmeur. Mais permettez-moi de vous dire qu'on a du mal à imaginer que vous serez bientôt grand-mère, tant on vous prendrait facilement pour la sœur aînée de Dee !

Joan sourit, ravie de ce compliment appuyé de la part d'un homme aussi séduisant que Nick.

— En fait, je suis déjà…

— Monsieur Prince est un metteur en scène très en vue, maman, coupa Sapphie de crainte qu'elle ne lui explique qu'elle avait déjà un petit-fils.

— Appelez-moi Nick, je vous en prie, s'exclama Nick avec chaleur. Nick et Jonx ! Ainsi, vous vouliez prendre la poudre d'escampette, Sapphie ?

Sapphie sourit.

— Je ne suis pas une grande adepte de ces soirées mondaines, avoua-t-elle.

— Comme je vous comprends ! enchaîna Jonx avec une œillade complice. Je suis exactement comme vous ! D'ailleurs, nous nous éclipserons nous aussi bientôt. En fait, dès que Rick sera arrivé. Je me demande bien ce qu'il fait… Quand il sera enfin là, nous pourrions aller boire un verre tranquillement au bar de l'hôtel, loin de la foule ? suggéra-t-elle aimablement.

Le sourire de Sapphie se figea sur ses lèvres, tandis qu'elle jetait un regard angoissé autour d'elle.

Elle n'avait qu'une crainte : que Rick apparaisse avant qu'elle ait pris congé sous un prétexte ou un autre ! Elle commençait d'ailleurs à se dire que le fait qu'ils aient été invités tous les deux à cette soirée n'était peut-être pas dû au seul hasard. Mais si ses soupçons étaient exacts, qui s'était arrangé pour les réunir ? Jérôme, ou Rick lui-même ?

Si c'était Rick, il ne manquait pas de toupet ! Elle lui avait pourtant clairement signifié qu'elle ne souhaitait pas le revoir ! Pourtant, elle se doutait qu'il ne lui obéirait pas : pendant la semaine qui venait de s'écouler, pas un jour ne s'était passé sans qu'elle se dise qu'il allait chercher à la revoir, que d'une manière ou d'une autre il s'arrangerait pour la croiser de nouveau.

— Non non, merci, balbutia-t-elle, au supplice. Il faut que je sois rentrée à minuit.

— Pourquoi ? Sinon tu te changes en citrouille ? rétorqua une voix mâle qu'elle aurait reconnue entre toutes.

C'était bien Rick en effet, surgi de nulle part comme s'il avait deviné qu'il devait arriver par surprise pour ne pas la laisser fuir.

Le cœur battant, elle le dévisagea, incapable de détacher ses yeux de sa longue silhouette. Dans son smoking impeccablement coupé, avec ses yeux au bleu profond et ses traits nobles, il dégageait une aura de virilité raffinée qui coupait le souffle.

Il s'approcha d'elle et lui déposa sur les joues un baiser furtif, distillant le parfum discrètement sensuel de son eau de toilette épicée.

— Ravi de te revoir, murmura-t-il de sa voix grave.

Elle se sentit rougir. Tous les regards étaient tournés vers elle, et elle comprit qu'il était grand temps de dire quelque chose.

— Moi aussi, affirma-t-elle d'une voix qui par miracle ne tremblait pas. Mais tu te trompes, Rick ! Dans *Cendrillon*, c'est le carrosse qui redevient citrouille…

— Oui, c'est vrai, admit Rick, souriant. Les contes de fées, ça n'a jamais été mon fort, et en plus il y a tellement longtemps que je n'ai pas entendu celui-là !

Elle se garda bien de préciser qu'elle était exactement dans le cas contraire : elle lisait tous les soirs une histoire à Matthew, et *Cendrillon* était une des favorites du petit garçon.

— Tu préférais les aventures de pirates, en effet, fit observer Nick en souriant. Je me souviens encore de ton livre de *Barbe Rousse* ! Tu pouvais regarder les images pendant des heures !

Exactement comme Matthew, songea Sapphie avec un pincement au cœur. Au-delà de la ressemblance physique, sans doute le père et le fils avaient-ils nombre de points communs qu'ils ne se découvriraient jamais…

Rick se pencha cérémonieusement vers Joan et lui fit lui aussi le baise-main.

— Bonjour, chère madame. Sapphie vous ressemble tant que vous devez être sa mère, ou sa sœur aînée ! Je suis le frère de Nick, annonça-t-il. Rick Prince.

— Et aussi exagérément flatteur que votre frère ! s'exclama Joan, tout émoustillée. Vous êtes trois en tout, n'est-ce pas ?

— Oui, mais Zack, le troisième, est à l'autre bout du monde, en voyage de noces avec sa Stazy, expliqua Rick. Ils sont si amoureux l'un de l'autre qu'ils jouent les prolongations…

— A tel point que je me demande si nous les reverrons un jour, enchaîna Nick.

Jonx éclata d'un rire communicatif.

— Bien sûr que oui ! s'exclama-t-elle en prenant son mari par le coude. Nous aussi, on serait bien restés, mais au fond on est aussi heureux ici qu'aux Maldives ! L'important est d'être ensemble, n'est-ce pas ?

Nick enlaça tendrement son épouse.

— Tu as raison, chérie. Si tu es là, tout va…

Sapphie, de plus en plus mal à l'aise, cherchait désespérément un prétexte pour s'esquiver.

— Il est temps que je parte, annonça-t-elle enfin maladroitement.

D'autorité, Rick lui prit la main comme pour l'empêcher de s'échapper, et ce simple geste décupla son trouble.

— Pas question ! asséna-t-il. La soirée ne fait que commencer, tu ne vas pas filer maintenant !

— Si, si, je dois partir, répéta-t-elle, bouleversée.

Elle aurait dû se dégager, mais elle en était incapable.

Délicieusement douce et chaude contre la sienne, la paume de Rick lui rappelait d'autres échanges entre eux, ô combien plus intimes, et des images terriblement déstabilisantes de leurs corps nus enlacés affluèrent à son esprit. Elle ne devait pas penser aux mains possessives de Rick sur sa peau, à ses lèvres qui osaient les baisers les plus impudiques, au poids de son corps viril pesant délicieusement sur le sien au moment de l'union ultime…

La voix déterminée de sa mère la ramena soudain à la réalité.

— Rick a raison, intervint Joan d'un air d'autorité. Si quelqu'un doit rentrer, c'est moi ! Ta place est ici, auprès de tes amis. Tu ne sors pas assez souvent, Sapphie, et…

— Voyons, maman, j'étais en déplacement à Paris toute la semaine dernière ! coupa Sapphie, agacée.

Elle adorait sa mère, mais cette dernière avait parfois le chic pour se mêler de ce qui ne la regardait pas. Ce qui, dans ce cas précis, était particulièrement mal venu !

Rick observait Sapphie du coin de l'œil.

Dans sa robe de soie précieuse, sa beauté était plus radieuse que jamais. A la rougeur de ses joues, à son pouls qu'il voyait battre dans son cou, là où sa peau diaphane était la plus fine, à ses battements de cils, il pouvait percevoir cette fragilité si féminine qui décuplait son charme et la rendait irrésistible.

Il avait l'air idiot à lui tenir ainsi la main, mais il ne pouvait pas pour autant se résoudre à la lâcher. C'était peu, bien sûr, mais déjà beaucoup. Mieux en tout cas que de sentir Sapphie lui échapper en permanence… Il aurait tout donné pour apprivoiser de nouveau la jeune femme, retrouver le goût de ses baisers, la fraîcheur de sa bouche. Mais encore une fois, il devait attendre.

Avec Sapphie, il fallait apprendre la patience…

La semaine qui venait de s'écouler lui avait paru interminable…

Il cherchait vainement une occasion de revoir Sapphie et commençait à désespérer quand il apprit que Jérôme organisait un cocktail pour le lancement du film de Dee. Très vite, il avait su par Nick que Sapphie était invitée et avait décidé de se rendre à la réception.

Il n'avait rien caché à son frère de la façon ridicule dont il avait fantasmé sur Dee pendant cinq ans.

— Tu plaisantes ? s'était exclamé Nick en partant d'un

grand éclat de rire. Toi, amoureux de cette diva ? O.K., elle est ravissante, mais tout le monde sait que c'est une femme enfant qui ne vit que pour plaire. Elle a jeté son dévolu sur Zack à un moment, mais il s'est enfui à toutes jambes. Les femmes mariées, très peu pour lui !

— Tu veux dire que… ?

— Dee aime flirter, rien de plus, avait précisé Nick. Ce qui l'intéresse, ce n'est pas l'individu qu'elle a en face d'elle, mais l'admiration qu'elle suscite en lui.

— Ça, je m'en suis rendu compte. Un peu tard, effectivement.

— D'après ce que j'entends, avait observé Nick, je crois qu'elle s'est stabilisée avec Jérôme et que ce comportement immature a cessé.

— On dirait, avait-il confirmé. Elle est toujours aussi aguicheuse avec les hommes, mais elle tient à son mari, c'est évident. Le fait de devenir mère va peut-être la rendre enfin adulte… Mais tu vas voir, la plus intéressante des deux sœurs, c'est sans aucun doute Sapphie !

La conversation s'était arrêtée là, mais son frère l'avait regardé d'une drôle de façon. Le message ne lui avait pas échappé…

Joan fixait d'un air ravi la main de Sapphie qu'il tenait toujours serrée dans la sienne.

— D'accord, tu étais à Paris, mais c'était pour le travail ! fit-elle observer à sa fille.

Exaspérée par l'insistance de sa mère, Sapphie retira brutalement sa main.

— Tu sais très bien que je me lève tôt demain, maman ! s'exclama-t-elle à bout de patience.

— Tu dormiras un peu moins que prévu, voilà tout ! rétorqua Joan avec un haussement d'épaules. L'important, c'est de prendre du bon temps, que diable ! Et pour Matthew, ne t'inquiète pas, je lui expliquerai.

Elle afficha de nouveau un grand sourire, sans se douter de la bombe qu'elle venait de lâcher. Car non seulement

Sapphie, soudain blême, avait le plus grand mal à dissimuler son angoisse, mais Rick dressa aussitôt l'oreille.

Encore une fois, ce Matthew se trouvait en travers de son chemin… Mais d'abord, qui était-il ? Et pourquoi n'accompagnait-il pas sa petite amie dans ce genre de soirées ? Il restait dormir tout seul à la maison ? Un vrai bonnet de nuit, en somme. Et arrangeant avec ça, puisqu'il se montrait apparemment très compréhensif quand sa fiancée découchait !

Décidément, il avait du mal à comprendre les rapports de Sapphie avec ce Matthew…

Joan profita de leur silence soudain pour s'éclipser. Elle les salua rapidement d'un petit geste de la main et s'éloigna pour aller embrasser sa deuxième fille. A l'autre bout de la salle, la reine de la soirée était entourée d'une nuée d'amis et de connaissances qui la félicitaient à grand renfort de cris et de rires, et Joan fut bientôt happée par le groupe.

Rick se tourna alors vers Sapphie et remarqua sa pâleur.

— Tu en fais une tête ! s'exclama-t-il. Tout ça parce que Matthew va t'attendre un peu plus longtemps que prévu… S'il signifie tant pour toi, je ne vois vraiment pas pourquoi il n'est pas là ce soir, ajouta-t-il avec une perfidie calculée.

Nick lui fit les gros yeux pour lui signifier de modérer ses propos, tandis que Jonx lui offrait une coupe de champagne.

Ils avaient raison, songea-t-il, réalisant tout à coup que faire un scandale était aussi stupide qu'inutile. D'ailleurs, l'idée d'un rival ne lui faisait pas peur. A dire vrai, elle le piquait plutôt au vif.

— Il n'était pas invité, répondit Sapphie d'un ton détaché qui masquait sa nervosité. Et je ne vois pas…

— Si on allait boire un verre au bar comme nous l'avions prévu ? suggéra tout à coup Jonx pour détendre l'atmosphère. Viens, Nick, allons voir si nous trouvons une table… On revient dans une seconde, ajouta-t-elle à l'adresse de Rick et de Sapphie qui se regardaient en chiens de faïence.

C'était l'instant qu'il attendait depuis une semaine, songea

Rick en voyant s'éloigner sa belle-sœur et son frère. L'instant où il serait seul avec Sapphie, où il pourrait enfin lui parler, en savoir plus sur elle, sa vie, ses amours. Si elle acceptait de se livrer un peu…

Comment lui expliquer que la femme dont il avait cru être amoureux pendant cinq ans n'était qu'un fantasme, et qu'en quelques jours elle-même avait pris dans son existence une place que Dee n'avait jamais occupée ? Qu'il ne se lassait pas de lui parler, de la regarder ? Qu'avec elle, il se sentait bien, tout simplement ? Que depuis leur voyage en Eurostar, elle lui avait terriblement manqué ?

En d'autres termes, qu'il était en train de tomber amoureux d'elle, si ce n'était déjà fait !

Parviendrait-il à la convaincre qu'elle seule comptait pour lui à présent, que Dee n'était qu'un mirage dissipé depuis longtemps ? Parviendrait-il à lui faire oublier Matthew ?

La tâche ne serait pas facile, mais la difficulté ne l'avait jamais effrayé.

— Tu es ravissante ce soir, murmura-t-il d'une voix rauque.

Il caressa Sapphie du regard, s'attardant avec une telle insistance sur son long cou élégant et sa poitrine ronde qu'elle baissa les yeux, visiblement troublée.

— Incroyablement ravissante…

— La beauté de la famille, c'est Dee ! s'exclama-t-elle avec un petit rire nerveux.

C'était de bonne guerre, songea-t-il.

Elle devait être persuadée qu'elle ne l'intéressait pas, tant il est vrai qu'avant leur rencontre fortuite à Paris, il n'avait jamais cherché à la revoir. Mais leur nuit d'amour avait été si imprévue, leur passion si soudaine et si éphémère à la fois que quand il s'était réveillé au petit matin, il avait cru avoir rêvé. Sapphie était partie sans laisser la moindre trace de son passage, à part son parfum enivrant sur les draps froissés.

Il n'avait jamais parlé à personne de cette aventure éclair, même pas à Nick. C'était leur secret à tous deux. Qu'elle le veuille ou non, ils partageaient au moins ça…

— Si on allait rejoindre les autres ? suggéra tout à coup Sapphie en affectant un ton léger. Puisque j'ai l'impression que tout le monde s'est ligué contre moi pour m'empêcher d'aller me coucher…

— Bonne idée, approuva-t-il avec un large sourire.

Il la prit familièrement par le coude pour la guider vers la sortie, et cette fois elle ne le repoussa pas.

C'était un début, pensa-t-il. Modeste, mais un début quand même…

9

Contre toute attente, Sapphie passait un délicieux moment…

Voilà une heure déjà qu'ils étaient installés tous les quatre dans de confortables fauteuils club en cuir autour d'une table basse, dans le bar feutré de l'hôtel, et elle avait l'impression qu'ils venaient d'arriver.

Etait-ce l'effet du champagne commandé par Nick, l'humour de Jonx quand elle racontait des anecdotes sur leur voyage de noces, l'étincelle qui s'allumait dans les yeux bleu profond de Rick quand elle croisait son regard ? Elle se sentait bien, tout simplement, alors qu'au départ elle avait suivi Rick avec des pieds de plomb.

Et même si elle le soupçonnait d'avoir orchestré cette rencontre apparemment fortuite, à cet instant peu lui importait : après tant de tension, ce moment de détente était le bienvenu.

Elle avait même réussi à surmonter l'angoisse qui s'était emparée d'elle quand sa mère avait prononcé le nom de Matthew. A l'évidence, si elle ne l'avait pas interrompue, sa mère aurait parlé de son petit-fils : la catastrophe avait été évitée de justesse…

— Je te ressers un peu de champagne ? demanda Rick.

— Non merci, répondit-elle. Il va vraiment falloir que j'y aille.

Avant d'oublier tout à fait de rester sur mes gardes comme me je l'étais promis, ajouta-t-elle en son for intérieur.

— Pourquoi ? s'étonna Rick. Tu peux faire la grasse matinée ! Tu travailles chez toi, non ?

C'était le cas en effet, mais bien sûr il ignorait que son fils — leur fils — la réveillait tous les matins. A 7 heures au plus tard, le petit garçon déboulait dans sa chambre en pleine forme, et, ravie de profiter de ce moment privilégié, elle n'avait pas le cœur de le renvoyer dans son lit.

— Nous allons vous laisser, intervint Nick. Jonx est fatiguée, et j'ai un rendez-vous tôt demain matin. J'ai été ravi de bavarder avec toi, Sapphie, et j'espère que nous nous reverrons bientôt.

— Moi aussi, enchaîna Jonx avec chaleur. Pourquoi ne pas fixer une date tout de suite au lieu de remettre ce dîner aux calendes grecques ? Venez donc samedi prochain à la maison tous les deux !

« Tous les deux » ? L'expression alerta Sapphie. Jonx les prenait-elle donc pour un couple ? Rick avait-il fait des confidences à son frère et à sa belle-sœur sur ce qui s'était passé entre eux cinq ans auparavant ? Et s'il leur avait demandé d'organiser ce dîner ?

Cette simple hypothèse la dissuada immédiatement d'accepter.

— Non, je…

Rick ne la laissa pas finir.

— Merci, Jonx, coupa-t-il. C'est une excellente idée. Nous allons vérifier nos agendas chacun de notre côté, et je t'appellerai demain pour te tenir au courant.

Misant sans doute sur son désarroi, il lui glissa le bras autour de la taille avec un parfait naturel. Et en effet, elle fut trop décontenancée pour réagir.

De quoi se mêlait-il ? pensait-elle, de plus en plus perplexe. Malgré la sympathie qu'elle éprouvait pour Nick et Jonx, elle refuserait leur invitation. Non seulement parce qu'elle ne souhaitait pas établir des liens trop étroits avec la famille Prince, mais aussi pour signifier à Rick qu'elle ne voulait rien avoir à faire avec lui.

— Oui, appelle-moi, je t'en prie, insista Jonx. Je serais

vraiment ravie que vous veniez, ajouta-t-elle avec un regard appuyé vers elle.

Si les circonstances avaient été différentes, elles auraient pu devenir amies, songea Sapphie avec un pincement au cœur. Jonx était très sympathique et elles avaient manifestement beaucoup de points communs. Mais en l'occurrence, toute relation suivie entre elles était impossible.

— J'essaierai, murmura-t-elle, mal à l'aise.

Dès que Nick et Jonx eurent passé le pas de la porte, elle jeta à Rick un regard soupçonneux.

— Je commence à croire que c'est un coup monté, fit-elle observer d'un air courroucé. Ne me dis pas que notre rencontre de ce soir et cette invitation à dîner sont simplement le fait du hasard !

— Non, en effet, confirma Rick.

Sa voix d'un calme absolu désamorça aussitôt sa mauvaise humeur. Soudain muette, elle dévisagea Rick avec de grands yeux étonnés.

— Que veux-tu dire ? balbutia-t-elle après un silence.

— C'est moi qui ai tout arrangé, expliqua-t-il avec une parfaite décontraction. Mon invitation à cette soirée d'abord, quand j'ai su que tu y serais. Ensuite ta rencontre avec Nick et Jonx pour détendre l'atmosphère, mon arrivée apparemment inopinée, et enfin cette invitation pour samedi… J'ai tout planifié du début jusqu'à la fin, et j'assume parfaitement. Asseyons-nous, je vais t'expliquer.

— Pas question, rétorqua-t-elle d'un air sombre. Aucune raison ne peut justifier un tel comportement !

— Si, Sapphie. Je voulais te revoir, et tu m'as signifié de façon très claire que tu ne le souhaitais pas. Je n'avais pas d'autre solution que ce stratagème bien innocent, tu dois l'avouer. Je n'ai fait que donner un petit coup de pouce au hasard…

— Tu es incroyable ! protesta-t-elle. Sous prétexte que Dee t'a délaissé pour Jérôme, je devrais me dévouer pour te changer les idées ! Tu ne trouves pas ça un peu facile ?

Rick sourit.

— Détrompe-toi, j'ai oublié cette histoire avec Dee. J'ai compris un peu tard que je ne l'avais jamais aimée. Et elle non plus, ajouta-t-il. Même si elle semble juste commencer à s'en rendre compte, je crois que Jérôme est l'homme de sa vie.

Sapphie eut un haussement d'épaules désabusé.

— Souhaitons-le en effet, ne serait-ce que parce qu'ils vont avoir un enfant… Mais il n'en reste pas moins que malgré tes affirmations, Dee compte toujours pour toi, j'en suis sûre ! Et qu'elle le sait…

Sa voix se mit à trembler, et elle tenta de reprendre le contrôle d'elle-même.

Cette conversation était aussi ridicule que déstabilisante. Et en plus, elle ne parvenait pas à ne pas avoir l'air jalouse, ce qui allait automatiquement donner des idées à Rick ! Exactement ce qu'elle cherchait à éviter… Cette soirée tournait décidément au fiasco…

— Il faut que je parte, balbutia-t-elle, au bord des larmes.

— Je te raccompagne, décréta Rick avec une douceur soudaine.

Ce fut la goutte d'eau qui fit déborder le vase.

Elle ne voulait surtout pas de la sollicitude de Rick, ni de sa gentillesse ! Pourquoi ne la laissait-il donc pas en paix ? Pourquoi ne disparaissait-il pas de son existence ? Elle ne demandait qu'une chose : que sa vie reprenne le cours paisible et harmonieux qu'elle avait avant qu'un hasard malheureux ne les remette en présence l'un de l'autre. Elle était si tranquille, si heureuse avec Matthew avant que Rick ne refasse surface ! Il avait bouleversé tous ses repères…

— Laisse-moi, je t'en prie, implora-t-elle d'une voix étranglée.

Il lui jeta un coup d'œil inquiet et remarqua ses yeux embués de larmes.

— Sapphie ! Tu pleures ? s'exclama-t-il, atterré. Mais que se passe-t-il ? Je n'ai jamais voulu te faire pleurer !

Il semblait si perturbé par sa réaction que le trouble de Sapphie s'accentua encore.

— J'ai besoin d'être seule, reprit-elle en retenant avec peine des sanglots nerveux. Excuse-moi, ajouta-t-elle avant de quitter le bar à la hâte.

Dans les jardins, la fraîcheur nocturne la calma un peu, mais son répit fut de courte durée : au léger bruit que faisaient ses pas sur le gravier, elle comprit que Rick l'avait suivie.

Pétrifiée d'émotion, elle se retourna brusquement et se retrouva face à lui. Il la dominait de sa haute stature, impressionnant de puissance virile avec sa large carrure, et elle se sentit tout à coup infiniment fragile.

Il la dévisagea avec une bouleversante intensité.

— Sapphie ? murmura-t-il.

La tension entre eux se faisait insupportable.

Devait-elle s'enfuir et trahir par là même sa vulnérabilité, ou tenter de résister, faire bonne figure ? Mais il était trop tard pour se poser ces questions, songea-t-elle éperdue en le voyant se pencher vers elle. Trop tard pour le repousser, pour refuser ce baiser qu'il allait lui donner et qu'elle appelait de toute son âme, pour lui soustraire ses lèvres qui réclamaient les siennes comme si sa vie en dépendait. Comment aurait-elle pu partir, alors que son corps tout entier attendait son étreinte, ses caresses ?

Quand il posa les lèvres sur son cou, un frémissement sauvage la parcourut.

— Sapphie, murmura-t-il d'une voix rauque, délicieuse Sapphie…

Il déposa sur sa nuque une myriade de baisers aussi légers qu'un souffle printanier, et elle se sentit défaillir. Cet homme était le seul qui ait jamais compté. Le seul qui compterait jamais…

— Sapphie, reprit-il en la plaquant contre lui. J'ai envie de toi, tellement envie de toi…

Elle n'eut plus aucun doute sur la réalité de son désir : Rick était prêt à lui faire l'amour. Il suffisait qu'elle dise oui.

— Viens, insista-t-il en la serrant plus encore. Allons chez moi. Je ne peux plus attendre. Tu verras, ce sera encore plus beau que la première fois…

Ces paroles la dégrisèrent brusquement. La première fois… Cette nuit où Matthew avait été conçu ! Comment pouvait-elle oublier son fils ?

Plus morte que vive, elle se dégagea.

— Non, balbutia-t-elle, au supplice. Laisse-moi, Rick.

Il s'écarta et la dévisagea d'un regard incrédule.

— Voyons, Sapphie, tu as envie de moi, je le sais, protesta-t-il d'une voix étranglée. Alors pourquoi ce revirement ?

Elle se força à contrôler son désespoir. Rick ne devait rien deviner de son désarroi, de ce secret qu'elle devait continuer à lui cacher !

— Parce que ! fit-elle d'un ton cassant. Il n'y a pas de place pour toi dans ma vie aujourd'hui.

— Pas de place ? Mais qu'est-ce tu racontes ? Comment peux-tu nier que nous sommes attirés l'un vers l'autre par une force qui nous dépasse ? Aurais-tu oublié cette nuit merveilleuse il y a cinq ans ? Pas moi !

Elle eut le courage d'afficher un air cynique.

— D'accord, tu es un bon amant. Et alors ? Tu n'es pas le seul !

Il la dévisagea sans comprendre. Il semblait ne pas vouloir admettre ce qu'il venait d'entendre. Puis il la lâcha avec un regard méprisant.

— Je ne sais pas où tu en es, Sapphie, mais je peux te dire une chose, s'exclama-t-il avec rage : c'est que je plains ton Matthew s'il est amoureux de toi !

— Tu n'as pas à plaindre Matthew, rétorqua-t-elle d'une voix sourde. Je l'aime de toute mon âme.

*
* *

Rick ne chercha pas à retenir Sapphie quand elle s'éloigna vers les taxis qui faisaient la queue pour raccompagner les invités. A quoi bon ?

Plus il sentait qu'il avait besoin d'elle, que la vie sans elle perdait sa saveur, plus elle lui échappait... Il aurait tout donné pour la comprendre, pour l'apprivoiser, mais elle choisissait la fuite. Avant elle, aucune femme ne s'était comportée ainsi avec lui. Et aucune femme ne l'avait ainsi obsédé.

Soudain, la foule élégante des invités autour de lui lui fut insupportable. Il avait besoin d'être seul, de comprendre ce que cachait la défiance de Sapphie, cette dureté et ce cynisme si choquants qu'il avait du mal à les croire véridiques.

La Tamise était toute proche, et il se mit à marcher le long des eaux noires, aussi noires que ses pensées...

Comment Sapphie pouvait-elle prétendre être amoureuse de Matthew et vibrer ainsi de tout son être quand il la prenait dans ses bras ? se demandait-il, de plus en plus perplexe. Il avait eu suffisamment de femmes dans sa vie pour savoir qu'elle avait envie de lui. Aussi fort qu'il avait envie d'elle... Quelque chose la retenait, la bloquait. Mais quoi ? Matthew ? Pourquoi ? Ils n'étaient pas mariés, quand même !

Dc retour à son hôtel, il s'apprêtait à récupérer sa clé quand il croisa Jérôme.

— Tiens, Rick ! s'exclama ce dernier. Ravi de te voir enfin ! Il y avait tellement de monde que j'ai l'impression de n'avoir pu parler avec personne ! Tu as passé une bonne soirée, j'espère ?

— Très bonne, répondit Rick, évasif.

— Mais où est Sapphie ? Déjà partie ? Tu dois être déçu... Tu étais venu surtout pour elle, ajouta-t-il avec un sourire entendu. Plus que pour nous, avoue-le !

Mais Rick n'était pas d'humeur à rire.

— Ne parlons pas d'elle, si tu veux bien, rétorqua-t-il sèchement. Tu devrais plutôt t'occuper de ton épouse, elle te cherche...

— Tu as raison, approuva Jérôme. Mais si j'étais toi, je

ne me découragerais pas pour Sapphie, ajouta-t-il. Je suis sûr qu'elle t'apprécie.

Rick retint un ricanement amer. Ce n'est pas ce qu'il voulait de Sapphie, pas du tout ! Entre eux, il y avait quelque chose de brûlant qui couvait et ne demandait qu'à se déclarer, il en prenait le pari ! Le seul problème était de convaincre Sapphie de se libérer enfin de ces freins mystérieux qui l'entravaient.

— Merci, Jérôme, murmura-t-il d'un ton las.

Quelques minutes plus tard, le dernier invité disparu, il se retrouva seul dans le hall déserté, sans la moindre envie de monter dans sa suite.

Le pub de l'hôtel restait ouvert toute la nuit. Cédant à une impulsion, il poussa la porte, s'installa au bar et commanda un double scotch. Peut-être parviendrait-il à chasser de son esprit l'image des yeux couleur d'ambre de Sapphie, aussi mystérieux que son attitude à son égard. Il ignorait s'il trouverait un jour la clé qui lui permettrait de comprendre la jeune femme, mais pour l'instant il ne pouvait qu'admettre son échec.

La sonnerie du téléphone tira Rick de sa torpeur.

Avec difficulté, il ouvrit un œil, l'esprit embrumé. Quelle heure était-il ? Et pourquoi dormait-il tout habillé sur son lit ?

— Oui, balbutia-t-il avec peine. Qui est à l'appareil ?

— C'est Nick. Tu as une drôle de voix. Je te réveille ? Tu sais qu'il est près de midi ?

Rick s'assit sur son séant, atterré.

— Midi ! s'exclama-t-il. J'ai l'impression que je viens de me coucher ! Pour tout t'avouer, j'ai fini la soirée au bar et je crois que j'ai abusé du whisky.

Il y eut un silence.

— Toi, si sobre d'habitude ! s'exclama Nick. J'en conclus que les choses n'ont pas été comme tu voulais avec Sapphie.

— Tu as raison.

— J'appelais justement à son propos. Pour te donner des informations intéressantes.

Cette fois, Rick ouvrit grand les oreilles. Jamais il ne s'était senti aussi réveillé…

— Mais encore ?

— J'ai discuté avec Jérôme ce matin au téléphone. Lui et Dee reprennent l'avion pour New York demain.

— Qu'est-ce que Sapphie a à voir là-dedans ?

— Rien. Je voulais juste que tu saches ce que Jérôme m'a appris sur elle.

— Quoi donc ? s'écria Rick avec impatience.

— Sapphie a un enfant, un enfant dont le père a pris la poudre d'escampette avant même la naissance. Selon Jérôme, c'est ce qui explique son comportement si distant avec les hommes.

— Un enfant…, répéta Rick abasourdi.

— Oui, un petit garçon. Matthew… C'est tout ce que je peux t'en dire, frérot, mais j'ai pensé que ça t'intéresserait.

Il y eut un silence.

— Merci, murmura enfin Rick d'une voix lointaine, ça m'intéresse en effet. Ça m'intéresse *beaucoup*.

Ainsi, Matthew n'était pas l'amant de Sapphie, mais son fils ! Voilà qui changeait tout…

A présent, il savait ce qu'il lui restait à faire !

10

— Quand as-tu l'intention de lui dire enfin qu'il est le père de ton fils ? demanda Joan en fixant sa fille d'un regard pénétrant.

Sapphie faillit s'étrangler en avalant son café.

Elles étaient toutes deux tranquillement installées à la table du petit déjeuner, dans la cuisine de la maison qu'elles partageaient depuis la naissance de Matthew. En effet, quand Joan lui avait proposé l'hospitalité pour pouvoir s'occuper de son petit-fils quand elle serait en déplacement professionnel, elle avait aussitôt accepté. Quoi de plus rassurant que de savoir Matthew sous la garde de sa grand-mère quand elle s'absentait ? Mais à cet instant, elle aurait tout donné pour avoir son propre appartement, le plus loin possible de sa mère…

Elle jeta un œil inquiet à Matthew qui jouait gentiment avec ses cubes sur le tapis. Par bonheur, absorbé dans la construction d'une tour presque aussi haute que lui, il n'écoutait pas leur conversation.

Pourquoi Joan abordait-elle le sujet là, juste maintenant, alors qu'elle avait passé une nuit épouvantable à se tourner et se retourner dans son lit, incapable de trouver le sommeil tant la pensée de Rick la poursuivait ? songea-t-elle, découragée à l'avance de devoir tenir tête à sa mère.

— Pardon ? rétorqua-t-elle de l'air le plus ahuri possible, dans l'espoir de désamorcer sa curiosité.

Mais il en fallait plus pour venir à bout de Joan. Beaucoup plus…

— Voyons, ma chérie, ne fais pas celle qui ne comprend pas ! s'exclama celle-ci. Quand j'ai vu Nick hier soir, j'ai tout de suite pensé que c'était peut-être lui, tant la ressemblance était remarquable. Mais il est jeune marié, et tu avais l'air d'apprécier son épouse, j'ai trouvé ça bizarre. Et puis Rick est arrivé, et je n'ai pas eu besoin d'explications : il suffit de le regarder pour savoir… Je répète donc ma question, chérie. Quand vas-tu te décider à le mettre au courant ?

Inutile de nier, conclut Sapphie en plein désarroi. Joan ne s'en laisserait pas compter, et de toute façon le fils était tellement la copie conforme du père que c'était peine perdue… Mais comment avouer à sa mère qu'elle n'avait pas la moindre intention d'avertir Rick Prince que Matthew était son fils ?

Elle se mordilla nerveusement les lèvres et, prenant son courage à deux mains, affronta le regard inquisiteur de sa mère.

— A vrai dire, ce n'est pas prévu, expliqua-t-elle, au supplice.

Joan accusa le coup et prit une longue gorgée de café. Puis elle posa sa tasse et la fixa d'un œil acéré.

— Et pourquoi pas ? asséna-t-elle d'un ton accusateur.

Matthew releva la tête, abandonnant momentanément sa pile de cubes. Sa grand-mère avait un drôle de ton qu'il ne lui connaissait pas… Mais Sapphie lui adressa un sourire rassurant, et il retourna à son jeu, tranquillisé.

— Et c'est toi qui me poses la question ? s'insurgea Sapphie. Toi qui m'as incitée à donner un environnement stable à mon fils, à lui éviter toute perturbation ? Tu imagines ce que serait sa vie, entre une mère anglaise et un père américain ? Il serait trimballé d'un côté à l'autre de l'Atlantique comme une vulgaire balle de ping-pong !

Sa voix s'étrangla dans sa gorge et elle dut s'interrompre.

— Pourquoi voir les choses en noir ? rétorqua Joan. Vous pourriez trouver un terrain d'entente, d'autant que Rick a l'air de te trouver charmante…

— Charmante ? Il veut coucher avec moi, voilà tout !

Joan ne put retenir un soupir.

— Je ne t'ai jamais posé aucune question, ma chérie, parce que je pensais que c'était à toi de m'en parler la première, commença-t-elle. Mais excuse-moi, à présent que j'ai vu l'individu en question, je me demande bien pourquoi tu as entretenu tout ce mystère ! Il a l'air intelligent, raisonnable, responsable. Il serait très bien dans le rôle de père, j'en suis sûre !

— C'est vrai, mais…

— Pourquoi ne pas essayer de vous réconcilier ? suggéra Joan.

— … Pour nous marier et faire beaucoup d'enfants, comme dans les contes de fées ? compléta Sapphie avec une ironie amère. Tu rêves, maman ! Nous sommes dans la vie, la vraie ! Ce n'est pas toujours aussi facile.

Le regard de Joan se voila.

— Je sais, Sapphie, je sais, murmura-t-elle, pensive. J'ai été deux fois veuve, tu sembles l'oublier. Mais je sais aussi que ni toi, sa mère, ni moi sa grand-mère, qui l'adorons, ne pouvons lui donner ce que son père lui apporterait. Réfléchis à ça, ma chérie, et tu changeras peut-être d'avis.

La sonnette de la porte d'entrée interrompit leur conversation. Joan se leva.

— J'y vais, annonça-t-elle. Ce doit être le postier, j'attends un colis.

Restée seule, Sapphie contempla longuement son fils accroupi sur le tapis, plus désorientée que jamais.

Avec ses boucles brunes, ses traits fins et ses yeux d'azur, il lui rappelait tellement Rick que son cœur se serra. Mais comment pouvait-on imaginer un seul instant en le voyant gai et souriant que quelque chose lui manquait ? Il était si heureux, si équilibré affectivement ! Pas question de bouleverser son univers…

Quand Joan réapparut, elle vit tout de suite son air fébrile.

— Tu as un visiteur, annonça celle-ci. Il t'attend dans le salon. Tu peux aller le retrouver, je m'occupe de Matthew.

Sa mère semblait si agitée que Sapphie eut un doute affreux. Qui pouvait venir la voir à cette heure matinale ? Et si c'était Rick ?

— Un visiteur ? répéta-t-elle d'une voix à peine audible.

La réaction de sa mère confirma ses craintes. Avec un air grave qui ne lui ressemblait pas, elle s'approcha et la prit longuement dans ses bras.

— Oui. Tu dois y aller. Tu verras, tout se passera bien, ajouta-t-elle en lui passant la main sur la joue en un geste plein de tendresse.

Réprimant son appréhension, Sapphie se força à lui sourire et se dirigea vers le salon après un long regard vers son fils.

En effet, son intuition était la bonne : Rick l'attendait, debout, et elle remarqua aussitôt son teint pâle, ses larges cernes. Une barbe naissante dessinait la courbe de son menton volontaire, accentuant s'il en était besoin sa virilité. Il avait l'air d'avoir aussi peu dormi qu'elle… Mais peut-être pas pour les mêmes raisons, songea-t-elle, cédant à un ridicule réflexe de jalousie.

Furieuse contre elle-même, elle se força à chasser de son esprit l'image affreusement pénible de Rick au lit avec une autre.

Quel était le motif de cette visite inattendue ? Elle l'ignorait, mais subodorait le pire : il avait dû apprendre la vérité au sujet de Matthew. Peut-être vivait-elle ses dernières heures paisibles avec son fils ? Peut-être Rick allait-il lui déclarer la guerre et lui enlever son enfant pour la punir de son silence ?

— Bonjour, articula-t-elle avec peine en s'obligeant à le regarder en face. Pourquoi cette visite ?

— Parce que j'ai besoin de te parler, expliqua Rick avec un calme apparent. Mais avant, j'apprécierais un café. Pour tout te dire, moi qui suis plutôt sobre, j'ai un peu abusé du whisky hier soir. Ce qui explique ma mine de papier mâché.

Sapphie retint un soupir de soulagement tandis que la vision atroce de Rick étreignant un corps féminin s'estompait.

— Avant d'aller te chercher du café, j'aimerais savoir ce qui t'amène, insista-t-elle, plus morte que vive.

Mieux valait crever l'abcès tout de suite et ne pas prolonger cette insupportable attente…

Rick prit une profonde inspiration, mit les mains dans les poches de son pantalon de lin et commença à arpenter le salon de long en large.

— Oui, tu as raison, inutile de tourner autour du pot, murmura-t-il comme s'il se parlait à lui-même.

Il s'arrêta brusquement et la dévisagea avec sur le visage une expression si tendue qu'elle sentit ses jambes se dérober sous elle. Elle savait déjà ce qu'elle allait entendre.

— Je suis venu te demander pourquoi tu ne m'as pas averti que Matthew était ton fils et pas ton amant, déclara-t-il alors.

Sapphie tomba plus qu'elle ne s'assit dans le grand fauteuil qui, fort opportunément, se trouvait juste à côté d'elle.

Rick ne savait donc pas… Pas encore tout, du moins. L'étau se desserrait un peu.

— Qui t'a mis au courant ? balbutia-t-elle, partagée entre le soulagement et l'angoisse. Dee ?

— Non, répliqua-t-il, mais peu importe. Tu vas tout me raconter… Je veux savoir qui t'a laissée seule avec cet enfant. Mais je suis surtout venu te dire que nous deux, pour moi, cela signifie quelque chose, ajouta-t-il d'un ton grave. Même si tu as eu un enfant d'un autre, même si nous n'avons partagé que cette seule nuit il y a cinq ans. Nous avons un avenir ensemble, Sapphie, j'en ai l'intime conviction.

Il s'approcha d'elle et s'agenouilla devant le fauteuil. Puis, avec une infinie délicatesse, il lui prit la main.

En plein désarroi, elle ne sut que dire. Elle aurait tant voulu pouvoir enfin laisser parler son cœur, s'abandonner à ses caresses, à ses baisers, croire ce qu'il lui laissait entrevoir ! Mais comment établir avec lui une relation véritable alors qu'elle gardait son secret ? Comment trouverait-elle la force de lui avouer enfin ce qu'elle lui cachait depuis si longtemps ?

— Un avenir… Ensemble ? répéta-t-elle, incrédule et émerveillée tout à la fois.

Rick hocha la tête, trop ému pour articuler la moindre parole.

Lui aussi avait du mal à appréhender cette succession d'événements inattendus qui bouleversaient son existence. Sa rencontre fortuite avec Sapphie si longtemps après le mariage de Dee, l'attirance grandissante qu'il éprouvait pour elle, sa terrible frustration quand elle avait rejeté ses avances, et cette conviction soudaine que son plus profond désir était de faire du chemin avec elle, avec ou sans enfant… Tout s'était précipité à une telle vitesse que, pour la première fois de sa vie, il avait l'impression d'être entraîné dans un tourbillon qu'il ne maîtrisait pas. Voilà des heures qu'il réfléchissait à la situation, pesant le pour et le contre, mais plus le temps passait et plus il comprenait qu'il ne pouvait pas vivre sans elle.

Leur relation, aujourd'hui encore seulement ébauchée, ne demandait qu'à se développer, à prendre de l'ampleur. Il ne raterait pas cette seconde chance que le hasard de la vie leur offrait miraculeusement…

Nick, qu'il avait rappelé, avait eu beau le mettre en garde, lui expliquer qu'une nuit d'amour ne suffisait pas à faire d'eux un couple, que l'existence de cet enfant signifiait nécessairement qu'il y aurait toujours un autre homme entre lui et Sapphie, il n'avait pas changé d'avis. Matthew ou pas Matthew, c'était elle qu'il voulait.

— Et toi, comment aurais-tu réagi si Jonx t'avait appris qu'elle avait un enfant ? avait-il rétorqué pour faire taire son frère. L'aurais-tu rejetée pour cette seule raison, si tu tenais vraiment à elle ?

— Non, avait concédé Nick presque à contrecœur. Au fond, cela n'aurait rien changé à mon amour pour elle…

Ceci avait conforté Rick dans la certitude qu'il pouvait reconquérir Sapphie, que la seule chose qui comptait était l'attirance irrépressible qu'ils éprouvaient l'un pour l'autre. Mais le plus délicat allait être de l'en convaincre…

— Maman, maman ! Où es-tu ? lança tout à coup une petite voix à l'autre bout de la maison.

Sapphie fit le geste de se lever, mais elle n'en eut pas le temps : la porte s'ouvrit brutalement, et un petit garçon déboula dans le salon pour se pelotonner sur ses genoux.

— Je voulais te montrer ma tour, mais grand-mère a dit que tu étais occupée, expliqua-t-il d'une petite voix plaintive. Et maintenant, tous les cubes sont tombés !

Apparemment incapable d'articuler une parole, Sapphie serrait son fils dans ses bras, le retenant contre elle comme pour empêcher Rick de voir son visage. Mais le petit garçon en eut bientôt assez de cette position inconfortable et se dégagea prestement. Alors, avec l'aplomb et le naturel des enfants de cet âge, il se tourna vers Rick et le regarda droit dans les yeux.

— Comment tu t'appelles ? demanda-t-il.

Bouleversé de découvrir Sapphie dans son rôle de mère, Rick mit quelques secondes à réaliser que Matthew lui parlait. Il fixa avec attention le visage du petit garçon, curieux de découvrir le fils de Sapphie et de cet homme qui les avait lâchement abandonnés l'un et l'autre. Alors, peu à peu, au fur et à mesure qu'il observait ses traits, la vérité s'imposa à lui comme un coup de tonnerre. La stupeur le rendit muet.

Cet enfant était son fils ! La ressemblance était telle que personne ne pouvait le nier… Comment n'y avait-il pas pensé plus tôt ?

— Je suis désolée, ma chérie, intervint alors Joan d'une petite voix. J'ai essayé de le retenir, mais…

Elle se tenait sur le pas de la porte, et l'expression désemparée qui se lisait sur son visage contrastait avec son aplomb habituel.

— Ne t'en fais pas, maman, balbutia Sapphie. Peut-être est-ce mieux ainsi de toute façon…

Ainsi, Joan était au courant ! songea Rick, de plus en plus choqué. Comme tout l'entourage de Sapphie, probablement ! Le seul à ne pas savoir, c'était lui, le père, alors qu'il aurait dû être le premier informé !

La rancœur le gagnait peu à peu, au fur et à mesure que s'estompait l'effet de surprise. Une rancœur terrible, incontrôlable, qui montait en lui comme une lame de fond.

Il avait un fils, un adorable petit garçon de quatre ans, et Sapphie n'avait pas jugé utile de l'en avertir ! Elle l'avait gardé pour elle seule, le privant de ses premières années si précieuses ! Jamais il ne saurait quel bébé il avait été, songea-t-il soudain avec un serrement de cœur. Ses premiers sourires, c'est à elle qu'il les avait adressés, ses premiers pas, c'est elle qui les avait vus ! Et lui ? Elle l'avait cantonné dans son rôle de géniteur, trop heureuse de s'approprier indûment le rôle de mère et de père à la fois…

— Bon Dieu, Sapphie, comment as-tu pu faire ça ? lança-t-il d'une voix sourde.

— Tu as entendu, maman ? dit Matthew. Le monsieur a dit un gros mot ! Il est méchant !

— Non, chéri, pas méchant, corrigea Sapphie d'une voix à peine audible. Juste en colère…

Elle leva les yeux vers Rick d'un air craintif, guettant sa réaction.

— La colère est un mot trop faible, beaucoup trop faible pour ce que je ressens, lui lança-t-il alors d'un air menaçant. Tu vas payer, je te le promets !

Matthew les regarda l'un et l'autre d'un air alarmé.

— Ce n'est pas le moment, Rick, fit observer la jeune femme, livide.

— Tu as raison, concéda-t-il. Ni le moment, ni le lieu. Nous nous expliquerons au tribunal.

— Non, Rick ! s'écria Sapphie d'un ton plaintif. S'il te plaît !

Une lueur assassine s'alluma dans le regard de Rick.

— Pourquoi aurais-je de la pitié pour toi, Sapphie ? rétorqua-t-il avec dureté. En as-tu eu pour moi ?

Il s'interrompit brusquement et serra les poings, cherchant à se contrôler.

— Nous reparlerons de tout cela en présence de nos avocats, reprit-il d'une voix maîtrisée. Tu auras de mes nouvelles très bientôt !

Il hésita alors à aller vers son fils, à le serrer contre lui, mais l'air inquiet du petit garçon l'en empêcha. Ils feraient connaissance, mais plus tard, quand le calme serait revenu. Il ne voulait à aucun prix lui faire peur.

Alors, avec un dernier regard pour le petit garçon qui, la main dans celle de sa mère, le dévisageait d'un air grave, il quitta la pièce, au bord des larmes.

11

Plus morte que vive, Sapphie se laissa glisser sur le canapé où Matthew la rejoignit aussitôt. Il se blottit contre elle sous le regard soucieux de Joan qui avait assisté avec effroi à la scène.

— Il est pas gentil le monsieur, hein, maman ? demanda-t-il d'une petite voix apeurée.

— Si, si, il est gentil, murmura Sapphie.

— C'est ce que tu crois, intervint alors Joan. Jusqu'au jour où il va te poursuivre en justice ! Tu n'as pas entendu ce qu'il a dit ?

— Va jouer dans ta chambre, mon chéri, dit Sapphie en caressant tendrement la joue de son fils. Fais-moi un beau dessin…

Une fois l'enfant disparu, elle se redressa et se tourna vers sa mère, le visage défait.

— Je sais, maman, balbutia-t-elle. S'il exige d'avoir Matthew, le juge lui accordera au moins la garde alternée, j'en suis sûre. Tu te rends compte ?

— Ce serait un moindre mal s'il s'en satisfait, enchaîna Joan avec un soupir préoccupé. Mais il a les moyens de payer les meilleurs avocats pour obtenir plus. Il avait l'air tellement furieux qu'il voudra peut-être se venger au mépris même de l'équilibre de Matthew !

Sapphie se prit la tête dans les mains pour cacher à sa mère les larmes qui embuaient ses yeux. Elle devait être forte, se dit-elle. L'épreuve ne faisait que commencer.

— Il faut que je lui parle, déclara-t-elle en relevant brusquement la tête. Tout de suite ! Que nous trouvions un terrain d'entente. Je ne peux pas supporter que nous nous disputions Matthew comme s'il s'agissait de n'importe quel bien !

— Tu sais où le trouver ?

— Non, mais Dee doit le savoir, répondit-elle en se dirigeant aussitôt vers le téléphone. Je l'appelle.

Ce fut Jérôme qui répondit.

— Sapphie ? Tu voulais nous dire au revoir ? C'est gentil…

— J'avais oublié que vous rentriez à New York demain, avoua-t-elle, mal à l'aise. En fait, je voulais surtout savoir comment joindre Rick.

Par bonheur, Jérôme s'abstint de tout commentaire. Elle ne l'aurait pas supporté.

— Il était au même hôtel que nous… Jusqu'à ce matin, expliqua-t-il. Je sais qu'il a réglé sa note avant de partir.

— Il est parti ! Tu sais où ?

— Non, mais Nick doit être au courant. J'ai son numéro de portable, si tu veux. Tiens, Dee, je te passe ta sœur pendant que je consulte mon carnet.

— Alors, comme ça, tu cours après Rick ? demanda Dee d'une voix narquoise. Tu perds ton temps, Sapphie. Il n'est pas pour toi…

— J'ai juste oublié de lui dire quelque chose, bafouilla-t-elle lamentablement.

Par bonheur, Jérôme reprit alors l'appareil et lui donna le numéro demandé. Il était pressé et mit fin rapidement à la conversation, au grand soulagement de Sapphie.

Quelques minutes plus tard, elle obtenait les coordonnées de Rick de la bouche de son frère. A l'instar de Jérôme, Nick avait eu la délicatesse de ne pas lui poser la moindre question…

*
* *

Dans le salon du luxueux appartement de son frère, Rick faisait les cent pas comme un lion en cage.

Il était arrivé quelques minutes auparavant, juste après son entrevue avec Sapphie, si choqué par ce qu'il venait d'apprendre qu'il n'avait pas encore retrouvé ses esprits.

Il ne cessait de voir et de revoir le visage de ce bel enfant dont il n'arrivait pas encore à réaliser qu'il était son fils.

Inlassablement, il repassait en boucle le film de ces derniers jours. A la lumière de cette incroyable révélation, tout prenait un éclairage nouveau. Il comprenait à présent pourquoi Sapphie l'avait d'abord fui comme la peste quand ils s'étaient retrouvés à Paris, pourquoi elle avait tant insisté pour ne pas dire à Dee et Jérôme qu'ils se connaissaient déjà. A l'évidence, elle craignait qu'ils ne fassent le rapprochement entre lui et Matthew…

Un instant, il exultait de joie et de fierté à la pensée que ce charmant petit garçon était le sien, allant presque jusqu'à éprouver de la gratitude pour Sapphie qui l'avait porté et élevé toute seule, et la seconde d'après il se jurait qu'il allait exiger la garde de Matthew à temps plein, pour qu'elle sache elle aussi ce que cela signifiait d'être privée de son enfant.

Jamais il ne s'était senti aussi désorienté. Rien dans sa vie privée ou professionnelle, qu'il avait toujours gérée avec clairvoyance et détermination, ne l'avait préparé à un tel dilemme. Devait-il se venger de Sapphie, au risque de perturber l'équilibre de Matthew ? Ou faire comme si rien ne s'était passé et se contenter de rattraper les années perdues avec son fils ? Quelle que soit la méthode choisie, garde partagée ou autre, Matthew risquait de connaître une difficile période d'adaptation.

La sonnerie du téléphone le tira de ses sombres pensées. Nick prit l'appareil.

— Sapphie ? dit-il. C'est toi ? Oui, bien sûr, quand tu veux. Il est là… A tout à l'heure.

Nick raccrocha le combiné sous le regard éberlué de Rick.

— C'était Sapphie ? bredouilla-t-il. Que voulait-elle ?

— Te parler… en terrain neutre, expliqua son frère, laconique. Elle sera là dans quelques minutes.

Il s'interrompit et le dévisagea d'un air perplexe.

— Il va falloir que tu m'expliques un peu ce qui se passe, Rick, reprit-il, soucieux. Tu arrives ici comme une bombe, tu es dans un état de nerfs que je ne t'ai jamais vu, et tout ce que tu trouves à dire est que le problème, c'est Matthew, le fils de Sapphie ! O.K., elle a un enfant, et alors ? Tu le savais déjà, puisque nous en avons longuement parlé ! Je croyais que pour toi, ça n'avait pas d'importance…

Rick s'affala dans un fauteuil.

— Il se trouve que Matthew est mon fils également, précisa-t-il d'une voix blanche. Tu saisis ? Mon fils, et celui de Sapphie…

A cet instant, on entendit un bruit discret, et la porte s'ouvrit, laissant apparaître cette dernière. Elle s'accrochait à la poignée, blême, comme si ses forces étaient sur le point de la trahir.

Elle semblait si désorientée, si vulnérable, que Rick éprouva l'envie stupide de la prendre dans ses bras pour la réconforter. Mais ce moment d'égarement ne dura heureusement pas. Il était là pour régler des comptes avec Sapphie, pas pour s'attendrir.

Elle avança de quelques pas mal assurés et se laissa tomber dans un fauteuil.

— Rick, commença-t-elle d'une voix blanche. Ne me prends pas Matthew…

— Nous n'en sommes pas encore là, rétorqua-t-il d'un ton distant. Je veux d'abord que tu m'expliques cet inqualifiable silence.

— Comment aurais-je pu t'annoncer que j'étais enceinte de toi, alors que tu ne pensais qu'à Dee ? s'exclama Sapphie dans un cri du cœur. A quoi bon ? Tu ne voulais pas de cet enfant, c'était évident !

— Ce n'était pas à toi d'en juger, et de toute façon tu n'avais pas le droit, Sapphie ! rétorqua-t-il aussitôt. Tu m'as privé de mon fils pendant cinq ans, et j'ai bien l'intention de rattraper le temps perdu. Que ça te plaise ou non !

Elle se mordit la lèvre.

— Rattraper ? Comment ? Tu ne m'enlèveras pas Matthew ! Jamais ! asséna-t-elle avec l'énergie du désespoir.

— Je compte bien vivre avec mon fils à présent, et j'espère que tu te montreras raisonnable. N'oublie pas que tu en profites depuis près de cinq ans, toi ! acheva-t-il d'une voix étranglée.

— Tu le verras, bien sûr, mais il n'est pas question que tu l'emmènes avec toi aux USA ! riposta Sapphie. Ni qu'il soit baladé de Londres à New York comme un vulgaire colis, au mépris de son propre équilibre ! Je me battrai jusqu'au bout s'il le faut pour lui éviter ça !

Elle lui lança un regard de défi, et ils se dévisagèrent dans un silence meurtrier.

C'est le moment que Nick choisit pour intervenir. Quand Sapphie était apparue, il avait fait mine de s'éclipser, mais Rick lui avait demandé d'un regard de rester, et il avait été le témoin silencieux de toute la scène.

Il émit un petit toussotement pour attirer leur attention.

— Désolé de me mêler de ce qui ne me regarde pas, fit-il observer avec un calme qui, allié à l'effet de surprise, désamorça la tension ambiante, mais partis comme vous êtes, vous n'irez pas très loin. Sapphie ne veut pas entendre parler de se séparer de son fils, et on peut la comprendre puisqu'elle ne l'a jamais quitté. Et toi, tu n'envisages pas de ne pas l'avoir à plein temps, pour rattraper toutes ces années perdues, ce que l'on conçoit tout aussi bien ! En fait, reprit-il après un court silence, je ne vois qu'une solution : que vous cohabitiez. Et pour simplifier le tout, que vous vous mariez ! Ainsi, vous faites le bonheur de Matthew qui n'a plus à se partager entre son père et sa mère, et en plus vous évitez avocats, gardes alternées et pensions alimentaires, tout ce qui constitue la spirale infernale dans laquelle on rentre quand on se dispute un enfant… Oui, vraiment, acheva-t-il sans se départir de son ton posé, le mariage, c'est la solution !

12

— Et sur cette dernière remarque, je vous laisse, ajouta-t-il enfin avec un petit sourire, avant de s'éclipser sur la pointe des pieds.

Rick, debout au milieu de la pièce, semblait changé en statue de pierre.

Quant à Sapphie, elle restait prostrée dans son fauteuil, en plein désarroi. Les pensées se bousculaient dans sa tête dans un tourbillon diabolique, plus contradictoires les unes que les autres.

Epouser Rick, c'était rendre un père à Matthew, lui donner une famille au sens plein du terme. Un instant, elle eut la vision idyllique de leur vie à trois, imagina le bonheur qui serait le sien entre les deux êtres qui comptaient plus que tout pour elle… Mais la réalité reprit aussitôt ses droits. Serait-elle capable de vivre au quotidien avec Rick en sachant qu'il n'éprouvait rien pour elle, alors qu'elle l'aimait en silence depuis cinq ans et l'aimerait toute sa vie ? Car à l'évidence, ce qu'il ressentait pour elle participait plus du domaine de l'attirance physique que des sentiments. Comme quand il lui avait fait l'amour en pensant à Dee…

Peut-être Rick la désirait-il aujourd'hui, mais le désir passait. En revanche, l'amour qu'elle éprouvait pour lui ne s'atténuerait pas, et elle souffrirait atrocement quand il se lasserait d'elle.

Ce qui pouvait ressembler au départ à un conte de fées se terminerait nécessairement en cauchemar…

Elle se leva et, tournant le dos à Rick, se dirigea vers la grande baie vitrée. Elle ne voulait pas qu'il lise le désespoir sur son visage.

— C'est une idée absurde, ça ne marchera jamais, fit-elle observer après un long silence.

Rick resta muet. Puis elle comprit au bruit de ses pas qu'il se dirigeait vers elle, et sentit qu'il était tout proche d'elle.

Bien trop proche ! songea-t-elle, le cœur battant.

Elle résista à l'envie de se retourner et de se jeter dans ses bras en lui avouant qu'elle était prête à tout dans l'espoir fou qu'un jour il l'aime à son tour.

Alors, d'un geste infiniment délicat, il lui posa les mains sur les épaules, et elle ne put retenir un frémissement. Violente et incontrôlable, une onde de plaisir la parcourut, électrisant son corps tout entier. Pourquoi aggravait-il ainsi son supplice ? s'interrogea-t-elle, bouleversée. S'il continuait à la toucher, elle ne répondait plus de rien…

— Tu te trompes, Sapphie, murmura-t-il. Ça a marché, il y a cinq ans.

Elle se remémora tout à coup ces moments de passion, cette nuit d'une extraordinaire intensité où Matthew avait été conçu… Combien de fois avaient-ils fait l'amour pendant ces heures trop brèves ? Elle n'aurait su le dire, mais elle gardait imprimé dans sa chair le souvenir bouleversant de chacune de ses caresses.

— C'était purement sexuel, Rick, corrigea-t-elle d'une voix dure pour masquer son trouble. Mais à supposer que nous retrouvions cette alchimie, combien de temps durerait-elle ? Et que nous resterait-il ensuite ?

— L'estime, le respect ? suggéra Rick.

Elle se retourna brusquement, prête à crier que ce n'était pas ce qu'elle attendait de lui. Mais quand elle croisa son regard posé sur elle, d'un bleu aussi profond et impénétrable que celui de l'océan, elle se figea.

Rick cherchait à lui dire quelque chose, mais quoi ? s'interrogea-t-elle, bouleversée.

Elle n'eut pas le loisir de se poser bien longtemps la question, car il se pencha et lui prit les lèvres, si doucement qu'elle crut rêver.

Fermant les yeux, elle respira son odeur mâle, s'abandonna au bonheur de ce baiser aussi léger qu'un souffle d'air un soir de printemps… Mais ce moment d'égarement ne dura pas.

Tout ceci n'avait aucun sens, se dit-elle tout à coup, reprenant conscience de la réalité avec une cruelle brutalité. Si Rick cherchait à l'amadouer en l'embrassant, il perdait son temps !

Partagée entre la rage et le désespoir, elle se dégagea en évitant son regard et retourna se planter devant la fenêtre pour qu'il ne voie pas les larmes qui embuaient ses yeux.

Il resta longtemps immobile à contempler le dos qu'elle lui offrait.

— Très bien, déclara-t-il enfin d'un ton désabusé. Alors ne parlons pas de nous, mais plutôt de Matthew, puisqu'il est au cœur du problème. Me laisseras-tu au moins le voir, pour que nous apprenions à nous connaître ?

Elle se retourna lentement et le dévisagea avec étonnement. Rick n'exigeait plus, il demandait… Pourquoi se montrait-il si conciliant tout à coup ?

— … Et qu'il se rende compte que je ne suis pas aussi méchant qu'il le croit, ajouta-t-il avec un sourire forcé qui cachait mal son amertume.

Elle réfléchit un instant.

— Oui, bien sûr, approuva-t-elle sans relever sa dernière remarque. Il faut qu'il s'habitue à toi.

Il sembla se satisfaire de cette réponse.

— En effet, ajouta Rick en fixant Sapphie d'un regard aigu. Et quand j'aurai convaincu le fils qu'il n'a rien à craindre de moi, peut-être pourrai-je convaincre la mère ?

Il aurait donné cher pour savoir ce qu'elle pensait. Ses traits étaient tendus, son visage d'une pâleur extrême, et il éprouva une intense compassion pour sa souffrance.

Car elle souffrait, et elle avait sûrement beaucoup souffert pendant ces cinq dernières années…

Lors de sa première relation sexuelle, elle était tombée enceinte, qui plus est d'un homme qui aimait sa sœur — ou qui croyait l'aimer, mais à l'époque ni lui ni elle ne le savaient —, et cet homme n'avait jamais cherché à la revoir… Après avoir assumé seule sa grossesse, elle avait élevé cet enfant et en avait fait un petit garçon adorable. Sans rien exiger de lui, le père, sans chercher à lui réclamer le moindre centime, sans se plaindre.

En fait, tout était sa faute, sa faute à lui ! Stupidement obsédé par Dee, il n'avait pas réalisé que cette seule et unique nuit avec Sapphie avait plus compté pour lui qu'aucune de celles qu'il avait pu passer avec une femme. Pendant cinq ans, il avait évité de songer à elle, sachant peut-être inconsciemment que le jour où il réaliserait la portée de ce qui s'était passé entre eux, sa vie en serait changée.

Et ce jour était arrivé…

Revoir Sapphie sur les Champs-Elysées avait été un véritable choc, et peu à peu l'évidence s'était imposée. Tout était remonté à la surface. Leur merveilleuse complémentarité sur le plan physique, l'attirance qu'il avait immédiatement éprouvée pour elle, malgré Dee…

Comment avait-il pu être aveugle aussi longtemps ? En fait… Il l'aimait, tout simplement ! réalisa-t-il, soudain pénétré par cette évidence. Il l'aimait comme il n'avait jamais aimé aucune femme, et il n'envisageait pas la vie sans elle ! L'existence de Matthew ne faisait que le confirmer dans l'idée que leur relation devait s'inscrire dans la durée.

Parviendrait-il à le lui faire comprendre ?

Que l'affaire paraisse mal engagée, c'était un euphémisme ! Jusque-là en effet, au lieu de l'apprivoiser, il n'avait réussi qu'à l'apeurer ! Elle le craignait à la fois parce qu'il représentait une menace pour son enfant et parce qu'elle ne comprenait pas ce qu'il cherchait en elle.

Il devait lui parler, lui ouvrir son cœur, lui avouer qu'il voulait partager son existence. Son amour était si fort, si puissant, qu'il se sentait capable de la convaincre d'essayer.

Et peut-être, avec le temps, parviendrait-elle à l'aimer à son tour ?

La gorge serrée par l'émotion, il la dévisagea avec gravité et se retint de l'enlacer. Il était trop tôt, songea-t-il. La journée pour elle avait été rude, elle avait besoin de repos. Il attendrait : il était prêt à tout pour la reconquérir, même à patienter aussi longtemps qu'il le faudrait.

— Je vais te raccompagner, proposa-t-il. Tu as l'air fatigué. Je suis sûr que tu souhaites rentrer chez toi retrouver Matthew.

La voix de Rick était si douce tout à coup, si dénuée d'agressivité, que Sapphie leva vers lui un regard chargé d'incompréhension. Un instant, elle parut tentée d'accepter, de mettre bas les armes, de saisir la main qu'il lui tendait. Mais aussitôt elle se renfrogna.

Il n'était pas question pour elle d'accepter quelque chose de sa part à lui…

— Merci, mais je peux très bien rentrer toute seule, répondit-elle d'une voix mal assurée.

— Voyons, sois simple ! protesta-t-il. Je m'en vais moi aussi. Je te déposerai sur mon chemin.

Elle hocha la tête, visiblement à bout de force.

Rick la dévisagea longuement, frappé par sa pâleur, ses traits tirés. Ces derniers événements l'avaient épuisée, physiquement comme nerveusement. Encore une fois, il refréna l'envie de la prendre dans ses bras et de la serrer contre lui en lui murmurant à l'oreille que tout irait bien, qu'elle n'avait pas à s'inquiéter, que lui vivant il ne leur arriverait aucun mal à elle et à Matthew. Mais elle l'aurait repoussé…

Il se contenta d'avancer la main et de remettre en place une mèche de ses cheveux auburn, lui effleurant la joue au passage.

— J'ai été brutal tout à l'heure, déclara-t-il d'une voix sourde, et je m'en excuse. C'était le choc. Je comprends à présent que la situation a dû être très dure pour toi. Très dure… Et j'assume la part de responsabilité que je porte dans tout ça. D'abord, je ne me suis même pas posé la question d'une contraception. Ensuite, j'aurais pu prendre de tes nouvelles, m'assurer que tu allais bien. Je n'ai rien fait de tout ça…

Elle leva vers lui ses yeux couleur d'ambre, et la franchise de son regard le frappa.

— Ne perds pas ton temps à essayer de me persuader que tu es quelqu'un de bien, murmura-t-elle. Je le sais déjà… Moi aussi, ajouta-t-elle après un silence, je me fais des reproches. Mais c'est trop tard, Rick. Nous ne pouvons pas revenir en arrière. A présent, il faut regarder l'avenir et avancer. Comment, je n'en sais rien encore…

13

Rien ne les avait préparés à ce qui les attendait devant chez Sapphie.

Dee, ses blonds cheveux dénoués, une expression guerrière sur le visage, dévala quatre à quatre les marches du perron pour se précipiter à leur rencontre dès qu'ils furent sortis de la voiture.

— Enfin, vous voilà ! s'exclama-t-elle d'un ton de tragédienne. Je me suis fait un sang d'encre ! J'espère que tu vas laisser ma sœur en paix à présent ! ajouta-t-elle en jetant à Rick un regard meurtrier.

— Dee ! s'exclama Sapphie, stupéfaite. Mais je te croyais dans l'avion à l'heure qu'il est !

— J'ai changé mes plans quand j'ai su ce qui se passait, expliqua-t-elle. Maman m'a tout raconté. Il n'est pas question que Rick te retire la garde de Matthew, et je tenais à lui dire en face qu'il devra d'abord me passer sur le corps pour en arriver là. D'ailleurs, s'il le faut, j'irai témoigner devant le juge et je dirai que Rick a profité de ton innocence. Je…

— Calme-toi, Dee, coupa Sapphie. Rentrons discuter tranquillement à la maison. Je ne tiens pas à ce que tout le voisinage soit au courant de ma vie privée…

En effet, attirées par le bruit, quelques silhouettes étaient apparues aux fenêtres avoisinantes.

Dee se calma sur-le-champ.

— Très bien, fit-elle. Rentrons. Nous aurons tout loisir de parler en effet, car maman vient d'emmener Matthew se promener. Je ne sais pas qui des deux avait le plus besoin de bouger, elle est comme une pile électrique !

Une fois dans le salon, ils prirent place autour de la table basse.

Avant même que Sapphie ouvre la bouche pour proposer un café, Dee remonta au créneau avec une détermination qui la stupéfia. Jamais elle ne l'aurait imaginée prenant ainsi sa défense avec une telle passion !

— Que les choses soient claires, Rick, commença-t-elle d'un ton ferme. Le fait que tu aies séduit Sapphie il y a cinq ans ne te donne pas le droit de venir tout à coup lui réclamer Matthew. Parce que tu ne t'en rends probablement pas compte, mais être père va bien au-delà de l'acte de procréation.

Elle avait un ton si solennel que Sapphie et Rick ne purent s'empêcher d'échanger un regard interrogateur. Pourquoi Dee prenait-elle le sujet tellement à cœur ? On aurait presque pu croire que c'était elle qui risquait de se voir enlever son fils…

— Inutile d'être agressive, Dee, intervint Sapphie.

Rick l'interrompit en lui posant la main sur le bras, et elle ne se dégagea pas.

— Laisse Dee aller au bout de sa pensée, Sapphie, conseilla-t-il d'un ton posé. Qu'elle dise ce qu'elle a à dire, nous discuterons ensuite.

Les yeux vert émeraude de la jeune actrice lancèrent des éclairs.

— Lâche-la ! rétorqua-t-elle, scandalisée. Et ne t'imagine pas être tout à coup transformé en père parce que tu viens d'apprendre que tu as un fils !

— Je n'imagine rien, Dee, rétorqua Rick sans se départir de son calme.

— … Parce que être père, ça commence bien avant la naissance d'un enfant ! reprit-elle avec la même véhémence. C'est assister sa femme quand elle a la nausée, supporter ses accès d'humeur pendant la grossesse, lui tenir la main pendant l'échographie, découvrir avec elle sur l'écran les petites têtes des bébés… Et pleurer de joie quand les tests annoncent que tout va bien et qu'ils sont en bonne santé.

Sapphie fronça les sourcils. Elle commençait à comprendre pourquoi Dee semblait aussi à fleur de peau.

— *Les* bébés ? répéta-t-elle. Tu veux dire que… ?

Les grands yeux verts de Dee s'emplirent de larmes, tandis qu'un sourire triomphant éclairait son visage.

— Oui, confirma-t-elle dans un souffle. Les bébés… Il y en a deux. Un garçon et une fille ! C'est merveilleux, non ? Jérôme et moi sommes si heureux ! Je les aime tant déjà, sans les connaître, que je n'ose pas imaginer ce que ce sera quand je les tiendrai dans mes bras. En tout cas, je sais que si quelqu'un s'avise de me les prendre, je suis prête à le tuer pour l'en empêcher ! Et je suis sûre que tu ressens exactement la chose avec Matthew, Sapphie ! Il ne te connaît même pas, Rick, et tu veux l'enlever à sa mère ?

— Si, il me connaît, corrigea Rick avec une douloureuse amertume. Pour lui, je suis le méchant…

Sapphie intervint, bouleversée.

— Il apprendra à te connaître, Rick, corrigea-t-elle. Je lui expliquerai et il comprendra, j'en suis sûre.

— Il ne pourra pas comprendre ! coupa Rick d'une voix étranglée.

Le visage empreint d'une intense émotion, il se tourna vers Dee.

— Tout ce que tu viens de dire sur moi est vrai, Dee, sauf une chose, déclara-t-il. Je n'enlèverai jamais Matthew à sa mère, je m'y engage. J'attendrai le temps qu'il faudra pour qu'il vienne vers moi, car je ne veux en aucun cas bouleverser son existence. J'ai des yeux pour voir, et je sais qu'il est heureux avec elle.

Sapphie leva les yeux vers lui, stupéfaite.

Rick la dévisagea un moment, sembla sur le point de dire

quelque chose, puis se ravisa. Sans cesser de la regarder, il tira de son portefeuille une carte de visite et la lui tendit.

— Voici les numéros de téléphone où tu pourras me joindre quand tu jugeras le moment opportun, déclara-t-il d'une voix sourde. Tu peux m'appeler à toute heure du jour ou de la nuit. En attendant, je promets de ne pas vous importuner, toi et Matthew, de ne pas chercher à le voir. Je vous laisse le temps à tous deux de vous habituer à cette nouvelle situation. Je suis sûr que tu sauras le préparer à l'idée que je suis son père.

Incapable de prononcer la moindre parole tant cette marque de confiance la bouleversait, Sapphie saisit la carte, la gorge nouée.

— J'attends ton appel, reprit Rick. Le plus tôt possible, ajouta-t-il d'un ton presque suppliant avant de quitter la pièce.

Restées seules, Sapphie et Dee échangèrent un regard ému.

— Si quelqu'un m'avait dit que les choses tourneraient ainsi ! s'exclama Dee, abasourdie. J'espère que je ne me suis pas trop mêlée de ce qui ne me regardait pas… J'ai peur de m'être un peu laissée emporter par la passion ! Déformation professionnelle, probablement.

Sapphie eut la force de sourire.

— Non, Dee, j'apprécie au contraire que tu prennes ainsi fait et cause pour moi. Mais les jumeaux, c'est bien vrai, n'est-ce pas ?

De nouveau, le visage de Dee s'éclaira d'une douceur que Sapphie ne lui avait jamais vue.

— Oui, c'est vrai ! confirma-t-elle, rayonnante. Le docteur nous a annoncé la nouvelle ce matin, et c'est pour ça qu'on a annulé notre départ. On voulait fêter ça ce soir avec toi et maman.

Décidément, la maternité avait transformé sa petite sœur, songea Sapphie, heureuse et surprise tout à la fois. Jamais auparavant elle n'aurait songé ainsi à les associer à sa joie, sa mère et elle.

— Je n'ai pas été une sœur super jusqu'à maintenant, n'est-ce pas, constata Dee comme si elle avait lu dans ses pensées. Je ne te promets pas d'en devenir une du jour au lendemain, mais j'essaierai, j'en prends l'engagement. Tu sais, c'est étrange, ajouta-t-elle d'un air grave. Ma grossesse ne se remarque pas encore, et pourtant il y a deux êtres qui se développent en moi, et je peux déjà presque les imaginer. C'est un sentiment merveilleux, non ? Magique, presque... J'ai l'impression que tout à coup, ma vie prend tout son sens.

Sapphie acquiesça d'un signe de tête.

Elle avait éprouvé la même sensation de plénitude quand elle attendait Matthew, sensation qu'elle ne connaîtrait probablement plus jamais. Faire un autre enfant avec Rick ? C'était aussi absurde que l'épouser, puisqu'il ne l'aimait pas ! Quant à se donner à un autre homme, c'était encore plus improbable... Rick resterait le seul et l'unique. A jamais.

— Pour qui donc te mets-tu sur ton trente et un ? s'exclama Nick.

— J'emmène Sapphie et Matthew au restaurant, bougonna Rick en finissant de mettre son after shave. Et je ne suis pas sur mon trente et un ! ajouta-t-il, mécontent.

Nick étouffa un petit rire et observa avec attention les vêtements de son frère.

— Allons, allons, ne me prends pas pour un imbécile... Je vois bien que tu mets le paquet pour plaire à ton fils.

— Bien sûr, et tu ferais la même chose à ma place ! Voilà quatre jours que j'attends un coup de fil de Sapphie, et le miracle a enfin eu lieu ! D'accord, elle ne me propose qu'un rapide dîner dans une pizzeria, mais c'est un début. Et je ne veux à aucun prix rater ce premier moment avec Matthew...

— Je comprends, Rick, murmura Nick. Je suis sûr que tout va bien se passer…

— Que Dieu t'entende, murmura Rick, ému, en retenant un soupir. En tout cas, je n'ai pas eu l'occasion de te remercier pour ton hospitalité, mais j'apprécie. J'aurais détesté me retrouver seul à l'hôtel avec tout ce qui arrive, et votre présence a été un grand réconfort. Mais rassure-toi, je n'abuserai pas. Quoi qu'il arrive, je vais bientôt vous laisser tranquilles, toi et Jonx.

— Voyons, Rick, tu peux rester aussi longtemps que tu le souhaiteras. Tu es ici chez toi !

— Merci, Nick, mais il faut que je trouve une solution à cette situation absurde. Si seulement j'arrivais à convaincre Sapphie que m'épouser n'est pas aussi fou qu'elle le pense ! Cela résoudrait tous les problèmes pour Matthew. Et peut-être, le temps passant, pourrait-elle s'attacher à moi et — qui sait — m'aimer…

Il baissa la tête, et son désarroi dut attrister son frère, qui vint lui tapoter affectueusement l'épaule.

— Allons, Rick, ne perds pas espoir, rien n'est joué ! s'écria-t-il. Imagine combien la situation est difficile à vivre pour Sapphie elle aussi ! Toi, tu dois gérer ton ressentiment, et elle sa culpabilité ! Laisse-lui le temps de réfléchir, de faire la part des choses.

Il s'interrompit et lui jeta un coup d'œil préoccupé.

— Permets-moi de te poser une question, Rick, reprit-il d'un ton pénétré. Lui as-tu dit que tu l'aimais ? Car c'est le cas, n'est-ce pas ?

Rick éluda la question.

S'il n'osait pas avouer son amour à Sapphie, c'est parce qu'il connaissait à l'avance sa réaction : elle le repousserait, et cette seule perspective lui était insupportable. Dans l'immédiat, il préférait attendre, et tenter de la convaincre que l'épouser, c'était assurer le bonheur de Matthew. Puis, peu à peu, il essayerait patiemment de gagner son cœur, de la reconquérir sans l'effaroucher.

*
* *

Sapphie lui avait donné rendez-vous dans une pizzeria proche de chez elle.

Arrivé en avance, Rick s'installa à une table ronde un peu à l'écart. Partagé entre l'émotion de faire enfin réellement la connaissance de son fils et l'angoisse de ne pas réussir à l'amadouer, il guettait la porte avec une nervosité grandissante.

Enfin, ils apparurent. Main dans la main, ils échangeaient des mots qu'il n'entendit pas, mais il nota leurs sourires, leur évidente complicité, et son cœur déborda d'émotion.

Pourquoi tout était-il si compliqué ? songea-t-il, en plein désarroi. Pourquoi ne pouvait-il pas simplement aller vers eux, les entourer tous les deux de ses bras et les serrer contre lui en leur murmurant à l'oreille qu'il les aimait et qu'ils devaient vivre ensemble ?

Il se leva à leur arrivée, hésitant sur la conduite à tenir. Devait-il embrasser Sapphie et tendre la main à Matthew, ou l'inverse ? Jamais il ne s'était senti aussi intimidé…

Matthew s'arrêta devant lui et le dévisagea avec un sérieux qui ne fit qu'ajouter à sa nervosité.

Sapphie se pencha alors vers son fils et lui caressa la joue tendrement.

— Tu te souviens de ce que je t'ai expliqué, mon chéri ? murmura-t-elle d'une voix mal assurée. Rick est ton papa, Matthew…

La gorge serrée par l'émotion, Rick attendit avec angoisse la réaction du petit garçon. Allait-il lui poser des questions auxquelles il ne pourrait pas répondre ? Que lui dire s'il lui demandait pourquoi il ne s'était jamais occupé de lui ?

Fort heureusement, ce genre d'épreuve lui fut épargnée. Sans lâcher la main de sa mère, l'enfant darda sur lui un regard ferme et lui sourit.

— Bonjour, papa ! lança-t-il aussi naturellement que s'il avait toujours prononcé ce mot.

Des larmes de joie embuèrent les yeux de Rick, mais il parvint à se dominer.

— Bonjour Matthew, répondit-il sur le même ton. Je suis content de t'avoir comme petit garçon…

— Si on s'asseyait ? suggéra Sapphie, submergée à son tour par l'émotion.

— Bonne idée, enchaîna Rick. On va commander. Quelle pizza préfères-tu, Matthew ?

L'atmosphère se détendit tout à coup. Pendant que Sapphie aidait son fils à faire son choix sur la carte, Rick observait la jeune femme. Elle portait un simple T-shirt blanc, ses cheveux étaient réunis en une queue-de-cheval et elle n'était pratiquement pas maquillée ; dans sa fraîcheur d'adolescente elle lui parut plus ravissante et désirable que jamais.

Sous son calme apparent, il devina qu'elle aussi était sous pression. Comment aurait-il pu en être autrement ? Pour elle aussi, ce premier contact à trois était lourd de conséquences…

— T'as un bobo au menton ? demanda tout à coup Matthew en le dévisageant.

Rick sourit.

— Oui, je me suis coupé ce matin en me rasant. Tu verras, ça t'arrivera aussi quand tu seras grand.

—Sauf si j'ai une barbe comme oncle Brian ! déclara le petit garçon, triomphant.

Rick scruta Sapphie du regard. Qui était cet « oncle Brian » ? Un ami ? Un amoureux ? Un amant ? Il réprima avec peine une poussée de jalousie aussi violente qu'injustifiée, en essayant de se convaincre que le fait d'avoir un enfant avec elle ne lui donnait aucun droit sur sa vie amoureuse.

— Brian Glover, précisa la jeune femme pour répondre à sa question silencieuse. Mon agent…

Son agent, et peut-être plus ! songea Rick malgré lui.

— Matthew m'accompagne chez lui de temps en temps. Il joue avec ses petits-enfants : Brian est quatre fois grand-père.

Soudain, Rick respira mieux.

— Je comprends, fit-il, soulagé. Alors, raconte-moi un peu l'école ! ajouta-t-il en se tournant vers son fils. Tu as beaucoup de copains ?

Ravi de l'intérêt que lui portait son père, le petit garçon se mit à lui narrer sa vie par le menu.

Plus Rick l'écoutait, plus il était conquis… et frappé par sa ressemblance avec sa mère : Matthew avait certes ses yeux bleus et ses cheveux bruns, mais il avait aussi la franchise et le regard droit de Sapphie, ses traits fins et son sourire ravageur.

Quand le petit garçon fut venu à bout de son impressionnant gâteau au chocolat, Sapphie se tourna vers Rick.

— Matthew doit se coucher tôt, car il a classe demain, expliqua-t-elle, il faut que nous rentrions. Pourquoi n'irions-nous pas prendre le café à la maison ?

Tout en récupérant sa carte bleue — il avait dû insister pour payer —, Rick jeta un regard inquisiteur à Sapphie. Se montrait-elle simplement polie, ou cette invitation était-elle le signe qu'elle commençait à s'apprivoiser ?

— Avec plaisir, répondit-il d'un ton aussi dégagé que possible, pour ne pas l'effaroucher.

En quittant le restaurant, il prit un bonbon dans la corbeille à côté de la caisse et le tendit à son fils.

— Tiens, bonhomme ! C'est pour toi.

— Je peux, maman ? demanda Matthew, les yeux brillants de gourmandise.

Sapphie acquiesça d'un sourire.

— Oui, mon chéri, même si ce n'est pas très raisonnable après tout ce que tu viens d'engloutir…

— Youpi ! s'écria Matthew en saisissant le bonbon. Merci, papa !

De nouveau, Rick fut bouleversé par la rapidité avec laquelle son fils s'était mis tout naturellement à l'appeler papa et à l'accepter comme père. Si seulement Sapphie pouvait l'accueillir dans sa vie avec la même facilité…

Une fois dans la voiture, après avoir installé Matthew à l'arrière, Rick prit le volant.

— Désolé pour le bonbon, glissa-t-il à Sapphie assise à son côté, j'ai l'impression que j'ai transgressé tes habitudes. Il faudra que tu m'expliques les règles de base, j'en ai peur…

— Ce n'est pas grave, répliqua Sapphie d'un ton léger. Parfois, il faut freiner Matthew sur les sucreries, c'est tout.

Tout en parlant, elle retira sa barrette, et ses longs cheveux se répandirent sur ses épaules. Dans la douce lumière du soir, avec son teint nacré et ses traits délicats, elle resplendissait.

Elle était si belle, si délicieusement féminine, que Rick sentit le désir monter en lui avec une force qui l'effraya.

S'il ne parvenait pas à reconquérir Sapphie, il deviendrait fou ! Elle était la seule femme qui pouvait le rendre heureux, pensa-t-il, la gorge nouée.

Peut-être suffirait-il d'un geste, d'une main posée sur sa cuisse, d'une caresse sur sa joue, d'un regard un peu appuyé pour rallumer le feu qui s'était embrasé entre eux voilà cinq ans ? En lui, les braises couvaient, incandescentes. Mais qu'en était-il pour elle ? Le feu était-il éteint ou prêt à repartir ? De cette question dépendait son bonheur futur…

Un bruit étrange à l'arrière le tira de ses interrogations, et aussitôt après Sapphie lui cria de s'arrêter.

Matthew était en train de s'étouffer !

14

— Arrête, vite ! répéta-t-elle, affolée.

Une seconde plus tard, après s'être garé sur le bas-côté, Rick sortait de la voiture comme une bombe, ouvrait la portière arrière et se précipitait pour détacher la ceinture de sécurité de l'enfant.

Incapable de parler, celui-ci était devenu bleu, et son regard angoissé trahissait sa panique. Il essayait désespérément d'inspirer, sans résultat. A l'évidence, quelque chose l'empêchait de respirer.

Le bonbon ! songea Rick, atterré. Il fallait intervenir, vite !

En moins de temps qu'il n'en faut pour le dire, il sortit son fils de la voiture, le saisit par la taille en le plaquant contre lui et exerça une violente pression sur son torse.

L'enfant toussa et expulsa violemment un corps étranger orange vif.

Le bonbon, en effet…

Alors, sous le choc, il se mit à pleurer et se jeta dans les bras de sa mère, dont le visage avait perdu toute couleur.

— Oh, mon Dieu, mon Dieu, répétait-elle d'une voix à peine audible en serrant son fils contre elle. Mon pauvre chéri, comme tu as dû avoir peur !

Rick observait la scène, partagé entre le soulagement et l'horreur à la pensée de ce qui aurait pu se produire s'il n'était pas intervenu rapidement.

— C'est ma faute, murmura-t-il comme s'il se parlait à lui-même. Jamais je n'aurais dû lui donner ce bonbon !

— Voyons, Rick, inutile de te faire des reproches, protesta doucement Sapphie sans cesser de serrer son fils contre elle. Tout va bien à présent.

— Je pouvais plus respirer ! gémit Matthew en essuyant ses larmes.

— C'est fini, chéri, assura sa mère en lui caressant tendrement la joue. Tu n'as rien à craindre à présent. Nous allons rentrer à la maison. Je m'installe sur le siège arrière, à côté de toi.

Pendant le reste du trajet, Rick ne cessa de vérifier dans le rétroviseur que Matthew avait récupéré toutes ses facultés. Il fut vite rassuré : blotti contre sa mère, bercé par le ronronnement de la voiture, il s'apaisa rapidement et ne tarda pas à s'endormir.

Un quart d'heure plus tard, Sapphie le bordait dans son lit sous ses yeux attendris.

— Tu seras là demain quand je me réveillerai, papa ? demanda le petit garçon en luttant contre le sommeil qui le gagnait. Mon copain Bill, à l'école, il dit que son papa est toujours là le matin. C'est lui qui lui donne ses céréales !

Le visage de Sapphie se tendit.

— Tu sais, beaucoup de papas sont déjà partis quand leurs enfants prennent leur petit déjeuner, expliqua-t-elle. Ils travaillent, parfois loin…

— Et toi, tu fais quoi, papa ? demanda Matthew.

Profondément attendri par cet enfant qui était si vite devenu le sien, Rick se pencha et lui caressa la joue.

— J'écris des histoires, répondit-il en souriant. Comme ta maman.

— Alors tu pourras être là demain matin, comme elle ! conclut tranquillement le petit garçon.

*
* *

Sapphie observait la scène, bouleversée elle aussi de la connivence qui liait déjà le père et le fils. C'était presque comme s'ils s'étaient toujours connus, comme si ces cinq années s'étaient effacées comme sous l'effet d'une baguette magique…

Elle n'avait jamais imaginé que Matthew et ses camarades d'école parlaient de leurs pères respectifs et réalisait soudain que, malgré son jeune âge, il devait déjà souffrir de se distinguer des autres.

La réaction de Matthew quand elle lui avait annoncé que Rick était son père l'avait à la fois comblée et stupéfaite. Il avait paru content et avait longuement réfléchi. Puis, de sa petite voix haut perchée, il lui avait simplement demandé où Rick habitait et s'il allait s'installer chez eux, avant de repartir jouer tranquillement.

— Bonne nuit, mon chéri, murmura-t-elle à son fils avec tendresse.

Docilement, Matthew serra son nounours contre lui et ferma les yeux. Deux minutes après, il dormait profondément, et Rick et elle quittèrent la pièce sur la pointe des pieds.

— Tu n'as pas repris beaucoup de couleurs depuis tout à l'heure, constata Rick d'un ton inquiet. Tu es blanche comme un linge… Vas t'asseoir et laisse-moi préparer le café.

Assis à la grande table qui occupait le centre de la cuisine, il la regardait s'affairer autour de l'évier. En l'absence de Joan qui passait la soirée chez une amie, la maison était plongée dans un profond silence, et elle eut soudain l'impression aussi étrange que troublante qu'ils étaient seuls au monde.

— Non, non, au contraire, j'ai besoin de bouger. Mais c'est vrai que j'ai eu très peur, admit-elle en disposant deux tasses en porcelaine sur la table. Très peur. Si tu n'avais pas été là…

Ses traits se crispèrent et elle ne put achever.

— Si je n'avais pas été là, Matthew n'aurait pas mis ce bonbon dans sa bouche, coupa-t-il d'un ton douloureux.

— Arrête, voyons, ç'aurait pu arriver n'importe quand ! Tu n'y es pour rien…

— Nous avons évité le drame de justesse, fit observer Rick, la mine sombre.

— Il aurait pu s'étouffer ! enchaîna-t-elle d'une voix sourde. Je n'oublierai jamais son visage bleui, la panique dans ses yeux…

Elle ne put retenir ses larmes et détourna pudiquement la tête. Rick s'avança vers elle et la prit doucement par les épaules.

— C'est fini, Sapphie, c'est fini, assura-t-il d'une voix apaisante.

— Tu te rends compte ? s'exclama-t-elle d'une voix à peine audible. A quelques minutes près, il aurait pu…

— Ne pense pas à ce qui aurait pu se passer, conseilla-t-il. Dis-toi qu'à l'heure qu'il est, il est tranquillement endormi dans son lit avec son nounours.

— Mais il est si petit, si vulnérable, et tant de dangers de toutes sortes le guettent ! s'exclama-t-elle, incapable de se calmer. Je ne m'en étais jamais rendu compte avant ça ! Depuis que je l'ai vu ainsi, je…

Rick accentua la pression de ses mains sur ses épaules et la força à le regarder dans les yeux.

— Je te dis que tu n'as rien à craindre, Sapphie. Tant que je serai auprès de Matthew et de toi, il ne vous arrivera rien, je te le promets, déclara-t-il d'une voix sourde.

Elle lui jeta un regard chargé d'incompréhension.

— Auprès de Matthew… et de moi ? répéta-t-elle, perplexe.

Rick hésita un instant, puis se décida. Il fallait mettre un terme à cette insupportable attente. Si Sapphie le rejetait, il élaborerait une autre stratégie pour la reconquérir, voilà tout. Il se sentait capable d'abattre des montagnes pour gagner son amour, mais il devait d'abord lui dire ce qu'il ressentait pour elle. Il n'en pouvait plus de prendre sur lui, de se taire…

Il s'éclaircit la gorge, en proie à une terrible appréhension. Lui si maître de lui d'ordinaire, il se sentait aussi ému qu'un adolescent.

— Sapphie…

Il s'interrompit, hésitant sur les termes à employer pour ne pas l'effaroucher.

— Peut-être n'es-tu pas prête à entendre ce que je vais te dire, mais il faut que je parle, reprit-il d'une voix sourde. Il faut que j'en aie le cœur net. Même si je suis pétrifié d'angoisse à la pensée que tu m'éconduises…

— Où veux-tu en venir ? demanda Sapphie, de plus en plus désemparée. Je ne comprends pas…

— C'est très simple. Je t'aime, Sapphie ! déclara-t-il, le regard brûlant.

Elle secoua la tête, en plein désarroi.

— Tu dois te tromper, gémit-elle. C'est Matthew que tu aimes, et non moi… Tu mélanges tout.

— Je t'aime, Sapphie, tu es la femme de ma vie, même si je ne l'ai compris que très tard, reprit-il, déterminé. Pour moi, il n'y aura jamais que toi.

Elle refusait toujours de le croire.

— C'est Dee que tu aimes, Rick, pas moi ! protesta-t-elle faiblement.

— Non, Sapphie, je t'en prie, écoute-moi, laisse-moi t'expliquer ! implora-t-il avec passion. J'ai été ébloui par Dee, j'ai cru être amoureux d'elle, mais c'était un leurre. Depuis cinq ans, c'est toi qui as pris possession de mon cœur, mais j'étais trop stupide pour le comprendre ! En te revoyant à Paris, j'ai commencé à réaliser que non seulement je ne t'avais jamais oubliée, mais que tu étais la seule femme qui aies jamais compté pour moi.

Sapphie lui jeta un regard désemparé, refusant encore d'admettre l'évidence.

— Tu te trompes, Rick, c'est Matthew seul qui compte pour toi, balbutia-t-elle d'une voix étranglée. Tu es troublé parce que tu viens d'apprendre que tu as un fils, mais dans quelques jours tout ça sera plus clair dans ta tête…

Pourquoi refusait-elle de le croire ? songea-t-il avec une frustration douloureuse. Comment la convaincre qu'il disait la vérité ?

— Non, Sapphie, voilà des jours et des jours que je réfléchis à tout ça, que j'essaie d'analyser mes sentiments, et je suis absolument certain de ce que j'avance. Mon amour pour toi n'a rien à voir avec Matthew, car j'étais décidé à te parler avant même d'apprendre son existence. Je veux passer le reste de mon existence avec toi, me réveiller avec toi chaque matin, m'endormir en te tenant dans mes bras ! Quels mots dois-je employer pour me faire comprendre ? lança-t-il, poussé à bout. Pourquoi me fais-tu souffrir ainsi ?

Partagée entre la stupéfaction et l'incrédulité, Sapphie secoua lentement la tête.

— Mais tu…, commença-t-elle, hésitante.

— Je suis tellement obsédé par toi que Nick prétend que je suis devenu un bonnet de nuit infréquentable ! Si tu n'acceptes pas de m'épouser, il m'a prévenu qu'il viendrait en personne intercéder en ma faveur auprès de toi !

Sapphie ne put s'empêcher de sourire en imaginant Nick plaidant sa cause, et il lui rendit son sourire. Ils restèrent ainsi un long moment à se regarder, les yeux brillants d'une extraordinaire émotion. Ils avaient l'un et l'autre la certitude qu'au-delà des mots, cette conversation engageait leurs existences tout entières.

— Rick, commença Sapphie d'une petite voix, moi aussi j'ai un aveu à te faire… Moi aussi je t'ai caché quelque chose.

Il attendit, pris d'une soudaine angoisse. Qu'allait-elle lui révéler ? Avait-elle quelqu'un d'autre ? Etait-elle toujours amoureuse de Jérôme ?

— Tu crois au coup de foudre ? interrogea-t-elle tout à coup.

— C'est-à-dire que…, commença-t-il, décontenancé.

— Moi, oui, affirma-t-elle avec une soudaine assurance. Parce que ça m'est arrivé.

— Avec qui ? demanda-t-il, en alerte.

Elle leva les yeux vers lui et éclata de rire, radieuse.

— Avec toi, idiot ! répliqua-t-elle. Moi aussi, quand je suis allée au mariage de ma sœur, je croyais être amoureuse. De Jérôme. Mais… Je t'ai aperçu à l'église, et ç'a été comme un tremblement de terre, un coup de foudre, un raz de marée, appelle ça comme tu voudras : au premier coup d'œil, j'ai su que tu étais l'homme de ma vie.

Elle s'interrompit, éperdue d'émotion.

— Ensuite, tu sais ce qui s'est passé cette nuit-là entre nous, reprit-elle après avoir repris le contrôle d'elle-même. Pour moi, c'était la première fois… Et c'est resté la seule, ajouta-t-elle. Contrairement à ce que je t'ai dit stupidement pour brouiller les pistes, après toi, il n'y a eu personne.

Il lui jeta un regard d'adoration. Sans même le savoir, elle s'était gardée pour lui, pensa-t-il. Elle l'avait attendu…

— Je n'ai jamais cessé de t'aimer, déclara-t-elle avec une soudaine gravité. Quand je pense que nous avons perdu cinq ans…

Il l'attira à lui et lui écrasa la bouche d'un baiser.

— Mais à partir de maintenant, nous nous aimerons si fort et si souvent que nous rattraperons le temps perdu ! lui murmura-t-il entre deux baisers. D'ailleurs, nous ne passerons plus une minute l'un sans l'autre, puisque nous allons nous marier !

— Nous marier ? répéta-t-elle, éblouie.

Un sourire tendre s'épanouit sur le visage de Rick.

— Oui ! Jusqu'ici, on a fait les choses un peu dans le désordre, lui glissa-t-il à l'oreille en la serrant contre lui à l'étouffer. Ne crois-tu pas qu'il est grand temps de régulariser ?

Épilogue

— Matthew ne pense plus qu'à Noël, déclara Rick.

Penchée sur l'évier, Sapphie s'affairait, et elle sursauta quand il l'enlaça par la taille.

— Rick ! s'écria-t-elle, ravie. J'ai failli lâcher ma tasse !

Elle se retourna et lui sourit. Leur quatre mois de mariage le lui avaient rendu encore plus précieux. Pas un jour ne s'était écoulé sans qu'elle remercie le ciel de leur rencontre sur les Champs-Elysées. Ce coup de pouce du destin avait transformé leurs vies…

— C'est ta faute, tu es trop belle, mon amour, lui chuchota-t-il en lui caressant la poitrine. Tu me fais tourner la tête…

Elle se retourna, cherchant sa bouche, et leurs lèvres s'unirent en un long baiser profond.

En Rick, elle avait non seulement trouvé le plus passionné des amants, mais aussi un mari attentif et un père responsable et aimant. Elle avait aussi découvert à travers lui une famille chaleureuse qui l'avait accueillie à bras ouverts. Ses deux belles-sœurs, Stazy et Jonx étaient devenues des amies, et les réunions familiales étaient toujours prétexte à rire et à passer de bons moments. Matthew lui aussi adorait ses oncles et tantes, et toute la tribu avait décidé de passer Noël dans un petit village perdu du Canada. Non sans avoir donné l'assurance au petit garçon qu'ils transmettraient l'adresse de l'auberge au Père Noël…

Ils s'écartèrent à regret l'un de l'autre, et soudain Rick aperçut les deux coupes de champagne déjà servies sur le bar.

— Du champagne ! s'exclama-t-il. Excellente idée ! Et que célébrons-nous ?

Elle lui tendit une coupe d'un air à la fois grave et malicieux.

— Trois événements ! déclara-t-elle, soudain sérieuse. Premièrement, la naissance des jumeaux.

— Comment, ça y est ? s'écria Rick. Raconte !

— Jérôme vient de m'appeler : tout s'est passé très vite, Dee n'a pas souffert du tout. Fergus, le garçon, est un peu plus gros que Fiona, et Jérôme m'a assuré qu'ils étaient le portrait pour le premier de son père, pour la seconde de sa mère. Tu imagines comme ils sont heureux… J'irai voir Dee demain à la première heure, il paraît qu'elle est en pleine forme.

Ses rapports avec sa sœur cadette n'avaient cessé de s'améliorer. Dee avait enfin compris que l'homme de sa vie était son mari, ce qui avait grandement aidé. Comblée par sa future maternité, elle s'était adoucie, et son égocentrisme s'effaçait de jour en jour… Même si parfois Sapphie ne pouvait s'empêcher de la trouver exaspérante avec ses minauderies ! Mais tout cela n'était pas bien grave, comparé à leurs différends passés…

— Je me réjouis pour Jérôme, déclara Rick. Je suis sûr qu'il fera un excellent père ! Et s'il a des problèmes, il n'aura que me demander conseil, ajouta-t-il en riant. Et maintenant, la deuxième raison ?

Sapphie prit une gorgée de champagne.

— Maman a décidé de vendre sa maison, annonça-t-elle.

— Tant mieux ! Elle a enfin fini par accepter de s'installer avec nous, comme je le lui suggère depuis le début…

— Non, elle emménage avec Jackson.

— Le père de Jonx ?

— Exactement !

Rick semblait abasourdi, et Sapphie se remémora combien la nouvelle l'avait surprise elle aussi. Sa mère, qui avait toujours proclamé qu'elle vieillirait seule, était retombée amoureuse comme une jeune fille de quinze ans !

— Incroyable ! s'exclama Rick. Tu crois que c'est sérieux ?

— Ils en sont déjà à parler mariage ! Jackson est veuf depuis deux ans, et maman, sans le dire, ne supportait plus sa solitude. Je les ai vus ensemble l'autre jour, de vrais tourtereaux !

— Je propose de boire à leur santé ! suggéra Rick en levant son verre.

Sapphie l'imita, les yeux dans les yeux de son mari. Son cœur battait la chamade à l'idée de ce qu'elle allait lui confier à présent.

— Et le troisième événement, c'est quoi ? demanda Rick.

Elle eut un sourire énigmatique.

— Je sais que tu seras très occupé cet été avec la production de ta nouvelle pièce à l'automne, commença-t-elle, mais pourrais-tu me réserver quelques jours fin juillet-début août ?

— Probablement, si tu me le dis en temps utile. De quoi s'agit-il ? Tu as prévu un voyage ?

— Oui, confirma-t-elle, les yeux brillants d'émotion. A la maternité. Pour rapporter un petit frère ou une petite sœur à Matthew...

Rick devint blême.

— Tu veux dire que... Que nous allons avoir un autre enfant ? balbutia-t-il, terrassé par l'émotion.

— Le docteur me l'a annoncé ce matin, précisa-t-elle, radieuse.

Les larmes aux yeux, Rick l'enlaça avec tendresse.

— Sapphie, murmura-t-il. Ma femme, mon amour... Cet enfant à venir te rend plus précieuse encore pour moi... Quel miracle de savoir que dans quelques mois nous tiendrons un bébé dans nos bras. Notre bébé...

— Je t'aime, Rick. Je t'aime tant, lui chuchota-t-elle dans un souffle.

— Matthew, toi, et maintenant un autre enfant... C'est trop de joie, Sapphie.

Avec une infinie délicatesse, Rick posa la main sur son ventre encore plat, avant de l'attirer à lui et de l'embrasser avec fougue.

Qui aurait cru qu'en descendant les Champs-Elysées quelques mois auparavant, ils verraient leurs vies prendre définitivement le virage du bonheur ?

Retrouvez en décembre 2019, dans votre collection

♦ SAGAS ♦

Trilogie intégrale : MARIAGES SOUS CONTRAT de Lynne Graham - N°118

La vengeance de Vitale Roccanti

En se dirigeant vers l'autel dans sa robe de mariée, Zara ne peut réprimer un frisson d'angoisse. Car son futur époux, si beau et ténébreux, n'est autre que Vitale Roccanti. L'homme qui, par le passé, a fait tant de mal à sa famille… Et voilà qu'aujourd'hui, elle est forcée de lier son destin à celui de cet ennemi trop séduisant…

L'épouse de Sergios Demonides

Pour sauver ses parents de la misère, Beatriz a accepté d'épouser le milliardaire Sergios Demonides. D'emblée, ce dernier a été clair : s'il l'a choisie, c'est parce qu'il la considère comme la mère idéale pour ses neveux dont il a la charge. Un rôle dont Beatriz pensait pouvoir se contenter. Sans s'attendre à ressentir pour Sergios une intense attirance…

Le chantage d'un homme d'affaires

Enceinte ! Partagée entre le bonheur et l'angoisse, Tawny sait qu'elle n'a pas le choix : elle doit annoncer la nouvelle à Navarre Cazier, le père. Mais la réaction de celui-ci, qui exige qu'elle l'épouse, la laisse sans voix. Même si elle sait qu'elle n'a pas le droit de refuser à son enfant la vie qu'elle ne pourra jamais lui offrir…

Série intégrale : UN NOËL À MOUNTAIN VILLAGE de Dianne Drake - N°119

L'espoir du Dr Gabrielle Evans

Enceinte et très affectée par la disparition du père de son enfant, Gabrielle est désorientée par l'attirance qu'elle éprouve pour le Dr Neil Ranard, son collègue. Quoique résolue à lutter contre ses sentiments, elle se surprend à désirer cet homme chaque jour un peu plus…

Les jumelles du Dr Ramsey

Malgré ses sentiments pour le Dr Eric Ramsey et l'élan qui la pousse vers ses deux adorables fillettes, Dina hésite à s'engager. Car, même si Eric semble voir en elle une nouvelle maman pour ses jumelles, il reste très attaché au souvenir de son épouse disparue…

Le plus beau Noël d'un médecin

C'est dans l'espoir d'aider son fils à surmonter l'abandon de sa mère que James décide de s'installer dans une nouvelle ville. Il ne s'attend néanmoins pas à voir sa propre existence bouleversée par ses retrouvailles avec Fallon, une femme qu'il avait presque réussi à oublier…

Passion à la clinique

Pourquoi le Dr Mark Anderson semble-t-il aussi réticent à l'idée de l'accueillir dans son service ? Furieuse, Angela est bien décidée à affronter son futur patron. Une détermination bien vite fragilisée car Mark produit sur elle un effet des plus troublants…